海賊モア船長の遍歴

新装版

多島斗志之
TOSHIYUKI TAJIMA

中央公論新社

新装版　海賊モア船長の遍歴

目　次

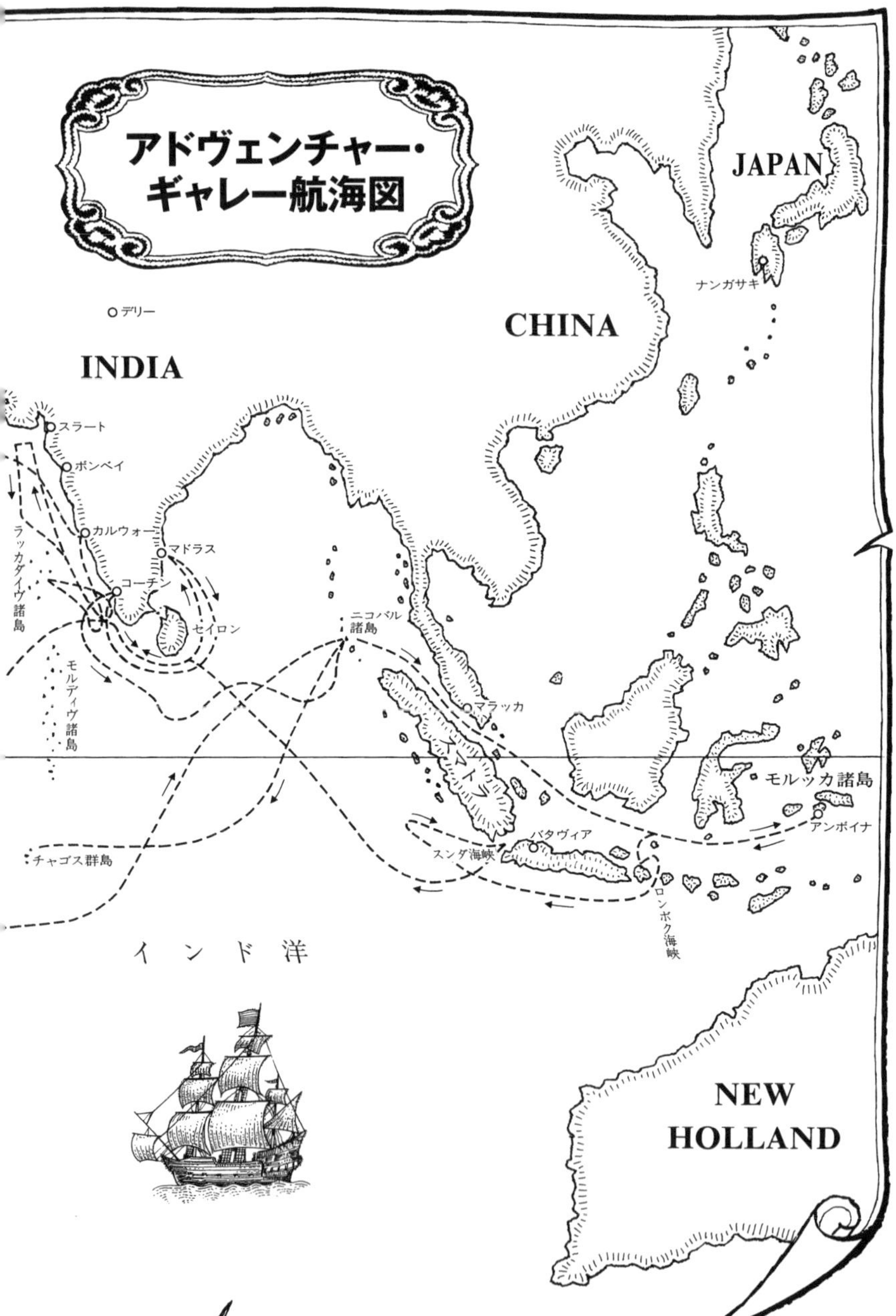

アドヴェンチャー・ギャレー航海図
JAPAN
ナンガサキ
CHINA
デリー
INDIA
スラート
ボンベイ
カルウォー
マドラス
コーチン
セイロン
ラッカダイヴ諸島
モルディヴ諸島
ニコバル諸島
マラッカ
スマトラ
バタヴィア
スンダ海峡
ロンボク海峡
モルッカ諸島
アンボイナ
チャゴス群島
インド洋
NEW HOLLAND

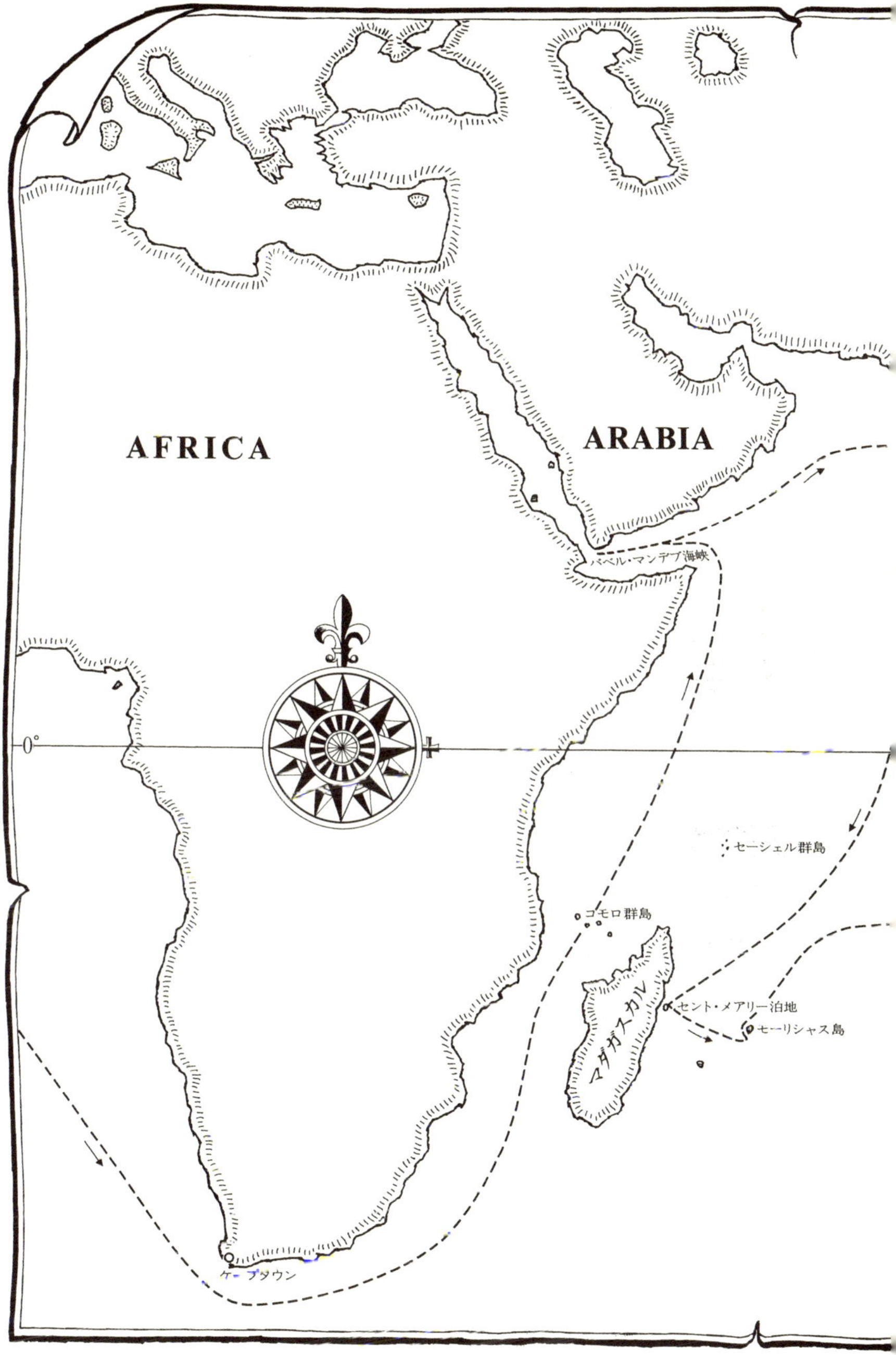

AFRICA
ARABIA
バベル・マンデブ海峡
0°
セーシェル群島
コモロ群島
マダガスカル
セント・メアリー泊地
セーリシャス島
ケープタウン

おもな登場人物

ジェームズ・モア……海賊船『アドヴェンチャー・ギャレー』航海士　のち船長
男爵《バロン》……モア一味のナンバー2
キッド船長……『アドヴェンチャー・ギャレー』初代船長
ブラッドレー船長……海賊船『タイタン』首領
クリフォード船長……海賊船『モカ・フリゲート』首領
トマス・ピット……東インド会社マドラス長官
ベン・ホーキンス……東インド会社の航海士　のち船長（モアの元義兄）
ナタリー……モアの亡妻　ホーキンスの妹
アウランゼブ……ムガール帝国皇帝
シャガラト・アル・ドール姫……アウランゼブの孫娘
スービア……その侍女頭

海賊船『アドヴェンチャー・ギャレー』のおもな乗組員
大樽　ふくろう　穴熊　ドクター　大工頭　奥方
火薬猿《パウダー・モンキー》のビリー　イルカ　歯無しのサム　爺さま　コックの赤鼻
鍛冶屋のプラトン　会計係《パーサー》　幽霊　海馬《セイウチ》　衛兵伍長　火の玉《ファイア・ボール》

新装版

海賊モア船長の遍歴

登場する地名は、古い呼び名をつかっている。

たとえば、ボンベイ。これは最近〈ムンバイ〉と書かれることが多くなっている。現地での発音に合わせようということらしいが、しかしこの物語では、あえて旧来の英語読みで通すことにした。マドラス（現地ではチェンナイ）や、モルッカ諸島（現地ではマルク諸島）なども同様である。

序

モア船長は、
遠い過去の人である。
生まれはイギリスだが、故国でも、今ではその名を知る者は少ないだろう。
モア船長が波瀾の海賊人生を送ったのは、十七世紀から十八世紀にまたがる時代である。日本でいうならば、ほぼ元禄《げんろく》の頃にあたる。たとえば、赤穂《あこう》浪士の討ち入りがあった日、ちょうどかれの一味はインド洋でムガール帝国の船を襲っていたことが、かれの遺《のこ》した『日誌』から判明している。

ところで、
例の有名な旗。――黒地に白く髑髏《どくろ》を染めぬいた旗。

（なぜかそれらの旗は「愉快な《ジョリー》ロジャー」と呼ばれていた）

西洋の海賊といえばすぐにあの旗が思い浮かぶが、しかしジョリー・ロジャーをマスト上に掲げた海賊船が大西洋やインド洋を暴れ回っていた時期というのは、実際にはそれほど長くはなかったようだ。

〈一七〇〇年ごろから三〇年代にかけての短い期間にすぎない〉

と英国史の研究者・別枝達夫氏が書いておられる。

その短い期間に、それこそ我も我もと数多《あまた》の海賊が輩出したのだが、モア船長もそのうちの一人というわけである。
この当時の海賊たちに関する記録としては、同時代に生きたチャールズ・ジョンソン船長による
『海賊史』
という書物がある。（この人物、じつは『ロビンソン・クルーソー』の作者ダニエル・デフォーの変名ではないかという説があるらしい。いや、そうではなく、本物の海賊が偽名で書いたのだろう、と推測する者もいる）
謎の人物チャールズ・ジョンソン。――かれはさまざまな海賊たちの話を紹介しており、なかにはほんの一、二年前のなまなましい裁判記録なども含まれている。つまり『海賊史』は同時代の船乗りに対する実用的な警告の書でもあったわけで、たとえ作者の正体は不明でも、内容については史料としての信憑《しんぴょう》性がきわめて高いとみなされているのだ。
ジョンソンの『海賊史』には、海賊たちがみずから作った掟《おきて》がいくつか紹介されている。そのいずれにも共通する原則は
〈平等の権利と公平な分配〉
である。

一　重要な問題の取り決めにあたっては、乗組員の各々が一票ずつの表決権を持つ。
〔ロバーツ船長一味の掟〕

たいていの場合、

船長をふくめて操舵手《そうだしゅ》や水夫長《すいふちょう》といった〈役職者〉は、すべて表決で選び出された。つまり、船長といえども仲間に対して絶対の権力をにぎっているわけではなかった。そこが、まっとうな船の船長や艦長との違いである。

海賊船の船長は、

乗組員の多数決によって、いつでもお払い箱になる可能性があった。

（ちなみに、ルソーの『社会契約論』が世に出るのは、これより半世紀ほど後のことである。フランス革命が起きるのは一世紀も先の話である）

海賊たちの間で船長の命令が絶対の力を持つのは、獲物《えもの》の船や追っ手の軍艦と交戦している最中に限られた。これは非常時であるから、命令の出どころを一人にしぼって全員がそれに従わなければどうにもならないからだ。とはいえ、もしも采配《さいはい》のふるいかたに落ち度があれば、戦いのあとでそのことを蒸し返されて問責されることもあるから、まことに船長はうかうかしていられない。

その代わり、仲間の信頼に応《こた》えている間は、個室としての船長室をあたえられ、分け前も多めに取ることが認められた。

一　戦利品の分配については、船長ならびに操舵手は二人分、水夫長ならびに砲術長《ほうじゅつちょう》は一・五人分を取るものとする。

〔ロバーツ船長一味の掟〕

その他の平水夫は——少年もふくめて——全員均等割りである。ただし〈役職者〉の分け前の比率は、海賊のグループごとに多少の違いがある。

一　船長の分け前は二人分。操舵手は一・五人分。船医、砲術長および水夫長は一・二五人分。

〔ロウザー船長一味の掟〕

一　船長は一・五人分。操舵手、大工頭、砲術長および水夫長は一・二五人分。

〔フィリップス船長一味の掟〕

いずれにせよ、分け前についての決まりを前もってきっちりさせておく。明朗会計がかれらの身上である。

そのほか、かれらの掟の中身は多岐《たき》にわたっている。

一　賭博《とばく》は厳禁する。

一　船上での仲間喧嘩を禁ずる。争いは両者上陸のうえ、剣とピストルでけりをつけるものとする。

一　捕獲した船には、全員が名簿順に、秩序を守って乗り込むこととする。そのさい獲物の貴金属・宝石・現金をひそかに隠匿《いんとく》した者は、無人島に置き去りの刑に処する。

一　敵との交戦中に逃げ出した者は、死刑もしくは置き去りの刑に処する。

〔ロバーツ船長一味の掟〕

その代わり、

一　敵との交戦によって四肢のいずれかを失った者には、分け前のほかに百五十ポンドを補償金として支給するものとする。

〔ロウザー船長一味の掟〕

一方、こんな掟もある。

一　思慮分別をそなえた女に対し、その女の同意なしに手出しをしようとした者は、すぐさま死刑に処する。

〔フィリップス船長一味の掟〕

一　女を船に連れ込んではならない。女をかどわかし、もしくは男装させて船内に連れ込んだ者は死刑に処する。

〔ロバーツ船長一味の掟〕

女は仲間同士の争いのもとになるからだ。捕獲した船に女がいた場合も、たいていはすぐに釈放したという。監禁して慰《なぐさ》みものにするのは、むしろ異例のことだったという。

……と、こう書いてくると、当時の海賊たちは、さも真面目な堅物《かたぶつ》ぞろいのように錯覚してしまいそうだが、むろん、そんなわけはないのである。

手のつけられない無法者も大勢いた。

たとえば、常軌《じょうき》を逸した悪行の数々によって手下からも「悪魔の化身ではないか」と恐れられた〈黒髯《くろひげ》〉

ことエドワード・ティーチ船長。（かれは長く伸ばした髯を何本にも編んでリボンで結び、耳のあたりで後ろへ回していた）
その黒髯を上回る残虐行為を重ねたエドワード・ロウ船長。（捕獲した商船の船長の唇を切り取らせ、それを本人の目の前で焼肉にしたという）

女は乗せない海賊船。――これにも例外がある。

夫との離婚が許されないことに腹を立てたアン・ボニーは愛人とともに船を乗っ取って女海賊として大暴れしたし、
のちに偶然おなじ仲間に入り、アン・ボニーから言い寄られた色男の海賊は、じつは男装の女、メアリー・リードだった。

この二人の女のことを記述するにあたり、チャールズ・ジョンソンもさすがに作り話ではないかと疑われることを恐れたのか、わざわざこう断わっている。

〈黒髯の話と同様に、二人の女海賊のことはまぎれもない実話なのである。彼女らの裁判に立ち合った大勢の人々が証人である〉

さて、前置きはこのあたりでとどめ、
いよいよモア船長の物語に入ろう。
本篇への入口の扉として、ジョンソンの『海賊史』から、もうひとつだけ引用する。――英国王ウィリアム三世からキッド船長にあたえられた
〈海賊討伐〉

の委任状である。

（このキッド船長は、モアを海賊の道に引き入れることになった人物だが、そもそもキッドの船は、海賊たちを討伐する使命をおびてインド洋へ向かったのだった）

神の加護のもと、イングランド、スコットランド、ならびにアイルランドの王にして信仰の擁護者たるウィリアム三世より、信頼に値《あたい》しかつ忠愛なる船長ウィリアム・キッドに挨拶を送る。余は、よからぬ連中が国際法に違反して、おびただしい海賊剽盗掠奪《ひょうとうりゃくだつ》行為に及び、交易と航海を著しく阻害し、危害を加えていることを聞き及んでいる。これら非道なる行ないを防止することは余の希望するところであり、われらが力の及ぶ限りこれら海賊を法に照らし処罰することが適切と考量する。よって、余は委任状を与え、上記ウィリアム・キッドに対し、海賊を船もろとも拿捕《だほ》し、商品、金銭その他一切を押収する全権限を付与する。ここに、余は、余の指揮官、大臣、および忠愛なるすべての臣民に対し、汝《なんじ》に援助と協力を提供することを命ずるものである。

一六九五年十二月二十六日

ウィリアム王治世第七年

於　ケンジントン宮廷

（朝比奈一郎訳より）

I　キッド船長の船に乗り組む

イギリス国王から海賊討伐の委任状をさずかったキッド船長。かれがその遠征航海のために手に入れた武装船は、

『アドヴェンチャー・ギャレー』

と名付けられた。

三本マストの中型帆船である。

一六九六年春、

『アドヴェンチャー・ギャレー』はロンドンを出帆《しゅっぱん》したのち、

一旦、プリマスに寄港した。——イギリス南西海岸にある古くからの港街だ。大西洋へ乗り出そうとする船は、たいていこの港に立ち寄って最後の準備をととのえる。

だが碇泊《ていはく》中、

キッド船長は船から一歩もおりようとしなかった。部下の航海士に業務の指図《さしず》をまかせ、自分は船長室にとじこもって陰気に黙りこんでいた。

碇泊三日目の夕刻、

船長室の扉をノックする者がいた。

「入れ」

不機嫌に応答すると、

中年の水夫がみょうな愛想わらいを浮かべて入ってきた。

雇い入れて日が浅いため、水夫たちの名をキッド船長はまだ完全には憶《おぼ》えていない。しかし、その男が仲間から

〈大樽《おおだる》〉

と呼ばれていることは知っていた。水夫には珍しいことだが、そういう体型をしているのだ。

「何の用だ」

「じつは、さっき——」

と大樽は話した。「町の酒場へ一杯ひっかけに行ったところ、そこで昔なじみの男と出合ったんです。

そいつも船乗りなんです。歳は三十一で、経験もたっぷり積んでます。で、いまここに連れてきてるんです。この船で雇ってもらえねえでしょうか」

大樽が脇へ寄ると、うしろに男が立っていた。

キッド船長は思わず眉をよせた。

……何だこいつは。

汚れた、しまりのない服装。憔悴《しょうすい》した顔つき。澱《よど》んだ目の色。暗褐色の髪や髯《ひげ》は伸び放題で不潔に縺《もつ》れている。

汚水からひきあげた濡れ雑巾《ぞうきん》のようなやつだ、とキッド船長は思った。

「こいつの名前は、ジェームズ・モアです。すこぶる腕のいい船乗りです。東インド会社の船で航海士をしていた経歴もあるんです」

無言で突っ立っている男の横から、大樽がしきりに売り込んだ。

東インド会社は、巨大企業だ。

ロンドンとインドを往復する船は、どれも堂々たる大型ガリオン船である。

その船で航海士をつとめていた？

この濡れ雑巾がか？

キッド船長は信じなかった。——にもかかわらず、樫《かし》の机の上に雇用契約書をひろげて、ジェームズ・モアに署名させた。

その採用のしかたは、なんとも投げやりなものだった。

じつはこのときのキッド船長は、早くも意気阻喪《そそう》していたのだ。

そうなる理由があった。

この航海を始めるにあたって、かれはロンドンで乗組員を募集し、応募者を篩《ふるい》にかけて百五十名を採用した。その者たちを率いて勇躍出帆したのだが、テムズ河を出たばかりのところで、イギリス海軍の軍艦に停船を命じられ、せっかく集めた水夫たちをごっそり〈強制徴募〉されてしまったのだ。その数七十余名。つまり半数近い人員を取り上げられてしまったわけである。

それも経験を積んだ優秀な働き手ばかりを選《え》りぬいて。

軍艦の水夫は待遇が過酷であるから志願者が少ない。そこで、海軍はしきりにこの種の強制徴募をおこなって、人員不足を補っているのだった。

しかし、ほかの船はともかくとして、キッド船長の『アドヴェンチャー・ギャレー』は国家の委嘱《いしょく》を受けた特命船である。かれは国王からの委任状を取り出して抗議したが、
無駄だった。

「それがどうした」

と一蹴《いっしゅう》された。「こっちだって国王陛下の海軍だ」

残された船員は八十名足らず。しかも、頼りにしていた熟練水夫はほとんどいなくなってしまった。

プリマスに寄港した時点でのキッド船長の心中は、そんなわけで少々荒《すさ》んでいたのである。

大樽が連れてきた濡れ雑巾のような男を、なにやら投げやりな態度で乗組員に加えたのも、そういう事情のせいであった。

やがて気を取り直してプリマスを出帆したキッド船長は、海賊船を求めて長い航海に乗り出した。
乗り出さないわけにはいかなかったのだ。
海賊を捕らえてそれ相応の財貨を押収して帰らぬかぎり、かれはこのプロジェクトに出資した貴族たちに、船の代金およびその他の経費を
自腹で
返済しなければならない契約になっていた。
むっつりと不機嫌な顔で海原をにらみながら、この五十一歳の船長は、消沈する意気込みをなんとか奮《ふる》い立たせようと自分を励ましていた。

ところで、このキッド船長。
かれの名は、
のちに海賊の代名詞のようになり、
その実像を大きくはみだして、さまざまな伝説をおびるようになるのだが、
ほんらいは、
植民地ニューヨークの堅実な市民だった。
スコットランドに生まれ、若くしてアメリカへ渡

り、長い年月をかけて持ち船の船長となった。結婚も四十代半ばと遅かったものの、いまは幼い娘もいる。

太い鼻すじと、がっしりとした顎の、きまじめな風貌だ。

かれは自分の船で貿易をいとなむ合い間に、数年来の敵国であるフランスの船を何隻か拿捕《だほ》したこともある。その功をニューヨーク植民地議会から表彰されてもいる。

今回、こうして海賊討伐船の船長に担ぎ出されたのも、要するに、

そういう実績を買われてのことだった。

キッド船長の目的地は、多くの海賊たちが跳梁《ちょうりょう》するインド洋である。しかしそこへ向かう前に、欠けた人手を植民地アメリカで補充しようと考えた。そこで針路をひとまず

ニューヨークへとった。

『アドヴェンチャー・ギャレー』は総帆をひろげて西航した。

春の風がやや不安定にその向きを変えたが、水夫長の号笛《ホイッスル》に応じて、帆の開き（つまり風を受ける角度）を合わせるために、水夫たちがロープをゆるめたり引き絞ったりと忙しく働いている。

なかに一人、ひときわ手際のよいうごきをする者がおり、

だれかと見ると、

それはプリマスで拾い上げた例の濡れ雑巾だった。

ジェームズ・モア。

かれが東インド会社の船で航海士をしていたという大樽の話は、事実である。

そんな男がなぜ、あのようにみすぼらしい姿でキッド船長の前にあらわれたのか、その事情を知るには、これまでの彼の半生を、ざっとたどってみる必要がある。

生家はプリマスの裕福な貿易商だったが、ジェームズが十二歳のとき、破産した。

ついで母病死。

四歳上の兄が一人おり、父の破産後、兄は見習い水夫としてジャマイカ航路の貿易船に乗り組んだ。ジェームズは遠縁の老教師にあずけられたが、十六歳で、兄とおなじく船乗りの道に入った。

同年、父急病死。

十年後、兄の乗り組んでいた船が大西洋で遭難。これによって肉親は皆無となった。

同年、ジェームズは熟練水夫としての腕を買われて東インド会社に引き抜かれ、インド・アラビア航路の船に乗り組む。

航海士に抜擢《ばってき》されたのは、この翌年だ。

さらにその翌年、帰国中に、同僚の妹ナタリーと結婚。ジェームズ・モアこのとき二十八歳、ナタリーは二十一歳だった。

しかし、新婚の妻をロンドンに残して出た最初の航海で、

かれの乗船は、商人をよそおった海賊一味に乗っ取られてしまった。インド洋の島に碇泊中の出来事である。積み荷もろとも船を奪われ、そのさい果敢に抵抗した船長が殺された。モアは、ほかの船員たちと共に、海賊のお古の小帆船をあたえられて釈放されたが、

会社から海賊一味との内通をうたがわれ、解雇されてしまう。

しかもそのあと悲運がもうひとつ重なった。

かれの帰国と同時に、

妻が失踪し、

数日後、郊外の林の中から死体となって発見されたのだ。

このときも、いったんはモアに妻殺しの嫌疑がかけられたが、有罪とする証拠が揃《そろ》わずに放免された。しかし、他殺か自殺か事故かもはっきりせず、真相はうやむやのままに終わった。

納得のいかぬ妻の親族とのあいだにも気まずいしこりが残り、

以後モアは故郷プリマスに引きこもって鬱々《うつうつ》とした孤独な日々を送っていた。

キッド船長の『アドヴェンチャー・ギャレー』がプリマスに寄港したとき、

モアは、わずかな蓄《たくわ》えもすでに使い果たし、場末の酒場の隅にへたりこんで廃人のような生活に堕《お》ちていた。

その酒場に『アドヴェンチャー・ギャレー』の乗組員の一人がたまたま立ち寄った。それが大樽である。モアが東インド会社に引き抜かれる前、長く一緒の船に乗っていた男で、見習い水夫のころからのモアを知っている温厚な中年男だ。

大樽は、モアのありさまを見て驚いたようだ。そして、見るに見かねたのだろう、半ば無理やり引っ立てるようにして、『アドヴェンチャー・ギャレー』へと連れてきたわけである。


キッド船長の下で一水夫となったモアは、久しぶりに船上で立ち働くうちに、ようやく強度の鬱状態から醒《さ》め、生気が体にもどりつつあった。

東インド会社にいたころのモアは、四百トンを超える大型ガリオン船に乗り組んでいた。だが、それ以前の十年間には、ずっと小ぶりのブリガンティン船や、軽快なスループ船にも乗り組んだことがある。


それらから見て、〈三百トン弱〉のこの『アドヴェンチャー・ギャレー』は、とりたてて大きくもなし、小さくもなしといったところだ。

（ちなみに、これより二百年前のコロンブスの『サンタ・マリア』は百トン余り。百二十年前のドレークの『ゴールデン・ハインド』もほぼ同様である）

『アドヴェンチャー・ギャレー』が普通の民間船にくらべて異彩を放っているのは、この大きさで三十四門という備砲の多さだった。これは、軍艦なみの重武装である。

加えてこの船は、足も速かった。

モアは、斜め後ろからの風、すなわちクォーター・ウィンドで帆走するときの『アドヴェンチャー・ギャレー』の目をみはる快速ぶりが大いに気に入った。

が、逆風をジグザグに間《ま》切《ぎ》ってゆくさいのせわしい操帆《そうはん》のさなか、一瞬裏風が入ってバタつく帆布《ほぬの》の反抗的な暴れ方も、それはそれで懐かしく思えた。

いずれにせよ、航海中の水夫は忙しい。四時間ごとの当直だけでなく、非直のあいだも雑用がある。たとえば古いロープをせっせとほぐしてまだ使えそうなところを集める。それを撚綱機《スパニャーン・ウインチ》で撚《よ》り合わせて新しいロープをつくる。

あるいは傷んだ帆布を繕《つくろ》う。

湿ったハンモックを風に当てる。

つまり手や体をつねに動かしている。怠けることを許されない。――暗鬱な想念に独りひたりこむ時間など、ほとんどなかった。それが、重い鬱状態にあったモアにとっての
一種の療法になった。

船体や静索《せいさく》（固定して張られたロープ）に塗られた木炭油《タール》のにおい。これも、かれには気付け薬のような役割を果たした。

出帆後ひと月もすると、なまっていた筋力もよみがえり、支檣索《ししょうさく》の縄梯子《なわばしご》をよじのぼる速さは、ほかの乗組員のだれよりも速くなっていた。

強風下の畳帆《じょうはん》も、マスト上の帆桁《ほげた》にいちはやく取り付いてきぱきとこなした。そしてそんな作業を終えてふと見おろすと、
船尾甲板《かんぱん》からじっと見あげているキッド船長のギョロリとした青い目と視線が合ったりした。

モアの機敏なうごき、
そして不精ひげを剃《そ》ってさっぱりとした誠実そうな風貌。

なにもかも、最初に見たときの様子とはあまりにも違うために、キッド船長は顎の下を掻《か》きながら、狐につままれたような顔をしていた。

『アドヴェンチャー・ギャレー』は七月四日にニューヨークに着いた。

以後二カ月をかけて、キッド船長は乗組員の補充に労力をついやした。

この街にはかれの妻子がいる。しかし、だからといって、わが家でゆっくり時間を過ごしているわけにはいかなかった。日程が遅れれば、経費の消耗もそれだけ増える。

初めは、ロンドンでのときと同じように、なるべく良質の船員を集めようと努めた。

熟練度や能力。

そんな意味だけではない。

いわゆる無頼漢。――これをできるだけ排除したかった。航海中の叛乱は、えてしてこういう連中が火元になるからだ。

だが、しだいにその篩《ふるい》の目を広げていかざるを得なくなった。植民地アメリカには、良くも悪くも自由気ままな風が吹いており、ごろつきまがいの者やイギリス本土に居られなくなったお尋ね者が、のびのびと羽根を伸ばして暮らしている土地でもあった。それを細かくチェックしながら採用していたのでは、いつまでたっても欲しい人数は揃《そろ》わない。

キッド船長は、
ついには開き直ったように無造作に、相手の顔もろくろく見ずに雇用契約をむすびだした。プリマスでモアを採用したときのように。

……あの濡れ雑巾の例だってある。

と、かれは自分に言い訳した。人間、見ただけじゃあ解《わか》りゃあしない。

けっきょく七十名余りを乗船させた。合計百五十五名。これでようやくロンドン出港時の陣容に戻すことができた。

九月六日、

『アドヴェンチャー・ギャレー』はニューヨークを後にした。

マディラ諸島でワインと果物を積み、ヴェルデ岬諸島で水と食糧と塩を補給した。そこからアフリカ南端の喜望峰《きぼうほう》へと向かうこの航路は、かつて東インド会社の船に乗り組んでいたモアにとっては、すでに馴染みのものである。

南半球は春から夏へと移りつつあった。赤道を越え、南緯が徐々に高くなっていっても、寒気が寄せてくることはなかった。

土曜の朝の甲板磨きも、したがってさほど苦にはならない。砂と水がまかれた上甲板。水夫たちは裸足になってズボンをまくりあげ、四角い石を両手で押さえつけるようにして甲板をこする。この石を〈聖なる石《ホーリー・ストーン》〉と呼ぶのは、厚みや大きさが聖書に似ているのと、そしてこの作業そのものが、ひざまずいて祈っているように見えぬこともないことからきた水夫一流のジョークだ。

ホーリー・ストーンでこすったあとを、ほかの者が箒《ほうき》で掃く。バケツの水で洗いながす。雑巾でざっと拭きとる。

ある朝、モアの横で甲板磨きをしていた水夫がふと手を止めて、

「しけが来る」

とつぶやいた。

モアは顔をあげてその男をみた。ニューヨークで乗り組んだ水夫の一人だ。

〈奥方〉

という綽名《あだな》が付いているのは、そういう外見や言葉づかいをしているというのではなく、髯面《ひげづら》の、柄《がら》の悪い男のくせに、
すぐに貧血で倒れるからだった。

モアは空の色を見あげ、風の気配を読み取ろうとしたが、荒れる兆候は感じられなかった。しかし、日暮れ近くになって、奥方の言葉が当たっていたのを知ることになった。

水平線にあらわれた不気味な暗雲が、空を低く覆いながら躙《にじ》り寄ってきた。

どうしてあんなにも早く予知できたのか、それをモアが尋ねると、
空気の膨らみ具合のかすかな満ち引きが耳の奥で感じ取れるのだ、
と奥方は答えた。貧血ぎみで過敏体質のこの男は、のちにモアの一味に名を連ねることになる。

それはともかく、
夜半から明け方にかけて、海面ははげしくうねりだし、
張りめぐらされたロープが強風の中でいっせいに口笛のような音を鳴らしはじめた。

夜が明けても太陽はなかった。波浪が高く頭をもたげて上甲板になだれこむようになった。

「デッキ洗いの手間がはぶけていいや」

と水夫の一人がうそぶいた。

やがて船首斜檣《バウスプリット》が波の壁に突っ込みながら不気味にしなって見えるようになった。そのあたりから、

水夫たちのジョークはめっきり減った。
モアは自分の持ち場である前檣《フォアマスト》の操帆動索《どうさく》のそばにいたが、
見ると、
病気で下甲板に寝ていたはずの水夫が上甲板にあらわれている。
「下にいると」とその水夫はいった。「あっちこっちうるさく軋《きし》みやがって、ゆっくり寝ちゃいられねえ」
下甲板に閉じ込められたままで沈没する羽目になるのが厭《いや》だったのに違いない。
風向きは、
徐々に右転していた。
船は、その風を左舷《さげん》船尾から受けて嵐の外への脱出をもくろんでいた。
しかし向きが安定せず、とつぜん風上の方へ船首が切れ上がって逆帆になったりした。
操船が安定しないのは、
帆を減らしすぎたせいだ。
モアがそう思ったとき、水夫長の号笛《ホイッスル》がロープの風鳴りにまじって耳に届いた。
縮帆していた帆を展《ひろ》げよ、
という指令だった。
船尾甲板をふりむくと、水夫長と航海士にはさまれて立つキッド船長の姿があった。船内で最も高いその甲板に、
このとき、
それよりも高く盛りあがった追い波が、船長たちの背後からしぶきをあげてなだれ落ちるのが見えた。
航海士が後檣《ミズンマスト》に叩きつけられて起き上がれなくなった。そのまま水夫たちに担がれて最下甲板のドクターのもとへ運び下ろされた。肋骨《ろっこつ》が何本か折れてしまったようだった。
その後も、風と波浪はますます激しさを増した。船は何度も海水をかぶり、水夫たちは二基の手漕《てこ》ぎ排水ポンプを交代でフル稼働させた。
帆が二枚、破れた。
嵐からの脱出は、どうやら無理のようだった。これ以上の悪あがきは危険だった。
キッド船長もとうとう諦めたようだ。

帆を畳め、
という指令が出された。漂流しながら嵐をやり過ごそうというのだ。ほかに取るべき方法はなかった。

畳帆を命じられた水夫たちは、体を吹き飛ばされぬよう、風上側の縄梯子をつたって登り、暴れ狂う帆布に手こずりながら、それを帆桁《ほげた》に縛りつけようともがいた。作業中、
一人が海へ落下し、
泡立つ海中に浮き沈みして、まもなく見えなくなった。

救助の手段など何もなかった。落水者を悼《いた》んでいる余裕すらなかった。モアもあやうく転落しそうになり、畳帆作業を終えて無事に甲板へおりたあとは、しばらく身動きできぬほど疲れきっていた。

『アドヴェンチャー・ギャレー』は激浪のなかで大きな揺り籠のようになっている。横波をうけて、恐ろしいほどの傾きになる。

船というものは、船首からの波には強いが、横波に弱い。

モアは疑問に思った。

なぜ
〈シーアンカー〉

を流さないのだ。

この船でのモアはそうしたことに口を出す立場にはいなかったが、しかし船の横揺れがいまにも限界を越えそうに思えたため、黙っていることができずに、キッド船長のいる船尾甲板へと向かった。全員の命にかかわることだった。

さながら泥酔者のようによろめきながら、モアは後部甲板への階段を登り、さらに船尾甲板へと登りかけた。

それを見とがめた水夫長が、
暴風にも負けぬ雷のような声でモアを怒鳴りつけた。船尾甲板は平水夫には勝手な立ち入りが許されない場所なのだ。

モアは階段の途中に足を置いたまま、キッド船長に向かって叫んだ。

「おれの意見を聞いてほしい！」

大柄な水夫長は風と波しぶきとに目をしかめながら、

キッド船長の横顔をうかがった。船長は、つかまっていたロープから片手を離し、アッパーカットを入れるような手つきで、モアを招き寄せた。

モアの進言を容《い》れて、キッド船長は大工たちにシーアンカーを造るよう命じた。

船倉の材木置き場から二本の太い角材が運びあげられ、それを十字に組み、細手のロープを幾重にも襷《たすき》掛けにして固く縛る。そこへ予備の帆布をしっかりと張る。

できあがった菱形のカンバスの下端に小型の錨を結びつけて錘《おもり》にし、

四隅に太いロープを取り付ける。

だが、作業のあいだも重い大波が飽くことなく上甲板をおそい、ひときわ巨漢の大工頭でさえ、そのたびに、もんどり打って押し転がされるありさまだった。

やがて、ようやく完成したシーアンカーが、数人がかりで船首から海へ落とされた。

シーアンカーに取り付けたロープの端は、船首衝角《しょうかく》に固縛してある。

つまり、

シーアンカーは

〈巨大な凧《たこ》〉

なのである。空を泳ぐのではなく、海に潜る凧である。この凧は水面下で直立し、

ブレーキの役割を果たす。

風浪に押し流される船を引き止めようとする。

凧のロープを船首に結びつけておけば、船首はつねに風上を向くようになり、危険な横波におびやかされることなく、

安全に漂流することができるのだ。

しかし、このときの嵐はすさまじかった。最初に海中へ投入したシーアンカーは、まもなくロープが切れて失われてしまった。二度目にはロープを二本にして造り直された。

ついでに

〈油〉

を撒《ま》いてはどうかというモアの進言をも、キッド船長は採用した。おのれの権威を侵されることを嫌う狭量さは、このときのキッド船長にはなかった。
すぐさま船倉から油の樽がぜんぶ運びあげられ、船首から海面にまかれた。うねりに対してはあまり役立たないが、しぶきとなって襲ってくる波浪は、それでいくぶん鎮めることができた。

……嵐が通過したあと、
モアは船長室に呼ばれた。
キッド船長はモアに西インド諸島産の葉巻をすすめて、こう告げた。
「航海士は重傷だ。当分、病室で療養することになる。——そこで、きみに代理をつとめてもらいたい」

その嵐から十日後のことだった。
『アドヴェンチャー・ギャレー』は、自分たちと並航するかたちで南へ向かう軍艦の姿をみとめた。
軍艦は、四隻の艦隊を組んでいた。
よもや敵国フランス海軍では、と全員が緊張したが、キッド船長は遠眼鏡によって、各艦のマストに掲げられたイギリス国旗を確認した。（この当時のユニオン・ジャックは、白地に赤十字の聖ジョージ旗と、青地に白いX十字の聖アンドリュー旗だけを重ね合わせたもので、白地に赤いX十字の聖パトリック旗はまだ加えられていない。つまり、X十字の部分にはまだ赤は入っておらず、白い線のみがくっきりと浮き出ていた）
キッド船長は、イギリス艦隊に向かって船を寄せていった。
その四隻の中に、テムズ河口の沖で『アドヴェンチャー・ギャレー』の乗組員を強制徴募した艦がいるかと見てみたところ、
それはいなかった。
いずれにせよ、あれ以来、自国の海軍にあまり良い感情を抱いていないキッド船長であったが、しかし今は
かれらに頼み事をしなければならない事情ができ

ていた。

それは帆布の調達だった。――先日の嵐で、『アドヴェンチャー・ギャレー』は帆布をだいぶ失ってしまった。おかげで予備が無くなり、今後の航海に不安があった。そこでキッド船長はイギリス艦隊から余分な帆布を少々分けてもらおうと考えたのだった。

風上側から艦隊に擦《す》り寄っていったキッド船長は、船名と目的地とを、声の大きい水夫長に叫ばせ、〈表敬訪問〉の意思をつたえさせた。艦隊の旗艦から受諾の返事があったので、キッド船長は船の停止を航海士代理のモアに命じた。

モアは、
水夫長の号笛合図を通じて各マストの主要な帆を絞らせた。そして前檣《フォアマスト》と後檣《ミズンマスト》の帆桁は横風を拾うかたちに置いたまま、主檣《メインマスト》の帆桁だけを逆帆になる角度に回して裏風を入れさせた。

つまり、
絞り残した帆の向きをちぐはぐにすることで推力を相殺したのだ。

艦隊側もそれに応じて同様の操帆をし、停船してキッド船長の訪問を受け入れる態勢をとった。

『アドヴェンチャー・ギャレー』からボートがおろされ、モアも随行を命じられて、キッド船長とともに乗り込んだ。八人の水夫がそれを漕《こ》いだ。

ふたりは旗艦の提督室《ていとく》にむかえ入れられ、ワインをふるまわれた。

軍艦の内部というものは牢獄のように殺伐としているが、しかし大型艦の提督室だけは別世界だった。豪華な調度がしつらえられ、
宮廷のサロンと見まごうほどである。

この艦隊を率いる提督はトマス・ウォーレンという名で、キッド船長より十歳ほど若く、上流階級の英語を話した。艦内の雰囲気は『アドヴェンチャー・ギャレー』とは比較にならぬほど引き締まっており、ウォーレン提督の厳格な指揮ぶりが感じとれた。

「われわれの行き先はマダガスカルだ」

と提督は話した。

アフリカ東岸の沖にあるその大きな島は、いまやインド洋を荒らす海賊たちの〈巣窟《そうくつ》〉として知られていた。

「では、お互い、共通の使命を背負っているわけですな」

とキッド船長は仲間意識をことさらに表わしてみせ、国王からの委任状を披露して、海賊討伐への意気込みを語った。

ウォーレン提督はその委任状にざっと目を通したあと、うすい苦笑とともに、かたわらの艦長にそれを回した。敬意を欠いたしぐさだった。キッド船長はテムズ河口のときと同じ憤《いきどお》りをおぼえかけたが、それは抑《おさ》えて、本来の用件をおもむろに切り出した。

帆布の不足をうったえ、譲与を依頼した。

しかし、提督の返事はすげなかった。

「わが艦隊は商船隊ではない」

と、不快げにいった。

「そこを何とかお願いしたい」

キッド船長は下手に出る。「多くは望みません。余分な帆布を、たとえわずかでも分けていただけぬかと……」

「断わる!」

提督は気みじかな性格のようであった。手にしていたグラスをやや手荒くテーブルに置いた。赤ワインがこぼれて、紺の軍服の袖をふちどる金モールにふりかかった。

斜め後ろに侍立《じりつ》していた若い副官が、すばやく白い手巾をとりだして提督の袖をぬぐう。——気難しい主人に使える召使いのような物腰だ。

「他船に分けあたえてやるほどの余剰物資など積んでいない。たとえあっても、民間船に譲与する義務はない」

ウォーレン提督に突き放されて、キッド船長の顔に血がのぼった。船長は椅子をきしませて振り向き、後ろに立つモアに手をのばした。

……は?

とモアは目で問いかけた。

キッド船長は苛立《いらだ》った声で、

「委任状だ」

といった。「国王陛下の委任状をよこせ」

モアに持たせていた例の委任状をもぎとり、もういちど提督の目の前にひろげてみせた。

「さきほど、これをお読みいただいたはずだが」

そこには、官民を問わず、キッド船長に
〈援助と協力〉

を提供するよう命ずる文言がしるされている。

にもかかわらず、
提督は取り合わなかった。

「海賊討伐に名を借りて、その実、きみたちの目的は、海賊の盗品を横奪《よこど》りして金儲《もう》けをすることではないか」

そう言い放った。

提督は、正規の海軍軍人でもないキッド船長をあからさまに見くだしていた。


キッド船長は委任状をしまいながら捨てぜりふを吐いた。

「そういうことであれば、こちらもやむを得ない。国王陛下から委託された任務を果たすためには、こんご最初に出遭う商船から、強制的に帆布を徴発するしかない。その責任はわたしにではなく、あなたにある」

この言葉がウォーレン提督を激怒させた。キッド船長は即刻退艦を命じられた。

キッド船長のほうでも憤然として席を立った。モアをしたがえてさっさと舷門から縄梯子《なわばしご》をおり、ボートに乗り移った。

だがウォーレン提督はそのままでは気がおさまらなかったと見える。ボートが舷側《げんそく》を離れはじめたとき、
艦長が上甲板から身を乗り出すようにしてこう叫んだ。

「提督の命令をつたえる。明朝、貴下は幹部乗組員全員を同道のうえ、あらためて本艦まで出頭するように」

憮然《ぶぜん》とするキッド船長をのせて、ボートは夕暮れの海上を『アドヴェンチャー・ギャレー』へと引き返していった。

キッド船長は出頭しなかった。

夜のうちに艦隊のそばから逃走してしまった。

月のない暗夜であったため、なんとか気づかれずに逃げることができた。ただし、風が凪《な》いでいたので、

下甲板の舷側に並んだ穴から長いオールを出して水夫たちに漕がせた。——『アドヴェンチャー・ギャレー』がその船名に〈橈漕船《ギャレー》〉という古めかしい呼称をわざわざ付けたのは、外洋船としては今どき珍しいこんな芸当を、非常のさいに発揮できるよう設計されていたからであろう。

夜中の力仕事に水夫たちは不平顔であったが、三時間後、

ようやく風が出た。

船にある限りの帆を総動員し、夜が明ける前に姿をくらますことができた。

白々と明るみはじめた空の下、不眠で充血した目をしょぼつかせて船尾甲板から陰気に後方を眺めるキッド船長を、

モアは無言で見ていた。

本来の予定では、このあと船はアフリカ南端のケープタウンに寄港することになっていた。

インド洋への長い航海をする船にとって、ケープタウンは、

大砂漠のなかのオアシスにも譬《たと》うべき、重要な寄港地である。

なによりも水の質がいい。日持ちがして腐りにくい。

それに穀物をたっぷり買い込める。——土地が肥《ひ》沃《よく》なので、入植者が農園をいとなんでいるのだ。

広い葡萄《ぶどう》園のおかげで、ワインも安く手に入る。

羊肉、牛肉。これも廉価だ。

鶏、家鴨《あひる》、七面鳥。……何でもある。

補給地としては、まさに最上級の港である。

だが、
キッド船長は乗組員につげた。
「このまま無寄港でインド洋へ入る」
かれはイギリス艦隊との再遭遇をおそれていたのだ。ケープタウンに立ち寄れば、艦隊との鉢合わせは避けられない。命令を無視して逃走したキッド船長を、ウォーレン提督が黙って見逃すとは思えなかった。
『アドヴェンチャー・ギャレー』は喜望峰の沖を遠く回りこみ、ウォーレン艦隊の目をのがれながら、
こそこそと、
インド洋へ入りこんだ。
キッド船長の心に、何か屈折したものが入りこみ始めた。モアはその屈折を、こののち間近でじっと見つめ続けることになる。
ウォーレン艦隊の目的地はマダガスカルだと聞いていたから、キッド船長はそこへ近寄ることを避け、
少し離れた
〈コモロ群島〉
の泊地に船を入れた。
マダガスカル同様、
この小さな群島にも、海賊船がしばしば補給や休養に訪れる。そういう情報を、キッド船長はロンドンで仕入れてきていた。
「しばらくここで網を張ることにする。あてもなく洋上を巡回するよりも、そのほうがずっと確実だ」
モアをふくむ幹部乗組員を集めて、キッド船長はそう言い渡した。
コモロ群島は、
火山の噴火がつくった四つの島々から成っている。熔岩と火山灰でできた黒い土壌のうえに、樹林が鬱蒼と生い茂っている。
ここは南緯十二度。つまり熱帯である。加えて、雨季のさなかでもあった。
碇泊が長引くにつれて、熱病で倒れる乗組員が続出した。病人は船からおろし、陸上に仮小屋をつくって収容したが、
結局三十名が死んだ。そのなかには、肋骨《ろっこつ》骨折の予後の不調に苦しんでいた航海士も含まれていた。

キッド船長は、群島内の別の島へ船を移動した。

だが、そこでも

二十名が死んだ。

その間、海賊船は一隻もあらわれなかった。

抜錨《ばつびょう》して周辺の海をしばらく行き来してみたが、それでも出遭わなかった。

この付近を巣窟にする海賊たちはどの一味も皆、獲物を求めて遠方へ出払っているらしい、という情報が、島の現地民の口を通じて入ってきた。

モアが付けていた日誌の日付は、すでに

一六九七年六月末

になっていた。

人員の補充を終えてニューヨークを発《た》って以来ほぼ十カ月である。『アドヴェンチャー・ギャレー』の収穫はいまだに何一つなく、

ただ病人と死者だけが増えていった。

ある日の夕暮れどき、

雨のなか、碇泊中の船の上甲板を見回っていたモアのそばへ、

大樽が近寄ってきた。モアをこの船に引っぱりこんだ例の中年水夫だ。

「なあ、ジェームズ」

と大樽はささやいた。「ちょっとよくねえ空気だぜ」

木炭油《タール》を塗りこんだ雨よけ帽子の庇《ひさし》から、滴が切れ目なくしたたり落ちている。

「乗組員たちのことか?」

「そうだ。ニューヨークで乗せた連中が、とりわけ荒れている。このままじゃ何が起きるか判らねえぞ」

モアは黙って吐息をつき、

ふなべりから外をながめた。つよい雨脚に叩かれて、仄暗《ほのぐら》い入り江の水が一面に毛羽だっている。

乗組員たちのあいだに不穏な気配が広がりつつあるのは、モアもうすうす感じていた。だが、大樽がわざわざそれを言いにきたということは、もはや沸《ふっ》騰《とう》点寸前にあるということだろう。叛乱が起きるのは時間の問題だった。

この船の乗組員に固定給はない。海賊船から押収

する財貨の四分の一。それが全員に分配されるという契約である。つまり、
収穫がなければ、
報酬もないのだ。

「こんなところでじっと網を張っていたって何も掛かりゃしねえ。そう思わねえか、ジェームズ。それよりインドかアラビアまで出向いて、その沿岸で海賊船を捜すほうが見込みがある」

大樽の言葉は、おおかたの乗組員の意見なのだろう。そして、モアもじつは同じことを考えていた。

雷光がはしり、
島の樹林が青白く浮かびあがった。

モアが言うと、

「船長に話してみる」

大樽は、頼んだぞ、というように肩を一つ叩いて離れていった。

モアは船長室をおとずれた。

キッド船長は、
暗く蒸し暑い室内に独りすわって、黙然と床を見つめていた。

牢獄の囚人のような姿だ、
とモアは思った。陰鬱に沈みこんで、顔もあげなかった。

モアは、低い天井からさがる吊りランプに火をともしたのち、
おさえた口調で進言した。——海賊船があらわれるのをここで待ちつづけるのではなく、かれらを追い求めて捜索航海に出るべきではないのか、と。

しかし、その言葉はキッド船長の神経を逆撫でしただけだった。

船長は不機嫌に顔をしかめた。

「そんなことは、今さらきみに言われるまでもなく、これまでに何度も考えた。だが——」

船尾の窓が一瞬あかるみ、
また雷鳴がとどろいた。その窓の外をするどく指さして、キッド船長はつづける。

「だが、今ここを離れて出て行けば、稼ぎを終えて戻ってくる海賊どもと行き違いになるかもしれん」

モアは、できるだけ穏やかに反論した。

「ですが、海賊連中が必ずこの群島に戻ってくると

いう保証は何もありません」

「黙れ！」

キッド船長はいきりたった。

立ちあがって歩み寄り、モアの胸板に人差し指を突きつけた。

「出すぎた口をきくな」

「船長への助言も、職務のうちだと心得ています」

「きさま……きさまは航海士を馘《くび》だ」

これはモアへの八つ当たりだった。

キッド船長は追いつめられていた。
船体の修理や食糧の調達、それらの経費もかさみ、携《たずさ》えてきた現金はもはや底をついている。このままでは、財貨を得るどころか、
多額の投資が煙のように消えてしまいかねないところまで来ていた。
もしも無収穫で帰った場合は、投資された金額を、かれが自腹で返済しなければならない。――出資者の貴族たちと結んだこの契約のことが、キッド船長の頭を占めていた。

いま考えれば理不尽なまでに割の悪い契約であるが、それにサインをしたときには、何の心配もしていなかった。かつて大西洋でフランス船を一度ならず拿捕《だほ》した経験から、キッド船長にはつよい自信があった。まして三十四門もの備砲をもつ快速船『アドヴェンチャー・ギャレー』でなら、インド洋へ入るやいなや、目にした海賊船を片っ端から捕獲して回れるものと考えていた。海賊たちが東インド会社やムガール帝国の船から奪った財貨をことごとく押収し、
巨万の富を積んで帰還することを、
あの時点では確信していた。
だが、振り返ってみれば、この航海には最初からつまずきがあった。
出発早々テムズ河口の沖で熟練水夫を海軍に強制徴募された。あのせいで、人員の補充に前後数カ月を空費した。
そして、南大西洋でのウォーレン艦隊との悶着《もんちゃく》だ。災いを避けるつもりでケープタウンには寄らずにそのままインド洋へ入ってしまったのだが、

そのために、
海賊たちの動静についての最新情報をあらかじめ仕入れておくことができなかった。
もうひとつ加えるならば、ウォーレン艦隊との再遭遇を恐れてマダガスカルを敬遠したことだ。ロンドンで立てた計画通り、最初にマダガスカルへ直行していれば、
その長い沿岸のどこかで、
少なくとも一隻ぐらいは捕獲できたかもしれない。
不運と齟齬《そご》とが重なって、完全にチャンスを逸《いっ》してしまった。
キッド船長はイギリス海軍を呪《のろ》い、
出資者の貴族たちを呪い、
自分自身を呪った。

「聞こえんのか。航海士を解任すると言っとるんだ。さっさとこの部屋から出てゆけ」
モアは吐息をのこして退出し、
暮れなずむ雨の上甲板に佇《たたず》んで、畳帆された三本のマストをむなしく見あげた。

だが、その夜おそく、
キッド船長から幹部乗組員に呼集がかかった。航海士を罷免《ひめん》されたはずのモアも呼び出された。
ランプの明かりの中に憔悴《しょうすい》した顔を浮かびあがらせて、
キッド船長は低くいった。
「夜明けとともに出帆準備に取りかかる。待ち伏せの方針を変えて、捜索航海に出る。最初の目的地はアラビアだ」

コモロ群島を出た『アドヴェンチャー・ギャレー』は、アフリカ東岸沖を北上し、
アラビアとアフリカとに挟まれた狭い海峡に達した。
バベル・マンデブ海峡。
紅海の出入口である。
船の通行量が多いこの場所は、海賊たちの稼ぎ場の一つになっている。獲物を求めて島かげで網を張る海賊船。それを見つけ出して捕獲しようと、キッド船長は考えているのだ。

だが、『アドヴェンチャー・ギャレー』はここでもつきに見放されていた。

いつまでたっても海賊船との遭遇はなく、付近の港で収集した情報にも、めぼしいものはなかった。

モアは罷免を取り消されて再び航海士の仕事をしていたが、ある日、一日の終わりの報告をするために船長室に入ってゆくと、
キッド船長が、船尾の窓から外を見ていた。近づいて横に立ったモアを見返ろうともしない。

船長は、六隻のムガール商船が夕暮れの海峡を通過してゆく姿を眺めているのだった。

積み荷を満載しているらしく、
どの船も船体がずっしりと深く沈んでいる。大きな三角帆《ラテン・セール》に北からの弱風を真追風《まおって》に受けて、ゆっくりと海峡から出てゆこうとしていた。

その船団を、キッド船長は何かに憑《つ》かれたような底光りのする目で、じっと睨《にら》みつづけている。

モアが声をかけると、

「何だ」

と低く答えたが、
船団に向けた粘りつくような視線を外そうとはしなかった。——このときキッド船長が何を考えていたのかを、
モアはその夜、知ることになった。

船長室に幹部乗組員を呼集したキッド船長は、長いためらいを見せたのち、
かすれた聞き取りにくい低声で、

「海賊船さがしは本日かぎりやめにする」

と告げた。

湧き起こるざわめきを静めようともせずに、

「明日からは——」

と言葉をつづけた。聞き取ろうとして、誰もが自然に口をつぐんだ。

「相手が海賊かどうかにかかわらず、目に入ったすべての船をわれわれの標的とする」

「ということは、つまり……」

と、どもりながら訊《き》き返そうとする者がいた。しかし、訊き返さずとも、
キッド船長の言葉の意味は一つしかなかった。

「誰か異論はあるか？」

しばらく言葉を発する者はいなかった。

〈絞首台〉に吊される自分の姿を、誰もが思い浮かべていたに違いなかった。

だが、一人として反対を唱える者も、キッド船長を諫《いさ》める者もいなかった。

キッド船長だけでなく、『アドヴェンチャー・ギャレー』の乗組員の誰もが、自分たちの不運に歯噛みし、やり場のない苛立ちを抱えて爆発寸前になっていたのだ。

「航海士、きみはどうなんだ」

キッド船長の青い大きな目玉がやや血走っている。それをじっと見返して、
モアはいった。

「おれは以前、このインド洋で海賊に船を乗っ取られたことがあります」

みなが彼の顔をふり返った。

「そのあと、おれは、会社から海賊との内通をうたがわれました。船長は勇敢に抵抗して殺されたが、おれはピストルを持っていたのに目の前の海賊を撃とうともしなかったという理由です。……おれは、あのとき呆然としていたんです。大西洋で遭難したはずの兄が、湾刀《カトラス》を手にしておれの前に立っていたからです」

みなは黙って耳を傾けている。キッド船長も何やら言葉に詰まったような顔つきだ。

モアはつづけた。

「一味がわれわれの船を乗っ取ったあと、兄はおれにも仲間に加わるように勧めました。おれは断わりました。あのときは、結婚したばかりの妻がロンドンにいたからです。――だが、今はちがう。おれを待っている者など、もはや世界のどこにもいはしない」

モアは、キッド船長に対する答えをいった。

「船長の決心に、おれも乗ります」

みじかい沈黙ののち、
水夫長が太い声で同意を表明した。

砲術長、
大工頭も、
キッド船長に従うことを誓った。

海賊船『アドヴェンチャー・ギャレー』が、このとき誕生したのだった。

Ⅱ　海賊行為に手を染める

海賊への転身を決めた五日後。
アラビア沖は、
この日、
風が弱かった。
その弱い風を精いっぱい搔き集めるために、『アドヴェンチャー・ギャレー』は帆という帆をありったけ展《ひろ》げて、めざす獲物を追跡した。
「風上側から寄せてゆけ」
とキッド船長は、航海士のモアに指図した。
行く手には十四隻の船団がいる。
ムーア人の船団である。
ムーア人。
もともとは、スペインを征服したイスラム教徒をヨーロッパ人がそう呼んだのだが、この時代には、アジア・アフリカの
〈イスラム教徒全般〉
をあらわす言葉として使われるようになっていた。
ムーア人たちの船は、インドのムガール帝国（これもイスラム教の国である）の船とともに、この海域をさかんに行き交っている。
それらの積み荷は種々さまざまだが、とくに、王族・豪族の持ち船には、
金銀宝石をはじめ
香料
絹
ペルシャ絨毯《じゅうたん》
見事なアラブ馬など、
財物としての価値の高い物品が必ずといってよいほど積み込まれている。
ヨーロッパ人の海賊たちがはるばる喜望峰を回ってインド洋にまで入り込んできた理由も、つまりはそれである。かれらにとって、ここは
〈宝の海〉
だった。
キッド船長ひきいる『アドヴェンチャー・ギャレ

ー』も、いま、その宝の海にいる。

この海で暴れる海賊船を討伐し、不法に収奪された財貨を押収して帰るはずだったキッド船長だが、そのかれが、不運と焦燥に追いつめられたあげく、当初の名分をかなぐり捨てて、みずから海賊行為に手を染めることに心を決めた経緯《いきさつ》は、前章で語った通りである。

そして今、『アドヴェンチャー・ギャレー』は、いよいよ海賊船としての最初の襲撃を試みようとしていた。

一六九七年八月十五日のことである。

キッド船長が狙いをつけたムーア船団は、大きな三角帆《ラテン・セール》をひろげ、弱風のなかを、
ゆったりと、
のどかに、
東をめざしている。真新しい白い帆もあれば、灰茶色にくすんだ帆もある。

最も高価な財物。

それを積んでいそうな船は、果たしてどれか。その目星をつけようとして、キッド船長は一隻ずつを遠眼鏡で観察しはじめた。

が、船団全体を見まわしていたモアは、最後尾に、〈軍艦〉のような船が一隻いることに気づき、
それをキッド船長につげた。フリゲート艦型のスマートな中型三檣《さんしょう》帆船である。

イギリス東インド会社にいた経験から、モアは知っていた。――このあたりを航行する船は、海賊の襲撃から身を守るために船団を組み、ヨーロッパの貿易会社の船に護衛を依頼していることが多いのだ。この海域にいるヨーロッパ船はたいてい重武装で、商船であると同時に、軍艦の役割も果たせるように造られていた。

「あれはオランダ船だな」

キッド船長は遠眼鏡をかざして、その船の旗を確認した。

「どうしますか」

とモアは訊《き》いた。

襲撃を取りやめるのかどうか。

キッド船長は熱帯の日射しに目を細めて、かすかに靄《もや》のただよう紺碧の海をじっくりと見わたした。

「見てみろ。この船団は、破れた魚網みたいだと思わんか。隊形を組むことに慣れておらんのだ」

速い船はどんどん先をゆき、遅い船ははるか後方に取り残されている。護衛のオランダ船は、船団のしんがりの船に付き合うために帆の数を減らし、眠くなるような速度で、のろのろと進んでいる。

「船団の横を追い越すふりをして前へ出よう。先のほうにいる船を獲物にする。風はこの通りの弱さだ。オランダ船が追いついてくる前に、仕事を済ませられるだろう」

「了解」

モアは緊張した顔で答えた。かれにとっても、海賊行為は生まれて初めてのことである。

キッド船長が指摘した通り、ムーア人たちの船は、せっかく船団を組んだ甲斐もなく、なかば散り散りになった状態で、勝手気儘《きまま》な航行ぶりであった。

それに乗じて襲撃を敢行するキッド船長の日焼けした横顔にも、

そして黒い三　稜　帽《トライコーン・ハット》をしっかりとかぶり直すその手つきにも、

ロンドン出帆以来一年半の鬱屈を一挙に吐き出そうとするような、抑えがたい昂《たか》ぶりがあらわれている。

モアもおのれの三　稜　帽《トライコーン・ハット》の緒をしめた。(広い鍔《つば》の三方を上に折り曲げたこの帽子は、上から見れば三角形なので、この名が付いている)

やがてキッド船長は、先頭集団のなかほどを行く一隻の船に狙いを定めた。

「あの中央の船だ。あの船に向かって突っ込め」

ムーア船の中ではいちばん大きな船だった。

船団全体のみならず、先頭集団それ自体も、前後左右に、

まばらに拡散している。

モアが操帆《そうはん》を指揮する『アドヴェンチャー・ギャレー』は、それらの間隙にやすやすと入り込み、めざす船へとにじり寄っていった。

風は、
左舷から吹いている。
『アドヴェンチャー・ギャレー』は相手の風上に位置をとった。
ムーア船の舷側に
〈窓〉
のようにならぶ四角い砲門。波の低いおだやかな天候の下、船内に新鮮な風を通すため、砲門の蓋《ふた》を庇《ひさし》のように撥《は》ねあげて航行している。その数、片舷に六門。
『アドヴェンチャー・ギャレー』のほぼ三分の一の火力である。——商船は荷物をできるだけ多く運ぶことが第一目的であり、したがって重い大砲をやたらに搭載するわけにはいかないのだ。
が、その六つの砲門から、
そのとき一斉に大砲が顔を出した。
何の旗も掲げず不気味に躙《にじ》り寄ってきた『アドヴェンチャー・ギャレー』を、ムーア船はさすがに怪しみ、戦闘態勢をとったのだ。
「行け」
キッド船長が低く命じた。
「面舵《おもかじ》っ！」
とモアは操舵員《そうだ》に叫んだ。
キッド船長やモアが立っている船尾甲板。そこから前へ一段下りたところに後部甲板がある。その後部甲板の床に設けられた
〈穴〉
から、操舵員は首だけを上に出している。穴には低い屋根がついており、操舵員の頭を炎天から守っている。
（これは推測だが、『アドヴェンチャー・ギャレー』に舵輪《だりん》はなかったと思われる。舵輪が一般化するのは、これより少し後の年代である）
操舵員は、
舵輪ではなく、
直立した長い木の棹《さお》をにぎっている。この棹は、
〈ホイップ・スタッフ〉
と呼ばれるが、操舵員の足元の床を突き抜けてさらに下まで伸びており、その床下で巨大な舵棒《かじぼう》と、
直角に、

接続されている。

モア航海士の指示をうけて、操舵員は垂直の棹を、右へ、押し傾けた。すると、梃子《てこ》のしくみで、床下の舵棒は、左へうごく。

船尾の舵が右に振れる。――船は右へ回頭しはじめる。

右回頭して、一気に射程距離内へ突っ込むのだ。

モアは操舵の指示とともに、操帆の指示も出した。水夫長が号笛《ホイッスル》をするどく吹き鳴らして、モアの指示を水夫たちに伝える。数十名の水夫たちが、各々の持ち場で操帆動索《どうさく》をあやつる。――船の右回頭にともない、風の方向も変わるため、その方向に帆の向きを合わせるのだ。

右舷がわのロープをゆるめ、
左舷がわのロープを引き絞る。

三本のマストにはそれぞれ上中下三段の帆がある。船首斜檣《バウスプリット》にも小型の帆がついている。それらの帆が、典雅な集団舞踊のように一斉に向きを変え、とぼしい風を無駄なく拾いながら、標的のムーア船へと迫った。

ムーア船の大砲が火を吹いた。

左舷からの斉射だ。砲煙が雲のように舷側《げんそく》を流れた。

しかし、あわてて砲撃指令が出されたせいであろう、どの砲も照準が合っておらず、
四発は『アドヴェンチャー・ギャレー』の手前の海上で水柱をあげ、
二発は脇へそれた。

一方『アドヴェンチャー・ギャレー』の砲門からも、すでに砲口がのぞいている。

片舷十七門。

下甲板と上甲板の二層にわたって並び、船が再回頭して敵に舷側を向ける瞬間を待っている。

ムーア船の砲門からは、砲口が引っ込んでしまっている。弾丸が飛び出した反動で、大砲が台車ごと後ずさりしたのだ。後ずさりする大砲は、バネ代わりのロープによって一定の位置で引き止められる。

いま、ムーア船の砲甲板では、発砲したあとの砲《ほう》

腔《こう》内を砲手の助手が大急ぎで〈掃除〉していることだろう。残った火の粉を鎮めぬうちに次の火薬を装塡《そうてん》すると、発砲の準備がととのう前に暴発してしまうからだ。

砲腔内を掃除し、砲口から新しい火薬筒を奥へ突っ込み、重い弾丸を押し込む。そして大砲の載った台車を、ロープと梃子《てこ》棒で前へ押し出す。梃子と楔《くさび》で砲身の〈俯仰角《ふぎょうかく》〉を変え、照準を調整しなおす。砲尾の火門から太い鉄針を差し込んで布製の火薬筒に穴をあける。起爆用の火薬を火門にそそぐ。導火線に点火する。

この間、早くても二分、もたつけば五分はかかる。

ムーア船の砲が二弾目発射の用意をととのえる前に、『アドヴェンチャー・ギャレー』はじゅうぶんに接近して、

左回頭し、

右舷の砲列を相手の横腹に向けた。

あわてふためいたムーア船は、反対舷からの砲撃をもくろんで、船を反転させはじめた。

だが、すでに遅い。

キッド船長の砲撃指令がくだり、『アドヴェンチャー・ギャレー』の右舷斉射がおこなわれた。

あたりの大気が揺れ動くような轟音とともに、船尾甲板に立つモアの足元からも全身に震動がつたわった。つづいて濃厚な硝煙が船を包みこみ、

弱い風がそれをゆっくりと吹き払うまでの間、モアはむせ返りそうになって息を止めていた。

『アドヴェンチャー・ギャレー』の下甲板には二十四ポンド砲十門、上甲板には十八ポンド砲七門が並んでいる。そのポンド数はそれぞれの〈弾丸の重さ〉である。二十四ポンドは、ほぼ十一キロに相当する。グレープフルーツほどの大きさの鉄球の弾丸。それがすさまじい勢いで発射される。

最初の斉射でムーア船の帆をずたずたに突き破り、マストを撃ち砕いた。――ただし、獲物を沈めてしまっては意味がないので、船体の喫水《きっすい》線付近を狙うことはしなかった。

反転の途中だったムーア船は、操船の自由をうしない、反撃の砲を放つこともできない中途半端な方角を向いたまま、
途方に暮れたような状態で立ちすくんでいる。

「もっと寄せろ」

キッド船長がいい、モアは操舵と操帆を指揮して、『アドヴェンチャー・ギャレー』を獲物に肉薄させていった。

上甲板では、武器を手にした水夫たちが、ムーア船への乗り移りの準備に入っている。キッド船長もモアも水夫長も、それぞれにピストルと剣とを手にしていた。

かつて大西洋で敵国フランスの船を何隻か拿捕《だほ》した経験を持つだけあり、キッド船長の采配の手際はさすがに無駄がなかった。

だが、そのとき、

「船長、ガリオン船がやってきますぜ」

水夫長が剣の先をのばして、左舷前方をさし示した。
四、五百トンの船だろうか。『アドヴェンチャー・ギャレー』よりもひとまわり大きそうだ。
「先頭に護衛がもう一隻いたわけだ」水夫長がいまいましげに舌打ちした。「砲声を聞いて引き返してきやがったんだ」

マストにひるがえる旗を遠眼鏡で確かめて、キッド船長は低くうめいた。

イギリスの船だった。

ほかの水夫たちもその船に気づき、ざわめきが起こった。

水夫長がキッド船長を見返った。

どうするんです。戦うんですかい？

と、目で訊いている。

「あれは『セプター』だ」

とモアは重くつぶやいた。「東インド会社の船です」

豪胆で沈着な赤毛の船長を、モアはよく知っていた。その下で航海士をつとめるベン・ホーキンスは、モアの元同僚であり、
そして、
ロンドンで不可解な死を遂げた妻ナタリーの実兄

でもあった。

『セプター』の接近を見ながら、モアは恐怖からではなく、
愧《は》ずかしさから、
手足がすくむのを感じた。

「船足《ふなあし》は?」

キッド船長の問いを上の空できいたモアは、

「え?」

と訊き返した。

「船足は速いのか?」

「いえ。……それに風が——」

風が弱いから、いまのうちに逃げれば追いつかれることはないだろう、と言おうとしたのだが、キッド船長は、

「だったら急いでけりをつけよう。乗り移って制圧したら、金目のものだけを奪って引き揚げるよう皆につたえろ」

水夫長にそう命じた。

舷側どうしを接しようとすれば、ムーア船が最後のあがきで至近距離からの砲撃をしかけてくる虞《おそれ》があったため、

『アドヴェンチャー・ギャレー』は、立ち往生する獲物の船尾方向から寄せていった。船尾にも小型砲が一門見えていたが、そこの砲手はとっくに持ち場を逃げ出しており、発砲される心配はなかった。

『アドヴェンチャー・ギャレー』の上甲板やマストの上から、小銃による射撃がひとしきりおこなわれた。

ムーア船の乗組員たちは、全員が下の甲板へ逃げ込んでしまった。

『アドヴェンチャー・ギャレー』から投げた鉤《かぎ》つきロープがムーア船のふなべりを捕らえ、五本、六本と引っかけて、
ぐいぐい引き寄せた。

いよいよ獲物の船に躍《おど》り込む。

が、その前にモアはふと気になって、例の『セプター』の方角に視線を向けた。

そして、ぎくりとした。

思っていたよりもずっと近くにまで来ているでは

ないか。——よく見ると、『セプター』の船首の前にボートがいる。

風の弱さに苛立《いらだ》った『セプター』は、大小二艘のボートをおろして多数の漕ぎ手を乗せ、本船をロープで〈牽引《けんいん》〉しながらこちらへ向かっているのだった。その方法によって、モアの予想を上回る速度で接近しつつある。

「船長！」

とモアは呼びかけ、注意を喚起した。

キッド船長も一瞬硬直して『セプター』をにらんだ。

「あの船の砲は何門だ」

「片舷二十門です」

モアの返答に、キッド船長は眉を寄せた。

『セプター』の船上から威嚇《いかく》のどよめきが、かすかに聞こえてきた。

その船首付近で剣をふりあげている男たちの中央に、モアはホーキンス航海士の精悍な姿をみとめた。

「どうした」

キッド船長が訊いた。モアが後檣《ミズンマスト》の陰にハッと身を隠そうとしたからだ。

その直後、『セプター』の船首に砲煙があがった。『セプター』は船首にも二門の砲を備えているのだ。『アドヴェンチャー・ギャレー』のすぐ目の前に二つの水柱が立った。

獲物に乗り移ろうとしていた水夫たちが、その動きを止めて、船尾甲板のキッド船長をふりかえった。

キッド船長は、かたわらのモアと水夫長に言った。

「あの船とやり合えば、その間に後ろのオランダ船までが追いついてくるに違いない」

船長は逃げることに決めた。

モアはむろんだが、水夫長もその決定に反対は唱えなかった。

『アドヴェンチャー・ギャレー』は、下甲板の大砲を奥へ引っ込め、かわりに長いオールを舷側孔から出した。

例のごとく、名前通りの〈橈漕船《ギャレー》〉

に変身したのだ。弱風のアラビア海を、帆走と橈《どう》漕《そう》とを併用しつつ、『セプター』からの逃走をはかった。

ボートに牽引されながら追撃してくる『セプター』よりも、『アドヴェンチャー・ギャレー』の逃げ足が勝《まさ》っていた。

キッド船長はインド方面へ向けて逃走をつづけ、やがて日没の闇にまぎれこみ、翌朝には完全に姿をくらました。

海賊船『アドヴェンチャー・ギャレー』の最初の襲撃は、こうして空振りに終わった。だが、船内には、
さほど深刻な落胆はなかった。

沈んだ空気にはならなかった。

それよりも、初めての海賊行為に踏み出した興奮が尾をひき、水夫たちは短い戦いのありさまを振り返って陽気に騒いだ。

ここは宝の海なのだ。

高価な荷を積んだ船には、これからも頻繁《ひんぱん》に出遭うはずである。獲物には不自由しないだろう。いずれ遠からず手に入る。いったん海賊をやると腹を決めさえしたなら、そのチャンスは無尽蔵にあるのだ。

……腹を決める。

モアもそうしたはずであった。

だが、『セプター』を見たときの動揺と狼狽。かつての同僚でもあり義兄でもあったホーキンス、その目から思わず身を隠そうとしたときの、
あの胃の重さ、愧《は》ずかしさ。

思い出すたびに、苦いものがこみあげてくる。

独り上甲板でなまぬるい夜風に吹かれながら、モアはためいきをついた。

「ジェームズ」

と呼びかける声がした。

大樽だった。

航海灯すらも点《とも》していない暗い上甲板。黒い影が近づいてきて、モアと並んでふなべりに肘をついた。

「なあ、ジェームズ。この船、例の旗はつくらねえのか？」

と大樽はきいた。

かれの綽名《あだな》はその体型からきているが、本名はジョン・バンスといった。ポーツマスの生まれで、はじめは海軍造船所の船大工をしていたという。のちに船乗りに転じ、以来すでに二十年以上を海の上で暮らしている中年水夫だ。

「旗？」

とモアは訊き返した。

「ジョリー・ロジャーだよ。獲物を襲うとき、マストにあの旗をなびかせたほうが、相手がふるえあがると思うんだが」

――骸骨旗《ジョリー・ロジャー》。

ちょうどこの頃から、海賊たちは、あの奇怪な旗をシンボルとして使いはじめていた。

が、キッド船長には今のところまだ、そのような旗をつくる気はなさそうだった。

「ジョン」

とモアはいった。

自分の中の、消しきれぬ逡巡《まよい》。それを告白した。

大樽はしばらく黙りこんだ。

モアと大樽とは、十五年来の付き合いである。見習いの少年水夫だったころからのモアを、大樽は知っている。

わずかな星明かりの下、やがて、そばの索具《さくぐ》を意味なく触りながら、
大樽は低くいった。

「迷いは、おれにだってあるさ。誰にだってある。ただし、ニューヨークで乗せた連中は別だがな。あのごろつき連中には、鼻毛の先ほどの迷いもねえようだ。――だが、とにかくジェームズ、おれたちにはもう他に道はねえんだ」

どこにいるか判《わか》らぬ海賊船を求めて海の上をさまよいながら飢えて死ぬよりは、おのれが海賊となって生き延びるほうがいい、と大樽はいう。

「割り切れ、ジェームズ」

モアの肩を叩く大樽自身の声にも、しかしあまり元気はなかった。

モアは思った。

……兄の場合は、どうだったのだろうか。海賊の一味に加わることに逡巡はなかったのだろうか。

三年あまり前、セーシェル群島の泊地で、モアの

乗り組んでいた東インド会社船を乗っ取った海賊たち。その一味のなかにいたモアの兄、アーサー。

兄の船は大西洋で遭難したと聞いていたモアは、湾刀《カトラス》を手に乗り込んできたアーサーの姿を見ておどろき、呆然として抵抗もせずに海賊たちの捕虜となった。そのあと、アーサーから一味への加入を勧誘されたが、結婚間もないモアはそれをきっぱりと断わった。

あのときに兄が語った話によれば——

かれの乗り組んでいた船は、
大西洋を航海中、
エイヴリー船長の海賊一味に襲われたのだという。

エイヴリー船長が指揮していたのは、備砲三十門、乗組員百二十名を擁《よう》する
『デューク』

という名のフリゲート艦型の武装船だった。

兄の船は停船命令を無視して逃げようとしたため、はげしい砲撃を浴び、五十名の乗組員の半数が死んだ。

生き残って降伏した者たちは、全員がエイヴリー船長の仲間になることを誓約し、『デューク』に移乗した。襲われた船は船体の損傷がはなはだしかったので、有用な物資を運び出したのち、沈められた。

兄もエイヴリー船長の手下となり、喜望峰をまわってマダガスカルに到着した。……

海賊に襲われた船の乗組員が、その海賊の一味に加わってしまう。そういうケースがひじょうに多いことを、モアは知っている。海賊のほうでも自分たちの戦力拡充のために、ときには強引に仲間に引き入れようとするらしい。

すすんで加わる者もいれば、脅されてやむなく従う者もいる。

海賊稼業に足を踏み入れた当座の兄は、果たしてどちらだったのだろうか。——その点については、兄は何も言っていなかった。

いずれにせよ、
海賊討伐船としての『アドヴェンチャー・ギャレー』に乗り組んだとき、モアは、インド洋のどこかで兄の属する一味と出遭う可能性を、もちろん考え

ないではなかった。ふたりが同じ屋根の下で暮らしたのは、モアが十二歳のときまでだが、幼年期の記憶の中のアーサーは、弟思いのいい兄だった。しかし、この船に乗り組んだ以上、もはや肉親の情にしばられて戦闘を放棄することは許されない。兄は兄、おれはおれだと割り切って、こんどこそは躊躇なく敵としての立場で戦う心を固めていた。

その自分が、だがいまは、兄とおなじ道に入りこんでしまった。兄弟そろっての海賊稼業。——数年前には、考えもしなかったことだ。

ところで、兄のアーサー。

かれが、いま、どこでどうしているのか、モアはその後の消息をまったく摑んでいない。

ただ、エイヴリー船長の一味に加わってマダガスカルへ至ったのち、モアの乗り組んでいた船を乗っ取るまでの経緯は、あのとき、おおよそ聞かされた。

それは以下のような話だった。

……マダガスカルに到着したエイヴリー船長は、そこで出遭った二隻の海賊船を仲間に加えた。この二隻は小型のスループ船だった。（スループ船というのは、一本マストの縦帆で走る船である。いまの大型ヨットに近いが、帆は三角形ではない）

スループ船の海賊たちは、強力な武装を持つ『デューク』の僚船になれたことを喜んだ。いままでの自分たちには手が出せなかったような大型船でも、これからは『デューク』の尻馬に乗って襲うことができるからである。

エイヴリー船長は、モアの兄とその同僚水夫たち、つまり大西洋で仲間に加えた新入りたちを『デューク』からおろし、かれらを二隻のスループ船に割り振って、その戦力を補強させた。

三隻は赤道を跨《また》いでインドへと北上し、インダス河口の沖で、ムガール帝国の大型船を襲った。

「エイヴリーの船は砲撃ばかりで一向に舷を寄せようとはしなかったが、おれたちの乗るスループ船二隻は、相手の船首と船尾に接舷して斬り込んでゆき、あっというまに降伏させた」

兄はそう語った。

捕まえた獲物は、ムガール皇帝自身の持ち船であったという。メッカ詣《もう》でのために乗っていた宮廷高官たちの金銀宝石などをも含めて、一味が手に入れた財貨は途方もない額に達したそうだ。

鍋の底を掻き取るように、

余すところなく奪い尽くしたあと、一味は不運なムガール船を解放し、意気揚々とマダガスカルへの帰途についた。

が、三日後の朝、『デューク』の姿は、忽然《こつぜん》と、

消えていた。二隻のスループ船には何も告げず、夜のあいだに密かに行方をくらましてしまったのだ。

「獲物は全部まとめて『デューク』に積んでいたから、スループ船に乗っていたおれたちは、分け前もなしに無一物で置き去りにされてしまったのさ。

――以来きょうまで、おれはいくつかの海賊一味を渡り歩いて、今じゃすっかりこの稼業に浸《つ》かりきっている」

エイヴリー船長がムガール皇帝から莫大な財宝を奪ったというニュースは、東インド会社の現地商館にはむろんのこと、遠くイギリスにも早々と伝わっていたが、

まさか自分の兄がその襲撃に加わっていたとは、兄自身の口からそれを聞くまで、モアは思いもしなかった。

イギリス本国での噂によると、

その後エイヴリー船長は、奪った財宝を擁してマダガスカルで王侯のような生活をしているということであったが、

インド洋における噂では、

かれはマダガスカルへは立ち寄らずに喜望峰を回ってアメリカへ向かったのだと言われている。……

黒い海と暗紺の空。

「そうだろう、ジェームズ」

と、ふなべりに肘をついたまま大樽がつづきをいった。「いまさら迷っていても仕方がねえ。おれたちの足はもう泥の中へ踏み込んじまったんだ。こうなったら、せいぜい荒稼ぎをして、かのエイヴリー

船長の向こうを張ろうじゃねえか」
大樽の手がモアの肩をもういちど叩いたとき、見張り《ワッチ》の交代時間をつげる
〈八点鐘《はってんしょう》〉
が闇の中から聴こえてきた。

アラビア沖でムーア船団を略奪しそこねた『アドヴェンチャー・ギャレー』は、そのあとインドへと向かった。
そしてボンベイの沖で、ようやく初めての獲物を捕まえることができた。
ただし、ささやかな獲物である。
スループ船とさほど変わらぬ大きさのケッチ船であった。（スループ船は一本マストだが、ケッチ船は二本マストの縦帆船である）
威嚇砲撃の必要もなく、水夫長が例の雷のような声で停船を命じただけで、無抵抗に降伏した。
これもムーア人の船であったが、積み荷は、
紙——数梱《こり》
コーヒー——数樽
香料とわずかな阿片《あへん》
そして、たった二十枚のアラビア金貨、
これですべてだった。
しかし、獲物は獲物だ。——前回の襲撃は、いわば未遂に終わったが、
このボンベイ沖のケッチ船略奪によって、『アドヴェンチャー・ギャレー』は、実質的な海賊行為の第一歩をしるしたのである。

Ⅲ　ポルトガル軍艦と交戦する

九月に入った。

インド西海岸の沖を、『アドヴェンチャー・ギャレー』は季節の海流に乗ってゆっくりと南下していた。

風は湿気をふくんで蒸し暑い。

わずかな作業で汗をかく。喉を渇かせた水夫たちが水樽の前に並ぶ。船倉から上甲板に上げられた樽がつぎつぎに空になってゆく。在庫の樽はあといくつもない。

そろそろ
補給が必要だった。

そのことを、コックが船長室に告げにきた。――水も少ないが、食糧もおぼつかない。満足にあるのは乾燥えんどう豆と米だけだと、コックはうったえた。

船長室には、このときモア航海士もいた。

……そういえば、
とモアは思った。――このところ、水夫どうしの喧嘩《けんか》がふえている。飯が粗末になると、たちまち水夫たちが苛々《いらいら》しはじめ、つまらぬ諍《いさか》いが頻発《ひんぱつ》するのだ。

キッド船長はインド沿岸の地図をひろげて、モアの意見を訊《き》いた。

「どこがよかろう」

モアはしかし、船長の目を見つめて問い返した。

「寄港するんですか？」

「やむをえんだろう」

だが、ボンベイ沖でのかれらの海賊行為が、もう沿岸一帯に伝わりはじめているはずであった。

モアは東インド会社にいたことがある。だから知っている。――この地域での情報伝達速度は、ヨーロッパの人間が思っているほど遅くはないのだ。

「心配はいらん」

と、しかしキッド船長は言うのだった。「あの海賊がわれわれだという証拠はない」

たとえ港で疑いを持たれても、あくまでもしらばっくれればいいのだと、船長は肝《きも》の太い態度をみせた。

北から南へ、ほぼ一直線に長ながとつづく海岸線。その真ん中あたりに、

〈カルウォー〉

という港がある。補給のための手ごろな寄港地として、モアはこの港をキッド船長に推薦した。

カルウォーは、最初の獲物を略奪したボンベイ沖からは八十リーグ南にある。（一リーグは約五キロメートルであるから、四百キロという見当だ）

ボンベイはもちろんだが、このカルウォーにもイギリス東インド会社の商館が置かれていた。東インド会社は、この方面での貿易独占の特許状をイギリス国王から与えられている。

のみならず、

軍事や外交の権限すらも付与されている。つまり、民間企業でありながら、イギリス国家の出先機関の役割をも担っていた。

入港して四日目。

カルウォーの商館長は、配下の事務官を『アドヴェンチャー・ギャレー』によこした。

表向きは表敬訪問だったが、その実、

〈臨検〉

であることは、気配から察せられた。ボンベイ沖の海賊行為。あのニュースが、やはりこの地にまで届いたのであろう。

キッド船長は、疑惑を打ち消すべく、買い入れたばかりのワインをふるまって、事務官を歓待した。

この熱帯の地にあっても、東インド会社の商館員たちは、イギリス式の服装をくずさずにいる。シャツとヴェストの上に長上着《コート》を羽織り、キュロット（ぴったりした膝丈のズボン）とストッキングをはいている。

その習慣を知るモアの助言により、キッド船長も、きちんと身なりを整えて応対した。航海士であるモア自身も同様だ。できるだけ相手に海賊臭を感じさせぬためであるが、おかげで、船長室の窓を開け放っても、全身が汗ばんだ。

だが、その甲斐《かい》もなく、事務官は気をゆるめなかった。かれの関心は『アドヴェンチャー・ギャレー』の航海ルートにあり、それをくわしく聞きたがった。キッド船長はモアに命じて航海日誌を事務官に閲覧させた。むろん、

偽の日誌である。

こういう場合にそなえて、モアがあらかじめ用意していたのだ。

事務官はまだ二十代のようだが、しかし航海日誌の記述をそのまま信じるほど無経験でもないと見え、疑惑を解いた様子はなかった。

そこでキッド船長は、例のものを取り出した。

例のもの。——イギリス国王からあたえられた海賊討伐の委任状である。

若い事務官は片眉をわずかに上げて一読した。国王ウィリアム三世の印璽《いんじ》をしげしげと見つめ、

それが本物であることは認めたようだが、

だからといって『アドヴェンチャー・ギャレー』を潔白とみなした風でもなく、探るような視線をそこかしこに投げながら、ひとまずは引き揚げていった。

「初めてこの紙きれが効《き》いたな」

委任状をしまいながらしたり顔をするキッド船長に、

モアはしかし早々の出港を進言した。

「いまの事務官はわれわれを信じてはいません。かれは商館長に自分の疑念を報告するでしょう」

港には東インド会社の船が二隻碇泊《ていはく》している。この二隻から不意に砲口を向けられたなら、『アドヴェンチャー・ギャレー』は手をあげて、本格的な臨検に応じざるを得なくなる。そうなれば船倉の略奪品を発見されてしまい、言い逃れの余地なく、〈逮捕〉の憂き目を見ることとだろう。

キッド船長はモアの進言を容《い》れた。

食糧の積み込みはまだ充分とはいえなかったが、まごまごしていて拿捕《だほ》されてしまっては元も子もない。

その日の日没まぎわ、『アドヴェンチャー・ギャレー』はそそくさと錨《いかり》を

あげてカルウォーの港をあとにした。

南へ向から、

と見せかけて、日没後に北へと反転した。海流にさからっての北上である。

夜半から月が顔を出し、海上を銀色に照らした。キッド船長は後方の見張りを強化したが、追っ手の船がやってくる気配はどうやらなさそうだった。

午前四時、

当直の交代時間がきた。

左舷の水夫たちが上甲板にあらわれ、かわって右舷の水夫たちが眠りにつくために降りていった。

――この交代は四時間ごとにおこなわれる。

左舷所属の水夫のなかに、

〈ふくろう〉

の綽名《あだな》を持つ男がいた。

常人の何倍も夜目がきくことからこの綽名がついたのだが、

とくに黄昏《たそがれ》どきや未明の時間、

つまり人間の視力がもっとも頼りなくなる時間帯に、ふくろうの目がしばしば役に立った。

そのふくろうが、船首衝角《しょうかく》の欄干に囲われたトイレでズボンをおろしていたとき、暁闇《ぎょうあん》の前方水平線上に、

船影を

発見した。

この時間はいわば水夫たちの排便時間であるから、ほかにも船首衝角で用を足していた者がいたのだが、夜明け前の暗がりのなかでそのかすかな船影に気づいたのは、ふくろうただ一人だった。

報告は口伝えで船尾甲板のモアに届いた。モアは左舷直の責任者だ。

さっそく遠眼鏡で覗くと、なるほど船らしき影が見えるような気がする。しかし、大きさも船型も、まるで判然としなかった。

通常の航海ならば、遠くに船影を見たくらいでいちいち船長を起こすことはしないが、この『アドヴェンチャー・ギャレー』は通常の枠をはずれた海賊船である。モアは、

〈火薬猿《パウダー・モンキー》〉

の少年水夫に命じてキッド船長を起こしに行かせた。（火薬猿《パウダー・モンキー》。――その意味は後で述べよう）

船長が身ごしらえを終えて船尾甲板にあがってきたとき、空はやや明るさを増しており、遠眼鏡に映る船の輪郭がしだいに鮮明になりつつあった。

船影は二隻だ。

「ヨーロッパ船のようだな」

キッド船長がいった。

二隻は南へ――つまりこちらと行き合うかたちで近づいてくる。

「東インド会社の船か？」

「いや、あれは――」

モアも遠眼鏡を覗きながら言った。「ゴアの軍艦のような気がします」

ゴアはポルトガルの植民地である。

「軍艦？」

「ええ」東インド会社にいた頃、いちどアラビア沖で出合ったことのある船だった。「船名は忘れましたが、船首のかたちに見憶えがあります」

「まさかわれわれを……」

「その可能性は大です。ボンベイ沖の海賊船がカルウォーに現われたと聞いて、捕獲に来たのかもしれません」

一隻は大型のガリオン船、もう一隻はやや小型のフリゲートだった。

モアはかつての記憶を呼びもどした。

「ガリオン船のほうは、たしか備砲四十四門です。だが、船足は遅かったと思います」

「小型艦は？」

「さあ……以前にはいなかった艦なので……」

備砲・船足とも不明だった。

キッド船長は、がっしりした顎を撫でて、つかのま黙考したが、やはり大事をとることにしたようだ。

「船を反転させろ。針路は南西だ」

とモアに命じた。

『アドヴェンチャー・ギャレー』は左回頭して逃走をはじめた。

風は南西から吹いていた。

海流と風が反対方向からぶつかりあい、海面には三角波が立ち騒いでいる。

船は、逆風のなかを、ジグザグに間切《まぎ》って進んだ。

二隻のポルトガル軍艦も、おなじように間切りながら追ってくる。——かれらが『アドヴェンチャー・ギャレー』を捕獲しに来たことは、これでいよいよ明らかだった。

逆風をさかのぼるジグザグ航行は、せわしい操帆《そうはん》作業が必要になる。鈍重な大型ポルトガル艦はそのためますます船足を落とし、しだいに後方へ取り残された。

だが一方、小型艦は機敏な操帆で左右の帆の開きを切り替えて、じりじりと、『アドヴェンチャー・ギャレー』に追いすがってきた。

「片舷十三門か」

キッド船長は、近づく小型艦の砲門数をかぞえた。

「単独でも戦いを挑んでくる気ですね」

そうなれば、この『アドヴェンチャー・ギャレー』にとって、軍艦との初めての交戦となる。

片舷十七門

対

片舷十三門。

備砲の数では『アドヴェンチャー・ギャレー』に利があるが、それだけで安易に勝敗を占うことはできない。

追いせまるポルトガル艦をにらみながら、キッド船長はおのれ自身に言い聞かせるようにつぶやいた。

「このあいだのムーア船相手のようなわけにはいかんぞ」

その緊迫した横顔に、水夫長が問いかけた。

「水夫どもを集合させて、ひとつ気合を入れますかい？」

「うむ、そうしよう」

船長はうなずき、モアにもこう指示した。

「きみは下の連中を見まわって、気を引き締めてきてくれ」

モアは下甲板への昇降階段をおり、急ぎ足に船内をめぐった。

まずは、戦いの要《かなめ》となる二十四ポンド砲列。

そこではすでに、それぞれの大砲を固定する縄が解かれ、
砲口の木栓《もくせん》も取り外され、
砲尾の火門を保護するための鉛の覆いが除かれつつあるところだった。

男たちの顔色が興奮に赤らんでいるように見えるのは、しかし錯覚である。これは、砲列甲板の内壁にぬられた赤い塗料の反映なのだ。——この赤い塗装は、戦いのさなかに飛び散るであろう血痕をできるだけ目立たぬようにするための工夫であり、イギリス海軍のやりかたを真似たものだ。

モアは砲術長に声をかけた。

「追ってくるのは軍艦だ。気を抜くとやられるぞ」

砲術長は隻腕《せきわん》で、東洋人のように細い目をした男である。だが、その細い目には不思議な測距能力があることを、モアは航海中の試射を見て知っていた。

この男はまた、船内でいちばん寡黙な人間でもある。モアの言葉に、

「うむ」

と無愛想にうなずいただけで、配下の砲手たちにそれを伝達する様子もない。

その手ごたえのなさに、モアは、砲手たちにむかって自分が直接に訓令すべきかとも思ったが、しかし、それは差しひかえた。砲術長は過度に無口ではあるものの、言葉以外のもので砲手たちを掌握しているらしいことは、アラビア沖でムーア船を砲撃したさいの見事な統制からも判る。

「うむ」

という返事が一言あれば、それで充分かもしれなかった。

モアは階段をさらに降りて、最下甲板の〈弾薬準備室〉を覗いた。

弾薬準備室は水線下の船体中央にあり、さらにその下の船底に弾薬庫がある。

弾薬準備室を持ち場としているのは四人の男たち

だが、その主任格は、

〈穴熊〉

という綽名の、片目の中年男だ。

弾薬準備室の出入口には、分厚いフェルトのカーテンがかけられており、つねに水で湿らされている。じっとりと重いそのカーテンをかきわけて、モアは穴熊を呼んだ。

「なんだね、航海士」

弾薬準備室の外の小部屋。そこへ出てきた穴熊の顔も手も、火薬の黒い粉にまみれている。樽の火薬を小分けして、火薬筒にせっせと詰めている最中だったのだろう。

右目に黒いアイパッチ。左目は小皺《こじわ》の多い柔和なまなざしだ。壁に取り付けられたランプの灯がその丸い顔を照らしている。ランプは窓ガラス越しに、弾薬準備室のほうへも明かりを注いでいる。

当然のことだが、
準備室や弾薬庫の内側には、
ランプなどの火気類は一切置かれていない。

モアは穴熊の穏やかな左目を見つめて、念を押した。

「敵は軍艦だ。おそらく激しい砲戦になると思う。火薬筒が途切れないように、よろしく頼む」

「心得た。ふんだんに用意する。船長に言ってやれ、硝煙に巻かれて窒息せんように気をつけろとな」

穴熊はフェルトの靴を履《は》いている。準備室や弾薬庫の床と壁にも、おなじくフェルトが張りめぐらされている。わずかな火花や静電気、そういうものの発生をふせぐためだ。

「ジョー、ビリー、サム……」

と穴熊は付近にたむろする火薬猿《パウダー・モンキー》たちに呼びかけた。「おまえたちも、階段でへばったりするんじゃねえぞ」

火薬猿《パウダー・モンキー》。——弾薬準備室から火薬筒を受け取り、上の砲列甲板の各砲へ運んでゆく少年たちである。

砲手たちは、大砲のそばに多量の火薬筒を置くことを嫌う。少しずつ補充させようとする。したがって、砲撃が始まると、火薬猿《パウダー・モンキー》たちがひっきりなしに階段を昇り降りすることになる。

モアはその少年たちの肩をかるく叩いて励まし、

そのまま最下甲板を船尾方向へと向かった。——大工たちの溜《た》まり場がそこにある。

大工は戦闘には無関係のように思えるが、そうではない。

敵の砲弾が船体の喫水《きっすい》線付近に穴をあけた場合には、すぐさま木材や鉛板で応急修理をするという重大な役目がある。

モアが顔を出すと、四人の大工たちは船倉から板材を上げているところだった。その中でひときわ筋肉の盛りあがった大男が、大工頭だ。

モアをふりむいて、にやりと笑った。

「いいところへ来た。撃ち合うなら、なるべく右舷でやってくれるように言いにゆこうと思ってたところだ。左舷のまんなかあたりの外板が、ちっと腐蝕して脆《もろ》くなっているみてえだからな」

「そうできるかどうかは何とも言えない」

とモアは答えた。「相手は軍艦だ。しかも小型で動きがいい。右舷を向けることになるか左舷で戦うか、それはそのときの位置取りしだいだ。どっちの舷だろうと、危ない穴は必ず塞《ふさ》いでくれ」

「ま、できるだけやってはみるが、木材の予備が少ねえんだ」

「足りなきゃ床板を剝《は》いでもいい。とにかく浮いているかぎりは勝ち目はある。沈んでしまえばそれまでだ」

「当たりめえじゃねえか」

「つまり、勝負の鍵はあんたたちが握っていると思ってくれ」

「けっ、見えすいた煽《おだ》てを言うない」

大工頭は髯面のなかから黄色い歯をみせて笑った。

「それより航海士、あいつにもちっと発破《はっぱ》をかけといたほうがいいぜ」

モアが見返ると、
ドクターの姿があった。

怪我人《けがにん》の手術台として使われることになる長方形のテーブル。その横の椅子に腰をおろしてぼんやり頰杖をついている。

痩《や》せて蒼白の顔色だ。——戦闘を前にして青ざめているのではない。日頃から、病人以上に病人じみた風体《ふうてい》の医者なのだ。

モアは近づいて話しかけた。

「ドクター、まもなくあんたの出番がきそうだ」

「うむ」ドクターは物憂《ものう》げに顔をあげた。

「準備はよろしいか」

「ああ、この通りだ」

テーブルの上に置いた鋭いナイフと鋸《のこぎり》を目でしめした。

手足に重傷を負った場合は、結局これしかない。傷口を治療するだけでは、正体不明の毒素がひろがり、敗血症を引き起こして死ぬことが多い。それを防ぐには、すばやく
〈切断〉

する以外にない。そしてその切り口を、沸騰《ふっとう》させた木炭油《タール》にひたす。出血が止まり、切り口は被覆《ひふく》される。

モアはふと自分の手足をながめた。

「大丈夫だ」

とドクターは泰然といった。「あんたのは脂《あぶら》が少なくて切り易《やす》そうだ。たぶん、きれいな切り口になる」

「それは嬉しい」

モアは苦笑をのこして階段を昇っていった。

船尾中板に戻ると、ポルトガルの小型艦はもはや射程距離ぎりぎりのところまで迫っていた。

大型艦はと見ると、はるか後方でもたつき、小さくかすんでいる。

キッド船長がモアに指令した。

「反転して、砲撃にうつる」

このとき『アドヴェンチャー・ギャレー』は逆風を右舷で受けて斜めに遡《さかのぼ》っていた。

モアは主檣《メインマスト》と後檣《ミズンマスト》の帆をしぼる指示を出し、水夫長の号笛《ホイッスル》によってそれが水夫たちに伝えられた。

すると風は、展《ひろ》げたままの前檣《フォアマスト》の帆だけを右斜め前方から押すことになる。つまり、鼻先を右から押されて、船は、
左へ回頭を始める。

同時に舵《かじ》も左に切る。それによって、船首は急角

度に風下を向く。

ここで各帆桁《ほげた》の左舷がわロープをゆるめ、右舷がわロープを引きしぼる。縮帆した主檣《メインマスト》の帆をふたたび大きく展げる。

帆が順風をはらみ、船は加速しながらポルトガル艦に突っ込んでゆく。ポルトガル艦は、そのとき風上に左舷を向けて遡っているさなかだった。

『アドヴェンチャー・ギャレー』は取舵を維持して左回頭をつづけ、
半円を描きながら――これを〈下手回し《ウェアリング》〉という――右舷の砲列をポルトガル艦の左舷に対面させていった。

こちらは風上、
相手は風下にいる。

キッド船長がわざわざ逆風の方角を選んで逃げたのは、砲火を交えるさいの、この位置取りを計算していたからだ。

小型ポルトガル艦の二層の砲列甲板。その下段は、海面からさほど高い位置にはない。しかも左舷砲門はいま風上に向いている。風上舷には風浪が打ち寄せる。へたをすると大砲が水をかぶることになるため、下段七門の砲門蓋《がい》は閉じられたままだ。蓋《ふた》を撥《は》ねあげているのは上段六門のみである。

ひきかえ『アドヴェンチャー・ギャレー』は風下舷からの砲撃態勢をとっている。上甲板の砲門はむろんのこと、下甲板の全砲門も、
波浪を気にかけることなく、
一斉に蓋を撥ねあげて砲口を突き出している。

ポルトガル艦は、その不利な位置から逃れようと、身をそらせて右回頭をはじめた。

ここを逃がしては意味がない。――『アドヴェンチャー・ギャレー』の右舷の砲列が火を吹いた。

十七発中、三発がポルトガル艦の舷側に穴をあけ、二発が主檣《メインマスト》の帆の一部を引き裂いた。

至近距離でもないのに、初弾から五発の命中弾を出したのは、隻腕砲術長の不思議な測距能力のおかげであろう。

ポルトガル艦は帆の一部を損傷したものの、だが操船の自由は保っており、『アドヴェンチャー・ギ

ャレー』との並航状態からいったん離脱するために、風下への下手回し《ウェアリング》で離れてゆく。

「あの尻を付け回せ」

キッド船長の指令で、モアも再度の下手回し《ウェアリング》を指示した。こんどは右回頭の下手回し《ウェアリング》である。

彼我の二隻は相前後して右旋回した。

ポルトガル艦はここで『アドヴェンチャー・ギャレー』をかわして風上へせりあがろうとする。——おそらく艦底の手入れがよいのだろう、帆の損傷にもかかわらず、

すべるように滑らかに、

右へ右へと切れあがってゆく。

が、『アドヴェンチャー・ギャレー』のほうは、長い航海で付着した蠣殻《かきがら》や海草のせいで、持ち前の俊足はかなり鈍ってしまっている。

このままではせっかくの優位が逆転されてしまう。

キッド船長は焦《あせ》りはじめた。

「左舷から斉射っ」

それを指令する号笛《ホイッスル》が、下甲板にいる砲術長の耳にも届いた。

『アドヴェンチャー・ギャレー』はポルトガル艦の右舷船尾に追いすがるかたちで左舷の砲列を向け、すさまじい轟音《ごうおん》とともに一斉射撃をおこなった。

濛々《もうもう》たる硝煙が船尾方向へとながれた。

煙が船尾方向へ。——つまり、彼我《ひが》の位置取りは、もはや風下と風上ではなく、

対等のかたちに変化しつつあった。そして間もなく相手のほうがむしろ風上に立とうとしていた。

だが、そうはならなかった。

これは『アドヴェンチャー・ギャレー』の強運なのか、それとも戦闘指揮・操船・射撃能力の卓越のゆえなのか、

ともかく、

左舷斉射の結果は、ポルトガル艦の後檣《ミズンマスト》を根元から砕き折り、主檣《メインマスト》の二段目の帆(メイン・トップスル)をもズタズタにした。

ポルトガル艦の運動性はこれで

がっくりと落ち、

『アドヴェンチャー・ギャレー』をかわして風上へ回り込もうというもくろみは、ほぼ絶望的となった。

ポルトガル艦は、前檣《フォアマスト》の帆と舵とでふたたび下手回し《ウェアリング》に入り、それをしつこく付け回す『アドヴェンチャー・ギャレー』に対し、左舷がわ上下二段十三門の砲を斉射した。
ポルトガル艦からの最初の砲撃だった。
さすがに軍艦だけあって訓練がゆきとどいているようだ。照準は正確だった。波のうねりによる俯《ふ》仰角《ぎょうかく》の変化、そのタイミングを読みこんでの射撃だった。大きく外れた砲弾はなく、
至近弾が相接するようにして水柱をあげ、
二発が『アドヴェンチャー・ギャレー』の帆を破り、
二発が船体にめりこんだ。
命中弾をくらった瞬間、モアは足元に地響きを感じて軽くよろめいた。右舷の船首付近と船体中央部に被弾したようだ。
キッド船長は仁王立ちになって、モアを見返った。
「船の向きを維持しろ。このまま右舷から撃ちまくる」
あとは、猛烈な砲戦がはじまった。

みずからの硝煙に咳こみながら、互いの船体を叩き壊し合う時間が半時間近くもつづいた。

その半時間で、『アドヴェンチャー・ギャレー』は右舷の砲五門を使用不能にされた。ポルトガル艦も左舷の砲を同数うしなった。

この時点で、
十二門対八門
となり、火力の比率の差がさらに開いた。以後、ポルトガル艦の砲火は六門、三門と急速に数を減らしていった。

思いあまって反対舷を向けようと回頭するのを見て、『アドヴェンチャー・ギャレー』もすかさず身をひねり、ふたたび無傷の舷どうしでの砲戦に入った。

この間、距離はじりじりと縮まっている。

距離が縮まれば縮まるほど命中率はあがる。つまり、各砲手の技量よりも砲数の多寡《たか》がますます物をいうことになる。

このあとの半時間で、ポルトガル艦の砲はほとんど沈黙してしまった。

だが、降伏の意思表示はない。

「もっと寄せろ」

とキッド船長はモアに命じた。「喫水線に大穴をあけて沈めてやる」

だが、もはやポルトガル艦に戦闘能力はない。徹底的に叩きのめされて、すでに廃物のようなありさまだ。それをあえて沈める意味があるのだろうか。

――それをすれば、戦闘ではなく、ただの殺戮《さつりく》になってしまう。

「船長――」

モアは言った。「これ以上近づくのは考えものです」

「なぜだ」

キッド船長は血走った目をモアに向けた。

モアは、船首方向を顎でしめした。

「見てのとおり前檣《フォアマスト》の帆がちぎれて用をなしていません。船首がふらついて、相手の艦にぶつかってしまうかもしれない」

「かまわん」

「しかし、あの艦の、折れて突き出ている帆檣《ほばしら》がこっちの舷に食い込んで、沈没のさいに巻き添えをくらう虞《おそれ》もあります」

「そんな心配など――」

いらぬ、とキッド船長が言いかけたとき、水夫長が横から割りこんだ。

「船長、でかいほうのやつが、もうじき射程に入ってきますぜ」

もう一隻のポルトガル艦。四十四門の備砲をもつガリオン船が、ようやく追いついてきたのだ。

廃物同然にまでなりながら、小型艦があくまでも降伏しなかった理由は、おそらくそれだった。僚《りょう》艦《かん》が到着して仇を討ってくれることを待ちつつ、ひたすら耐えていたのだろう。

「船長っ」

甲高い少年の声が上甲板から聞こえた。

見おろすと、火薬猿《パウダー・モンキー》のひとりが両手で口を囲って叫んでいる。

「船長っ、砲術長からの伝言です」

「何だ、言え」

「下甲板の大砲が焼けて、これ以上撃ちつづけるのは無理だそうです」

「水をかけて冷やせ」

「かけてもかけても蒸発してます」

キッド船長は低いうなり声を洩《も》らしながら小型ポルトガル艦をにらみ、ついで接近する大型艦をながめ、そのあとでモアと水夫長をふりむいたが、
興奮に吊りあがっていた眼差しが、このときようやく多少の冷静さを取り戻しはじめていた。

「よし、戦闘はここまでだ。ただちにこの場を引き揚げる。針路、西」

「了解」

モアは、操帆の指示を出し、水夫長は疲れきった水夫たちを雷のような声で叱《しっ》咤《た》した。

手負いの『アドヴェンチャー・ギャレー』は、よたよたと、戦場を離脱した。

この戦いで、『アドヴェンチャー・ギャレー』の乗組員には死者は出なかったが、負傷者は二十名を超えた。うち、片脚をうしなった者一名。――その切断手術の鋸《のこぎり》を引いたのは、むろん、あの病人のようなドクターである。

ともあれ、このときのキッド船長の果敢な戦闘指揮は、乗組員たちから上々の評価を受けた。海賊一味としての自分たちの前途に、だれもが強い自信を持ちはじめた。

にもかかわらず、その後のキッド船長は、かれらの不信と不満を買うことになるのである。

Ⅳ　キッド船長に別れを告げる

ポルトガルの小型軍艦。

これをどうにか返り討ちにして逃げのびた『アドヴェンチャー・ギャレー』は、人気《ひとけ》のない入江で船体に応急修理をほどこしたのち、インド西海岸の沖を、
さらに
南下した。

すでに十月である。――雨季も明けて、熱帯の太陽がカッと照りつける。展《ひろ》げた帆が上甲板に影を落とし、水夫たちはその日陰で古いロープをほぐす作業などしながら、獲物との遭遇を待ち受けた。

しかし、
いっこうに出遭わない。

小さな漁師舟がのどかに漁をしているが、むろんそんなものを襲ってみてもしかたがない。金目の品を積んでいそうな貿易船が通りかかるのを、ひたすら待つ。

無為のうちに二週間が経過したとき、ようやくヨーロッパ船とおぼしき帆影が行く手の水平線上にあらわれ、『アドヴェンチャー・ギャレー』の船内に興奮のざわめきが広がった。

航海士のモアも、キッド船長とともに船尾甲板から遠眼鏡でその船を観察した。

檣頭《しょうとう》にはためく国旗は、赤・白・青の横縞《よこじま》三色。

――オランダ船だった。

軍艦ではなく、船腹がずんぐりと膨らんだ大型商船である。

「こいつは期待が持てそうですね、船長」

水夫長が満足げにうなった。「戦闘準備の笛を吹きますぜ」

だが、キッド船長はそれを制した。

「いや、あれはいかん。あの船には手は出さん」

そして、足元を通りかかった猫をひょいと抱きあげ、頭をなでながら階段を降りてゆこうとした。

水夫長が呼びとめた。

「待ってくれ船長、なぜなんです」

猫を抱いたまま、キッド船長はふりむいた。

「オランダは同盟国だからだ」

「……え？」

「同盟国の船を襲ったのでは、あとで釈明ができんだろう」

言ってキッド船長は上甲板へ降り、船長室へと消えた。

大柄な水夫長は怪訝《けげん》な顔でモアを見返った。船長の言葉が理解できずにいるのだった。

「釈明とはどういうことだ。誰に釈明するんだ」

訊《き》かれたモアも水夫長同様に当惑していた。が、船長の言った意味は呑《の》み込めた。

「本国への釈明だろう」

「海賊に本国も同盟国もなかろう」

その通りだった。

「船長は――」

とモアは遠くに浮かぶオランダ船を見ながら言った。「先日のわれわれの海賊行為は、本国には知られずに済むかもしれないと思っているようだ」

水夫長はそばの後檣《ミズンマスト》の胴を苛立《いらだ》たしげに叩いた。

「知られようが知られまいが、おれたちはすでに海賊になった身だ。いまさら本国の目を気にする理由がわからん」

「それはそうだが……」

キッド船長の気持ちはまだ微妙に揺れているのだ、とモアは思った。

そのとき船尾甲板へ、砲術長があがってきた。

砲術長には右腕がない。左腕で階段の手摺《てす》りを持ち、のっそりと上がってきた。船尾甲板を見まわし、船長がそこにいないのを知ると、

「あの船を襲わんのか？」

と、ひとこと訊いた。

砲手を束ねる幹部乗組員だが、極度に寡黙《かもく》な男である。そのかれが、わざわざここまで上がってきてそんな質問をしたのは、戦闘準備の指令がないことに痺《しび》れをきらした砲手たちの疑問を代弁するためだろう。

「ああ、指一本ふれずに黙ってやり過ごすそうだ」水夫長の口調には、不服の色があらわだった。「理由はオランダ船だからだそうだ。――あんた、どう思う？」

砲術長は沖合いを擦《す》れ違いつつある大型船をじっと見つめた。東洋人のように細いその目には不思議な測距能力があるらしく、さきのポルトガル軍艦との戦いにおける勝利も、かれの砲術指揮の的確さに負うところが大きかった。

その砲術長、
かれもオランダ船をながめながら、

「解《げ》せんな」

とつぶやく。

「そうとも。待ちに待ってやっと出遭った上々の獲物だ。みすみす見逃すなんぞ、とうてい納得できん」

水夫長は、モアと砲術長をけしかけた。「考えを変えるよう船長に掛け合おうぜ」

モアは手をひろげた。

「待て。三人で押しかけるのはよくない。それを見た水夫たちが一緒に騒いで、叛乱もどきの事態にならんとも限らん。おれが行って船長と話してくる」

砲術長はすこし考え、無言で一つうなずいた。水夫長もしぶしぶ承諾した。

「よかろう。まかせる」


船長室は上甲板の船尾にある。

キッド船長は机の背後に腰をおろし、猫が身をよじって舌で毛づくろいするのをぼんやり見ていた。

〈猫〉はどの船にもたいてい飼われている。いうまでもなく鼠の害を恐れてのことだ。『アドヴェンチャー・ギャレー』の猫は三匹おり、
ロンドンから乗せてきたのが二匹、
ニューヨークで乗せたのが一匹だ。

ニューヨークで乗せた猫は、キッド船長の妻と幼い娘からの贈り物である。灰色のその猫は、当然、船長の一番のお気に入りだった。

「こいつも、もうニューヨークの冬の寒さは忘れてしまっただろうな」

つぶやく船長は、猫を見ながら妻と娘を思ってい

るのだろうか。

「後悔しているのですか、船長」

「後悔？」

「海賊に転身したことをです」

モア自身もしばらくは後悔に苛《さいな》まれ、しかもその気持ちがまだ完全に拭《ぬぐ》い去れたとはいえなかった。だが後悔したからといって、すでに海賊行為を犯してしまった事実が消えるわけではない。

「海賊？　われわれは本当に海賊か？」

キッド船長はそう問い返した。樫《かし》の机に両肘をつき、組んだ拳《こぶし》の上にがっしりとした顎をのせてモアを見た。「航海士、きみは、われわれの行状を正確に振り返ってみたことはあるか？」

「は？」

「アラビア沖で、われわれはムーア船団を襲おうとした。――あのとき、何か物品を略奪したか？」

「いえ。しかし、あれは護衛の『セプター』に邪魔されたからで……」

モアの古巣・東インド会社の船『セプター』と、そしてもう一隻のオランダ船が、ムーア船団の護衛を引き受けていた。

「その『セプター』に、われわれは一発でも砲を撃ち返したか？」

「いえ」

「しんがりを守っていたオランダ船を砲撃したか？」

してはいない。二隻の護衛船が相手では敵《かな》わぬと見て、一目散に逃げたのだった。

「われわれは、イギリス国旗にたいしてもオランダ国旗にたいしても、一発も砲を撃ってはおらん」

「しかし、そのあと、ボンベイ沖でムーア船を略奪したではありませんか」

「ムーア船はイギリスの船でもなければオランダの船でもない。――だいいち、われわれのしわざだという証拠がはっきり残ってもおらん」

「先日のポルトガル艦との交戦は？――かれらはわれわれと戦ったことを、ゴアの総督に報告したはずです」

「あれは、相手の攻撃意図を読んでの自衛の戦いだ。ポルトガルとわが本国とのあいだに同盟関係はない。

したがってあくまでも正当な戦闘行為だ。――要するに」

とキッド船長は力んだ。「われわれは実質的には、いまだ何ら本国政府の禁を犯すようなことはしておらんのだ。今後もこれでゆく。本国の旗、もしくはオランダの旗をかかげた船には手出しをせん。この方針をつらぬく限り、われわれは本国から訴追を受ける虞《おそれ》はない。――ちがうか？」

モアは絶句して船長の顔を見ていた。

なんという甘い考えか。

都合のいい理屈のみを積みかさねた希望的観測、それ以外の何物でもない。

まっとうな市民の立場への未練。妻子への思い。モアにもそれはよく判るが、その未練がキッド船長の思考を曇らせているとしか思えなかった。

キッド船長がどう言い繕《つくろ》おうとも、『アドヴェンチャー・ギャレー』はすでにまぎれもなく〈海賊船〉である。

紅海入口のバベル・マンデブ海峡において、船長自身がそれを宣言したはずではなかったか。しかも、アラビア沖での未遂行為も、ボンベイ沖での略奪も、『アドヴェンチャー・ギャレー』のしわざとして、もはや沿岸一帯に広く伝わっていることは疑いない。だからこそゴアのポルトガル艦隊が捕獲にやってきたのだ。

これらの情報は、いずれはロンドンにも到達するはずである。

東インド会社の通信網を熟知しているモアは、キッド船長のような楽観はとてもできなかった。何千リーグ離れていようとも、ニュースは必ず伝わる。事情を知った『アドヴェンチャー・ギャレー』の出資者たち――いずれも有力な貴族たちだが――かれらの驚きと、そして
激怒、
そんなものまでが、モアの目にははっきりと浮かんでいた。

好むと好まざるとにかかわらず、キッド船長もモアも、もはや元の世界には戻れないところへ来ているのだ。――その認識が、どうやら船長の頭からは、

すっぽりと抜け落ちているようだった。

モアがそれを説こうとすると、

「忘れたのか？」

と船長は低くわらった。「われわれには国王陛下の委任状がある」

海賊討伐の委任状。

「だからどうだと言うんです」

いまさらそんなものに何の意味があるというのか。

「つまり――」

船長はいう。「われわれがこれまでに襲った相手は、〈海賊とおぼしき船〉なのだ。もしくは、敵国フランスに味方しておると思われる船なのだ。われわれはその判断のもとに襲ったのだ。われわれはあくまでも任務を果たすために行動した。――わしは、ロンドン帰還後にそう主張するつもりだ」

帰還？

船長はイギリスへ帰る気でいるのか。帰って無事で済むと考えているのか。

「そんな主張がほんとうに通ると思うんですか？」

「むろん通す。ただし、そのためには、たとえ喉から手が出ようとも、あのオランダ船を襲うわけにはいかんのだ。その境界だけはきっちり守っておかねばならん。境界を踏み越えれば、そのときこそ、われわれは本国からも海賊と見なされてしまう」

モアは黙った。

呆れて沈黙したのだが、そのなかでふと、キッド船長のこれまでの人生を思った。

若くして植民地アメリカへ渡り、地道な努力の末に、ついには自分の船を持つまでになった。四十代半ばでようやく結婚。娘が生まれた。その後も貿易にいそしむかたわら、敵国フランスの船を何度か拿《だ》捕《ほ》し、ニューヨーク植民地議会の表彰も受けたという。――着実なあゆみのなかで信用を築き、それなりの評価と尊敬を得るに至った五十余年の人生。

その人生が、こうして海賊討伐船の船長を引き受けたばかりに、のっぴきならぬ苦境に追い込まれ、その苦境を乗り切るために、ついには自らが海賊行為に手を染める羽目におちいった。

その経緯を考えると、モアはふかい同情を禁じえない。

しかし、だからといって、手前勝手な理屈をもちだして身の潔白を装おうとしても、
それは無理な話だ。

そんな屁理屈など、だれも認めはしない。――そのことが船長には判らないのだろうか。それとも自分の理性すらも欺《あざむ》いて、その屁理屈にすがろうとしているのだろうか。

「船長」

モアはいった。「われわれ乗組員は、もう腹を括《くく》っています。いまさら元の世界に戻れるとは誰も思っていません。行きつく先が絞首台でも、それはそれで仕方がないと覚悟している。そういう道に踏み出してしまった以上、もう後戻りはできないんです。にもかかわらず船長がオランダ船を見逃す気でいると知って、船内には不満が渦巻いています」

「不満？」

「ええ」

「不満のあるやつは、海へ飛び込んで、どこへなと消えろ。この船の船長はわしだ。――みなにそう言え」

「しかし……」

言い返そうとするモアを、キッド船長はうるさげに遮《さえぎ》った。

「話は終わりだ、航海士」

オランダ船をおとなしく見送った『アドヴェンチャー・ギャレー』は、その後もインド西海岸の沖を何度も行きつ戻りつしながら
獲物を待ち受けた。

が、ロンドンを出て以来すでに一年八カ月もの航海をつづけてきたこの船は、船体のそこかしこにさまざまな傷《いた》みがあらわれていた。とくに〈木釘《きくぎ》〉

だ。船体の外板を肋材《ろくざい》に張り付けるためにふんだんに使われている木釘。それが痩《や》せてグラつき、外板そのものの腐蝕《ふしょく》とあいまって、漏水がひどくなっていた。

ロープの傷みもすすんでいる。これは〈乾蝕〉

と呼ばれる現象である。
湿った状態が永くつづいて腐るのは湿蝕だが、反対に、高温の環境で乾燥させすぎても麻ロープは腐蝕する。見た目には判らないが、内側の繊維がボロボロになり、すぐに切れてしまう。
あたらしい木材
あたらしい木釘
あたらしいロープ
あたらしい帆
それに食糧と水。
――何もかもが不足していた。
どこかの港でそれらを買い入れようにも、現金がない。
早急に獲物を捕らえて物資や金を手に入れぬかぎり、『アドヴェンチャー・ギャレー』の補修はできず、乗組員の飢えも解消できなかった。
あのオランダ船。
あれを見逃したことが、返す返すも口惜しい。いったい同盟国が何だというのだ。船長の考えはどうにも理解しがたい。――そうした憤懣《ふんまん》が、乗組員のなかで日を追って募《つの》っていった。
事件は十月三十日に起きた。
その日、キッド船長は朝から不機嫌だった。いや、正確にいうならば、
『アドヴェンチャー・ギャレー』の全員が、このところ連日不機嫌だった。だれもが船長につよい不信の念を持ち、船長自身もそれを感じ取って、
部下たちを
憎みはじめていた。
正午に左舷と右舷が当直を交代したあと、船長は上甲板を見回った。
そこへ、隻腕の砲術長がのっそりと現われ、射撃訓練の許可を船長に求めた。
船長は許可しなかった。
火薬も砲弾も無駄にはできない、
という理由からだ。
すると、寡黙な砲術長がめずらしく反論した。
「しかし、あんまり砲を休ませすぎると、砲手どもの腕がにぶりますぜ。もう、かれこれひと月以上、

一発も撃っちゃいねえ」

その言葉に、
キッド船長がひたいの血管を浮きあがらせた。

「それは、厭《いや》みか？　オランダ船に手を出さなかったわしをなじっておるつもりか？」

「べつに、そんなつもりは……」

船長の被害妄想に、砲術長はしらけて横をむいた。

「なんだ、その態度は」

船長はからみ始めた。「きさまのその人を食った態度が、わしは前々から気に入らなかった」

砲術長は黙りこみ、背をむけてその場を離れようとした。

「待て。話はまだ終わっとらんぞ。ここへ戻れ」

砲術長は従わずに歩きつづけた。

船長は不意に、足元にあった木のバケツを拾いあげ、砲術長を追いかけて後ろから
打ちおろした。

バケツを締めつける鉄の箍《たが》が砲術長の頭に当たって鈍い音を発し、砲術長は片腕で頭をおさえながら蝦《えび》のように丸くなってくずおれた。

まわりにいた水夫たちは、その突然の出来事を呆然と見ていた。

「おい」

と船長はひきつった日をそばの水夫たちにむけた。

「こいつをドクターのところへ運べ」

だが、ドクターの手当ても及ばず、砲術長は意識を回復せぬまま、
翌日、息をひきとった。

衝動的な怒りによって有能な部下を撲殺してしまったキッド船長。おそらくかれ自身もはげしく狼狽し、動揺したはずである。しかしそれを表にあらわせば、ほかの乗組員にたいして弱みを見せることになると思ったのか、居直ったように威丈高《いたけだか》な態度をくずさなかった。

本物の海賊と自分とのあいだに一線を引きたがっていたキッド船長であったが、しかし、かれのこうした
〈すさみ〉

を見ると、かつての模範市民の姿からはすでに大きく変貌してしまっていることは否定できなかった。

しだいに荒涼としてゆくキッド船長の後ろ姿を、モアは反感と同情のいりまじった複雑な目でながめた。

船内の空気も日増しに殺伐《さつばつ》として、ついに叛乱が起きるかと思われたとき、『アドヴェンチャー・ギャレー』は待望の獲物と出遭った。

十一月二十七日。

砲術長の死からほぼ四週間後のことである。

その船はヨーロッパ式の造りだが、『アドヴェンチャー・ギャレー』よりもひと回り小ぶりで、二百トンばかりに見えた。それでも獲物として不足はない。

「イギリスの旗もオランダの旗も掲げてはいません。――ヨーロッパ船ではなく、どうやらムーア人の持ち船のようです」

モアは遠眼鏡をのぞきながらキッド船長にいった。

「そのようだな」

船長も遠眼鏡を向けている。

「戦闘準備の笛を吹きますぜ」

水夫長が念を押した。

「ああ、吹け」

船長はうなずいたあと、
モアを見返って命じた。

「航海士、檣《マスト》にフランス国旗を掲げろ。フランス船を装って接近する」

キッド船長のこの策略には理由があった。

つまり、
その船と遭遇した地点は、インド亜大陸の逆三角形の南端に近い場所だった。先端の岬を回りこんだ東海岸にはフランスの貿易基地ポンディシェリがある。獲物の船はポンディシェリ方面からやってきたと思われ、だとすればフランス東インド会社が発行した
〈通行証〉

をたずさえている可能性が高かった。

そこでフランス船を装って近づき、フランス語で停船を命じれば、相手はおそらくその通行証を出して見せるはずである。

それがキッド船長の狙いだった。

フランス発行の通行証をもつ船は、すなわちイギリスに敵対する船である。——そういう、やや強引な論理のもとに、有無をいわさず拿捕《だほ》してしまうつもりだった。

件《くだん》の船は、まんまとキッド船長の策略に引っかかった。

船の名は

『メイドゥン』（乙女）

といった。

停船命令をすなおに受諾し、通行証を見せるためにボートで『アドヴェンチャー・ギャレー』へやってきた小太りの船長は、キッド船長がとつぜん英語で拿捕を宣告するのを聞いて顔色を変え、吃《ども》りながら弁明した。——航海の便宜上、フランス東インド会社発行の通行証を持ってはいるものの、この船の持ち主はムーア人であり、フランスとは特に密接な関係があるわけではない。

だが、そんなことは百も承知で罠にはめたキッド船長である。弁明に耳を貸す気など初めからなかった。

それを悟った『メイドゥン』の船長は、がっくりと肩を落とし、そして訊いた。

「積み荷を押収するつもりかね」

「いや、拿捕《だほ》だ」

とキッド船長は繰り返した。「敵性船舶として、船ごと拿捕する」

この

〈拿捕〉

は海賊行為ではない。祖国への貢献のために取った措置《そち》である。——というのがキッド船長の大義名分だが、そんな言い逃れが実際に通用するなどとは、船長以外の誰も信じてはいなかった。

それはともかく、

『メイドゥン』の積み荷は、まずまずの内容だった。

強悍《きようかん》そうなアラブ馬—二頭

綿—十数梱《こり》

砂糖—数樽

その他、現金も多少あった。

大収穫とはいえぬまでも、これで、どうやらひと息つけそうだった。馬も綿も砂糖も、ただちに付近の陸岸でインド商人に売り払い、現金化した。
その金で、必要な資材と食糧を買い込んだ『アドヴェンチャー・ギャレー』は、捕虜の船長や乗客を大型ボートに乗せて解放したのち、早々に錨《いかり》をあげた。
このとき、キッド船長の
〈勧誘〉
に応じて仲間入りを誓約した『メイドゥン』乗組員が十数人いた。
キッド船長は『メイドゥン』の船名を
『ノヴェンバー』
と改名した。拿捕した月の名にちなんだのだ。
『ノヴェンバー』を引き連れた『アドヴェンチャー・ギャレー』は、貿易船の航路すじを外れて、沖をめざした。
インド西海岸の沖合いには、
〈ラッカダイヴ諸島〉
と呼ばれる小さな島々が散らばっている。
キッド船長はモアの進言を容《い》れて、それらの島の一つに身を隠し、『アドヴェンチャー・ギャレー』の
〈傾船修理《カリーニング》〉
をすることにしたのだ。
傾船修理《カリーニング》。
文字通り、船を傾けて船底の手入れをする作業である。
そのためには、まず、波のない入り江をみつけ、船内の重量物をボートで陸にあげる。
大砲
砲弾
船倉の備蓄品
帆布
ロープ類
つまり船内をからっぽにして、喫水を浅くする。
そうしておいて満潮時に入り江の奥へ入りこみ、引き潮を待つ。潮が引くと、船は浅瀬に腰をおろす。
そこで、帆檣《ほばしら》にロープをかけて陸から引っぱり、船体を横へ傾けて片舷の船底を露出させる。

『アドヴェンチャー・ギャレー』の船底は、長い航海のあいだに付着した蠣殻《かきがら》や海草でびっしりと覆われていた。

船足をにぶらせるその付着物を、水夫たちが根こそぎ掻き落とし、ついで、船底に木炭油《タール》を塗った。

船体の主材は樫《かし》だ。

樫は船食虫《ふなくいむし》の大好物である。

船食虫の侵蝕から船底を守るには、人間の〈毛髪〉を松脂《まつやに》にまぜたものを塗り、そのうえに松か樅《もみ》の皮板を張るのが一番よいのだが、そんな大量の毛髪や松脂はこの地では入手できなかったため、木炭油《タール》で代用したのである。

傾船修理《カリーニング》を数日で終えると、バラスト石の積み替えをおこなった。――バラスト、すなわち安定用の重しとして船の底に積み込んでいた沢山の石は、腐敗した〈底溜水《ビルジ》〉にまみれて、すさまじい悪臭を放っていた。それを捨て、あたらしい石に積み替えると、船内に籠もっていた何とも言えぬにおいが、いくぶんかはましになった。

しかし、この小さな島で、『アドヴェンチャー・ギャレー』は、またひとつ罪業を加えた。

島の住民への蛮行である。

ニューヨークで補充した乗組員のなかにはごろつきまがいの男たちが少なくなかったが、かれらの一人が住民と悶着《もんちゃく》をおこし、石で殴り殺されるという事態が発生した。

キッド船長はモアに留守を託し、半舷の水夫に武器を持たせて村へ向かった。

まもなくその方角から、おびただしい銃声が聞こえてきた。島の住民は銃など持っていない。すべて水夫らによる発砲である。

船上でそれを聞いていたモアに、大樽がいった。

「やけに派手に撃ちまくってるな」

奥方も髯面《ひげづら》をなでながら寄ってきた。

「まさか皆殺しにするつもりじゃねえだろうな」

やがて椰子林《やし》のうえに幾筋もの煙が立ちのぼるのが上甲板から見えた。村に火をつけたのだ。

「やりすぎだ」

大樽が眉をよせた。

「あの船長がそこまで部下を可愛く思っていてくれたとは驚きだぜ」

奥方が皮肉っぽく言ったが、キッド船長のこの暴虐ぶりは、むろん部下を思う心情からのみ出た行為とは思えなかった。モアは、船長の内面の、止めどのない
〈荒廃〉

を感じた。

のちにボンベイの文書館の記録にも残ることになるこの蛮行をはたらいたあと、『アドヴェンチャー・ギャレー』と『ノヴェンバー』は、ふたたび獲物を求めて島をあとにした。


この年の暮れから翌一六九八年の初めにかけて、二隻の船を略奪した。

が、手に入れたものは、米やコーヒーや蜜蠟《みつろう》やバターといったものであり、換金してもさほどの額にはならなかった。

ロンドン出帆以来、さまざまな不運や蹉跌《さてつ》に見舞われてきたキッド船長と『アドヴェンチャー・ギャレー』。――しかし、やがてそんな彼らにも、運命の女神が、
ちらりと
微笑みかけてくれた瞬間があった。

一月二十日未明、
暗視能力にすぐれた水夫のふくろうが、沖合いを擦れ違おうとした大型三檣《さんしょう》船を発見した。東のベンガル湾のほうから回り込んできたものと思われた。

キッド船長は、『アドヴェンチャー・ギャレー』の檣頭にフランス国旗を掲げて追跡した。――例の策略をまた用いることにしたのだ。

四時間で追いつき、威嚇《いかく》砲撃ののち停船を命じた。

この船は『アドヴェンチャー・ギャレー』よりもひと回り大きな四百トンのガリオン船、

『クェダ・マーチャント』

だった。

船長や幹部乗組員として数名のイギリス人およびオランダ人が雇われていたが、船主はコギ・ババという名のアルメニア商人だった。
つまり、船長はイギリス人であっても、イギリスの船ではなかった。しかも、その船長がフランス東インド会社発行の通行証を提示してみせた。
キッド船長の罠はまたしても成功し、すかさず
〈敵性船舶〉
として拿捕を宣言した。
『クェダ・マーチャント』の船長は、おなじイギリス人としてキッド船長の強引なやりくちに抗議し、船主のコギ・ババも甲板にひれ伏して哀訴懇願をくりかえしたが、キッド船長は拿捕の宣言を取り消さなかった。
取り消すわけがなかった。
なぜなら『クェダ・マーチャント』は、キッド船長がようやく巡《めぐ》り遭《あ》った
〈宝船〉
であった。
積み荷目録に目を通したキッド船長は、こみあげる笑いを押し隠そうとして、やたらに咳払いをした。
しかし大義名分など最初から気にかけていない水夫たちは、もっと正直だった。獲物の船倉を検分して回りながら、遠慮のない歓声がどよめいた。
『クェダ・マーチャント』の積み荷は――
中国の絹
モスリン
黄金
鉄
硝石
砂糖
その他、こまごまとした東洋の物産である。
これらを売り払って換金すれば、三万ポンドを超える莫大《ばくだい》な額になることは間違いなかった。
初めての大収穫。――むなしく見つづけてきた夢が、ついに現実となったのだった。
キッド船長は、捕虜を大型ボートに乗せて解放したあと、さきに拿捕した『ノヴェンバー』と共に『クェダ・マーチャント』をも引き連れて、陸岸沿いに南下した。そして

港々で
その豊富な積み荷をつぎつぎに売却した。

　土地のインド商人たちは、海賊との取り引きには慣れていた。かれらはキッド船長の一行をまともな商船隊とは見なかったが、そのことに頓着《とんちゃく》する様子はなかった。

　こうして積み荷の半分以上を換金し、最後の港では、逆に、必要な物資の買い付けに時間をさいた。

　が、注文した品々がほぼ船内に運びこまれると、キッド船長はすばやく三隻の錨をあげて沖へ逃げ去った。——商人たちに代金を支払うことなくである。

　出帆後に未払いを知ったモアは、さすがに強い口調で船長を諫《いさ》めた。

　モアは、東インド会社にいたころから、海賊たちの流儀を耳にしていた。——海賊たちは、船を襲って貪婪《どんらん》な略奪をおこなう一方で、こと商取り引きの場においてはきわめて
〈潔癖〉

　であり、不正や詐欺はおこなわず、またそういう行為を侮蔑《ぶべつ》している、と言われていた。

　土地のインド商人たちも、おそらくそう思っていたはずであり、だからこそ注文を受けた品々をためらいなく納入したのだ。

　モアの諫言《かんげん》を、
　だがキッド船長は取り合わなかった。

「海賊どもが商道徳を重んじておるだと？　泥で汚れた顔に白粉を塗るようなものだな。そんなのは滑《こっ》稽《けい》というほかない」

「しかし、この界隈《かいわい》の土地では、今後われわれに物を売ってくれる者はいなくなりますよ」

「かまわんさ。どうせ二度とこのあたりへ来ることはないだろう」

「……というと？」

　モアは船長を見つめた。

　キッド船長は例の灰色の猫を撫でながら、こう告げた。

「もうインドになど用はない。これからマダガスカルへ向かう」

　マダガスカル。

アフリカ大陸の東に浮かぶ巨大な島（日本の一・六倍の広さを有している）。その海岸に拓《ひら》かれた幾つかの泊地は、インド洋を荒らしまわる海賊たちの巣窟《そうくつ》となっている。そこにはヨーロッパからの

〈故買《こばい》商人〉

の船もひそかにやってくる。

キッド船長がその地をめざした理由は、インドの海岸で売り残した積み荷を換金するためであった。

『アドヴェンチャー・ギャレー』

『クェダ・マーチャント』

『ノヴェンバー』

の三隻は、広大なインド洋をゆっくりと横切り、やがてマダガスカル北東部の

〈セント・メアリー泊地〉

に投錨《とうびょう》した。

セント・メアリーは、巨大な本島の肩に付いた蟻のような島であるが、風浪をさえぎる地形が泊地として適しているため、仮小屋が陸上に多数建てられ、まるで

〈海賊植民地〉

のような賑わいを見せていた。

多いときには十隻以上もの海賊船がここでマストを林立させているという噂だったが、キッド船長の一行が錨をおろしたときには、数隻の小型スループ船をのぞけば、たった一隻の大型三檣船が碇泊しているだけだった。

モアは

その船を知っていた。

かつて東インド会社が所有していた

『レゾリューション』

だった。船長として会社に雇われていた男が、船を乗り逃げし、そのまま海賊に転身してしまったのだ。

つまり、東インド会社から

〈お尋ね者〉

として手配されている一味の船だった。

モアがそれを言うと、

「なあ、航海士」

とキッド船長は、上甲板のふなべりからその船を見ながらつぶやいた。「あれほど捜し求めて一度も

出遭えなかった海賊船が、すぐそこにいる。――みょうな気分だな」

「せめて八カ月前にこの船と出遭っていたら、われわれの行動もだいぶ違ったものになっていたでしょうね」

モアは吐息まじりに言った。

八カ月前までならば、『アドヴェンチャー・ギャレー』はむろん討伐船としてこの船と戦い、捕獲行動をとっていただろう。そしてそうなっていれば、その後の海賊への転向も、おそらくはなかったであろう。

「しかし、えらくひっそりと静まりかえった船だな」

船長がいぶかしげな顔をした。

「乗組員の姿が見えませんね」

「奇妙だな」

「奇妙ですね。――用心のために、総員を戦闘配置につけますか？」

モアがそう訊くと、

「いや、あれを見ろ。岸からボートが来る」

船長が顎でしめした。

数人の男たちが乗った小さなボートが『アドヴェンチャー・ギャレー』をめざしてゆっくりと漕ぎ寄せてくる。銃や剣を帯びている様子はない。全員丸腰のようだ。

「水夫長」

とキッド船長は見返った。「縄梯子《なわばしご》をおろしてやれ」

「ですが船長」

モアは異議をとなえた。「何かの欺計《ぎけい》かもしれません」

かつて東インド会社の航海士をしていたとき、商人に化けて乗船してきた海賊一味に船を乗っ取られた。その経験があるモアは、警戒をうながした。

すると船長はこう言った。

「あいつらとは顔見知りだ。昔、ニューヨークでわしの船に乗っていた連中だ」

かつての知己が海賊となって目の前にあらわれる。こういう

〈邂逅《かいこう》〉は、今やあまり珍しいことではなくなりつつあった。

（それほどに、この時代のヨーロッパ人船乗り――とりわけイギリス人――の海賊化が多かったのだ）

ボートから縄梯子をつたって『アドヴェンチャー・ギャレー』に乗船してきた男たち。かれらは上甲板でキッド船長と再会のあいさつを交わしながら、どこか面目なげな苦笑をうかべていた。

かれらは慈悲を請いに来たのだった。

つまり、キッド船長ひきいる三隻を、海賊討伐のためにやってきた船隊だと思い込んでいるのだ。

船隊がとつぜん泊地にあらわれたのを見て狼狽《ろうばい》した彼らは、船を捨てて陸へ逃げたが、しかし討伐船隊がいっこうに彼らの船を捕獲する気配がないのをいぶかり、キッド船長の古馴染《ふるなじ》みを派遣して、慈悲を請《こ》いがてら様子をうかがいに来たのだった。

キッド船長自身が犯した海賊行為のことは、どうやら

この地の海賊たちには、まだ伝わっていないようであった。

国王の委任状をたずさえてわれわれを討伐に来たらしい、という古い情報のみが、ここでは今なお生きていたのだ。

「確かにわしは海賊を討伐に来た」

キッド船長はかれらに答えて言った。「だが、海賊船とは遭遇しなかったので、かわりにフランスの手先をつとめる船を拿捕してきた。あの二隻がそれだ。この土地へ来た目的は、押収品の残りを処分するためだ」

「すると、おれたちの逮捕は？」

「逮捕？　海賊がいれば逮捕しなけりゃならんが、しかしここには海賊などおらんようだ。――ちがうか？」

キッド船長はやや離れた位置に碇泊する『レゾリューション』のほうを芝居っけたっぷりに眺めやった。

それを粋《いき》なはからいと見た海賊たちは歓声をあげてキッド船長を称《たた》えたが、『アドヴェンチャー・ギャレー』の乗組員たちの表情は、むしろ

冷ややかに醒めていた。かれらを見逃すも何も、すでにおれたち自身が立派な海賊ではないか。

その事実にいつまでも頰被《ほおかむ》りし、後日の釈明にそなえて、子供騙《だま》しの自己欺瞞《ぎまん》にひたりつづける船長に、乗組員のだれもが辟易《へきえき》していた。

ところで『レゾリューション』。

東インド会社から乗り逃げしたクリフォード船長は、この船を

『モカ・フリゲート』

と改名していた。

クリフォード船長は、自分たちを見逃してくれるという〈捌《さば》けた人物〉キッド船長を『モカ・フリゲート』に招いて、なごやかに酒をくみかわした。

（このクリフォード船長は、東インド会社の船を乗り逃げする前に、カリブ海において、キッド船長の持ち船を乗り逃げした前科もあり、したがってこのときの二人は初対面ではなく劇的な再会だったのだという説もあるが、果たして事実だろうか）

翌日はキッド船長が『アドヴェンチャー・ギャレー』にクリフォード船長を招き、しかも互いにそれぞれの略奪品のなかから高価な品を贈答し合うことまでした。

クリフォードは、如才のない雰囲気を持った人当たりのよい男だった。風貌にも威嚇的なところはなく、目を細めて愉快そうに笑ってみせる様子は、むしろ抜け目のない商人をおもわせる。

キッド船長のような陰鬱な迷いは持ち合わせておらず、腹をきめて海賊稼業に精を出しているふうであった。

このセント・メアリー泊地で、キッド船長の一行に、さまざまな動きがあった。

その一つは、船の処分と移乗である。

例のラッカダイヴ諸島の小島で傾船修理《カリーニング》をほどこした『アドヴェンチャー・ギャレー』だが、その後の航海を経てふたたび

〈漏水〉

が目立ちはじめていた。

そこでキッド船長は、ロンドン出帆以来乗りつづけてきたこの船を見限り、ひと回り大きな『クェダ・マーチャント』に移乗することを決めた。

一方、もう一隻の拿捕船『ノヴェンバー』については、船体が小ぶりで、なおかつ船足も遅いことから、この先、さして役に立つこともなかろうという判断がくだされ、泊地の沖に沈められた。

このとき、じつは『アドヴェンチャー・ギャレー』も同様の運命をたどるはずだったのだが、その快速性能を惜しんだモアが

〈助命〉

を主張したのだった。

大工頭もそれを支持し、こまめな補修を怠《おこた》らねば、まだ充分に使える船であることを請け合った。

「感傷か？」

とキッド船長はふくみ笑いでモアを見た。

「は？」

「二年間の苦労を共にした船だ。沈めるのは忍びないか」

「いや、そんなことではなく……」

否定しかけるモアを、船長は面倒くさげに遮った。

「まあよかろう。急いで沈める必要もない。では、あの船はしばらくきみに預ける」

こうして廃船寸前の『アドヴェンチャー・ギャレー』は、モアの管理下に入った。

感傷は、たしかにないとは言えなかった。しかし、ほかにも同じ気持ちをもつ者たちがいたとみえ、『クェダ・マーチャント』への移乗をしぶる者が意外に多かったのは、おもしろい現象だった。

大工頭、

弾薬庫主任の穴熊、

それに例の顔色の悪いドクターまでが居残りの希望を口にしたが、さすがに幹部や専門職のスタッフについては、キッド船長が移乗を強制した。

また、主要な備蓄品はむろんのこと、大砲の半数も『クェダ・マーチャント』へ移載され、そのため『アドヴェンチャー・ギャレー』の船内には、どこか閑散《かんさん》とした気配がただよった。

インドで売り残した『クェダ・マーチャント』の

積み荷も、この泊地でおおかた換金することができた。

その時点で、乗組員たちのあいだから、

〈配当金の分配〉

を要求する声が高まりはじめた。

最初、キッド船長はそれを拒否した。

〈海賊から押収した財貨〉

は、まずは手つかずのまま出資者のもとへ持ち帰るという約定《やくじょう》を、かれはロンドンで結んでいたからだ。乗組員に分配されるのは、しかもそのうちの
四分の一
という決まりである。

船長は乗組員との雇用契約書をかざして、それを主張した。

が、いまとなってもまだロンドンに帰還することを考えている船長の頑迷さと愚かさとに、乗組員はしだいに激昂《げっこう》し、

「こんな船長は吊《つる》しちまえ！」

という声まであがった。

水夫長が例の雷のような声で、その騒ぎを鎮《しず》めたが、振り返りざま、船長にむかって低く恫喝《どうかつ》した。

「船長、いいかげんに目を覚ましてくれ。でなけりゃ、おれたちだけで分配しちまうぜ」

キッド船長はついに折れ、翌日、全員に分け前が支給された。

一人二百ポンド相当だった。——これは、通常の水夫の給与の六、七年分である。

キッド船長自身は、四十人分、すなわち八千ポンドを自分のものとした。

だが、皮肉なものである。

この分配の実施が、
結果的には、キッド船長と乗組員との繫《つな》がりを断ち切ることになった。

二百ポンドの配当を手にした乗組員には、もはやあえてキッド船長のもとに留まる理由がなくなってしまったのだ。

不可解な理屈をかかげ、中途半端な海賊行為でかれらを苛立たせるキッド船長。それよりも、もっと明快で、

思い切った稼ぎを期待させてくれる船長が、このセント・メアリーにいる。

三分の二を超える乗組員がそう考え、水夫長がその者たちを代表して、キッド船長に意思をつたえにきた。

「われわれは、『モカ・フリゲート』に移ることにしました」

そして数日後、クリフォード船長にひきいられた彼らは、ふたたび獲物を求めてインド洋へと乗り出していった。

「馬鹿者めらが。それほどまでに絞首台で死にたいか」

キッド船長は毒づきながら離反者たちを見送ったあと、さっそく陸上の仮小屋集落をまわり、乗組員の補充にうごいた。

セント・メアリー泊地には、難破船の乗組員をはじめとして、病気や傷の療養で下船した者や脱走船員など、故国への帰還の機会を待つヨーロッパ人が何十人と暮らしており、『クェダ・マーチャント』を動かすための人員の確保は、さほど難しくはなかった。

補充の目処《めど》が立ったところで、船長はモアを呼びつけて、『アドヴェンチャー・ギャレー』の処分をあらためて命じた。

「いまの人数では二隻を動かすのはむずかしい。帰国の航海に出る前に、あの船はやはり沈めてしまおう」

「いいえ」モアは、なるべくおだやかに答えた。「それはできません」

「なぜだ」

「あの船は、わたしが貰《もら》い受けることにしました」

これは
〈感傷〉

とは無関係である。

モアは、クリフォード船長の配下には加わらなかったが、しかし、キッド船長とともに帰国する気もなかった。このままインド洋で海賊をつづける考えをすでに固めていた。――だから船が必要だった。

「きみも、絞首台で死にたい口か」
キッド船長は精一杯の皮肉を言ったが、がっかりした様子は隠せなかった。
信頼してきた部下に去られる落胆、
というよりも、むしろ
身近な知己《ちき》をうしなう寂しさ、
といったほうが当たっているかもしれない。
キッド船長をつねに批判的な目でながめてきたモアだが、そのかれにも、同じような寂しさが多少はなくもなかった。
「で、仲間は何人だ」
「わたしの他に七人です」
「何？」
キッド船長は耳をうたがい、ついで安堵《あんど》と冷笑のまじった顔をした。
「たったそれだけで、どうやってあの船を動かす。どうやって他の船を襲うのだ」
「もちろん、まだ出帆はできません。この泊地にしばらく滞在して、少しずつ人を集めてゆくつもりです」
「その気の長い七人は、いったい誰と誰だ」
モアは、本名を言っても船長にはピンとこないだろうと思い、それぞれの綽名《あだな》や役職で答えた。
大樽
奥方
大工頭
弾薬庫主任の穴熊
ドクター
ふくろう
火薬猿《パウダー・モンキー》のビリー
「子供まで人数に入れておったのか」
船長は皮肉の追い討ちをした。
モアは少年を加えることには反対だったが、四対三の多数決で、ビリーの仲間入りが認められたのだ。
「ドクターが居なくなって困られるかもしれませんが……」
モアが言いかけると、船長は鼻でわらった。
「あんな藪《やぶ》医者なんぞ、かえっておらんほうが死人が減る。あいつは、砲術長を助けることもできなかったやつだ」

侮蔑《ぶべつ》の笑いが、しかし、しだいに強張《こわば》りながら消えた。

あの事件が、やはり船長の心に消しがたい傷を残していることを、モアは知った。

「船長」

「何だ」

「喜望峰の向こうに待っているのは、裁判と絞首台です。もういちど帰国を考えなおす気はありませんか?」

「くどいやつだな。何度言ったら判るのだ。きみらこそが絞首台にむかって突き進んでおるのだ」

どこまでも嚙《か》みあわぬ会話だった。

モアは最後に黙礼をして、『クェダ・マーチャント』の広びろとした船長室をあとにした。

たっぷり二カ月をかけて人員と装備と食糧をととのえ終えた『クェダ・マーチャント』は、やがて錨をあげ、セント・メアリー泊地を出帆して、大西洋へと向かった。
モアと七人の仲間たちは、閑散とした『アドヴェンチャー・ギャレー』の甲板に立ち、『クェダ・マーチャント』の大きな船体がしだいに遠ざかるのを見送った。斜めの追い風をはらんだ後檣《ミズンマスト》の三角帆の下、船尾甲板からこちらを振り返るキッド船長の姿が、
みょうにひっそりと、孤独に見えた。

V　あらたな航海に出る

キッド船長に別れを告げて、七人の仲間とともに
〈独立〉
したジェームズ・モア。
しかし、三百トン近い『アドヴェンチャー・ギャレー』は、ただそれを動かすだけでも、三十人以上の乗組員が要《い》る。戦闘をするには、さらにその倍は欲しい。必要な人数をそろえるために、モアたちは、キッド船長が去ったのちも、
半年近くのあいだ
マダガスカルに滞在しつづけた。
すなわち一六九八年の中頃から年末にかけてである。

この当時のマダガスカルは、ヨーロッパ人の目から見れば、まだまだ未開の地であった。東インド諸島（インドネシア）系とアフリカ系の原住民が、それぞれ幾つもの小部族に分かれて
まとまりなく割拠《かっきょ》していた。
フランスがここを植民地化しようと本腰を入れて乗り出してくるのは、もうしばらく先のことであり、この頃はまだ、全島が無政府状態にあった。
だからこそマダガスカルは海賊たちにとっての
〈安全地帯〉
でありえたのだ。
その安全地帯に、ときおりヨーロッパ方面から故《こ》買《ばい》商人の船もやってきた。それらの船は、海賊の略奪品を買い上げる一方で、酒や船具や武器や日用品を海賊に売りつける。
と同時に、
ヨーロッパ社会のあぶれ者たちを、毎回あらたにこの地に送り届けてきた。――故国で食いつめたあげくインド洋で一攫千金《いっかくせんきん》を夢みる海賊志願者、あるいは官憲に追われるお尋ね者たちである。
その大半は、性根の腐ったごろつき連中だが、しかし中には、この辺境の地に流れてきてもなお、いくばくかの品性のかけらを保持している者たちも、

いないわけではなかった。

〈国家〉

もしくは
〈社会〉

と反《そ》りが合わずに、身の置き場をうしなって弾《はじ》き出されてきたアウトロー。そういう者たちが海賊の世界に入り込んだ例も、この時代、さほど稀《まれ》ではない。


半年近くにわたるマダガスカル滞在中に、モアたちは六十人余りの男を一味に加えた。

いや、元々の人数はモアを含めてもわずかに八人であったから、これは
〈加えた〉

というよりも、新規に一味を
〈結成した〉

というべきであろう。

モアの呼びかけに応じて『アドヴェンチャー・ギャレー』に寄り集まってきた六十余人の男たちは、じつにさまざまな顔ぶれであった。根っからの無頼漢もいれば堅気《かたぎ》の船乗りだった男もいた。海賊経験者もいればそうでない者もいた。

そのうちの何人かを簡単に紹介してみよう。

まず、

〈イルカ〉

である。

泳ぎが人並すぐれて達者であることから、そんな綽名《あだな》で呼ばれている十九歳の若者だ。父親はむかし沖で遭難して漂着したオランダ人水夫。母親は東インド諸島系のマダガスカル人。つまりイルカは混血児だった。したがって膚《はだ》は浅黒く、髪も直毛で漆黒《しっこく》だ。

父親はイルカが生まれる前にマダガスカルを去ってしまい、母親ひとりの手で育てられた。子供のころから近海で漁師の手伝いをしてきたが、母親を病気で亡くしたあと海賊船『アドヴェンチャー・ギャレー』への参加を志望してきたのだった。

イルカの志望動機は、いわば単純な冒険心だが、

一方、もっと現実的な理由から参加してきた者たちもいる。

たとえば
〈歯無しのサム〉

である。

この男はいったん海賊から足を洗ったのだが、博奕《ばくち》で借金をつくり、その返済のために再び元の稼業につくことにしたのだった。まだ三十前にもかかわらず、前歯が上下一本ずつしか残っていないのは、数年前の航海でひどい壊血病にかかったせいだ。植民地アメリカの生まれだというが、一年前からマダガスカルに住みついてアフリカ系の現地人の女二人を妻にしている。

陸《おか》でけがの治療をしているあいだに海賊仲間に置き去りにされたという男もいた。

〈赤鼻〉

と呼ばれる四十過ぎのコックだ。

赤鼻のけがの原因は喧嘩《けんか》である。短気な性格は、ひたいが狭く眉が迫ったその顔つきにもあらわれており、体じゅう喧嘩傷だらけだった。

その反対に、自己抑制のきわめて強い、物静かな男もいた。

鍛冶《かじ》屋の
〈プラトン〉

である。

この綽名は哲学者のように沈鬱なかれの風貌からきている。四十代半ばだ。十年前に大西洋で海賊に襲われて左脚の膝から下をうしない、棒状の義足をつけている。

プラトンは故買商人の船の乗組員としてマダガスカルにやってきた。滞在中に『アドヴェンチャー・ギャレー』が人を集めていると聞き、ヨーロッパへの帰途につく船を降りて移ってきたのだ。面接をしたモアに、プラトンが発した質問はただ一つだった。

「この船は東洋へも足を伸ばす予定はあるか？」

モアは、

「まだ航海計画は立てていないが、仲間の要望が多ければ、その可能性もある」

とだけ答えた。

少し奇妙な男で、

〈幽霊〉と呼ばれている二十五歳の水夫がいた。

海賊船に乗り組んでカリブ海からやってきたが、あるとき船長の怒りを買い、帆桁《ほげた》に吊されて縛り首にされた。いったん絶命したにもかかわらず、甲板におろされると息を吹き返したので、止《とど》めの銃弾を心臓に撃ちこまれた。こんどこそ脈が止まったのを確認した船長が、部下たちに命じて死体を海に投棄させようとすると、その寸前でふたたび蘇生《そせい》してしまった。——この男の心臓は右側にあったのだ。

——いずれにせよ、すっかり気味が悪くなった船長は、立ち寄ったマダガスカルにこの男を降ろして早々に立ち去った。

どう見ても場違いだと思える男も仲間入りした。

〈会計係《パーサー》〉である。

東インド会社の大型ガリオン船で経理を担当していたが、公金横領がばれそうになって逃げ出してきたらしい。

金勘定はお手のものだが、力仕事はしたことがない、腹の出た短軀《たんく》の中年男だった。

妻子のいるイギリスには一生帰りたくないと言う。資産家の出で気位の高い妻から疎略《そりゃく》にあつかわれ、二人いる娘たちも父親の自分を馬鹿にしているのだと、モノを相手に愚痴《ぐち》をこぼした。

しかし何といっても異色なのは、

〈男爵《バロン》〉

であろう。

貴族的な風貌と物腰の、三十代前半の武道家だった。剣術、ピストル射撃、拳闘の技に秀で、教養もひとり図抜けていた。

イギリス人ではあるが、フランスやドイツにも永くいたという、なにやら正体不明の不思議な人物だった。

「あいつはきっと本物の貴族にちげえねえ」

誰もがそう噂し、自分たちとはあまりにも肌合いの違う男爵《バロン》を、排斥《はいせき》まではせぬものの、しかし打ち解けて親しく付き合おうとする者はいなかった。

元の八人と新規参加の六十余人。併せて七十人ばかり。そのなかの

最高齢者は

六十五歳の製帆手である。綽名もずばり

〈爺さま〉

だ。

三十代の終わりからこれまでに幾つもの海賊一味を渡り歩いてきたという。ところが去年、高齢を理由にマダガスカルに置き去りにされてしまったらしい。

たしかに体力の衰えは隠しようもないが、しかしさすがに長い海賊生活を送ってきただけあって、この稼業をいとなむ上での貴重な知恵をいろいろと蓄えていた。

略奪航海に出る前に、まず一味の

〈掟《おきて》〉

をしっかり定め、全員がそれに署名する必要があることをモアに教えたのも、この爺さまである。

そこでモアは、爺さまの助言をあおぎながら、『アドヴェンチャー・ギャレー』の掟を起草した。

一　この船の乗組員は、共通の目的を持って集まった自由人であり、親分子分の主従関係とはいっさい無縁である。したがって、重要問題の決定については全員が平等の表決権を持つものとする。

一　船長ならびに、それを補佐する操舵手は、全員の表決によって選ぶものとする。したがって多数の者から不適任とみなされた場合には、航海途中の解任もありうる。

冒頭のこの二カ条については、元からの乗組員であった大樽や大工頭が異を唱《とな》えた。これでは実質上、マダガスカルの連中に『アドヴェンチャー・ギャレー』を乗っ取られてしまうことになる、と心配した

のだ。

だが、爺さまによれば、この二カ条こそが、海賊船の掟の〈真髄〉であり、これなくしては海賊を名乗る資格はないとまでいう。

モアは爺さまの言葉が正論だと思った。

多数の信頼を得た者がリーダーとなり、信頼をうしなえばその地位を追われる。

世界中どこへ行っても固定した権力構造に支配される世の中で、海賊の掟のこの公平さと合理性は、特異な輝きを放っているように思えた。

モアは大樽や大工頭を説得し、しぶしぶながらもなんとか賛同させた。

掟はほかに、
船上での賭博を禁じ、
戦利品の分配方法をさだめ、
敵前逃亡に極刑を科し、
戦闘による負傷者への補償金規定を設け、
女を船内に連れ込むことを固く戒《いまし》めていた。
『アドヴェンチャー・ギャレー』の上甲板に集合した全乗組員の前で、モアは掟の草案を読みあげた。
異議なく諒承され、全員が署名した。字が書けぬ者も、かろうじてそれだけは知っている自分のイニシャルを、ぎこちない筆づかいで記入した。
さて、つぎは船長の選挙である。
まず大樽が進み出て、モアを推薦する演説をした。
キッド船長を補佐して、この『アドヴェンチャー・ギャレー』を統括《とうかつ》してきたこれまでの実績を、切々とうったえた。
モアと古い馴染《なじ》みの大樽は、なんとかモアを船長に担ぎあげようとして力んでいた。
対抗馬としてマダガスカルの連中から推薦されたのは、
意外にも、
男爵《バロン》だった。
その貴族的な雰囲気が周囲から浮きあがり、ダチとして親しく付き合おうとする者はひとりもいなか

ったが、
しかし、その一方で、男爵《バロン》の武術と教養には誰もが一目置《いちもく》いていたのだ。

ところが、推薦を受けた男爵《バロン》は、みずからは候補を辞退して、モアの支持に回った。

男爵《バロン》はこう演説した。

「われわれは風に吹き寄せられた落ち葉の集まりだ。残念なことに、まだ互いをよく知らない。ここにいる七十人の命をいったい誰に預けるのが最良であるのか、それを判断する材料があまりにも少ない。そこで、当面の措置《そち》として、いままでこの船を動かしてきた者に指揮を託することが、やはり適当ではないかと思う。その者が果たしてわれわれの指揮官としてふさわしいか否《いな》かは、かれの仕事ぶりを見ながら追い追い判断すればよい」

うなずく者が多く、反論はどこからも出なかった。

こうしてモアは、あらたに結成された海賊一味の船長に選任された。

ただし、その地位は、あくまでも〈当面〉のものであり、これがいつまで続くかは、まったくの白紙であった。

一味のナンバー2として船長を補佐する〈操舵手〉という役職。

男爵《バロン》は、これに選ばれた。

この操舵手という役職は、しかし船長の補佐役であると同時に、目付け役でもある。海賊たちは操舵手にも強力な権限をあたえて、船長の専横をふせぐシステムをつくりあげていたのだ。

全員の持ち場がさだまったのち、新生『アドヴェンチャー・ギャレー』の出帆準備が着々と調《ととの》えられた。

傾船修理《カリーニング》で船底の付着物を落とし、ロープを張り替えた。そして、
主帆の帆桁《メイン・ヤード・アーム》。——これはマストと同様、丈夫な樅《もみ》材でできている。——それを起重機《クレーン》のように使い、
水樽や食糧樽

予備の木材
鉄材
木炭油《タール》などを
船倉に積み込んだ。

ただし、出資金として持ち寄られた現金がさほど潤沢とはいえなかったため、調達できた物資には限りがあった。それゆえ悠長《ゆうちょう》な航海は許されない。獲物の捕獲を急ぐ必要があった。

モアは、かつて不運つづきで何ヵ月もの無収穫に苦しんだキッド船長の姿を思い出し、ふと胃のあたりに重いものを感じた。

だが、出帆前からそんな悲観にとらえられていたのではしかたがない。おのれの気持ちを奮い立たせるために、ことさら軽快な足取りで上甲板を見まわった。

「船長、張り切ってるな」

そう声をかけられた。

歯無しのサムだった。

サムは甲板にしゃがみ、板のひび割れに木槌《きづち》で〈まいはだ〉を叩き込む作業をしていた。まいはだは、古いロープの繊維をほぐしたものである。ひび割れの隙間にこれを叩き込み、熱した木炭油《タール》を流して固め、船内への水漏れをふせぐ。

「きみはサムといったな。なかなか手際《てぎわ》がいいじゃないか」

仕事ぶりをほめると、ヘッと鼻でわらった。

「早いとこ片付けて、日陰で休みてえんだ」

南半球マダガスカルの十二月は、真夏である。炎天にさらされた甲板上の鉄具にうっかり触れようものなら、火傷をしそうなほどだ。海面からの白い照り返しも加わって、
熱気が船を押し包んでいる。

「ご苦労だな」

ねぎらうモアに、

「ところで船長――」

歯無しのサムは作業の手をやすめ、頭を包んでいた赤い布を取って、顔からしたたる汗をぬぐった。

「あんた、アーサー・モアって男を知ってるかい？」

歯茎から空気が漏れるので、かれの発音はあまり

明瞭ではない。

「何と言った」

「アーサー・モアだ。あんたと名字がおなじだから縁つづきか何かじゃねえかと思ったんだが、それとも関係ねえのかな」

「アーサー？」

「そうさ。……知ってるのか？」

見あげるサムの灰色の目をじっと睨《にら》んで、モアは答えた。

「おれの兄だ」

モアのただひとりの肉親。

五年前、セーシェル群島の泊地で、モアの乗り組んでいた東インド会社船を乗っ取った海賊たちのなかに、その兄がいた。あれ以後の消息を、しかしモアはつかんでいない。

「へえ、兄弟だったのかい。それはそれは」

サムは汗のしみついた赤い布でふたたび頭を包み、首の後ろで結んだ。

モアはその横にかがみこんだ。

「兄と面識があるのか？　兄の消息を知っているのか？」

「ああ、以前おれがブラッドレー船長の一味にいたとき、アーサーがあとから仲間入りしてきた。二年ばかり前のことだ」

「そうだったのか。――で、兄はまだ、そのブラッドレー船長の一味にいるのか？」

「いや、もういねえ」

「では、どこにいる」

「天国だ。いや、地獄かな」

「何？」

「アーサーは死んだよ」

「死んだ？」

「ああ」

「戦闘でか？　病気でか？」

「どちらでもねえ」

「というと？」

「可哀相に、やつは拷問《ごうもん》で殺されちまったんだ」

「拷問！」

「そうとも」

「軍艦に捕まったのか？」

「いや」

「東インド会社の船に捕まったのか？」

「そうじゃねえよ。アーサーを拷問にかけたのは、ブラッドレー船長だ」

「……なぜだ。なぜ、船長に拷問されたんだ。掟を破ったのか？」

「政府の密偵じゃねえかと、ブラッドレー船長が疑ったのさ」

「密偵？」

「船長や操舵手がそうに違《ちげ》えねえと言い張って、拷問で吐かせようとした。あんまり手酷《てひど》く責めたんでアーサーは死んじまったんだ」

苦痛に呻《うめ》く兄の顔が脳裏にうかび、モアは胸苦しくなった。

「兄を疑う証拠が何かあったのか？」

「それが、よく判らねえんだ。あの事件は、おれには、もうひとつよく判らねえままだった」

……いったいどういうことなのだ。

モアの心中は波立った。なぜそんなことになったのか、真相を知りたいという思いがはげしく衝《つ》き上げてきた。

サムは、まいはだを手のなかで弄《もてあそ》びながら、当時のことを思い出そうとしているようだった。

「おれはあのとき感じたんだ」

「何をだ」

「ブラッドレー船長と幹部の連中は、何か秘密を持っていたみてえだ」

「どんな秘密だ」

「判らねえ。おれたち平《ひら》の水夫には明かさねえで、てめえたちだけの秘密を持っていやがった。おれにはそんなふうに思えてしかたがなかった」

「ブラッドレー船長の船は、今どこにいるんだ」

「さあ、確かなことは知らねえが、なんでも東洋帰りのオランダ船を襲うために、マラッカ海峡のあたりまで出かけていったとか」

「……マラッカ海峡へ？」

「そんな噂を耳にしたことがある」

モアは宙をにらみ、まだ訪れたことのない東方の海を脳裏に思い描いた。

……ブラッドレー船長。

このときからその名が、モアの胸に、深く、するどく刻みこまれ、かれの内面と行動に、今後複雑な影を投げかけることになる。

モア船長は、操舵手の男爵《バロン》を船長室に呼び、これからの航海計画を協議した。

マラッカ海峡をめざしたい。

その言葉が喉まで出かかったが、モアはそれをなんとか抑えた。全員の表決によって選ばれた船長として、おのれ一人の個人的な思いを七十人の仲間に押し付けるわけにはいかなかった。

「とりあえずは、南インドの沿岸へ向かおうと思うんだが」

キッド船長のもとで例の宝船『クェダ・マーチャント』を捕獲したあの海域。あそこで待ちかまえていれば、イギリス、フランス、オランダの大型貿易船に遭遇する確率が高いはずである。

「異論はない」

男爵《バロン》も賛同した。が、「ただし――」という言葉が付け加えられた。

「何だね」

「一気にインド洋を押し渡るには、船内の備蓄品に不安があるように思う。途中、モーリシャス島に立ち寄って、まずそこで獲物をさがしてみるのはどうだろうか」

「なるほど、それはいい考えだ。では、その案をみなに諮《はか》ろう」

どこへ船を向けるかは、乗組員全員による表決が必要な重要問題の一つであった。上甲板での総会の結果、

モーリシャス経由で南インドをめざす、

という航海計画は多数の承認を得た。

こうしてモア船長ひきいる新生『アドヴェンチャー・ギャレー』は錨《いかり》をあげ、畳み皺《じわ》のくっきりとついた帆を大きく張り展《ひろ》げて、マダガスカルのセント・メアリー泊地を、八カ月ぶりに出帆した。

ジェームズ・モア、このとき三十三歳である。

モアは指揮所である船尾甲板に立ち、水夫たちの

操帆作業を見守った。

同じこの場所から、かつては航海士としてそれを眺めてきた。

だが、船長となった今、
あらゆる光景が、以前とは違った色合いをおびて日に映ってくる。

十六歳で船乗りの道に入ったときから、いずれは船長として自分の意のままに一隻の船を操ってみたいという思いが、モアにもやはりあった。船長にとっては、船ぜんたいが自分の肉体のようなものであり、
船長の人格がその船の人格であった。

が、いまモアが就任したのは、表決で選ばれた海賊船の船長だ。乗組員たちの評価しだいで、いつ首をすげかえられるか知れぬ不安定な立場である。

にもかかわらず、
船尾甲板を踏みしめて立つ両脚に力が入った。

出帆にさいして、これほど張りつめた気分に捉えられたことは、かつて一度もなかった。この船の命運、つまり七十人の乗組員の命運、それが自分のこの手の中に託されている。獲物との遭遇、戦闘の成否、海況の好悪、生還か遭難か。——これからは、モアの持つ
〈運〉

が、すなわち
この船の運になるのだ。

新婚の妻を不可解な死でうしなって以来、モアは信仰から遠ざかっている。しかし、新生『アドヴェンチャー・ギャレー』をみずからが率いて航海に乗り出した今、モアはひざまずいて祈りを唱えたい気持ちだった。

だが、いったい何に祈ればよいのか。

「船長」

男爵《バロン》がかたわらから呼びかけた。男爵《バロン》は、ほかの乗組員とは異なり、つねに身だしなみを整えている。褐色の口髭にも小まめに鋏《はさみ》を入れている。誰に見せるというのでもなかろうが、自分自身のためにそれをせぬことには気がすまぬ、半端《はんぱ》ではない伊達《だて》男だった。

「何だね、男爵《バロン》」

まばゆい陽光が船尾甲板にふりそそいでいる。すべての帆が左斜め後方からの風をたっぷりと孕《はら》んで、船体をわずかに右傾させている。

右傾したまま、『アドヴェンチャー・ギャレー』は、銀色にきらめく海上を持ち前の快足ですべってゆく。

男爵《バロン》は日射しに目を細めながら言った。

「この船は、見かけはあちこち傷《いた》んでいるようだが、しかし、すばらしい走りっぷりだ。まるで雲に乗って飛んでいるようだ。いい船に乗ることができた」

モアも微笑を返した。

「そうなのだ。機嫌のいいときのこの船は、じつに頼もしく思える」

「機嫌を悪くすることもあるのか？」

「スピードを優先して設計されているから、悪天候のもとでは安定がよくない。青ざめながらこの船を罵《ののし》ったことも一度や二度ではない」

「ははは、それは困ったものだ」

男爵《バロン》は引きしまった頬をやわらげてゆったりと笑った。

取り澄ました表情以外の男爵《バロン》の顔を初めて目にしたモアは、それによっていくらか打ち解けあえた気分になり、ふと問いかけてみた。

「ところできみは、泊地にいるあいだ、よく本を読んでいたが、あれは何の本だね。表紙の文字はドイツ語のように見えたが」

「ドイツ語が読めるのか？」

男爵《バロン》が問い返した。

「いや、読めないが、文字の並びを見てそう思っただけだ。三冊ばかり持っていたようだが」

「よく見ているな。わたしを観察していたのか？」

男爵《バロン》の表情が冷えて硬くなった。

「そういうわけではない。本など持ち込む連中はめったにいないから、どんな内容なのかと興味をそそられたのだ」

「わたしが何の本を読もうと、船長には関係のないことだ。今後そのての詮索《せんさく》は控えてもらいたい」

顔の前で扉を音高く閉めるような、無愛想きわまる男爵《バロン》の態度だった。

モーリシャス島は、マダガスカルのセント・メアリー泊地からほぼ真東に百八十リーグ（約九百キロメートル）の距離にある。

二百年近く前にこの島をポルトガル人が発見したときは、無人島だった。

（島は南北に六十キロ、東西に五十キロという広さがあり、けしてちっぽけな島ではないのだが、当時人間は一人も住んでいなかったという）

いまはオランダが領有しており、補給と休養のための泊地がもうけられている。

マダガスカルを出て五日目の午後、
『アドヴェンチャー・ギャレー』はこのモーリシャス島に到達した。

ただし、前日から激しい雨が降りつづき、その雨の幕のなかから不意に姿をあらわした陸影は、中央の山地を灰黒色の雲に覆いつくされて、

なんとも暗鬱な風景だった。

船は、島の南東側に着いてしまったのだ。

東インド会社にいた当時、モアは一度もモーリシャス島を訪れたことはなかったが、島の南東岸におびただしい雨が降るという話は聞いていた。一方、山地の向こうの北西岸は雨の量が数分の一であり、したがってオランダの泊地も、そちら側の入り江に設けられている。

モアは島を取り巻く珊瑚礁《さんごしょう》の外側を回りこみ、

雨雲の下を脱け出て、
北西岸の泊地のそばまで船を移動させた。

乗組員のなかで、その泊地に入ったことがある者は、歯無しのサムほか、わずか数名だった。

モアは泊地から少し離れた小さな入り江に錨をおろし、
〈偵察隊〉
をボートに乗せて送り出すことにした。

ボートは夜間に泊地に到達して潜入し、碇泊船の有無、大きさ、武装などをさぐってくるのが任務だ。

隊長には、土地勘のある歯無しのサムを任命し、
六名の漕《こ》ぎ手のほかに、

夜間視力にすぐれたふくろうを同行させた。

その日の夜、モアは蒸し暑い船長室を出て、上甲

板で風にあたろうとした。

船内の灯火が外へ漏れぬように、窓はすべて閉じて遮光布で覆ってあるのだ。上甲板にも、むろん灯火はいっさい無く、うすく靄《もや》のかかった星空の下で、『アドヴェンチャー・ギャレー』は、
暗く
静かに
身をひそめている。

夜風が左舷のほうからゆるやかに吹いている。モアは左舷のふなべりに寄り、肘をついて深呼吸をしようとした。

その瞬間、
目の前の宙空にぬっと黒い人影が頭をもたげ、モアは思わず後ろへのけぞった。のけぞりながら、腰の短剣を引き抜こうとした。

「あ、船長ですか」

ふなべりの外に浮かぶ黒い人影が、しゃべった。

「誰だ」

モアは動転しきっていた。

「マンスフィールドです」

「何？」

「ロバート・マンスフィールドです」

モアはその名前からではなく、そのもっさりとした声から、誰であるかに思いあたり、かれの綽名を口にした。

「……幽霊か」

縛り首にされたにもかかわらず息を吹き返し、ピストルで撃たれてもまた蘇生したという奇妙な男。

――しかし、船の外側の宙空に浮かんでいるということは、

「おまえは本物の――」

言いかけて、だが、モアは不意に気づいた。

幽霊だったのか。

ふなべりの外側のその位置には、ちょうど〈メイン・チャネル〉があるのだ。

チャネルというのは、マストを支える静索をふなべりの外側に張り出すためのもの（いわばギターの弦受け　ヴァイオリンの駒のようなもの）であり、その部分が一種の足場代わりにもなっている。

主檣《メインマスト》を支える静索のチャネルがメイン・チャネルであり、幽霊はつまりそこに立っているのだった。そのために船の外に浮かんでいるように見えたのだ。

「そんなところで、いったい何をしている」

モアは、驚かされた腹立ちもあり、詰問《きつもん》の口調で訊《き》いた。

幽霊は、

「測深です」

と答えた。

「測深？」

「夜間測深の練習です」

未知の海域を進むとき、座礁《ざしょう》を避けるために水深をしらべる作業だ。

約七ポンドの鉛の錘《おもり》を投げ沈めて、紐にマーキングされた目盛りを読み取る。夜間は紐の目盛りマークを手触りで読み取らねばならない。

「なぜ、いまごろそんな練習をしている」

「蒸し暑くて寝苦しかったもので、退屈しのぎに……」

幽霊はぼそぼそと答え、両手をふなべりについて、こちらへ跨《また》ぎ越えてきた。

翌日の夕暮れに、偵察隊のボートが戻ってきた。泊地には、四百トンほどのオランダ商船が一隻、碇泊中だという報告だった。

「砲は両舷で四十門あった」

ふくろうの言葉に、
モアは落胆の吐息をした。

「重武装だな」

それにひきかえ『アドヴェンチャー・ギャレー』の大砲はいま、両舷でわずか十六門しかない。キッド船長が半数以上を『クェダ・マーチャント』に移載してしまったからである。

「どうする船長」

歯無しのサムが訊いた。「襲うのはやめるかい」

ふくろうが二の腕を撫《な》でた。

「ちいっと惜《お》しい気もするなあ」

「だがよう——」

サムがいう。「四十門対十六門じゃあ、かなりの不利だぜ。獲物にするどころか、逆にさんざんいたぶられちまうのがオチだ」

「火薬と砲弾も足りねえ」

言ったのは、弾薬庫の主任である穴熊だった。右目に黒いアイパッチ。のこった左目で自分の手をながめながら、意気のあがらない様子だ。弾薬庫の火薬と砲弾も、『クェダ・マーチャント』にごっそり持って行かれてしまったのだ。

「さあ、どうする船長。まず、あんたの意見を言ってくれ」

ふくろうが催促した。

「うむ……」

モアは、このとき、昨夜の幽霊の奇妙な行為を思い出していた。

〈いったい何をしている〉

〈夜間測深の練習です〉

あのとき幽霊は、なにかの予感がはたらいていたのだろうか。幽霊には、そんな〈霊感〉のようなものが備わっているのだろうか。

モアはいった。


「昼間の戦闘では、おそらく勝ち目はない。やるとすれば、夜襲だ。帆は使わずに、オールを漕ぐ。岸に沿って測深しながら、橈漕《どうそう》で敵ににじり寄る。相手が応戦の態勢をととのえる前に、奇襲する。……勝ち目があるとすれば、この方法だけだろう」

その場にいた者たちが顔を見あわせて、賛否の意向を目で探り合った。――モアの作戦にどれほどの勝算があるのか、誰もが判断をつけかねていた。

「おもしろい」

つぶやいたのは、男爵《バロン》だ。「それはやってみる価値がありそうだ」

かれの一言に影響されて、賛同者が増えていった。全乗組員を上甲板に集めての表決でも、モアの夜襲作戦は承認された。

二日後、
月のない曇り空の夜に、
『アドヴェンチャー・ギャレー』は、例によって下甲板の砲門から長いオールを出し、古風な〈橈漕船《ギャレー》〉

となって泊地へと接近した。

ふくろうが船首付近に立って前方の闇をにらみ、幽霊が、風上舷のメイン・チャネルを足場にして、測深をつづけた。

「右手の岬をまわりこめば、まもなく獲物の船の灯が見えるはずだそうです」

火薬猿《パウダー・モンキー》のビリーが伝令となって、ふくろうの言葉を船尾甲板のモアに伝えにきた。

甲板上では誰もが暗闇のなかで手さぐりするようにして動いていた。

モアはイルカを呼んだ。

「きみはロープを体に巻いて泳いだことはあるか？」

「それはないですが、仔山羊《こやぎ》をおぶって半リーグ泳いだことはあります」

「だったら大丈夫だろう」

「ロープを体に巻いて何をすりゃいいんですか？」

「ロープの端を、相手の船体にしっかり結びつけてきてほしい。適当な部分がなければ舵板《だばん》でもいい」

「結びつけてどうするんです」

「巻きあげ轆轤《キャプスタン》でロープを巻きあげる。そうすればオールで漕ぐだけよりも素速く接近できる」

「なるほど、そりゃあ名案ですね」

イルカは細綱を体に巻きつけて海へ飛び込んだ。細綱の後ろに太綱をつなげ、それをイルカの泳ぎに合わせて他の水夫が甲板から繰り出していった。

男爵《バロン》が静かに寄ってきてモアに言った。

「大事なことを忘れている」

「何だ」

「まだ合言葉を決めていない」

「合言葉？」

「そうとも。砲撃のあと、接舷して斬り込むのだろう。暗がりのなかで同士討ちをしないように合言葉を決めておく必要がある」

言われるまでモアは気づかなかった。

「〈夜〉と〈昼〉というのはどうだ」

男爵《バロン》の提案を、モアはすぐさま採用した。

「ああ、それでよかろう。さっそく全員に伝えさせる」

襲撃まぎわのあわただしい通達。

何かほかにも重要なことで手ぬかりがあるのではないかと、今ごろになって不安がよぎった。

「船長」

闇の中から呼ばれた。

「ここだ」

ふりむいて返事をする。

「腹が減ったから襲撃の前に何か食わせろと言うやつがいる。どうするね」

コックの赤鼻だ。

そうか。そのことも失念していた。

「何かすぐに配れるものはあるか？」

「そうさな。ビスケットと干し葡萄《ぶどう》と干し無花果《いちじく》なら」

「それを配ってくれ」

「肉のスープを飲ませろとごねるやつもいた」

「それは、いまからでは無理な注文だろう」

「当たり前だ。だから、ふざけるんじゃねえと言って、そいつの脳天を鍋蓋で張り飛ばしてやった。いまごろ下でドクターに頭を縫ってもらってるはずだ。奥方とか呼ばれてる貧血野郎だ」

奥方も大変な目に遭《あ》ったものだ。

モアにはしかし同情している暇はなかった。鍛冶屋のプラトンに頼んであった鉄の鉤爪《かぎづめ》が二十本、ようやく上甲板に届けられたからだ。ただちにこれをロープの先につけるよう指示を出す。——相手の船に充分に接近したところでその鉤つきロープを引っかけ、引き寄せ、こちらの舷に密着させる手筈《てはず》である。

「船長、獲物の船の灯が見えてきました」

火薬猿《パウダー・モンキー》のビリーが伝令にきた。

モアは手さぐりで遠眼鏡をさがした。腰のベルトに差していたはずだが……。どこかに置き忘れたのだろうか。

そのとき、
付近の海面が不意に白く輝き出した。周囲にいる乗組員たちの姿かたちも、はっきりと視界に浮き出てきた。

月が、
雲間から顔を出したのだ。

モアは慌てた。

これでは、相手の船にたちまち発見されてしまう。夜陰にまぎれての奇襲が不可能になってしまう。

肩をかるく叩かれた。

「ジェームズ、落ち着け」

大樽だった。「雲の切れ目はわずかだ。またすぐに闇が戻る」

「ああ、わかっている」

モアは動揺をおさえて冷静さを取り戻そうとつとめた。

船はすでに岬の鼻をまわりこんでいる。

砲門から突き出した何十本ものオールで、力強く、
整然と水を掻きながら、

『アドヴェンチャー・ギャレー』はオランダ船のいる泊地へと侵入していった。

Ⅵ　モーリシャス島を襲う

月がふたたび雲に隠れた。

モアはほっとして息を吐いた。

『アドヴェンチャー・ギャレー』の姿は元通り闇にしずみ、相手の船から発見される虞《おそれ》は少なくなった。

「水深七つ」

という報告が、船尾甲板のモアの耳に届いた。

ふなべりの外側に立って測深をつづける幽霊。その一回ごとの測深結果を、甲板上の水夫たちが口づてに小声で後ろへ伝達してくるのだ。相手の船に気づかれてはまずいので、大声を出すのは禁じてある。

……七尋《ひろ》？

さっきまでは十五尋前後あった。急に浅くなった。

モアは、陸岸から少し遠ざかるように操舵手の男爵《バロン》に指示した。

〈操舵手〉

といっても、それは役職名であり、男爵《バロン》がみずからの手で舵《かじ》を操作しているわけではない。

（前にもふれたように、この時代には舵輪はまだ広く使われてはおらず、『アドヴェンチャー・ギャレー』も、ホイップ・スタッフと呼ばれる直立した長い木の棹《さお》を梃子《てこ》のようにうごかして舵を取っていたと思われる。そして、ホイップ・スタッフを操る者は後部甲板の床下でその作業をしていたはずである）

男爵《バロン》は船尾甲板から前に身をのりだして、後部甲板の床下にいる操舵員に
「取舵《とりかじ》」

を命じた。

しかし、左舷の漕《こ》ぎ手たちのオールを止めさせることまではしなかった。止めさせて右舷だけを漕がせたほうがすばやく左回頭できるが、そのぶん一時的にせよ速度が減衰する。それを嫌ったのだ。奇襲の成否は、行動の隠密性と、
そして
なによりもスピードにかかっている。

「船長、イルカが戻ってきました」

火薬猿《パウダー・モンキー》のビリーがふくろうの言葉を伝えにきた。船首で前方を睨《にら》むふくろうには、闇夜の海を泳いで戻ってくるイルカの姿が見えたのだろう。

相手の船体にロープを結びつけにいったイルカ。仲間がおろした縄梯子《なわばしご》をつたって甲板へあがり、報告した。

「ロープをやつらの舵板《だばん》に結びつけてきました」

さすがに少々息を切らしている。

「そうか、ご苦労」

ねぎらったあと、モアは怪力の大工頭をよび、

〈巻きあげ轆轤《キャプスタン》〉

をつかってロープの巻きとりを開始するよう告げた。

大工頭以下、力自慢の十名余りの男たちが、上甲板の巻きあげ轆轤《キャプスタン》の軸に横棒を十文字に差し込んで、時計まわりに押し回しはじめた。

巻きあげ轆轤《キャプスタン》は、錨綱《いかりづな》を巻きあげたり、大砲の積みおろしをしたりするさいに用いる装置である。相手の船に結びつけたロープをこの装置で巻きとれば、接近速度をいっそう速めることができるはずだった。

ただし、その場合、向こうの乗組員たちにも、船体が何かに引っ張られているという

〈異常な気配〉

が当然つたわる。

「感づかれはせんかの」

爺さまが心配したが、

「それは承知のうえだ」

とモアはこたえた。「もうこの距離まで近づけば、どんなに静かにオールを漕いでも、まもなく水音を聞かれてしまうはずだ」

どうせ気づかれるなら、あるていど相手に近づいたあとは、

隠密行動を捨てて、がむしゃらに突っ込む戦法をとるつもりだった。

「船長」

穴熊の声がした。

モアは暗闇のなかでふりむいた。

「何だ」

「とりあえず斉射五回ぶんの火薬を火薬筒につめて

おいた。残りはわずかだ。無駄撃ちはしないでくれ」

十六門に減ってしまった大砲。

いまはそれをすべて右舷がわにあつめてある。バランスをとるために船底倉庫の備蓄品を左舷に片寄せてはあるものの、あまり安定のよくない状態だ。

が、砲撃力を集中するためにはやむをえない。

その砲撃も、しかしモアは長引かせるつもりはなかった。

モアは穴熊にいった。

「弾薬の心配は無用だ。砲撃は至近距離から一回の斉射のみ。あとは一気に接舷して斬り込む」

モーリシャスの泊地に碇泊中のオランダ船。甲板の数カ所に灯がともっている。

ひっそりと、
静かに、
平和に、
ともっている。

だが、あと二百ヤードたらずにまで近づいたとき、その船上で号鐘《ごうしょう》がはげしく打ち鳴らされるのが、『アドヴェンチャー・ギャレー』にまで聞こえてきた。

「気づいたようだ」

と男爵《バロン》がいった。「だが、まだ至近距離とはいえない」

「うむ、このまままっすぐ接近する」

「砲撃はまだだな？」

「まだだ」

砲撃するためには、直進をやめて右舷の砲門を相手に向けねばならない。

「砲撃は五十ヤードまで近づいてからだ」

「しかし、そのあいだに連中のほうでも砲撃準備をととのえるかもしれんぞ」

「その通りだが、今この距離で撃っても外れ弾のほうが多くなる」

「一か八かに賭けるわけだな？」

「あの船は重武装だが軍艦ではない。乗組員は動転しているはずだ。機敏に応戦態勢がとれるとは思えない。賭けは賭けだが、無謀な賭けではない」

「そうであることを祈ろう」

男爵《バロン》は、なにか他人事《ひとごと》のように、悠然とした口調でそういった。

五十ヤード余りの距離まで近づいた。

モアの読み通り、相手が砲撃態勢をとりつつある様子はまだない。

モアは左回頭を命じ、
右舷の砲門をオランダ船にむけさせた。

回頭を終えると、下甲板にならぶ砲門から長いオールがすべてひっこめられ、代わって人急ぎで大砲の砲口が押し出された。火薬と砲弾の装塡《そうてん》はすでに済ませてある。下甲板と上甲板の砲手たちは、砲口が相手の船に
〈正対〉

する瞬間を見すまして、火門の導火線に点火した。

十六門の砲列が立てつづけに火を吹いた。腹にひびく轟音とともに周囲の闇が一瞬あかるみ、赤い火の粉が舞った。

硝煙のにおいが立ちこめた。

手ごたえがあった。

すくなくとも半数の砲弾が、オランダ船の船体に叩きこまれたはずだった。後檣《ミズンマスト》が折れて甲板に倒れこむのが、船上の灯火によって確認できた。

『アドヴェンチャー・ギャレー』の全員が
〈雄哮《おたけ》び〉

をあげた。相手をふるえあがらせるための、威嚇《いかく》の雄哮びだった。

そしてすぐさま大砲を後退させ、下甲板の砲門からオールを出して橈漕《どうそう》を再開した。

不意の襲撃をうけて恐慌をきたすオランダ船に、『アドヴェンチャー・ギャレー』は
鼻息を荒らげて、
突進していった。

突進のいきおいを最後まで弱めなかったので、船首付近が相手の左舷にぶつかったとき、その激しい衝撃に全員がよろめき、
船体が大きく軋《きし》んだ。

誰もが一瞬ひやりとした。

ひとまわり図体《ずうたい》の大きいオランダ船。しかも『アドヴェンチャー・ギャレー』には、あちこちに傷《いた》みがきている。衝突によって、むしろ、こちらのほう

がバラバラに壊れてしまうのではないかと、全員が思わず息を呑《の》んだのだった。

ぶつかったあと、
反動で、二隻の船体はふたたび離れようとする。だが、そうさせぬように、『アドヴェンチャー・ギャレー』の上甲板に待機していた水夫たちが、鉤《かぎ》つきロープを投げて、
相手を引き寄せにかかった。

このときには、しかしオランダ船の乗組員たちのほうでも、ようやく防戦態勢を取りつつあった。大砲の準備は間に合わなかったが、剣や銃を手にして、上甲板に集まりはじめていた。

そして、一人が斧《おの》をふりおろし、ふなべりに引っかかった鉤つきロープの一本を切断した。

そのロープを引っ張っていたこちら側の数人が、もんどりうって後ろに倒れた。このとき、歯無しのサムは背後の帆檣《ほばしら》に頭をぶつけて気絶してしまった。——かれが『アドヴェンチャー・ギャレー』側の負傷者の第一号だった。

二番目にやられたのは幽霊だった。

測深用の錘綱《おもりづな》を、こんなさなかにも几帳面《きちょうめん》に束ねていた彼の背中に、敵のはなった銃弾が当たったのだ。——縛り首にあっても、胸を撃たれても死ななかったこの奇妙な男は、このときもやはり死なずに命をとりとめた。

気勢をそがれかけた仲間の背後から、

「ウォーッ」

という野獣のような声を張りあげたのは、コックの赤鼻だった。

すぐ前にいた水夫が、その声にびっくりして飛びあがり、
はずみで仲間の背中を押した。それがきっかけとなって、なだれのような動きがおき、前列にいた者たちは否応《いやおう》なしに敵船へ斬り込まざるをえなくなった。

おのれを奮《ふる》い立たせるために雄哮びをあげながら、次々に敵船のふなべりへと跳び移ってゆく。ロープにぶらさがって躍《おど》りこんでゆく者たちもいた。

白兵戦がはじまった。

ちょうど月がふたたび顔を出し、オランダ船の甲

板上で入り乱れる男たちの剣を白くきらめかせた。
おめき声をあげ、やみくもに湾刀《カトラス》を振りまわす者たちが多いなかで、ひとり、騎兵用の細身のサーベルを、
優雅に、
すばやく、
無駄なくふるって、
確実に相手に傷を負わせてゆく男がいた。
むろん男爵《バロン》である。
モアはその妙技につい見とれ、あやうく敵の刃《やいば》をうけかけたところを、大樽の体当たりによって救われた。
その大樽も、敵がひっくりかえした樽の水に足をすべらせて転倒し、腕を骨折してしまった。
「落ちてくるぞっ」
叫ぶ声に、
みなが一斉に上を見た。
主帆の帆桁《メイン・ヤード・アーム》。
頑丈で重いその帆桁《ほげた》が、畳帆《じょうはん》された帆を付けたまま、すこし傾きながら、
みょうにゆっくりと、
甲板にむかって落下しつつあった。
誰かがロープを斧《おの》で断ち切ったのだ。
「ワアッ」
という上ずった悲鳴とともに、男たちは横へ逃げ、あるいはふなべりに貼りついて身をちぢめた。
モアも、そばに固定されていた大型ボートの陰に身を伏せたが、落ちてきた巨大な帆桁がそのボートを叩きつぶし、
中で飼われていた食用の鵞鳥《がちょう》たちが羽根を散らしながら飛び出してきた。
帆桁を切り落としたのはオランダ人水夫だった。
その意表をついた作戦は、海賊たちに一瞬の動揺をあたえはしたものの、しかしオランダ人の仲間からも負傷者を出してしまい、残念ながら海賊たちを撃退する妙手とはならなかった。
オランダ船は、
半時間ほどの抵抗ののち、
海賊たちに降伏した。

モアが船長となってから初めて捕獲した獲物である。

戦闘の興奮がまださめずに、口の中が乾ききっているモアは、仲間たちの歓呼の声にもうまく応えられず、オランダ船の上甲板に立って、ただしきりにうなずいてみせるだけだった。

その船は、

『フレデリック・ヘンドリック』

という名だった。

四百二十トン。本国から東インド諸島（インドネシア）へと向かう途中、このモーリシャス島に立ち寄って、船体の手入れと、水や果物の補給をしていたところだった。

船長は、ファン＝ノルトという四十代半ばの男だ。

モアの前に引っ立てられてきたファン＝ノルト船長は、大柄な体をこごめて命乞いをした。

しかし、まだ体の血が沸騰《ふっとう》している『アドヴェンチャー・ギャレー』の乗組員たちは、

「吊るせ、吊るせ」

と口ぐちに叫んでいる。

斬り込みのさいの激しい抵抗によって、仲間にも二人の死者と大勢の負傷者がでた。その腹立ちを、かれらはファン＝ノルト船長にぶつけようとしているのだ。

戦闘終了後、捕獲船のそこかしこに点《とも》された松明《たいまつ》のあかりが、男たちの血走った目を、ますます異様な赤さに見せていた。

モアは男爵《バロン》をふりむいた。

男爵《バロン》は、自分の感情をみせずに、黙ってモアを見返している。モアが獲物の船長をどう処置するか、それを悠然と見物している。

「静かにせいっ」

と大土頭が怒鳴った。「モア船長にしゃべらせろ」

その野太い声の一喝で、騒がしかった甲板がようやく静まった。

まわりに群がる海賊たちが、モアの顔を見まもる。

モアは乾いた唇をなめてから、こう言った。

「降伏した者を殺すことは許さない。痛めつけることも許さん。理由なく捕虜に手出しをした者は、仲間から追放する」

すかさず叫ぶ者がいた。

「そんな掟はなかったはずだぞっ」

「そうだっ」

と和《わ》す者もいた。

モアは声のほうを見返った。

「われわれの目的は何なのだ。獲物の金品ではないか。人を殺して愉《たの》しむことではなかろう」

反論が出た。

「抵抗したやつは殺す。それが、見せしめになるんだ。それをしておけば、今後のおれたちの仕事がやりやすくなる。おれたちの船を見ただけで、たいていの船がおとなしく降伏するようになる」

その声に、モアは言い返した。

「われわれがその方針をとれば、いったん抵抗した者は最後まで死にもの狂いの抵抗をしてくるぞ。——やりやすくなるどころか、かえってやりにくくなるはずだ」

ぶつかりあう議論を聞きながら、男たちにも迷いが出てきたようだ。はじめの興奮がすこしずつ醒《さ》めて、

もはやどうでもいい、
という気分がひろがりつつあった。

「そんなことより、早えとこ獲物の船倉をのぞさてえ」

誰かが言い、笑いのどよめきが湧《わ》いた。

その空気を読んで、
男爵《バロン》が問題をしめくくった。

「では、この件は船長の方針にしたがうということでいいな?」

隅でぶつぶつ言う声はあったが、表立った反論は、もう出なかった。

ファン＝ノルト船長は他の乗組員や数人の乗客とともに、『フレデリック・ヘンドリック』の最下甲板の一角に押しこめられた。

しかし、
船長室から積み荷目録を見つけ出してきた会計係《パーサー》が、頬の脂肪をたるませて苦笑した。
「どうやら、くたびれ儲けでしたな」
『フレデリック・ヘンドリック』の積み荷には、こ

れといって目を奪うような物はなかった。

目録を片手に先頭に立って船倉を検分しながら、会計係《パーサー》がまたぼやく。

「おなじ襲うなら、この船が東インド諸島から帰ってきたところを襲うべきだった」

東洋のさまざまな物産が、この大きな船倉に満載されている情景を想像して、みなは吐息をついた。

だが、男爵《バロン》はべつの見方をしているようだ。ランプをかざして見まわりつつ、こんなことを言った。

「この船を獲物だと考えるから不満なのだ。補給船だと思えばいい」

「補給船？」

と会計係《パーサー》がふり返る。

「そうとも。食糧、砲弾、火薬、それに大砲。われわれに不足していたものが、すべてそろっているではないか」

……たしかに、その通りだ。

ランプに浮かびあがる男爵《バロン》の貴族的な横顔を見ながら、
この男の冷静さ、そしてどこまでも悠然とした構えに、モアはつい感心してしまうのだった。

船倉の検分を終えて上甲板に戻ったとき、男爵《バロン》がモアにいった。

「ひとつ、頼みがあるのだが」

「何だね」

「夜明け前に、わたしをこの島に上陸させてくれないか」

「上陸？」

「うむ。島の者たちに気づかれぬように、ボートで密かに送り届けてほしい」

島の住民はさっきの砲撃で目をさまし、そのあとの戦闘も岸に寄り集まって眺めていたにちがいなく、海賊側が勝利をおさめたらしいと知った今は、おそらく恐慌をきたして大騒ぎをしているはずである。

「ひとりで上陸するのかね？」

「ひとりでだ」

「しかし、何のために」

眉をよせて問うモアに、男爵《バロン》はかるい口調で答えた。

「会いたい人物がいる」

「……くわしく話してくれ」

「くわしくは話せない」

「……」モアは男爵《バロン》をじっと見た。

体にぴったりした、銀糸の刺繡《ししゅう》入りの絹のヴェスト。——そんなものを身につけているのは、『アドヴェンチャー・ギャレー』のなかではこの男だけだ。そのヴェストに点々と散った返り血の痕《あと》。さっきの戦いの名残りである。

剣を取らせては惚《ほ》れ惚《ぼ》れするような妙技を見せ、銃の腕前も、
拳闘も、
ほかにかなう者がいない。加えて、物事を見る視点がどこか一段高く、こまかい神経が行き届くと同時に、少々のことでは動揺しない肝の太さもそなわっている。

あらゆる面で人並すぐれた、この不思議な男。

しかし、
この男がまとっている不透明な雰囲気が、マダガスカル出帆以来、モアはずっと気になっていた。

「われわれは——」

とモアはいった。「共通の目的のもとに行動すると誓った集団だ。きみもその掟に署名をしたはずだ。しかも、みなの信頼を得て操舵手に選任されてもいる。——くわしい理由も告げずに勝手な行動をとることは、認められない」

男爵《バロン》は苦笑をみせた。

ゆったりとした苦笑だった。

「しかたがない。では話すが、わたしが会おうとしているのは、シャザル伯爵という人物だ。このモーリシャス島に住んでいるという噂を聞いた」

「何者だね、それは」

「わたしの師だ」

「……つまり、恩師との再会を果たしたいということか」

「再会ではない。わたしは一度も、その人物に会ったことはない」

「会ったことのない師か」

「そうだ」

「手紙を交わしていたのか」

「それもない」

モアは苛立《いらだ》った。

疑問が解けるどころか、ますます不可解がつのるばかりだ。

「インドへ向かう前にモーリシャスに立ち寄ろうときみは提案した。あの提案の真の目的は、要するに、その何とやらいう伯爵に――」

「シャザル伯爵」

「その人物に会うことだったのか」

「じつは、そうだ」

正直に認めた。

「きみは、初めからこの島で仲間を抜けるつもりでいたわけか」

モアは裏切られた気持ちになった。

が、男爵《バロン》は、それについてはきっぱりと否定した。

「ちがう。わたしの最終目的地は別の場所だ。このモーリシャスはあくまでも通過地点にすぎない」

最終目的地？　通過地点？

……何なのだ、この男は。

「シャザル伯爵に会ったあと、わたしはふたたび『アドヴェンチャー・ギャレー』に戻ってくるつもりでいる。だから、わたしが戻るまで、出帆せずに待っていてもらいたいのだ。――頼みというのはそれだ」
男爵《バロン》のその頼みを、モアは結局聞き入れた。あくまでも拒否すれば、男爵《バロン》は船をおりてしまうかもしれない。そうなることを惜しんでの判断だったが、
しかし、
いくら有能な人材とはいえ、そんなわがままを許してしまった自分自身に、モアは歯痒《はがゆ》さをおぼえた。が、ほかの乗組員たちは誰もそんなことは気にしておらず、男爵《バロン》の姿が見えなくなったことにすら気づかない者も多かった。
なぜなら、みんな忙しかった。
捕獲した『フレデリック・ヘンドリック』から、
大砲
砲弾と火薬

予備の帆布《ほぬの》とロープ
食糧
水樽
補修用の木材
木炭油《タール》
その他の物資を『アドヴェンチャー・ギャレー』へ積み移す作業に忙殺されていたのだ。
この当時のモーリシャス島の泊地には、まだ強力な砦《とりで》はなく、それゆえ『アドヴェンチャー・ギャレー』は、
陸からの砲撃を心配することなく、悠々と移載作業に専念できた。
男爵《バロン》が帰ってきたのは、二日目の夜が白みはじめる頃だった。陸岸から灯火の合図があり、モアはボートを迎えに出した。
約束通り『アドヴェンチャー・ギャレー』に戻ってきた男爵《バロン》は、しかし、いくぶん疲労の色をうかべ、沈んだ顔つきだった。
船長室に迎えて、モアは尋ねた。
「海賊の一味だということが島の者たちにばれはしなかったか？」
男爵《バロン》は黙って首を横にふってみせた。
かれの容姿風体は、誰が見ても海賊には見えない。見なれぬよそ者だと思う人間はいても、まさか沖に居座る海賊船からおりてきた男だと見破る者は、一人もいなかったに違いない。その点については、モアも初めからさほど案じてはいなかった。
だが、それにしても
暗鬱な表情だ。
こんな顔つきの男爵《バロン》を見るのは初めてだった。
「どうした。シャザル伯爵とやらには会えなかったのか？」
訊《き》くと、
男爵《バロン》は低いつぶやきを返した。
「……かれはすでにモーリシャスを離れていた」
「そうか。――で、どこへ行ったんだ」
「わからん」
吐息まじりに言った。「が、おそらく東洋のどこかだろう」

どのような局面にもつねに悠然と、
いや、超然と構えていた男爵《バロン》。そのかれがこれほどの落胆ぶりを見せるのを、モアは興味ぶかく眺めた。

「きみの師だという、そのシャザル伯爵だが、いったいどういう人物なのだ。よければ、もうすこし聞かせてくれないか」

男爵《バロン》はすぐには答えなかった。

答える気がないのだろうとモアがあきらめかけたとき、男爵《バロン》は椅子から立ちあがって窓のそばへゆき、明けそめる空を見ながら、
ぽつりと言った。

「偉大な錬金術士だ」

モアは、一拍おいてから、

「何？」

と訊き返した。

男爵《バロン》は窓の外へ目をむけたまま、
言った。

「薔薇《ばら》十字団の偉大なる長老だ」

モアは当惑した。うつむいて顎をなで、それから顔をあげてふたたび男爵《バロン》をみた。

「薔薇十字団。——名前は聞いたことがある」

神秘のヴェールにつつまれた謎の組織。

全世界の変革、
地上のあらゆるものを根こそぎ刷新することを目的とする、
不気味な秘密結社。

誰もが名前だけは知っていた。だが、その存在を確かめた者はいないと聞いている。

「薔薇十字団というのは、ほんとうに存在するのか？」

「わたしは、そう信じている」

「きみ自身も、まだ確かめたわけではないのだな？」

「だが、薔薇十字団員によって書かれた書物を読んだ。——この組織は、かならず存在する。存在しなければならんのだ」

「書物？」

「船長はいつか、わたしの持っている本のことを訊いたな」

「うむ、三冊のドイツ語の本のことか」

「あれが、薔薇十字団員によって書かれた書物だ」

「そういえば、薔薇十字団はドイツで生まれたと聞いた憶《おぼ》えがある」

「一冊は『世界の改革』。一冊は『同志会の伝承』。一冊は『同志会の告白』。いずれも今世紀の初めに書かれたものだ」

「それを読んで、存在を信じたのか」

「そうだ」

「文字だけで信じたのか」

「きみも、読めば信じる」

「おれにはドイツ語など読めない。読む気もない」

「さっききみがいった通り、薔薇十字団はドイツで生まれた。だが、その思想の源は東洋にある。団の長老シャザル伯爵も、いったんモーリシャスに移住したのち、結局は東洋のどこかへと旅立ってしまったようだ」

「きみが先日いっていた〈最終目的地〉というのも、つまりは東洋のことか?」

「……その通りだ」


翌日、『アドヴェンチャー・ギャレー』は錨をあげて、モーリシャス島の泊地をあとにした。

捕獲した『フレデリック・ヘンドリック』は、その船内から必要な物資を収奪したのち、解放した。

『アドヴェンチャー・ギャレー』を捨てて乗り換えようという意見もちらほら出たが、それはモアが断固しりぞけた。『フレデリック・ヘンドリック』のずんぐりとした船型からみて、『アドヴェンチャー・ギャレー』のような快速はとても期待できなかったからだ。

ファン＝ノルト船長以下、乗組員も乗客もひとり残らず解放し、

『アドヴェンチャー・ギャレー』はつぎの目的地である南インドをめざして帆走した。

途中、何度か大砲の試射をした。

『フレデリック・ヘンドリック』から分捕《ぶんど》った大砲一門一門の癖を知るためである。

（この当時の大砲は、一つの鋳型《いがた》から一門しか鋳造できない。そのため、同口径の砲であっても、弾丸

の飛びぐあいは一門ごとに微妙に異っているのだ）
モーリシャス島を出て十日後、
奥方がモアのところへ来て、陰気につぶやいた。
「船長、もうじき大きなしけがやってくるぜ」
髯面で柄の悪い男だが、奥方はいつも貧血ぎみで、そのせいかどうか、
気圧の変化に過敏だった。
「もうじきとは、どれくらい先だ」
「そうさな、あしたの夕方には、ちいっとひでえことになってるかもしれねえな」
奥方の予言はよく当たる。
だが、付近に避難できるような島などなかった。
モアは雲と風の気配を注意ぶかく睨みつつ、船を進めた。進めながら、
船体のロープの張りを再点検させ、
船倉の備蓄品や大砲の固縛を厳重にさせ、
そして念のために、
大工頭に指示してシーアンカーも二基つくらせた。
その夜からうねりが高くなった。

夜明けとともに風も強くなった。

やがて、うねりは波浪となり、風は嵐となった。

「サイクロンだ」

モアはつぶやいた。

インド洋のこの海域は、一月から二月にかけてのこの季節、しばしばサイクロンが吹き荒れる。『アドヴェンチャー・ギャレー』は、どうやらそのサイクロンにつかまってしまったようであった。

炊事場の
〈火〉

もすでに落とされている。

炊事場は上甲板の前方にある。そこにはふだん、大きな鉄釜が吊られているが、
波浪が激しくなる気配をみせた時点で、下甲板に片付けられた。

したがって食事は、火や鍋をつかう必要のない、冷たい乾燥物ばかりだった。

むろん誰も文句はいわなかった。

いえばコックの赤鼻に薪《まき》で殴られて、このひどい揺れのなか、ドクターに傷口を縫ってもらわねばな

らぬ羽目になるからだ。
モアは漏水が心配だった。
もともと傷《いた》みの多い『アドヴェンチャー・ギャレー』である。その船体が激しい嵐にいたぶられ、
圧《お》され、
ひねられ、
引っぱられて、
裂孔《れっこう》や欠損がそこかしこに現われそうな不安があった。
船の軋《きし》みは、まるで呻《うめ》き声のようだ。
モアは大工頭をともなって船内を見まわることにした。危なそうな箇所は、早目に手当てをしておいたほうがいい。
二人はベテランの船乗りだが、それでも柱や壁にすがって身を支えなければ歩けなかった。
見まわりの途中で、鍛冶屋のプラトンのところにも立ち寄った。
プラトンは、つねと変わらぬ物静かな態度でモアたちを迎えた。左脚の棒状の義足。しかし、大きく揺れる床のうえで、
器用に、
バランスよく、
その頑丈な体を支えている。
かれは仕事の道具類を一つ一つ丁寧に片付けているところだった。
モアはいった。
「嵐で金具があちこち破損することも覚悟しておかねばならない。予備はだいじょうぶか？」
プラトンはおだやかにうなずき、壁ぎわの木箱のひとつを開けて、滑車の鉤爪や鉄輪などの予備をみせた。
その瞬間、
人波に叩かれたのか、船がのけぞるように傾斜した。
プラトンの背後の棚から、灰色の布に包まれた〈細長いもの〉が床に転がり落ちてきた。足もとへきたので、モアがそれを拾った。プラトンに手わたそうとして、ふと、

その中身が気になった。

「何だね、これは」

細長いが、わずかに湾曲している。

「剣だそうだ」

横から大工頭がいった。

「剣？」

「ああ、〈ジャパン〉という東洋の国でつくられた剣だそうだ。じょうぶで、しかもよく切れるんだそうだ。いちど見せてもらったが、おれたちの剣とは違う不思議な刃《やいば》だ」

モアは興味をひかれた。

「見せてもらっても、いいかね？」

「見せちゃくれるが、触らせちゃくれねえんだ」

「そうか」

モアは布を解かずにプラトンに返した。

プラトンが自分の手でゆっくりと、ていねいに布を剝《は》いだ。

黒いつやのある木製の鞘《さや》。黒い紐を巻きつけた奇妙な柄《つか》。その柄をにぎって、プラトンは刀身をそっと引き抜いた。

「おう」

と思わずモアの口から感嘆の声が出た。

不思議な光沢。

不思議な反《そ》り。

そして
不思議な波模様。

「この鉄は――」

プラトンは、揺れる床のうえでバランスをとりながら、静かに語った。「軟らかくて硬い。硬いのに、軟らかいのだ。――こんな鉄を、おれは他に知らない」

「新種の鉄か？」

モアが訊くと、

「そうではない。何か独特の鍛《きた》え方がしてあるのだ。おれの想像では、内側に軟らかい鉄を入れ、その外側を硬い鉄で巻いているのではないかと思う。その状態にした鉄を、根気よく叩き延ばして、この見事なかたちを造りあげているのに違いない」

「面倒そうな造りかただな」

「うむ。かなりの手間をかけている。だから、おれたちの剣のようには簡単に折れない。曲がらない。しかも切れ味がするどい」

「ふうむ」

感心して見つめるモアに、プラトンはつぶやいた。

「こういう剣を造る鍛冶屋に、おれはぜひいちど会ってみたい」

モアは目をあげてプラトンの哲学者のような風貌をみた。

そして思い出していた。――マダガスカルで、乗組員の募集に応じてきたときのプラトンを。

あのとき、面接をしたモアに、プラトンはただ一つだけ質問をした。

〈この船は東洋へも足を伸ばす予定はあるか?〉

……東洋。

プラトンにとっては、不思議な剣の秘密が隠されている場所。

男爵《バロン》にとっては、薔薇十字団の思想の源であり、長老シャザル伯爵が旅立っていった場所。

そしてモアにとっては、
兄アーサーを拷問で責め殺したブラッドレー船長の船がいる場所。

船首からシーアンカーを流して嵐のなかを漂流しながら、モアはいつまでも東洋のことを考えつづけていた。

それが天に伝わったわけでもないだろうが、サイクロンは『アドヴェンチャー・ギャレー』を東へ東へと押し流し、
五日後に嵐がおさまったときには、インドへの道すじを大きくそれた位置にまで運んでしまっていた。

モアがそのことに気づいたのは、嵐のあと、さらに七日が経過してからだった。――太陽の角度を測ると、緯度は赤道をわずかに北へ跨《また》いでいるのが判ったが、北東への針路をとりつづけて一週間たっても、本来なら行く手にあらわれるはずのモルディヴ諸島が――長々と南北につらなる夥《おびただ》しい数の環礁群が――いっこうに見えてこなかったのだ。

(この時代、太陽や星によって緯度は測れたが、洋上の自船がいまどの経度にいるのか、それを正確に

知る方法はなかった）

嵐のあいだに、予想をはるかに超える速度で、東へ運ばれてしまったようだ。

そう気づいたモアは、上甲板に乗組員全員をあつめて、それを伝えた。

そしてそのあと、

「みなの討議にかけたい提案がある」

とつづけた。

「いってえどんなことだ」

最前列にすわりこんだ歯無しのサムが、空気の漏れる例の不明瞭な発音でたずねた。

「それは――」

モアは全員を見まわした。「目的地の変更だ」

「変更？」

と製帆手の爺さまが訊き返した。「インドへ行くのはやめるのか？　変更して、どこへ行こうというんじゃ」

同じ疑問のざわめきが周囲から湧《わ》いた。

モアは片手を高くあげて、それを静めた。

「東だ」

また、ざわめきが起きる。

モアは声を高めて先をつづけた。

「インド沿岸よりも紅海よりも警戒がうすく、アラビア沖よりも宝が多く、隠れやすい場所が、この東の方角にある。――そこには、香料がある。陶磁器がある。金銀がある。ほかにも、ヨーロッパ人が大金を積んで手に入れたがる不思議な文物があふれている。それを、われわれの新たな獲物として狙おうではないか」

反論が出た。

「そんな遠方まで足を伸ばしたら帰りが大変だ。せっかくお宝を手に入れても、帰りみちに嵐で沈んだんじゃ何にもならん。誰も行ったことのねえ海では、たちまち座礁《ざしょう》ということだってある」

「その通りだ」

言って前に出たのは、なんと男爵《バロン》だった。

てっきり賛成に回ってくれるものと思い込んでいたモアは、力が抜けるのを感じた。

きみも東洋へ行きたがっていたのではなかったのか。薔薇十字団はどうしたのだ。シャザル伯爵に会いたくはないのか。――なじるような眼差しを、かれに向けた。

男爵《バロン》はそれを無視し、
歯切れのよい正確な上流階級の英語で演説をつづける。

「東洋は、われわれの根拠地マダガスカルからは遠すぎる。そんなところへ出かけてゆくのは、命知らずの冒険好きだけだ。香料が何だ。陶磁器が何だ。金銀が何なのだ。たとえ巨万の富を手に入れたとしても、大事な命には代えられない。この命をうしなうくらいなら、インドでムガール船から綿を奪っているほうがいい。アラビア沖でムーア船から砂糖やバターの樽を取りあげているほうがいい。嵐はどこにいてもやってくるが、同じ沈むならやはりインドのそばがいい。なぜなら、わがイギリスの船に救ってもらえる可能性があるからだ。救われたあとで絞首台に送られたとしても悔いはない。見も知らぬ東洋の島々に流れつくよりは、よほどいい。しかも、東洋には、われわれにとって決定的に不愉快なものがある。――それは、女たちの滑らかすぎる肌だ。奴隷のように男につかえるという、あの卑《いや》しい根性だ」

男爵《バロン》は芝居っけたっぷりに、全員を見まわした。

「東洋は、われわれにとって何の魅力もない」

すでに演説の途中からにやにやして聞いている者たちが多かったが、しかし、なかには本気で反論を始める者もいた。

「あんたはそう言うが、東洋ってのも、そう捨てたもんじゃねえぜ。おれぁ、このさい勇気を出して東洋へ船を向けてみるのも悪かねえと思うぜ」

「ああ、おれも同感だ。どうせここまで嵐に流されちまったんだ。ちょいと足を伸ばして東洋を拝んどくのも、あとあとの話の種ってもんよ」

爺さまが、苦笑しながらモアにいった。

「船長。ぐずぐずしてねえで、早《はえ》えとこ決を取っちまったらどうだ」

採決の結果、
七割以上の賛成で、

モアの提案が認められた。

『アドヴェンチャー・ギャレー』は、針路を東北東に取り、二十日あまり後に
〈ニコバル諸島〉

と思われる場所に辿りついた。

夜目のきくふくろうが、暗夜にその島影を発見した。

ニコバル諸島は、
スマトラの北に点々とつらなる島々である。

その島のひとつに、男爵《バロン》が十名の水夫をつれてボートで偵察上陸した。そのなかに、イルカも含まれていた。

イルカの父親はオランダ人水夫だったというが、母親は東インド諸島系のマダガスカル人である。

マダガスカルの民の半分はアフリカ系だが、あとの半分はその昔、はるばるインド洋をこえて東インド諸島から渡ってきたものと見られている。

（この説は、当時からすでに言われていた）

イルカはそれを、自分の体で実感することができた。――ニコバル諸島の住民の言葉が、母親のつかっていた言葉とよく似ており、ためしに話をしてみると、ところどころ通じたのだ。

島の住民たちは、オランダ船を見なれているらしく、そのため、おなじヨーロッパの船である『アドヴェンチャー・ギャレー』に対しても、さほどの警戒心は抱いていないようであった。

モアも、島の住民と敵対することは望まなかった。

モーリシャス島のオランダ船から奪ったオランダ貨幣をつかって食糧を買い求め、乗組員には住民への狼藉《ろうぜき》を固く戒《いまし》めた。

かつて、インド西岸沖のラッカダイヴ諸島において、キッド船長がおこなった住民虐殺。

あの悪夢の再現だけは、
なんとしても避けたかった。

ニコバル諸島で、『アドヴェンチャー・ギャレー』は船の修理もおこない、半月あまり滞在した。

滞在中に、情報の収集にも力を入れた。片言でも言葉が通じるイルカの働きが、大いに役立った。

乗組員がじゅうぶんに休養を取り終えたころ、モアは、全員を船に招集して総会をひらいた。

「いよいよ、あす出帆する。マラッカ海峡を東へ進んで、ジャワへ向かう。その間に出遭うオランダ船を、片っ端から獲物にする」

「狙うのはオランダ船だけか？」

そういう質問が飛んだ。

「いや、そうとは限らんが、場所柄、オランダ船との出遭いが多くなるはずだ」

すると、水夫のひとりがこう言った。

「聞いた話では、少し前からそのあたりを『タイタン』が荒らしまわっているということだ」

「それはおれも聞いたぞ」

と別の者もいった。

「もしも『タイタン』と出遭った場合はどうする」

その問いに、モアは一瞬言葉につまった。

兄を拷問で殺したブラッドレー船長。かれのひきいる海賊船が、他ならぬ
『タイタン』

なのだ。

爺さまのしゃがれ声がひびいた。

「そりゃあもちろん、おんなじ海賊仲間として酒をくみかわすのさ。それが海賊としての作法じゃよ」

別の声がいった。

「しかし、向こうは年季の入った海賊一味だ。まだまだ新米の多いおれたちを、果たして対等の仲間として扱ってくれるだろうか」

「心配はいらん」

海賊歴の永い爺さまが言う。「わしは前にブラッドレーと会ったことがある。気性は激しいが、なかなか人情にも厚い男だ。われわれが骸骨旗《ジョリー・ロジャー》をあげて手を振ってみせれば、盛大に歓迎してくれるはずだ」

「それは愉《たの》しみだぜ」

みなが陽気にざわめくなかで、モアの頬はこわばっていた。――兄の死因を教えてくれた歯無しのサムが、
そんなモアの顔を黙って見ている。

「ブラッドレー船長の命名は、わたしもマダガスカルで耳にしていた」

男爵《バロン》が横からモアに語りかけた。「できれば、いちど会ってみたいものだ。そう思わないか？」

モアはかたい頬のままで見返った。

「ああ、おれも会ってみたい。——ぜひともな」


赤道まぢかの熱帯の海。

『アドヴェンチャー・ギャレー』は斜めの追い風を帆にはらみ、一路マラッカ海峡をめざして疾走した。

Ⅶ　香料諸島をおとずれる

火薬猿《パウダー・モンキー》のビリーが泣いている。

水夫のひとりに怒鳴られたのだ。

ビリーは十三歳の少年である。

マスト登りではほかの誰よりも身軽だが、体力、腕力は、むろんまだ大人にはおよばない。

「ぼやぼやしてんじゃねえ」

と気の荒い水夫たちに怒鳴られて、しょっちゅうベソをかいている。

戦闘配置においては、弾薬準備室から火薬筒を受け取って砲手のもとへ運んでゆく役目をあたえられている。

火薬猿《パウダー・モンキー》と呼ばれるこの役目は、最下甲板と砲列甲板とのあいだの階段をひっきりなしに昇り降りする忙しい仕事だが、
戦闘で頭に血がのぼった砲手たちから、

「のろのろ運ぶな。早く持ってこねえか、馬鹿野郎」

とののしられ、
火薬の黒い粉にまみれた顔を涙でぐしょぐしょにして走り回っていた。

そんな泣き虫のビリーが、
あのキッド船長とともに帰国する道を選ばず、『アドヴェンチャー・ギャレー』に残ってモアの一味に加わった理由は、まったく単純なことだった。自分をむやみに怒鳴りつけたり罵《ののし》ったりしないモアと大樽、このふたりのそばを離れたくなかったのだ。

ひだりてにマレー半島、みぎてにスマトラの巨大な島。共に、
うすい靄《もや》にかすんで青みをおび、
ひらべったく、
長ながと続いている。
炎天の下のこの薄靄は、さっきのスコールのなごりである。
滝のような激しさで『アドヴェンチャー・ギャレ

ー』を叩いたスコールは、船に張りめぐらされた夥《おびただ》しいロープを〈収縮〉させ、そのため、水夫たちはずぶ濡れになりながら、ロープの張りを一本一本ゆるめていった。

そしてスコールが去ったあとのこの強烈な日射し。こんどはロープがみるみる乾燥して伸びはじめる。それを再び締めてまわる作業が、暑熱の中でおこなわれている。

非力なビリー少年がほかの水夫に怒鳴られたのも、そんな面倒な作業に加わっていたときだった。


「ビリー、ちょっと来い」

モアが上甲板のふなべりに凭《もた》れて手招きすると、少年は洟水《はなみず》をすすりながら、目を赤くしてやってきた。モアを見あげ、しきりに手の甲で涙をこすりとる。

そんなしぐさは、まだ本当に子供だ。

「ビリー、いまこの船はどこを走っているか、わかるか？」

「マラッカ海峡でしょう？」

もはや泣き声ではないが、声に少ししゃくりが残っている。

「その通りだ。よく知ってるな」

「大樽さんが教えてくれました」

「そうか」

大樽には、モアも少年水夫の頃に、いろいろと教えられた。だが、モアが水夫になったのは十六歳だ。いまのビリーより三つも年上だった。

いくら本人の望んだこととはいえ、こんな子供までを海賊一味に加えていることに、モアの内心には今もなお多少の呵責《かしゃく》がある。

「マラッカ海峡は、距離が長い」

言うモアの顔を、ビリーは涙跡の残る目で見あげている。そばかすだらけの赤毛の少年。

「しかも水深が浅い。危険な浅瀬も多いという話だ。陸岸のそばだけじゃないぞ。海峡のまんなかにも浅瀬があるそうだ」

モアがふなべりの外の海面に目をやると、ビリーも爪先立つようにして同じ方向をみた。

「そういう海をゆくときは、何をしなけりゃならん？」

むずかしい質問ではない。

むろんビリーも即答した。

「測深です」

「そうだ。測深しながらの航海が必要だ。測深は、幽霊がうまい。幽霊をさがして呼んできてくれ」

「はい、船長」

すぐさま行こうとするのを、

「ビリー」

モアは呼びとめた。「きみも幽霊から測深のこつを習え。きみは何でも根気よくやる性格だから、測深の名人になるはずだ」

ビリーは、きたない鼻の下を腕で横にぬぐい、照れわらいをうかべたあと、転げるような勢いで甲板を走っていった。

「あんまりガキを甘やかさねえほうがいいぜ、船長」

言ったのは、コックの赤鼻だ。

上甲板の前方にある炊事場。そこにかけられた大きな鉄釜に、塩漬けの豚肉の塊をほうりこんで茹《ゆ》でている。

肉はもちろん料理につかうのだが、その前に脂《あぶら》をとっているのだ。鉄釜の湯の表面にうかびあがる脂の膜。それを丹念にすくいとって集め、〈蠟燭《ろうそく》〉の材料にするのだ。

「船乗りってのは、怒鳴られながら一人前になっていくんだ。いちいちガキの機嫌をとってると、図にのりやがって、とんだ役立たずになっちまうぜ」

言いながらも、赤鼻の目はしかし笑っている。

短気で喧嘩っぱやいこのコックは、つねに誰かを怒鳴り、誰かを殴っている。が、かれがビリーを殴っているところは、いちども見たことがなかった。

モアは赤鼻に尋ねた。

「きょうは誰か、けが人が出たか？」

「けが人？　そんなことはドクターに訊けよ」

モアが訊いたのは、赤鼻に薪で殴られた被害者の有無だったが、その冗談は通じなかったようだ。

最下甲板の船尾ちかくの
治療室。

ドクターはそこの手術台をテーブルにして、のんびりとコーヒーを飲んでいる。痩せて蒼白のその顔色は、いつ見ても、この船でいちばんの重病人のようだ。

「ドクター、たまには上甲板で陽にあたったほうがよくはないかね。あんた自身に病気になられては困るからな」

モアがいうと、

「それは素人考えというものだ」

のどかに間《ま》のびした口調で言い返す。「おなじ太陽のように見えても、ここらあたりの太陽はイギリスのそれとはまったく違うのだ」

「どう違う」

「毒素が強いのだ」

と低い天井を見あげてみせる。その板材は、湿っぽく燻《くす》んで茸《きのこ》でも生えそうだ。

「毒素？」

「イギリスまでは届かぬ太陽の毒素が、このあたりにはたっぷり降りそそいでいるのだ。その毒素をあびすぎると、人間は目をやられ、皮膚をやられ、ついには脳もやられる」

「ほんとうかね」

「ああ、嘘など言ってもしかたなかろう」

「その毒素をふせぐにはどうすればいいのだ」

「毒素をはねかえせるのは、黄金だけだ。だから黄金の鎧《よろい》で全身をおおうのが一番いい。それができなければ、わたしのように、こうして、なるべく毒素の届かぬ場所に隠れているのがいいのだ」

「……」モアは半信半疑できいていた。

船底に近いこの甲板には、砲門がない。つまり、砲門蓋をはねあげて
新鮮な風を通すことができない。

つねに空気がよどんでいる。

おまけに、
船底の底溜水《ビルジ》が熱帯の高い気温のもとで腐敗し、すさまじい悪臭をたちのぼらせている。

そんななかでも平気な顔でコーヒーなど飲んでいるドクター。この男はひょっとすると、鼻が悪いのではないか、とモアはときおり思うことがある。だからこそ、得体のしれぬ奇妙な薬品の刺激臭や、化膿した傷口の発する臭いに、すこしも眉をひそめることなく、淡々と治療ができるのではないか。

「船長、きみもコーヒーを飲むか？」

「いや、結構。船内の見回り中だ」

遠慮して、その場を離れた。

鍛冶場のほうから鉄を打つ鎚《つち》音がきこえてくる。勤勉で寡黙なプラトン。暇があれば鎚をふるっている。傷みの多い『アドヴェンチャー・ギャレー』では大工たちがつねに大忙しだが、鍛冶屋のプラトンも、鉄具の修理や、海底の岩に引っかかって揚がらなくなってしまった錨《いかり》の補充など、仕事の種が途切れることがない。

炉のかたわらでの作業ゆえに、熱帯ではなおさら汗だくになる。それでも裸にはならずに必ずシャツを着ているのは、火の粉による火傷をふせぐためだ。

「どうだね、念願の東洋へやってきた気分は」

語りかけるモアを見向こうともせず、炉の火加減をたしかめながら、

「ここはまだ東洋ではない」

沈鬱な哲学者の風貌で、物静かにいった。

「東洋ではない？」

「うむ、おれの考えている東洋ではない」

「では、きみの考えている東洋とは、どのあたりのことだ」

「もっと東だ」

赤く熱した鉄具を鋏《やっとこ》でつかんで炉から取り出し、鉄床《かなとこ》に載せて鎚で叩きはじめた。

その音が船内にひびきわたる。

「もっと東か」

モアは、モーリシャス島でオランダ船から取り上げた東方の海図を、脳裏に描いた。

インド以東の海図はオランダのものが最も正確だ

といわれている。――オランダは、東洋を航海する船長や航海士に最新の海図をあたえ、帰還のさい、誤りが判明した箇所に訂正の書き込みをして提出するよう義務づけている。それゆえ、正確さは年ごとに増し、他国の追随をゆるさない。

「このあいだ見せてもらった、あの不思議な剣。あれを産する場所が、きみにとっての東洋なのだな」

「その通りだ」

「オランダの海図によれば、〈ジャパン〉というその国は、まだまだ遥かに遠い。とてもそこまでは足を伸ばせそうにない」

「わかっている」

左脚の棒状の義足。

それを踏んばって頑丈な体を支えながら、鎚をふるいつづける。

わがままな言動は一切しない、

自己抑制のきわめて強いプラトンだった。

〈東洋〉

といえば、あの男にとっての東洋とは、いったいどのあたりを指すのだろう。

思いながら、モアは船尾甲板へともどった。

あの男――つまり男爵《バロン》。

かれはその場所で、モアの代わりに操船の指揮をとっていた。操舵手である男爵《バロン》は、この船の〈ナンバー2〉の立場にいる。モアが指揮所を離れているあいだは、男爵《バロン》が代理をつとめるのだ。

後檣《ミズンマスト》の三角帆の日陰に、モアは立った。

「獲物はまだ見あたらないか」

「うむ」

この炎天のもとでも、男爵《バロン》はシャツの胸をはだけたりはしない。額や首すじに汗をにじませながらも、端然とした様子をくずさない。

「通るのは、現地人の小舟ばかりだ」

「そうか」

かなたの陸地から、風にのって猿の遠吠えが聞こえてくる。

「このまま進めば、やがてマラッカの港の沖を通ることになるな」

男爵《バロン》は、海面に反射する強い陽光に目を細めて前方を見すえた。

やや黄ばみのある帆布《ほぬの》。それぞれの帆桁《ほげた》を斜めにひらいて横風を無駄なくつかみ、ゆったりと、すべるように、船を前に推《お》し進めてゆく。

「もしもそれまでに獲物に出遭わなければ……」とモアは言った。「マラッカに乗り込んで、碇泊中の船に夜襲をかけることにしよう」

「モーリシャスでのようにか？」

男爵《バロン》の横顔に苦笑がうかんだ。

「そうだ」

「一度の成功に味をしめて同じ手をくりかえすのは、あまり賢明とはいえない」

その言葉に、
モアは眉をよせて見返した。

「おれを愚か者だというのか」

気色ばむモアをいなすように、

「いや、モーリシャスでのきみの作戦は、なかなかの妙手だった。だからこそ成功した。しかし――」

男爵《バロン》の口調はあくまでも冷静だ。「マラッカは、オランダ東インド会社の第一級の基地だ。モーリシャスの防備とは比較にならないだろう」

「そんなことは判《わか》っている。しかし、ここらでそろそろ獲物を手に入れないことには、乗組員が黙っていない」

言った自分の言葉に、モアはすこし狼狽した。

かつてのキッド船長がおちいった焦燥の闇。その入口に、いまのモアも立ちつつあった。

航海士として、ナンバー2の立場からキッド船長を見ていたときのモアは、
もっと冷静で、
客観的な判断力を持っていたはずだが、
いざ船長になってみると、やはり強い焦りに突きうごかされ、思考にも曇りが生じるのだろうか。

「……いや、きみの言う通りだ」

モアは首すじの汗を手でぬぐいながら低くつぶや

いた。「モーリシャスとマラッカとでは、あらゆる条件がちがう。おなじ作戦が通用するわけがない。馬鹿なことを口にした。……この暑さのせいだろうか」

「そのひげのせいだろう」

と男爵《バロン》はいった。

「ひげ？」

表決によって船長に選ばれて以来、モアは口のまわりや頬にひげを伸ばしはじめている。不精ひげは別として、モアはこの歳になるまで、ひげを蓄《たくわ》えたことがなかった。

なぜ蓄えはじめたのか。

多忙のため、剃《そ》る手間を省いた。それもある。だが、もう一つの理由は、やはり無意識に、

〈貫禄〉

を演出しようとしたのかもしれない。

かつてのモアならば、むしろ愚かしく思ったに違いないようなことを、

〈首領〉

に選出されてからの彼は、いくつかおこなっているような気がした。

ひげも、
その一つだ。

とりもなおさず、それは自信のなさの表われなのだろう。自信のなさが焦燥を生み、焦燥が思考を曇らせる。

男爵《バロン》はそれを見抜いているのだ。

忸怩《じくじ》たる思いだった。

こんなひげなど剃ってしまおう。また元のさっぱりした顔にもどろう。

思ったとき、

「しかし、そのひげ——」

と男爵《バロン》がいった。「表情を判りにくくするのには向いている。これは大事なことだ。敵にも味方にも、感情のうごきは余り読ませぬほうがいい。船長の感情は、とくに乗組員のなかで増幅するからな。動揺も焦りも、たちまち増幅してしまう。それを防ぐためにも、そのひげ、剃らずにおいたほうがいい」

力づけるように笑ってみせる男爵《バロン》の顔を見ながら、むしろこの男こそが

一味のリーダーとしてふさわしいのではないかと、モアはふと考えてしまう。

知力、武芸、胆力。

何から何まで、この男のほうが自分に勝《まさ》っているように思えるのだ。

……が、そんな男爵《バロン》に対して一つ気になるのは、やはりあのことだ。

謎の結社、

〈薔薇十字団〉

その偉大なる長老シャリル伯爵を師とあおぎ、団の思想の源である東洋を、みずからの
〈最終目的地〉

だと語ったこの男。

ここはすでに東洋の入口だとモアは考えているが、男爵《バロン》にとっての東洋とは、
いったいどのあたりを指すのだろう。

さっき胸にうかんだ疑問が、ふたたび蘇《よみがえ》ってきた。

「男爵《バロン》」

「何だ」

「きみがめざしている〈東洋〉は、ここからまだ遠いのか？」

すると、
男爵《バロン》は不意に目の色を翳《かげ》らせた。

「さあな、それが判らないのだ」

「判らん？」

「うむ、その場所がどこなのか、わたしにもまだ判らない」

「判らぬのに行こうとしているのか？」

あきれた思いで言うモアに、

「判らぬから行きたいのだ」

平然といい返す男爵《バロン》だった。

そのとき、
主檣《メインマスト》の上から見張りの声が降ってきた。

「船だ！　船がくるぞ！」

モアも大声で訊いた。

「ヨーロッパ船か？」

返事の叫びはこうだった。

「ヨーロッパ船だ。ガリオン船のようだ」

ならば十中八、九、それはオランダ船である。マ

ラッカを発って西へ向かってくるオランダ東インド会社の船にちがいなかった。

マラッカの港は、

マレー半島の西岸、マラッカ海峡のほぼ中央にある。

河口に築かれた港で、すでに三百年前から繁栄していた。当初はマラッカ王国というイスラム教国の港だったが、

二百年ばかり前に

ポルトガルが

そのマラッカ王国を滅ぼして植民地とした。だが、六十年ほど前、こんどは

オランダが

それを奪い取り、以来――男爵《バロン》が言ったように――オランダ東インド会社の第一級の基地となっている。

そこには貴重な香料、陶磁器、絹、金銀などが東洋の各地から集められ、西へむかう大型ガリオン船の船倉へと積み込まれる。

そしてそのガリオン船は、マラッカ海峡をぬけて、一路本国への旅路をたどるのだ。

いま『アドヴェンチャー・ギャレー』の行く手からあらわれたガリオン船も、つまりはそういう船の一隻に相違なかった。

「さて、どう料理するかね」

男爵《バロン》がモアの顔をみた。

オランダ東インド会社の船は、イギリス東インド会社のそれと同様、重武装で知られている。商船であると同時に、

〈軍艦〉

に匹敵するほどの大砲を備えている。

正面から砲戦をいどめば、たとえ勝ちをおさめたとしても、こちらも、かなりの打撃をこうむることは目に見えている。

モアはこう言った。

「こっちもオランダの旗をかかげて接近する。相手が油断したところを、すれちがいざまに反転して襲いかかる」

かつてのキッド船長のおはこである。

「ふむ」

男爵《バロン》がうすく笑った。「おもしろい」

赤・白・青の横縞三色。
その旗を主檣《メインマスト》にひるがえらせた『アドヴェンチャー・ギャレー』は、波光きらめくマラッカ海峡の海面を、
まっしぐらに、
獲物にむかって進んだ。
その間、
上下二段の砲列甲板では、縄で厳重に固縛されていた大砲が、
猛獣の縛《いまし》めを解くように解き放たれ、
砲口の木栓《もくせん》が取りはずされ、
砲尾の火門を覆う鉛も除かれた。
マダガスカルを出帆したときの『アドヴェンチャー・ギャレー』は、両舷あわせて十六門の大砲しかなかったが、モーリシャス島で獲物にしたオランダ船から大砲や弾薬をたっぷり奪いとったので、いまは元通り
〈備砲三十四門〉
の重武装となっている。
ただし、まだ砲門から砲口をのぞかせてはいない。
牙はなお慎重に隠していた。
そして何食わぬ様子で、しかし全員が息をこらして、
〈豹変〉
のときを待っていた。

だが、

「船長っ」

と水夫のひとりが上甲板から叫んだ。「やつら、砲門から大砲をいっせいに突き出しやがったぜ。戦闘態勢をとってやがる」

「なに」

モアはあわてて遠眼鏡をのぞいた。

……ほんとうだ。

こちらと同じく檣頭《しょうとう》に三色旗をかかげたオランダ船。その舷側の砲門から黒い砲身の先端が突き出

ているのが見える。

なぜだ。

モアは不可解だった。

同胞の旗をかかげる船に対して、なぜ、かれらは戦闘態勢をとるのか。

……ひょっとしてあの船は、こちらと同様、オランダ船を装った海賊か？

ということは……

不意に、ある思いがひらめいて、歯無しのサムを呼んだ。

サムは船尾甲板の下へ駆けつけ、

「何だね、船長」

とモアを見あげた。

「サム、ここへ上がってきて、遠眼鏡であの船をよく見てくれ」

「見てどうするんだね」

「あれは、ひょっとして、『タイタン』ではないのか？」

このマラッカ海峡で獲物を狙っているという海賊船『タイタン』と、早くも遭遇できたのだろうか。

「何だって？」

とサムが訊き返した。

「きみが以前乗り組んでいた『タイタン』だ。ブラッドレー船長の『タイタン』だ。その船が、われわれとまったく同じ作戦をとって、偽のオランダ国旗をはためかせて近づいてきているのではないか？

遠眼鏡でそれを確かめてくれ」

歯無しのサムは階段を駆けあがってきて、モアのさしだす遠眼鏡をつかみ取った。

しばらくそれを覗いていたが、

「いや、船長、ちがうな」

と首を横にふった。「あれは『タイタン』なんかじゃねえよ。ぜんぜん別の船だ。やっぱり正真正銘のオランダ船のようだ」

「……そうか」

となると、ふたたび不可解だ。

なぜあの船は戦闘態勢をとっているのか。オランダ国旗をかかげたこの船に対して、なぜあれほどあからさまに砲列を突き出して近づいてくるのか。

「十二」

という甲高い声が、そのときモアの耳にとどいた。

ふなべりの外側のメイン・チャネルに立って、幽霊が
〈測深〉

をつづけている。その水深の数字を、火薬猿《パウダー・モンキー》のビリーが、声変わり前の甲高い声で船尾甲板のモアに伝達しているのだ。

……しまった。

とモアはおのれの失策にようやく気づいた。

敵は遠眼鏡でこれを見たのだ。測深する乗組員の姿を見たのだ。それを見て、偽のオランダ船だと見破ったのだ。

オランダ船にとって、マラッカ海峡は自分たちの庭のようなものだ。危険な浅瀬がどことどこにあるのか、それを熟知した乗組員を、どの船にも必ず乗り組ませているはずである。

当然、測深しながら手さぐりで進んでくるような船は、怪しんでしかるべきなのだ。

かれらが戦闘態勢をとって接近してくる理由は、きっとそれだった。

だが、いまさらそのことに気づいても、どうにもならない。いずれにせよ、このまま近づいてゆけば、万全の態勢をととのえた相手との、真っ向からの戦いとなる。

しかも、その戦いは決して五分五分の条件ではない。相手には、地の利がある。

敵はこの海峡を知りつくしている。有利な位置取りをもとめて互いに回頭や旋回をくりかえすうちに、『アドヴェンチャー・ギャレー』は相手の
〈誘導〉

に乗って、浅瀬に座礁《ざしょう》させられてしまうかもしれない。

そうなればもはや身動きがとれなくなる。そして相手はこちらの砲列の死角に位置取って、好き放題に砲撃を浴びせることができる。

そんな戦いは最悪だ。なんとしても避けねばならない。戦うならば、せめて五分と五分の、いやむし

ろ、こちらにとって有利な条件を、何とか手に入れる必要がある。

だが、すでにこの段階に至ってしまった今、そのような条件をいったいどうやってつくりだすというのか。

モアは焦った。

焦っている間にも、互いの距離は刻々と接近してゆく。

「船長」

男爵《バロン》が横から問いかけた。「このまま進みつづけるのか？　それでいいのか？」

気がつくと、上甲板にいる乗組員たちも、首をねじむけて、モアの顔を見守っている。モアのくだす決断を息をつめて待っている。

重要事項はすべて多数決できめる掟の海賊船。

――だがしかし戦闘指揮だけは例外だ。戦闘指揮は、船長が独裁し、全員がそれに従う決まりだ。そうでなければ戦闘などできはしない。

みなの視線を一身に浴びて、モアは口のなかがカラカラに渇いた。

このまま突っ込んでゆくか。それとも、反転して逃げるべきか。モアははげしく迷った。

「船長」

男爵《バロン》の声が、決断を催促する。

モアはこわばった腕を持ちあげて、もういちど遠眼鏡をのぞいた。

オランダ船は、備砲四十門はありそうな大型船だ。その甲板のうえの様子も、しだいに見分けられるようになってきた。

指揮所である船尾甲板。

そこに数人の男たちが立っている。中央で昂然と胸をそらしているのが船長であろう。

逡巡《しゅんじゅん》の気配など露ほども見せず、果敢に戦いを挑んでこようとしている。

モアは遠眼鏡をおろして、帆を見あげた。帆はあいかわらず横風をはらんでいる。

適度な風。

弱風ではないが、波浪を巻きあげる強風でもない。

それゆえ風上舷の下甲板の砲門も、風浪の打ち寄せを気にかけることなく蓋を上げていることができる。すなわち、相手がこちらの風上に位置した場合でも、こちらは全砲列が使用可能なのだった。――風上、風下の位置取りは、きょうの戦闘にはほとんど影響しない。

そのことを確かめたうえで、モアは、こう命令をくだした。

「錨をおろせ」


一瞬、船上が静まりかえった。

あまりに奇妙な命令であったため、誰もが聞きまちがいではないかと、もういちど耳を澄まそうとしたのだ。

「錨を、おろせ」

モアがくりかえすと、
こんどは、ざわめきが広がった。

「降伏するのかっ？」

と怒鳴る声も飛んだ。

男爵《バロン》も、いぶかしげな目でモアを見ている。

「主檣《メインマスト》の帆を絞れ。前檣《フォア》と後檣《ミズン》の帆だけを残せ」

モアは命令を出しつづける。

「両舷、全砲、射撃用意」

それを聞いて、どうやら降伏するわけではなさそうだと考えた水夫たちが、
しかしまだ何か腑《ふ》に落ちぬ面持ちを残しながらも、ようやく命令通りの作業に取りかかった。

モアは男爵《バロン》を見返って告げた。

「この場をじっと動かずに戦うことにする。初めて通るこの浅い海峡で座礁をさけるには、こうして戦う以外にない」

主檣《メインマスト》を縮帆させて、前檣《フォアマスト》と後檣《ミズンマスト》の帆だけを残させたのは、前後の帆の開き（風を受ける角度）を操作して、船の向きをその場で自在に回転させるためである。――舷側にならぶ砲列を、それによってつねに敵船に正対させることができる。

「了解した」

男爵《バロン》がゆったりと笑みを返した。「さすがは本職の船乗りだ」

しかし、と男爵《バロン》はいった。

「一つ忘れていることがあるぞ、船長」

モアの胸に不安がめばえる。

「何をだ」

その目をみて男爵《バロン》はまた優雅にわらった。

「旗だ」

「旗？」

「そうとも。ニコバル諸島滞在中にこしらえた旗だ。あれを忘れていないか？」

黒地に白く髑髏《どくろ》を染めぬいた骸骨旗《ジョリー・ロジャー》。海賊船のシンボル。

「つまらん三色旗などさっさと降ろして、われわれのジョリー・ロジャーを檣《マスト》のてっぺんに掲げようではないか」

「うむ。たしかに、それを忘れていた」

モアはすぐさま指示を出した。

ほぼ射程距離にまで近づいてきたオランダ船。その面前で、
縮帆した主檣《メインマスト》の頂《いただき》に真新しい骸骨旗《ジョリー・ロジャー》が高だかとひるがえったとき、

『アドヴェンチャー・ギャレー』の船上からは、周囲の海面をふるわせるほどの歓声が湧《わ》き起こった。

戦闘を前にして錨をおろしてしまった『アドヴェンチャー・ギャレー』をみて、オランダ船はやや面食らったようであった。

同時に、何やら
〈不気味〉

にも思いはじめた気配だ。

さらにそこへ、骸骨旗《ジョリー・ロジャー》と歓声。

それにひるんだのか、最初の果敢な勢いが、この時点ではやや鈍ってしまったかに見え、『アドヴェンチャー・ギャレー』への攻撃は、なにやら腰のひけた気配があった。

右舷二十門の砲によるオランダ側の一回目の斉射は、射程距離ぎりぎりからのもので、したがって命中率はきわめて悪く、一発の砲弾が船首衝角のトイレをすこし壊しただけであった。

「あれ以上近づいてはこないつもりだろうか」

男爵《バロン》が手入れのゆきとどいた口髭を、物憂げになでた。

モアは上甲板にいる伝令に命じた。

「こちらからも斉射のお返しだ。ただし、どの砲も狙いを思いきり外して撃て」

「は？」

と伝令が訊きかえした。

「われわれの砲術は話にならんくらいお粗末だと思わせるのだ」

「あ、なるほど。そうやって、敵をもっと引き寄せようって魂胆ですね？」

左舷十七門の砲を、てんでんばらばらの照準で撃たせると、
案の定、
オランダ船はこの奇妙な海賊船をすっかり見くびってしまった模様だ。

船首をまっすぐこちらに向け、一気に半分の距離にまで迫ってきた。

その間、モアはめまぐるしく操帆の指示を出し、船を半回転させて、
右舷の砲列を敵に正対させた。あとは砲手たちに任せた。

砲手たちは、敵が回頭して横腹を向けようとする瞬間を狙い、砲火をあびせかけた。

四発が舷側に穴をあけ、
三発が帆布を裂き、
一発が前檣《フォアマスト》を叩き折った。

さっきとは異なる正確な砲撃に動転したオランダ船は、たちまち戦闘意欲をなくし、反転して逃走をはじめた。

あっけない戦いだった。

「これで終わりか？」

男爵《バロン》が苦笑をうかべた。

「いいや、それではトイレを壊され損だ」

モアは、オランダ船の船尾甲板からこちらをふりかえっている敵の船長をにらみながら言った。「いまから追撃にうつる」

「そうこなくてはな」

男爵《バロン》は腰のベルトにはさんでいた薄い鹿革の手袋を引きぬいた。サーベルを使うさいの滑り止めだ。

モアは上甲板の水夫たちに叫んだ。

「錨を切り離せ！　帆を展《ひろ》げろ。ぜんぶの帆だ。鉤

つきロープの用意も忘れるな！」

　太い錨綱にふたりがかりで斧《おの》が叩きおろされ、十数打目でようやく切断された。

　絞られていた主檣《メインマスト》の三枚の帆もすべて展帆《てんぱん》され、快足船『アドヴェンチャー・ギャレー』は総帆に横風をいっぱいにはらんで、
　手負いのオランダ船を追跡した。

　測深は、
　もはや必要なかった。

　逃げるオランダ船の航跡をそのまま辿《たど》ってゆけばよいのだ。

「マラッカへ引き返すつもりのようだな」

　前方を見すえてつぶやく男爵《バロン》に、

「残念ながら、それは無理だろう」

　とモアはいった。

「船長」微笑しながら男爵《バロン》が見返った。

「何だ」

「見事な采配だった」

　モアはゆるみかける頰を引きしめ、

「いや、まだ終わってはいない」

　腰のベルトからピストルを引き抜き、火縄の用意をしようとした。

　その横で、男爵《バロン》が落ち着きはらって鹿革の手袋に指を通した。

「あとは、まかせたまえ」

　半時間で追いつき、
　十五分で制圧した。
　一味は、すでにあのモーリシャス島で、激しい斬り込みを経験しているため、格段に要領がよくなっており、度胸もついていた。制圧に要した時間は、それゆえモーリシャス島のときの半分である。
　それでも、一味から十人余りの負傷者が出たが、その者たちには、
　掟の定めるところにより、
　分け前とは別に補償金が支給された。
　捕獲したオランダ船は、
『オーステル』
　という名の四百三十トンの船だった。
　積み荷の内容は、

中国磁器水甕《みずがめ》—四十個
鉄鍋—三千個
中国生糸—三百六十ピコル（二一・六トン）
土茯苓《どぶくりょう》—四千トロイポンド（一・五トン）
（土茯苓は山帰来《さんきらい》の根茎で、梅毒の薬である）
明礬《みょうばん》—六万トロイポンド（二二・四トン）
台湾砂糖—三千四百ピコル（二百四トン）
などであった。
これらを換金すれば、
「まずまずの金額になる」
と会計係《パーサー》が満足げにいった。
誰もが上機嫌で騒ぐなか、しかし、ひとり落胆の表情をみせた者がいた。
鍛冶屋のプラトンだ。
例の不思議な剣。あれがまた新たに手に入るのではないかと、ひそかに夢見ていたようであったが、そんなものは、どこからも見つからなかった。
降伏した『オーステル』乗組員は、寛容にあつかわれた。捕虜の虐待禁止は、モーリシャス島以来、一味の不文律となっており、存分に略奪を終えたあとは、全員を船もろとも解放した。
解放の前に、
モアは男爵《バロン》とともに、『オーステル』船長および幹部乗組員たちを一人ずつ尋問した。
むろん情報収集のためである。
この付近の海域に存在するオランダ船についての情報。だが、たとえ喋《しゃべ》らなくとも、そのことで脅しや拷問をうける気づかいはないと感じ取ったのであろう、
かれらはみな、
「わたしは知らない」
という返事で逃げ、尋問の成果はわずかだった。
が、そのなかで一つ、
モアの関心をするどく捉えた言葉があった。
それは『オーステル』船長の口から出てきた。
尋問が終わったとき、初老の船長は、昂然と胸を張っていた姿勢をふとゆるめて、こうつぶやいたのだ。
「やれやれ、鮫《さめ》が一匹、海峡から去ったと思ったら、

すぐにまた新顔の登場だ」

モアは聞きとがめた。

「その〈鮫〉というのは、もしや……」

「ブラッドレー一味のことだ」

と『オーステル』船長は答えた。

「ブラッドレーは、もうこの海峡から去ってしまったのか？」

「ああ、去った」

「どこへ」

「香料諸島へ向かったという噂だ」

「香料諸島……」

「丁字《クローヴ》の収穫期にあわせて、略奪に行ったんだろう」

同胞の船に関する情報ではないからか、ためらいなく語った。

香料諸島。

すなわち、

〈モルッカ諸島〉

のことである。

モアは思わず海図を手にとり、遥か東方のその島々をじっと見つめた。


オランダ船『オーステル』を解放したのち、『アドヴェンチャー・ギャレー』は、マラッカ沖を幽霊の夜間測深で通過し、数日後に海峡を東へ抜け出た。

そして付近の島かげに船を寄せ、一味の総会をひらいた。

議題は、これからの針路についてだった。

マラッカ海峡でまずまずの収穫を得た一味は、それで満足したかといえばそうではなく、ますます欲がふくらみ、

〈もっといい獲物〉

を探そうではないか、という空気が濃かった。

モアはその空気に力を得て、
こう演説した。

「われわれは『オーステル』から、いくつかの高価な品を手に入れることができた。みんなも見ただろう、中国のあの素晴らしい陶磁器を。それから美しい絹糸を。あれをマダガスカルへ持ち帰って故買商人の船に売れば、相当な金額を分配することができ

るはずだ」

ここで陽気な歓声が入った。

それをしずめて、モアはつづける。

「陶磁器。絹。どちらもヨーロッパ人が目の色を変えて欲しがる品だ。だがしかし、見すごしてはならんのは、もう一つの貴重品だ。――おい、イルカ」

とモアは、混血の水夫を指さした。「きみは、あの貴重品の入った袋をみて、何といったか憶えているか。これは何だ、鼠の糞か？　そういったんだぞ」

白い歯をみせてきまり悪げにわらうイルカを、ほかの者たちも一緒にわらったが、その実、多くの者が、初めはイルカと同様の感想を、その品に対して抱いたのだった。

その品とは、丁字《クローヴ》である。

モアは左手をそっと開いてみせた。少量の丁字《クローヴ》がてのひらに載っている。褐色に錆《さ》びた小さな釘のような色とかたち。

「おれたちの口には、あまり縁がないが、ピリッと辛いこいつは、上流階級の食卓には欠かせない香辛料だ。知っているか？　こいつは、香辛料の王者、とまで呼ばれているのだ。インドの胡椒《こしょう》ですら、こいつに比べれば価値はずっと低い」

モアはみなの目を見まわしながら続けた。

「こいつは、じつは花の蕾《つぼみ》なのだ。蕾を摘《つ》んで天日で乾燥させたものなのだ。この蕾は、ここからしばらく東へ航海したところにあるモルッカ諸島でとれる。いや、世界中くまなく探しても、モルッカ諸島以外では、まったくとれないのだ。――そうとも、とれないからこそ貴重なのだ。昔の貴族はこの丁字《クローヴ》を黄金の小箱にしまっていたというほどだ。黄金の箱などよりも、中身のこの丁字《クローヴ》のほうが貴重だったのだ」

そして、会計係《パーサー》に問いかけた。

「おれの話は間違っているか？」

「いや、船長。まさしくあんたの話の通りです。丁字《クローヴ》にはいまでも大変な高値がついている」

みなの目が、モアのてのひらの、ひからびた数粒の褐色の蕾に集中している。モアはそれを握って頭上にあげた。

「この高価な丁字《クローヴ》が、モルッカ諸島にはふんだんにある。大きな袋にぎっしり詰められて、われわれの来るのを、今か今かと待っているのだ」

そこまで聞いてとうとう我慢しきれなくなった一人が、いきなり立ちあがって叫んだ。

「行こうぜ、モルッカへ」

「そうだ、モルッカだ」

あとは、雪崩《なだ》れのようなものだった。

一味の総会は、九割以上の賛成で、つぎの目的地をモルッカ諸島と決定した。

総会のあと、男爵《バロン》がモアのそばへゆったりと寄ってきた。そして、皮肉たっぷりの口調でこういった。

「船長。前職はたしか航海士だと聞いたが、どこかで大道売りの仕事もやっていたのか？」

モアが乗組員たちに話したように、この当時、丁字《クローヴ》はモルッカ諸島にのみ産する貴重な香辛料であった。

もうすこし正確にいえば、モルッカ諸島のなかでも五つの島――テルナテ島とその周辺の島々――でしかとれなかった。

大昔、その丁字《クローヴ》を、アラビア商人が船で西へと運び、エジプトのアレキサンドリアを経て、ヨーロッパへと持ち込んだ。

香辛料、防腐剤、万能薬。

丁字《クローヴ》は黄金以上に珍重され、産地の千倍の値がついた。

しかし、その産地が
〈どこ〉

なのか、それをヨーロッパ人は永いあいだ知らずにいた。じつに千五百年以上にもわたって、謎のままだった。アラビア商人が固く秘密を守りつづけたからだ。

モルッカ諸島の別の島では、もうひとつの香辛料、

〈ナツメグ〉

もとれた。

丁字《クローヴ》とナツメグ。

この二大香辛料の産地がモルッカ諸島であることをヨーロッパ人がようやく突き止めたのは、一五〇五年――つまり、モア船長の時代からわずか二百年

ほど前のことである。
そしてその島々を最初に手中におさめたヨーロッパの国はポルトガルであった。
が、百年後、こんどはオランダがこの地を制し、
モルッカ諸島の要地
〈アンボイナ〉
に基地をきずいて香料貿易を独占した。

そのアンボイナをめざして、『アドヴェンチャー・ギャレー』は進んだ。
赤道にちかい緯度を、ひたすら東へ東へと航海し、
ひと月ほど後に、
それらしき島影を望んだ。

――ところで、『海賊史』（一七二四年刊）の著者チャールズ・ジョンソンは、ウィリアム・キッド船長がモルッカ諸島のアンボイナにまで足を伸ばしたと記しているが、これは誤解である。キッド船長と別れたモアたちが、新生『アドヴェンチャー・ギャレー』でモルッカ諸島をおとずれたさいの伝承が、

誤ってつたえられたものであると思われる。

Ⅷ　船長解任の声があがる

モアは例のごとく偵察ボートを送りだし、夜陰にまぎれてアンボイナ港の様子をさぐらせた。

偵察隊は三日後に帰還した。

ボートから縄梯子をつたって上がってきた男たちは、皆むっつりと不機嫌だった。

かれらは言う。

「大型船は一隻もいなかった。いねえのは当たり前だぜ。今年の丁字《クローヴ》の出荷時期はもう終わっちまったんだ。最後の船が出てったのは、二十日以上も前のことだそうだ」

かれらは、港にオランダ船がいないのを見て大胆になり、島に上陸してみたのだという。そして夜道を通りかかった老オランダ人を捕まえ、物陰に引きずりこんだ。

「爺《じじ》いは震えあがって、訊《き》いたことには何でも答えた。もう港には、丁字《クローヴ》のひとつまみだって残っちゃいねえそうだ」

落胆の舌打ちとぼやきが、乗組員たちの間から聞こえた。

そしてこんな声が、モアに向けられた。

「よう、船長。あんた、ずいぶんと愉《たの》しい演説をぶってくれたが、ひと月もかけた航海のあげくが、このざまだ。見損なったぜ」

「まったくだ」

と偵察隊のひとりが言った。「それにひきかえ、『タイタン』のブラッドレー船長はさすがだ。ひと月ばかり前にあらわれて、丁字《クローヴ》をしこたま掻っさらっていったそうだ」

羨望《せんぼう》のどよめきが湧いた。

モアは念を押した。

「すると、やはり『タイタン』はここへ来たんだな？」

「ああ、丁字《クローヴ》を積み込んでる最中の船に猛然と襲いかかってきたらしい。斬り込まれて苦戦したオランダ船の連中は、われ先に海へ飛び込んで島へ泳ぎ逃げたそうだ。で、ブラッドレー一味は、船倉に積んであった丁字《クローヴ》の袋をありったけ『タイタン』に移し替えちまった。だが、逆襲を警戒して、陸上の倉庫までは襲ってこずに、そのまま悠々と港を出てったそうだ」

それを聞いて、モアは思った。

ブラッドレーという男、

勇敢ではあるが、

無謀ではない。

なかなか沈着な男のようだ。

そういう男が、モアの兄を拷問で責め殺した。

――知りたい。事の真相を、どうしても知りたい。

乗組員たちの非難の声を黙って聞き流しながら、モアの脳裏を大きく占めているのは、やはりブラッドレー船長のことであった。

『タイタン』とは、ひと月遅れで行き違いになったが、

しかし、その航跡をたどるなかで、徐々にブラッドレーの背中に近づきつつある実感が増してきた。

さて、アンボイナを襲ったあと、『タイタン』はどこへ向かったのだろうか。

奪った品々を故買船に売るべく、マダガスカルへ向かったのだろうか。それとも、さらなる略奪をもくろんで、まだこの東洋の海をうろついているのだろうか。

船長室の樫の机に海図をひろげて独り考えていたとき、

火薬《パウダー・》猿《モンキー》のビリーが報告にきた。

「船長、船が見えます。ガリオン船のようです」

船尾甲板に駆けのぼったモアに、男爵《バロン》が遠眼鏡で方角をしめした。

右舷船首方向の水平線。

モアは自分の遠眼鏡をかまえた。

船影はまだ遠いが、たしかにガリオン船の輪郭をしている。

しかし、妙だ。

この弱風の日に、帆をわずかしか展《ひろ》げていない。

総展帆せずに、半分たらずの帆で、
漂うようにのろのろと、
熱帯の海を航行している。

……ブラッドレーだろうか。

ブラッドレー船長の『タイタン』が、獲物を待ち伏せて遊弋《ゆうよく》しているのだろうか。

思いながら、モアは遠眼鏡のレンズ越しに目をこらした。

檣頭にオランダ国旗。それが判別できた。

ただし、本物かどうかは不明だ。オランダの旗は、この『アドヴェンチャー・ギャレー』にも掲げてある。

しだいに近づく船。

それをじっくり観察するモアの横で、
おなじように遠眼鏡をのぞきながら男爵《バロン》がいった。

「あの船は手負いだな。船体のあちこちに砲弾の穴がある」

「うむ」

「帆にも、応急の継ぎ合わせをしている。よほど強力な武装をもつ敵と戦ってきたとみえる」

大型のガリオン船にあれだけの打撃をあたえられる船は、いまこの海域には、『アドヴェンチャー・ギャレー』以外には『タイタン』しかいないはずであった。

「船首をこちらに向けたぞ。助けを求めにくるつもりだ」

男爵《バロン》は遠眼鏡をおろし、そのレンズを絹の手巾でゆったりとぬぐった。「どうする、船長」

継ぎ合わせた帆布。しかも、半分たらずの枚数しか展げていない。

つまり、
戦いに敗れ、予備の帆布をすべて敵に没収されてしまったからだろう。

ということは、当然、
金目の積み荷も根こそぎ奪われたはずである。

あのオランダ船は、ほかの船――おそらくは『タイタン』――に略奪されたあとの、いわば絞り滓《かす》なのだ。そんなものを捕まえてみたところで、収穫など期待できない。

あんな船は無視して通過しよう。

モアは男爵《バロン》にそう答えるべきであった。ところが、かれの口から出たのは別の言葉だった。

「捕獲しよう」

「……捕まえるのか？」

男爵《バロン》がおどろいて訊きかえした。

モアは目を合わさずにうなずいた。

「ああ、捕まえる」

モアの目当ては、むろん『タイタン』についての情報であった。


足をひきずりながらよたよたと歩く負傷兵。いわばそんな状態の船である。かれらは『アドヴェンチャー・ギャレー』の主檣《メインマスト》に〈骸骨旗《ジョリー・ロジャー》〉があがるのを見たとたん、その場にへたりこむようにして、たちまち降伏してしまった。

モアたちが接舷して乗り移ったとき、オランダ船の乗組員の顔にうかんでいたのは、恐怖や無念の色ではなく、

……やれやれまたか、
という辟易《へきえき》の表情であった。

船の名は『ワーテル・ホンド』

といい、二十日前にジャワのバタヴィアを発ち、モルッカ諸島のアンボイナへと向かっているところだった。

積み荷は、アンボイナに駐留するオランダ人たちのための食糧、日用品、そして砦の補修用の石材、木材などであった。

が、出帆後十日目に、航路上でイギリス人の海賊船に襲われ、果敢に応戦はしたものの、ついに敗北し、食糧と帆布の略奪をうけた。

その海賊船というのは――やはりモアが想像したとおり、『タイタン』であった。

ブラッドレー船長はまだこの海域にいたのだ。モアが捕獲したこのオランダ船の甲板を、十日前に、ブラッドレーもこうして踏みしめていたのだ。

わずか十日前にだ。

ブラッドレーの背中は、もはやすぐそこにある。

モアは『ワーテル・ホンド』の船長から『タイタン』に関する最新情報を訊き出すために、みずからの船長室に招き、ワインをふるまった。

赤ら顔のカレル・ヨナッセン船長はいった。

「船倉のなかを見て、ブラッドレーは落胆しておった。何か高価な財物を期待していたんだろうが、積み荷が石材や木材ばかりだと知って、にがい顔をしておった。腹癒《はらい》せに食糧と帆布をごっそり奪っていきおった」

モアは、はやる気持ちをおさえきれずに訊いた。

「どっちへ向かった。『タイタン』は、そのあとどの方角へ向かった」

「それは知らん。夜の闇にまぎれるようにして姿を消した」

答えたあと、ヨナッセン船長は嘆息まじりにこんなことを言った。

「日が暮れるまでの退屈しのぎに、連中は自分たちの船のうえで芝居をしておった」

「『タイタン』には役者も乗っているのか?」

「いいや、水夫たちの素人芝居だ。ブラッドレー自身が台本を書いたそうだ。わしも招待されて、ブラッドレーの横でそれを観《み》させられた」

モアは、そばに立つ男爵《バロン》を見返った。男爵《バロン》も好奇心をそそられた顔つきである。

「どんな芝居だった」

たずねるモアに、
ヨナッセン船長は、語るのも馬鹿馬鹿しいと言いたげに顔をしかめてみせた。

「いやはや、くだらん芝居だった。まず、ローマ法王とおぼしき役の男と、マホメットらしき男とが、ののしりあいをするのだ」

「……」

モアと男爵《バロン》は、だまって顔を見あわせた。

ヨナッセン船長がつづける。

「そこへ、王冠をかぶった男が通りかかり、ののしりあいに参加する。――三人の下品な悪罵のやりとりが、うんざりするほど続くのだが、たぶん台詞の半分以上は、演じ手の水夫どもがその場で思いつくままに喚《わめ》いていたのに違いない。それを見物の連中が笑いころげて観ておるのだ」

「……それだけかね？」

「いや、ののしりあいの言葉が底をついた頃、白い付けひげの男があらわれた。手には湾刀《カトラス》と、火縄に火のついたピストルを持っていた。で、ピストルでローマ法王のあの大きな帽子を撃ち飛ばし――といっても帆布の切れ端でこしらえた帽子だが――そしてマホメットのターバンを湾刀《カトラス》の先でひっぱがし、逃げまどう王冠の男をつかまえて馬乗りになるのだ。そのあと、白い付けひげの男と、ほかの三人とのあいだで問答が始まった」

「どんな問答だ」

「白い付けひげの男が、三人を責め立て、三人はなんとか許しを得ようと、弁解につとめるのだ。おそらくその弁解の台詞も半ば即興だろう。わざと噴飯《ふんぱん》ものの弁解をして、観客の笑いをとっていた」

「……それで、最後はどうなるのだ」

「最後は、白い付けひげの男が、三人をつぎつぎに血祭りにあげて幕となった。殺され役の三人がのたうちまわって苦悶の演技をすると、観客は大喜びだった。――まったく、観るに耐えぬ、くだらん芝居だった」

ヨナッセン船長は、首を横にふりながら、もういちど顔をしかめてみせた。

モアは、訊いてみた。

「ローマ法王、マホメットは判る。王冠の男も、王権の象徴だろうと見当はつく。だが、その白い付けひげの男というのは、いったい誰をあらわしているのだ」

「さあね」

ヨナッセン船長は肩をすくめた。「ブラッドレー自身のつもりかもしれん。なぜかといえば、白い付けひげの男は、右手の指に二つ、左手には三つの指輪をしていたが、ブラッドレー自身もそうだった」

「ブラッドレーのひげは、白いのか？」

かれがどんな風貌の男なのか、モアはまったく知らない。

「いや、ひげは褐色だ。それに、芝居の男の付けひげほど長くはない。ちょうどあんたのひげくらいだ」

モアは自分の頬ひげを撫でながら、まだ見ぬブラッドレーの顔を漠然と想像した。

「とにかく――」

とヨナッセン船長は言った。「ブラッドレーは、やたらに5にこだわる男だった」

「5？」

「いま言ったように、手の指輪が左右で五つ。海賊旗に描いた髑髏《どくろ》の数も五つだった」

ちかごろ、海賊のシンボルとして流行しはじめた骸骨旗《ジョリー・ロジャー》。――たいていは黒地の布に、髑髏や大腿骨、あるいは全身の骸骨などを白く染めぬいている。

モアたちの『アドヴェンチャー・ギャレー』でも、マラッカ海峡での戦闘以来、威嚇《いかく》効果を高めるために使用しはじめたが、それは、
髑髏の下にX状の大腿骨
という、ごく平凡なものである。

複数の髑髏を染めぬいた旗を掲げる海賊もいないことはないだろうが、
それにしても五つは多い。

ヨナッセン船長がつづける。

「それに、ひと航海のあいだに襲う船も、かならず五隻に決めているのだと言っていた」

「ほう……」

そこまで5という数字にこだわっているのかと、モアも少しあきれる思いだった。

「で、あんたの船は、何隻目の獲物だったのだ」

「四隻目だそうだ」

……ということは、
あと一隻の獲物を得るまでは、この東インド諸島の海に留まるということだろうか。

ヨナッセン船長を伴って船長室を出たモアに、会計係《パーサー》があゆみ寄ってきた。

「積み荷の木材を、船の修理用に少しばかり貰っときますか」

たまたま近くにいてそれを聞き咎《とが》めた大工頭が、

「ちいっと待て」

と口を挟んだ。「あんな木材なんか要《い》らねえぞ」

会計係《パーサー》は納得のいかぬ顔だ。

「ただで手に入るものを、なぜ要らんと言うんだね。

よそで買い入れることを考えたら、そのぶんの金が浮くじゃないか。マラッカ海峡での稼ぎに気をよくして、倹約を忘れてはいかんよ」

「馬鹿め」

巨軀の大工頭が短軀の会計係《パーサー》を見おろす。

「な、何が馬鹿だね。失敬な」

「おめえ、船倉におりてみたのか？」

「もちろんだ。積み荷の検分はわたしの仕事だ」

見あげて話す会計係《パーサー》は、背中が反りかえっている。

「においを嗅《か》いだか？」

「におい？　何のにおいだね」

「木材のにおいだ」

「においがどうしたというんだ」

「木の香がつんと鼻にこなかったか？」

「あんた、大工のくせに木の香が嫌いなのかね」

「好き嫌いの問題じゃねえ」

「だったら、何だね」

「あれはまだ伐《き》り出して日の浅い新材だ。乾燥ができていねえ。あんなものを船の修理に使ったら酷《ひで》えことになる。縮んだり反ったり割れたりで、かえって厄介を背負《しょ》いこむ羽目になるんだ。倹約どころか、逆にとんだ物入りになっちまうぜ」

言い捨てて大工頭が離れていったあと、
会計係《パーサー》はばつが悪そうにモアに苦笑してみせた。

「言葉づかいを別にしたら、あの横柄《おうへい》な物言い、故国《くに》の女房にそっくりです」


モアは、予備の帆布をすこし分けてやり、『ワーテル・ホンド』を解放した。

「海賊船から施《ほどこ》しをうけるのは初めてだ」

ヨナッセン船長はやや驚いた表情で、しかし丁重な謝辞をのこして去っていった。

石材と木材をずっしりと腹に抱えた『ワーテル・ホンド』が、弱風のジャワ海を遠ざかってゆく。

船長室の船尾窓からそれを眺めながら、モアはつぶやいた。

「船上での芝居遊びか。——みょうな海賊だ」

すると、
うつむいて考えごとをしていた男爵《バロン》が、ぽつりとこう言った。

「薔薇十字団員かもしれない」

モアはふりむいた。

「誰がだ。ブラッドレー船長がか？」

「うむ」

男爵《バロン》は顔をあげた。「ブラッドレーはやたらに5にこだわる男だということだが、5は、薔薇十字団の象徴となっている薔薇の花びらの数だ。これは錬金術の基本数でもある。偶数の2と奇数の3、それが統一された聖なる数が5なのだ」

モアは苦笑をもらした。

「5にこだわる男は、みな薔薇十字団員ということになるのか？」

「5のことだけで言っているのではない。例の芝居の内容だ」

「ローマ法王やマホメットが馬鹿馬鹿しい騒動をくりひろげる芝居か」

「薔薇十字団は、ローマ法王を痛罵し、マホメットをあざけり、あらゆる世俗の王位を認めない。愚かさと欺瞞《ぎまん》に満ちたこの世界を根底から変革することが、薔薇十字団の理念なのだ。——つまり、ヨナッセン船長が『タイタン』の船上で観たという芝居は、少々下品なこしらえではあったかもしれないが、まさしく薔薇十字団の理念そのものをあらわしている。その芝居を書いたのがブラッドレー船長自身であるなら、かれはおそらく薔薇十字団員にちがいない」

確信の口調でいう男爵《バロン》であった。

モアには、しかし何やらつかみどころのない話だ。

「では尋ねるが、白い付けひげの男というのは、きみの解釈では何をあらわしているのだ」

「あれはきっと、クリスチャン・ローゼンクロイツのつもりだろう」

「ドイツ人かね」

「姓を英語に読みかえれば、薔薇十字という意味になる。薔薇十字団の創始者といわれている人物だ」

「その人物は、白いひげを生やしていたのか？」

「ローゼンクロイツは十五世紀の半ばに百六歳で死んだ。だから、その長寿を、ブラッドレー船長は白いひげで表わそうとしたのだろう。ただし、わたしは——」

と男爵《バロン》はことわりを入れた。「ローゼンクロイツという人物がかつて実在したなどとは信じていない」

「架空の人物か」

「たぶんな。だが、薔薇十字団そのものは、けっして架空のものではない。それは、まぎれもなく存在するのだ」

神秘的な謎の結社。

男爵《バロン》はそれに強く惹《ひ》かれ、その思想の源をもとめてヨーロッパを後にしてきた。

かれのいうように、ブラッドレー船長は薔薇十字団員なのだろうか。

ブラッドレーがはるばるこの東方の海へと船を向けたのも、要するに男爵《バロン》とおなじ意図があったからだろうか。

「薔薇十字団員は、誰もが東洋をめざすのか？」

そう訊くと、
男爵《バロン》は、いや、と首を横にふった。

「団の神秘力の柱となっているのは、〈東方の知恵〉〈東方の秘伝〉だ。例の三冊の書物には、そう書かれている。東方とは、つまり、アラビア、ペルシャ、インドのことだ」

「だとすれば、きみは東へ来過ぎてしまったことになる」

モアは不可解な気持ちで男爵《バロン》の顔をみた。

男爵《バロン》はまた首をふった。

「ペルシャやインドはさらなる東方へとつながっている。そこで団の長老シャザル伯爵は、究極の秘伝に出合うためには、ペルシャやインドを越えて、その先の〈東洋〉にまで世界をさかのぼる必要があると考えた。そのことが書かれている団の秘密冊子を、わたしはたまたま手に入れて読んだのだ。その冊子には、〈モーリシャスにて〉という言葉が最後に添えられていた。だが、すでに話したように、シャザル伯爵はモーリシャスを去り、東洋のいずこかへ旅立ったあとだった」

「ブラッドレー船長も、やはりシャザル伯爵の言葉にしたがったのだろうか。シャザル伯爵のあとを追って、東洋へやってきたのだろうか」

「それは不明だ」

いずれにせよ、
ブラッドレー船長がまだこの近辺の海にいる可能性がある以上、モアもインド洋へ戻る気はなかった。船長に選出された当初は、ほかの乗組員にたいする責任感が重石《おもし》となって、モアの個人的な思いは胸の奥底に押し沈められていたが、
しかし、
ブラッドレー船長の背中にようやく手が届きそうになってきた今、モアの心のなかで、しだいにその重石が横へずれ落ちかけている。
モアの脳裏には、歯無しのサムの漏らした言葉が、何度もよみがえってきた。
〈ブラッドレー船長と幹部の連中は、何か秘密を持っていたみてえだ。おれたち平の水夫には明かさねえで、てめえたちだけの秘密を持っていやがった。おれにはそんなふうに思えてしかたがなかった〉
そして、男爵《バロン》のあの推測。――ブラッドレー船長は〈薔薇十字団員かもしれない〉。
それらのことが、原形の判然としない何かの漂流物のように、モアのなかでゆらゆらと漂っている。

ブラッドレー船長の秘密。

薔薇十字団。

兄アーサーの拷問死にも、あるいはそれらのことがかかわっているのだろうか。

船長室の机にじっと両肘をついて、モアはそのことばかりを考えつづけた。

ジャワ海は、
浅い海である。

水はエメラルドのような碧《みどり》で、明るい色合いだ。そして珊瑚礁《さんごしょう》や無人の小島がそこかしこに顔を出している。

しかしそのことは、船にとっては〈座礁《ざしょう》〉の危険の多い海であることを示している。

ときおり襲ってくる滝のようなスコール。その間、視界はうばわれ、船は灰色の幕のなかに閉じ込められる。

ある日、そのスコールが通りすぎて視界が回復したとき、『アドヴェンチャー・ギャレー』の乗組員は、

一様におどろいた。

ほんのわずか前方に、
一隻のガリオン船が斜めに傾いている姿があらわれたからだ。

座礁船だった。

モアはすぐさま錨を投げ入れさせ、ボートをおろして、自船の周囲を測深させた。

同時に、もう一隻のボートに偵察隊をのせて座礁船の近くへ漕ぎ寄らせ、呼びかけさせた。

船からの応答はなかった。

偵察隊は鈎つきロープを投げあげて座礁船のふなべりに引っかけ、よじのぼって船内に乗り込んだ。

船は無人だった。

モアと男爵《バロン》もボートで乗り移り、内部を検分した。

前檣《フォアマスト》が途中で折れ、その他のマストを支えるロープも切れたり緩んだりしており、
主檣《メインマスト》と後檣《ミズンマスト》が
うしろに倒れかかっていた。

帆桁《ほげた》は半数以上がうしなわれ、帆は縮帆状態のま、だらしなくぶらさがっている。


搭載していたはずのボートは一隻も見あたらない。

船体の傷みもひどく、
いましがたのスコールを浴びた上甲板から船内へ、雨水がポタポタと漏れ落ちていた。

大砲は十二門。それぞれ厳重に固縛されていたが、なかにはロープが切れて、とんでもない場所にまで移動している砲もあった。移動しながら、ほうぼうにぶち当たったとみえ、衝突と破壊の痕跡がすさまじかった。

船倉の積み荷は、半ば水に漬かり、腐敗のあぶくが浮かんでいる。

「乗組員は全員、船を捨てて脱出したようだな。死体がひとつもない」

蜘蛛《くも》の巣を払いながら男爵《バロン》がいった。

モアは、船体の亀裂から差し込む外光をみていた。

「しかし、座礁が原因ではなさそうだ」

「なぜそう思う」と男爵《バロン》が訊いた。

「大砲や重量物を捨てていない。船を軽くして離礁しようと努力した形跡がない。取るものも取りあえず船から逃げ出した模様だ」

「つまり？」

「この船は嵐にやられたのだ。かなりの老朽船だから、壊れて沈んでしまうと思った乗組員が、ボートで逃げたのだ」

「ところが、沈まなかった」

「うむ、沈まずに漂流しつづけたようだ。そのまま海流のながれに乗ってここまでやってきて、浅瀬に乗りあげて止まったわけだ」

「いずれにせよ、この船から取れるものは何も無さそうだ。それとも船長、板でもすこし剝《は》がして持ってゆくかね」

「いや、わざわざ剝がすほどの良材はなさそうだ」

モアと男爵《バロン》は、偵察隊ともども、早々にひきあげることにした。

錨をおろした『アドヴェンチャー・ギャレー』のふなべりにひしめくようにして、乗組員たちが座礁船を眺めている。

縄梯子をつたって自船の上甲板へ戻ったモアに、弾薬庫主任の穴熊が声をかけた。

「人っ子ひとりいねえってのは本当か？　話にきく幽霊船てのは、きっとああいう船のことだな」

するとコックの赤鼻がいった。

「勝手のわからねえ海をいつまでもうろついていると、いまにおれたちの船もああなっちまうぜ。早《はえ》えとこインド洋へ帰ったほうがいいな」

ほかの水夫たちもみな同じ思いを顔にうかべている。

だが、
モアはその空気を無視した。

『タイタン』と出遭うまで、もうしばらくこの海域にいるつもりであった。

モア船長は増長している、
という声が一味のなかで聞かれるようになったのは、このころからである。

モーリシャス島とマラッカ海峡でのおのれの手腕を驕《おご》り、独善的な決定がふえつつある。これは一味の〈掟〉に反するのではないか。

そういう批判が、船長室に閉じこもりがちになったモアに対して、多くの者から向けられるようになった。

加えて、

あらたな危機も立ちあらわれた。

二隻のイギリス海賊船——すなわち『タイタン』と『アドヴェンチャー・ギャレー』のことだ——これを討伐するために、バタヴィアのオランダ総督が三隻の重武装船隊を編成し、ジャワ海に送りだしたというのだ。

その情報は、水の補給に立ち寄った〈バリ島〉で、イルカが現地人から仕入れてきた。

〈バタヴィア〉は、

いまのジャカルタである。オランダ東インド会社がこの地に大規模な城郭をつくり、日本との交易をふくむ東洋貿易の最大の根拠地にしていた。当時の城郭の平面図をながめると、碁盤の目のように運河と道路を整え、周囲には濠《ほり》をめぐらせた立派な市街であったことがわかる。バタヴィア総督府は、アジア地域全体のオランダ商館を統括し、つねに数十隻の船をうごかしていた。

バタヴィア総督が送りだしたオランダ武装船隊は、いま、『タイタン』と『アドヴェンチャー・ギャレー』を血まなこになって探しているはずだった。

この情報が入った日、上甲板で、一味の総会がひらかれた。ひさしぶりの総会だった。

ただし、モアの招集によるものではなく、

〈衛兵伍長〉の綽名《あだな》をもつ水夫が開催を要請したのだった。

綽名のとおり、この男は数年前までイギリス海軍の戦艦で衛兵伍長をつとめた経歴を持っていた。衛兵伍長とは、つまり水夫たちの規律を管理する憲兵隊長のようなものだ。

しかしポーツマス軍港に上陸中、喧嘩で他艦の士官を殺してしまったため、

海軍を脱走し、

故買船でマダガスカルへ逃げてきたという。

みるからに武張《ぶば》った風体《ふうてい》の、四十前の男だった。

総会では、
まず船長であるモアが、これからの航海計画をみなに表明して、賛否の判定を受けることになった。

すでにかれに不信を抱きつつある乗組員たち。かれらのきびしい視線の中央に立ってモアは語りはじめたが、その航海計画の底には強い私情がよこたわっているという自覚があるだけに、
声はいくぶん曇りをおびていた。

「モルッカ諸島への遠征は、おれの見込み違いだった。丁字《クローヴ》の出荷時期に間に合わなかったのは失策というほかない」

「そうともよ。大間抜けだ」

そんな野次《やじ》がとび、賛同の冷笑がひろがった。

モアはかまわずに続けた。

「しかし、この東インド諸島界隈《かいわい》は、オランダの蜜壺だ。東洋の甘い蜜をたっぷり積んだオランダ船が、頻繁に行き交っている」

「蜜のかわりに――」

とまた野次がとぶ。「大砲をどっさり積んだ船がおれたちを探しているぞ」

「しかも三隻もだ」

と野次の追加があった。

モアは自分をはげまして、すこし声を高めた。

「バタヴィアの総督が、武装船隊をさしむけたという情報は、たしかにわれわれにとって喜ばしいものではない。だが、三対一、という比率で彼我《ひが》の優劣をみるのは間違っている。かれらとわれわれとの比は、三対二だ」

モアは、
かれの正面で腕組みをしている衛兵伍長の目をみて言った。

「敵は、この船だけを討伐しようとしているのではなく、『タイタン』をも探している。むろん、一隻ずつ各個撃破することを目論《もくろ》んでいるだろうが、そうなる前に、われわれが『タイタン』と合流してしまえば、敵の圧倒的優位はくずれる」

衛兵伍長から他の者へと順に視線を移しながら説いた。

「一隻で三隻を相手にするのは至難の業《わざ》だが、戦いに慣れた二隻の海賊船が力を合わせれば、にわか編

成の武装商船三隻ぐらいは訳なく蹴散《けち》らせるはずだ。──それゆえ、いまここで尻尾《しっぽ》を丸めてこそこそ逃げ出すにはおよばない。むしろ至急に『タイタン』を見つけ出し、海賊船隊を結成するほうが上策だ。そうは思わないか？」

その言葉に素直にうなずき返した者も何人かはいた。

しかし衛兵伍長が一歩進み出て、反論した。

「船長。おれたちは、敵の力との優劣だけを問題にしているわけじゃねえんだ。そんなことは二の次なんだ。ただ、早《はえ》えとここんな浅え海を離れてインド洋へ帰りてえだけなんだ。何もオランダ船ばかりを狙う必要はあるめえ。インド洋には、イギリスの船もフランスの船もムガールの船もいる。甘い蜜はインド洋にだってあるぜ」

「そうだ、そうだ」

という声が巻きおこった。

「こんな海で幽霊船になるのはまっぴらだ」

「インド洋へ帰らねえというんなら、船長交代だ」

「そうだ、交代しろ」

「男爵《バロン》、おめえが船長をやれ」

「おれもそれに賛成だ」

「おれもだ」

「よし、決をとれ」

表決をとるまでもなく、

圧倒的多数がモアの解任を望んでいることは明らかだった。

新たな船長候補として名前のあがった男爵《バロン》が、水夫たちに背中を押されるようにして前に出た。

男爵《バロン》はモアのほうをちらりと見てから乗組員たちに向きなおり、

両手をあげて騒ぎをしずめた。

「船長の交代を決める前に、わたしの考えをひとこと述べたい」

男爵《バロン》は、例の上流階級の英語でいった。かれの声はなめらかな張りがあって、よく通るのだ。

「ああ、何でも言え。おめえの話なら信用して聞いてやる」

誰かが、モアへの当てつけめかした言葉を投げた。

「マダガスカルで一味を結成し、船長を選び出すことになった折──」

と男爵《バロン》はいった。「わたしはこう述べた憶えがある。──われわれは、まだ互いをよく知らない。それゆえ、誰が船長として適任かを判断する材料が乏しすぎる。そこで当面は、この船をよく知る者を船長にすえておき、果たしてそれで良いかどうかは、かれの仕事ぶりを見ながら判断すればよい、と。──さて、マダガスカルを発ってから、すでに数ヵ月が経過した。われわれは互いのことを多少は知った。とくにわたしは操舵手として船長を補佐する立場にあったがゆえに、モアという男について、諸君以上に深く観察する機会をあたえられた」

男爵《バロン》はモアに背をむけて話している。

「で、わたしの見解だが、この男には、みょうに陰気なところがある。仲間と陽気に笑い合う姿を見た者はいないはずだ。だが、そのことは船長をつとめるうえで何の不都合にもならない。それどころか、この男には、誰もがみとめる通り、卓抜した操船指揮能力がある。戦闘の場面においても、敵の意表をつく巧みな戦術をもちいて、われわれを勝利にみちびいた。そのことを忘れるわけにはいかない。しかし一方で、この男はたしかに失策もおかしたが、失策のみを責めて功を評価しないのは、正当ではない。そして何より重要なのは、この男の人物だ。わたしは、この男の人物を買う。完璧な男とは言いがたいが、なかなか上質の男だと見ている。わたしはこの男の補佐役をつとめることに不服はない。いや、この男以上にこの船の船長にふさわしい者は、わたしを含めて、ほかの乗組員のなかにはいない。もしもこの男が船長の座から追われるならば、補佐役であったわたしも共に役目を離れるつもりだ。むろん、代わりの船長を引きうけるつもりもない」

水夫たちのなかから声が飛んだ。

「じゃあ、おめえもやっぱりインド洋へ帰るのは反対だというのか」

「これからどこへ向かうかを決めるのは、モア船長でもなければ操舵手のわたしでもない。その決定は、あくまでも多数決による。これはマダガスカルを発つ前に全員で署名した掟の第一条に明記されていることだ。さっきのモア船長の言葉は、船長からの提言にすぎず、それへの諾否《だくひ》は諸君の票が決めることだ。提言が気に入らぬからといって、ただちに船長の更迭《こうてつ》をもちだすのは筋がちがう」

男爵《バロン》は、

とくに衛兵伍長を向いてそれを言った。

周囲の甲板に坐りこんでいた水夫たちのなかから、不意にひとりが立ちあがって前に出てきた。

爺さまだった。

「わしにも、ひとこと言わせろ」

男爵《バロン》はうなずき、紳士的な所作で場をゆずった。

爺さまは咳《しわぶき》で喉のたんを切ったあと、

モアと他の者たちとを交互に見ながら言った。

「わしは、自慢じゃねえが、これまで三十年ちかくも海賊稼業をつづけてきた。そのあいだに、いろんな船長の船に乗り組んだ。すぐには思い出せねえくれえに何人もの船長をこの目で見てきた。まったく、ろくでもねえ船長が多かった。空威張《からいば》りの能なしもいた。度胸のねえ卑怯《ひきょう》な野郎もいた。仲間を裏切って宝を持ち逃げしたやつもいた。そんな連中にくらべて、モア船長は、心ばえがいい。まだまだ本物に成りきっちゃあいねえが、しかし見どころがある。わしは好きだね。わしはこれからもモア船長の下で働きてえと思ってる。——言いてえのはそれだけだ」

言葉に似合わぬぶっきらぼうな一瞥《いちべつ》をモアにのこし、爺さまはまた水夫たちのなかへ戻って坐りこんだ。

大樽が、

水夫たちの中から立ちあがって、力づよく言明した。

「おれもモア船長を支持する」

少年のころからのモアを知る大樽。かれはどんなときもモアの味方だった。

モアをかばう者たちの発言によって、それまでの棘々《とげとげ》しい視線の包囲が、すこし鈍りはじめていた。

その空気を読んだのか、

衛兵伍長が腕組みを解き、ややむっつりとした口調で言った。

「だったら、船長交代の件はまあいいとしよう。とにかく、問題は針路だ。この海にのこってオランダ船隊と戦うか、それともインド洋へ帰るか、それについての表決をただちにとってもらいたい」

男爵《バロン》がモアの横へきた。

「船長、採決をたのむ」

「うむ」

モアはゆっくりとうなずき、乗組員たちを見まわした。「インド洋へ帰りたい者は手をあげろ」

ウォーという喚声とともに、
九割以上の者が高だかと挙手をした。

バリ島の横のロンボク海峡をぬけて、

『アドヴェンチャー・ギャレー』はジャワ海から広大なインド洋へと脱出した。

熱い日射しをさえぎる帆の下の日陰。そこで鏡を片手に、のどかな表情で口ひげに鋏《はさみ》を入れる男爵《バロン》に、モアはそっと訊いてみた。

「きみは、せっかく来た東洋を離れることに無念さはないのか？　秘伝の探究とやらはいいのか？」

男爵《バロン》は左右のひげの揃いぐあいを確かめながら、おおらかに答えた。

「その前に、例のブラッドレー船長と近づきになりたくなった。前にも言ったが、かれは、きっと薔薇十字団員だ」

「だが、ブラッドレー船長の『タイタン』は、まだジャワ海にのこって五隻目のオランダ船を狙っているはずだ。われわれはいま、かれから遠ざかりつつあるのだ」

モア自身の無念の思いが口調に出た。

「その通りだが、五隻目の襲撃を済ませれば、略奪品を換金するためにマダガスカル方面へと戻るだろう。インド洋で待っていれば、いずれは『タイタン』に出遭えるにちがいない」

「……それはそうかもしれんが」

モアは、
例によって悠然とした構えの男爵《バロン》をながめながら、焦燥にかられやすいおのれの性格との対照を感じた。

……不思議な男だ。

思いつつ、モアはふなべりにもたれ、背後に遠ざかる東インド諸島の島影をふりかえった。

IX　多数の仲間をうしなう

火薬猿《パウダー・モンキー》のビリーが声を上ずらせて船長室に飛び込んできたのは、『アドヴェンチャー・ギャレー』がインド洋へ脱出して十日あまり後のことだった。

「船長、上甲板にきてください。喧嘩《けんか》です」

モアは机のうえに海図をひろげていたが、目をあげずに、やや鬱陶《うっとう》しい思いで問うた。

「誰と誰だ」

「衛兵伍長とイルカです。ふたりとも湾刀《カトラス》を抜いています」

モアは顔をあげた。

……衛兵伍長。

先日の総会で、船長解任の音頭をとろうとした男だ。

海軍にいた頃は、つねに水夫たちを怒鳴り、殴りつけるのを仕事にしていた。そのせいか、『アドヴェンチャー・ギャレー』でも傲岸《ごうがん》なふるまいが目につき、
気に入らぬ相手には、ことさらに棘《とげ》のある態度をとる傾向があった。

かれは膚《はだ》の色にもこだわる男だった。マダガスカルの現地人とオランダ人水夫との混血児であるイルカを、あからさまに嫌悪し、蔑《さげす》んでいた。

イルカのほうでも、当然、そんな衛兵伍長に好意を持つわけがない。

ふたりの仲は、日ごろからしっくりいっていなかった。いつ喧嘩が起きても不思議ではなかった。

しかし、船上での仲間どうしの争いは、掟によって禁じられている。どうしても収まらぬ場合は、両者を上陸させ、剣とピストルで決着をつけさせる決まりである。

モアは腰をあげ、船長室を出て上甲板に姿をあらわした。

衛兵伍長とイルカは、船首近くの甲板で湾刀《カトラス》を抜いて睨《にら》みあっていた。それを取り巻くほかの水夫た

ちは、仲裁するどころか、むしろ煽《あお》りたてている。

モアはそんな男たちの後ろで、

〈号鐘《ごうしょう》〉を打ち鳴らした。

帆檣《ほばしら》のうえにまで鈴なりになっていた水夫たちが、いっせいに顔をふりむけた。

モアは、ふたりに対してというよりも、むしろまわりの野次馬たちにむかって言った。

「船上での喧嘩は禁止のはずだ」

見ると、その野次馬のなかに、なんと男爵《バロン》の姿もあるではないか。操舵手として船長を補佐する立場にいながら、何という無責任さか。

モアは、なじる目を男爵《バロン》にむけた。

すると、

「ふたりが本気かどうか、様子を見ていたところだ」

泰然としていう男爵《バロン》だった。

モアは、野次馬たちを押しのけ、衛兵伍長とイルカのあいだに割って入った。

「どこか上陸できる島をみつけるまで、この喧嘩はおれが預かる」

ふたりはしぶしぶ承服した。承服しなければ、処罰として無人島に置き去りにされるからだ。衛兵伍長は湾刀《カトラス》をおさめながら、イルカに捨てぜりふを吐いた。

「命拾いしたと思って喜ぶんじゃねえぞ。やり合う場所がみつかるまで何日かかろうが、おれはきさまを許しはしねえからな」

「それはこっちのせりふだ」

イルカも負けずに言い返した。


二日後、主檣《メインマスト》のうえにいた見張り番が、下にむかって何かを叫んだ。

風のつよい日だったので、その声は吹きちぎられて、よく聞こえなかった。

「島か？　島が見えたのか？」

と甲板の水夫が訊《き》き返した。

「ちがう」

と見張り番が怒鳴った。「船だ。船が見える。ヨーロッパ船だ。右舷前方だ」

風は左舷後方から吹いている。

船首を目当ての船にまっすぐ向ければ、真追風《まおって》（真後ろからの順風）となってしまい、前檣《フォアマスト》の帆にまでは風が入らなくなる。

モアは浅い角度でのジグザグ航行を指示した。

『アドヴェンチャー・ギャレー』は斜め後方からの強風をすべての帆に無駄なくうけて、はちきれそうに帆布《ほぬの》をふくらませ、前のめりに傾きながら、水平線上のヨーロッパ船に急接近していった。

「オランダの旗をあげている」

と見張り番がマストの上から報告したが、モアもすでに自分の遠眼鏡でそれを確認していた。

水夫の誰かが、野太く叫んだ。

「みろ、インド洋でだって獲物に不自由はしねえんだ」

モアがいちいち指図する前に、各自が武器をととのえ、鉤《かぎ》つきロープも用意された。誰もがみな、すっかり〈仕事〉に慣れて、手際がよくなっていた。

「例によって、こっちもオランダ国旗を掲げるのか？」

男爵《バロン》が訊いた。

モアは首を横にふった。

「いや、その手口はすでに知れわたっているに違いない。もう引っ掛からんだろう」

「ならば、初めからあれを掲げるかね、ジョリー・ロジャーを」

「ああ、堂々と掲げよう」


今回の『アドヴェンチャー・ギャレー』は、小細工なしの、一気呵成《かせい》の襲撃を敢行した。

ただし、風上の位置取りだけは、モアは終始、相手にゆずらなかった。

オランダ船は、『アドヴェンチャー・ギャレー』よりもやや大きいガリオン船だったが、砲門数は片舷十七。

つまり彼我、まったくの同数だ。

射程に入るやいなや、激しい砲戦がはじまった。

火力は同等であっても、風上側と風下側とでは、戦闘条件が大きくちがう。まして、この強風の中である。オランダ船は、下甲板の砲門に再三にわたって波浪をうけ、
へたをすると転覆のおそれもあるため、やむなく砲門蓋をおろして、上甲板の砲列だけで戦わざるを得なくなった。

この時点で、勝敗はほぼ決してしまった。

火力で優位に立った『アドヴェンチャー・ギャレー』は、嵩《かさ》にかかって砲弾を浴びせかけ、オランダ船を蜂の巣にした。

が、それでも相手は降伏する気配を見せない。軍艦どうしの戦いとは異なり、撃沈されるおそれはないことを知っているからであろう。——海賊船が、略奪もせずに獲物を沈めてしまっては意味がない。

「砲撃中止」

モアが片手をあげ、その指令を砲列甲板の砲手たちに伝えるために、男爵《バロン》が号笛《ホイッスル》を吹き鳴らした。

それを聴きとった砲手とその助手たちは、ただちに砲を引っ込めてロープで固縛し、聴きとれなかった砲手たちもそれを見て倣《なら》った。

船体をふるわせていた砲声がやみ、
よみがえった静寂のなかに、破れた前檣上段帆《フォア・トガンスル》の、風にはためく音だけが残った。

船尾甲板にいたモアは腰の湾刀《カトラス》をひきぬいて頭上に突きあげた。上甲板から見あげる水夫たちに向かって、かれらが待っている言葉をつげた。

「仕上げにかかろう。接舷して斬り込む」

ウォーという雄哮《おたけ》びがあがり、その野蛮な声は風にのってオランダ船にもよく聞こえたに違いなかった。

斬り込みは、
しかし、度胸のいる行為だった。とりわけ先頭をきって敵船に乗り移る者には、生半可《なまはんか》でない肝《きも》っ玉《たま》が必要だった。
今回の襲撃で、その危険な役割を果敢に演じてみせたのは、

〈火の玉《ファイア・ボール》〉という綽名《あだな》の二十歳の若者である。

植民地アメリカ生まれの彼は、昨年、見習い水夫として船上生活を始めたばかりだった。しかし、乗り組んだ船がアフリカ西岸で海賊船に捕獲され、そのまま一味に引きずりこまれて、マダガスカルまで連れてこられた。その後、海賊たちは老朽化した自分たちの船を沈めて、捕獲船に乗り換え、余分な人数を下船させた。水夫としては未熟だったこの若者も、人員整理の対象となって追い出された者たちの一人だった。

したがって、モアの募集に応じて『アドヴェンチャー・ギャレー』の一味に加わったとき、水夫としてのキャリアも海賊としてのキャリアも、この若者にはほとんどなかった。

かれ自身、それを引け目として強く意識していたと見え、そのぶん、戦いのさいには誰よりも勇猛なはたらきをした。けっして武術に秀でているわけではないが、命知らずの奮闘をするので、それを見た仲間がすかさず加勢し、かれの危機を救うのだ。

〈火の玉《ファイア・ボール》〉という綽名は、じつはこの若者自身がそう呼ばれることを望んだのだが、一味の者たちは、やや苦笑しながらも、その要望をかなえてやった。

この日の戦いでも、文字通り火の玉のように威勢のよいこの若者につられて、ほかの男たちも負けじと敵船に飛び込んでゆき、勝負はあっけなく決して、わずか数分で、
オランダ船を制圧することができた。

『フェーネンブルフ』
という名のその船は、
ジャパン国のナンガサキを五十日前に出港し、ジャワ島のバタヴィアで水・食糧等を補給したのち、インド西海岸のコーチンへと向かうところだった。
積み荷はジャパン国産出の品々だ。
スホイト銀（丁銀のことである）―四千テール（百五十キロ）
棹銅《さおどう》―八百ピコル（四十八トン）
樟脳《しょうのう》―三千カティ（一・八トン）

子安貝《こやす》――一千四百カティ（八百四十キロ）
小麦――一千二百袋
米――二百袋
漆塗机――二十脚
真綿――一千枚
磁器――二千七百個

なかなかの獲物だった。

だがモアは、さらに面白いものを手に入れた。会計係《パーサー》が船長室でみつけた書簡。――バタヴィアの総督からコーチンの総督へあてた連絡文書である。

その内容は、
後続の船が、まもなくバタヴィアを出港する予定であり、その船には、ヤパン（ジャパン）国の皇帝（徳川将軍）からオランダ共和国総統ウィレム三世（イギリス国王ウィリアム三世と同一人物）に贈られる
〈財宝〉

が積まれており、したがってコーチン寄港のさいには警護に万全を期するようにという申し送り状であった。

会計係《パーサー》がにんまりと笑った。

「これを見逃す手はないですな」

「むろんだ」

捕獲した『フェーネンブルフ』からは、
スホイト銀
樟脳
漆塗机
砲弾・火薬
のみを収奪して、あとの品には手をつけずに船を解放し、
後続船から奪いとることになるジャパン国皇帝の財宝のために、『アドヴェンチャー・ギャレー』の船倉に余裕を残しておくことにした。
そして『フェーネンブルフ』が当初の航海計画を変えることなく、そのままインドへむけて西航するのを見届けたうえで、
日没後、『アドヴェンチャー・ギャレー』は身をひるがえし、東方の

〈スンダ海峡〉
をめざした。
スンダ海峡は、ジャワ海からインド洋へぬける通路のひとつだが、バタヴィアを出港してインド方面へむかう船は、必ずそこを通ることになる。
目当ての船が海峡を通過してインド洋へ出てしまったあとでは、この広漠とした洋上でうまく見つけ出せる可能性はわずかである。水平線のむこうを通る船に気づかずに擦《す》れ違ってしまえばそれまでだ。運にたよることなく、目当ての船を確実に捕捉するためには、
スンダ海峡で待ち伏せする以外にない。
しかも、オランダ製の海図によると、この海峡には小島がいくつも浮かんでおり、
身を隠すのにも都合がよさそうだった。
『アドヴェンチャー・ギャレー』は、逆風をジグザグに間切《まぎ》りながら、東へ急いだ。
海峡には四日後の夕刻に到着し、
島かげに錨《いかり》をおろした。

「あす、島の頂《いただき》に見張りを登らせよう」

モアはランプの明かりで海図をにらみ、海峡の地形の細部を頭に入れようとした。

窓は遮光布《しゃこう》で覆われ、船内の明かりが外に漏れぬようにしてある。

「愉《たの》しみだな」

男爵《バロン》がつぶやく。

かれは椅子にかけて木綿布《キャラコ》で自分の剣を磨いている。例の騎兵用の細身のサーベルだ。

「果たしてどんな財宝が積まれているのか、それを見るのが愉しみだ」

ランプの火に片側だけ照らされたその端整な顔を、モアは少し意外な思いでながめた。

「きみはほかの者たちほど金銀に飢えているようには見えなかったが、そうでもなかったのか」

「金銀はいくらあっても邪魔にはならん。ただし、わたしがいま期待している財宝というのは、金銀のことではなく、もっと他の物だ」

「どんな物だ」

モアが問うと、

「わからん。わからんから愉しみなのだ」

男爵《バロン》はゆったりと微笑んだ。

モアもうすく笑い返した。

「きみの唯一の弱点はそれだな」

「どういうことだ」

「未知のもの、不明のものに、人一倍ひかれるたちのようだ。薔薇十字団のことにしてもそうだ」

すると男爵《バロン》は真顔になった。

「きみはまだ判っていない。わたしは謎解きの興味で薔薇十字団にひかれているわけではない。……わたしはうんざりしていたのだ。愚劣で滑稽《こっけい》な絵を見飽きたのだ。それを額《がく》からひきはがして、何かもっと違う絵を入れてみたいのだ」

「絵？」

「つまり、この世界のことだ。この馬鹿げた世界を根こそぎひっくり返すもくろみに、ぜひとも加わりたいと思っているのだ。——そうでもしなければ、わたしは泥のような倦怠《けんたい》にのみこまれ、生きながらにして朽《く》ちはててしまいそうだ」

男爵《バロン》は椅子から立ち、手入れを終えたばかりのサーベルで、見えない何者かの首を薙《な》ぎ払うように、するどく空気を斬った。

「きみはやはり変わっている」

モアは机越しに男爵《バロン》をながめた。「きみが何事にも動じず、つねに超然としている理由がすこし判ってきた。きみはこの世界ではなく、どこか別なところで生きているのだ。いまきみの目の前で起きていることは、きみにとっては全てどうでもいいことなのだ」

「ふむ、面白い見方だ」

男爵《バロン》は、肯定も否定もせず、すでにいつも通りの余裕をたたえて、おおらかに笑ってみせた。

ノックの音がした。

モアと男爵《バロン》は顔を見あわせた。

この船に、船長室のドアをきちんとノックするような紳士が誰か乗っていたかどうか、ふたりで考えるような目をした。

ノックがもういちどあった。

モアは応答してやらねばならぬことに気づいた。

「入りたまえ」

鍛冶屋のプラトンだった。

ああ、このきまじめな男なら、とモアも男爵《バロン》も納得の表情をした。が、それにしても、プラトンが船長室にやってくるのは珍しいことだった。

「何だね」

モアは怪訝《けげん》な思いで訊いた。

プラトンは、棒状の義足をつけた左脚をこころもち引きずるようにして、モアの机の前へきた。綽名の由来となった哲学者のような沈鬱な風貌。その陰影がランプの火に強調されている。

「船長、頼みがある」

遠慮がちに言った。

モアは黙ってプラトンを見た。

わがまま勝手な要求でモアを手こずらせる乗組員たちが多いなか、このプラトンだけは例外で、自己抑制のきわめて強い男だった。そのプラトンが頼みごと？

「どんな頼みだ」

問いかけるモアのわきから、男爵《バロン》も興味深げに見ている。

「ジャパン国皇帝の財宝のことで頼みがある」

「……言いたまえ」

「おれは、ほかの分け前はなんにもいらねえ。そのかわり、財宝の中からもしもジャパン国の剣が出てきたら、それは必ずおれにくれ」

ジャパン国で産するあの不思議な剣。

プラトンはすでにひと振り、あの剣を持っている。

不思議な光沢と、
不思議な反《そ》りと、
不思議な波模様。

〈この鉄は、軟らかくて硬い。硬いのに、軟らかいのだ。——こんな鉄を、おれは他に知らない〉

いつかあの剣をモアに見せながら、プラトンは言っていた。

〈おれたちの剣のようには簡単に折れない。曲がらない。しかも切れ味がするどい〉

プラトンはよほどあの剣に魅了されているとみえる。

〈こういう剣を造る鍛冶屋に、おれはぜひいちど会

ってみたい〉

そもそもプラトンがモアの一味に加わった理由も、いずれは東洋に足をのばし、あの不思議な剣の秘密に触れる機会がおとずれることを期待したからに他ならない。

「わかった」

モアはプラトンの望みをかなえてやりたかった。

「船の捕獲に成功したら、積み荷に手をつける前に、おれがみなにきみの言葉をつたえる。誰もあえて反対はしないだろう」

樫《かし》の机をはさんで向かい合うモアとプラトン。ふたりのあいだに、そのとき、白い光がひらめいた。

男爵《バロン》のサーベルだった。

男爵《バロン》が、自分のサーベルを脇から振りおろし、プラトンの鼻先で止めたのだ。

「わたしのこの剣はロンドンの名工と呼ばれた者の手になるのだが、プラトン、きみの見るところ、ジャパン国の剣とくらべて出来ばえはいかがかね」

プラトンは、刃《やいば》を見ずに、男爵《バロン》の顔をみた。

「あんたがこの剣で、つぎつぎに敵の腕や肩に傷を負わせてゆくところを見たことがある。たいした技だ」

モアも、そんな光景を何度も目にしている。

男爵《バロン》は、賛辞への礼として、首から上だけで小さく優雅に会釈《えしゃく》してみせた。

プラトンはつづけた。

「あのとき手にしていたのが、もしもジャパン国の剣であれば、あんたのあの技なら、連中の腕はどれも骨までスッパリ斬り落とされていただろう」

男爵《バロン》はサーベルをゆっくりと引っ込め、刃先から付け根までを無言でみつめたあと、それを鞘《さや》におさめながら、
ひややかにこう言った。

「そんな剣は、わたしには向かんな」

夜明けとともに、
モアは、見張りの者たちを島に上陸させようとした。小高い山の頂上から、海峡を監視させるためだ。

しかし、このとき揉《も》め事がおきた。

衛兵伍長である。

約束通り、この島でイルカと決闘させろ、とモアに要求してきたのだ。

モアは撥《は》ねつけた。

「いまはそれどころではない。獲物の待ち伏せに神経を集中せねばならん」

衛兵伍長は納得しなかった。

「決闘は二分とかけずにけりをつける。待ち伏せの邪魔にはならん」

「くどい男だ」

取り合わずにその場を離れようとしたモアの肩を、衛兵伍長のぶあつい手がつかんだ。

「船長、あんたイルカの野郎をかばおうとしてるな。やつを助けるために、おれとの決闘をどこまでも妨害しようって腹だろう。そういう態度は、ちいっと公正を欠いてるんじゃねえか?」

「くだらん言いがかりをつけるな」

モアは否定したが、
じつをいうと図星だった。

イルカを死なせたくはなかった。かれの超人的な泳ぎは、モーリシャス島での夜襲のさいにも大いに役立った。が、それだけでなく、
何事にも手をぬかぬ働きぶり、
ヨーロッパ人のような濁りや屈折を持たない、のびのびとしたイルカの気性を、
モアは、うらやましく、かつ好ましく眺めていた。

しかし、泳ぎはすこぶる達者なイルカだが、武術の心得はとぼしい。

一方、衛兵伍長は、かつての仕事柄、剣術も射撃も、なかなかいい腕をしていた。どう見てもイルカに勝ち目はなかった。

〈イルカの野郎をかばおうとしてるな〉

衛兵伍長の言葉は、
したがって理不尽な言いがかりではなく、真実をついていた。

「おい、みんな聞いてくれ」

衛兵伍長は、まわりに訴えた。「船長は掟を無視して、おれとイルカの決闘を許そうとしねえ」

男たちが周囲に集まってきた。

コックの赤鼻がモアにいった。

「ふたりに、こないだのけりをつけさせてやれ。そういう決まりだからな」

海賊生活の長い爺さまも、同じ意見だった。

「掟は掟だ。船長といえども、邪魔だてはよくねえ」

同調のざわめきがひろがった。

モアは男たちを見まわした。決闘は延期すべきだという意見はどこからも出なかった。

イルカが前に進み出た。

「船長、おれも早くけりをつけたいです」

覚悟をきめた目の色だった。

勝てぬことは判っていても、決闘から逃げるわけにはいかない。逃げれば、臆病者として仲間全員の侮蔑《ぶべつ》を買うことになる。それくらいなら死んだほうがましだとイルカは考えているのだろう。

もはや選択の余地がなくなったモアは、男爵《バロン》を見返った。

「立ち合いを頼めるか?」

「うむ、引き受けた」

男爵《バロン》はイルカの肩に手をおいた。「公正に闘わせることを保証する」

モアはうなずき、

「ボートをおろせ」

そう命じようとした。が、そのとき、
男たちの輪の外側から、

「来たぞ」

という声がした。

「何がだ」

と、つい間抜けな問いを返してしまった者がいた。

「決まってるじゃねえか。財宝を積んだ船だ。きっと、あれに違《ちげ》えねえ」

決闘のことは、たちまちみなの意識から弾《はじ》き出され、船内は興奮にどよめいた。

このときモアが感じたのは、ひとまずの
〈安堵〉

だった。

だが、それは、
とんでもない間違いだった。

あらわれた船は一隻ではなかった。

「船長、べつの方角から、もう一隻が姿をみせたぜ。島の裏手からだ」

……何？

あわてて振り返るモアの耳に、さらにこんな声が届いた。

「右舷後方にも、もう一隻だ」

はげしい動揺が、『アドヴェンチャー・ギャレー』の船内をはしった。

「オランダ船は三隻もいるぞ」

「おれたちを包囲している」

「これは、いってえ、どういうことだ」

うろたえる男たちの目がモアに集まった。

モアの顔から血がひき、手がふるえた。

……罠だ。

罠におちたのだ。

モアは悟った。

インド洋で襲ったオランダ船『フェーネンブルフ』。あの船長室で会計係《パーサー》がみつけた例の連絡文書。

――ジャパン国の皇帝からオランダ共和国総統に贈られる財宝、それを積んだ船がまもなくバタヴィアを出るという、あの申し送り状。

あれは
〈偽物〉

だったのだ。バタヴィア総督府が仕組んだ罠だったのだ。

総督府は、モアたちの行動を的確に読んでいたのだ。

ジャワ海を荒らす二隻の海賊船、『タイタン』と『アドヴェンチャー・ギャレー』。これを討伐するために、総督府は三隻の重武装船隊を編成した。その情報は、水の補給に立ち寄ったバリ島で、モアたちの耳に入った。――耳に入るように、総督府がみずから噂をひろめたのかもしれない。

討伐船隊の派遣を知れば、海賊船はジャワ海からインド洋へと逃げて、こんどはインド航路の船を襲おうとするはずだ。そういう読みのもとに、インド方面へむかう船に偽の連絡文書を持たせた。おそらく、どの船にもみな持たせたのだろう。

そして、その文書にひっかかった愚かな海賊船が喜び勇んでこのスンダ海峡にやってくるのを、三隻の重武装船隊が島かげにひそんで待ち受けていたのだ。

「だめだ。おしまいだ」

誰かが、絶望を声にした。

パニックが『アドヴェンチャー・ギャレー』をおそった。

モアも茫然と突っ立っていた。

そのシャツの襟首《えりくび》を衛兵伍長がつかんだ。

「船長、ぼんやりしてねえで指示を出せ」

……指示？

どんな指示だ。三隻もの重武装船を相手にどう戦えばよいというのだ。

身動きもできずにいるモアに、爺さまが叱りつけるような声でいった。

「まさか戦わねえで降伏するんじゃなかろうな。降伏したところで、わしらを待ってるのは縛り首だぞ」

モアは男爵《バロン》を目でさがした。

ものに動じぬ男爵《バロン》のあの顔をみて、自分を落ち着かせたかった。

男爵《バロン》は船尾甲板へあがる階段に、ひとりで腰をおろしていた。しかしその顔には、いつものあの超然とした余裕はみられなかった。

自分の手をみつめて、じっとしていた。

絶望感がモアをうちのめした。

「撃ってくる」

と叫ぶ声がした。「みぎての船が横腹を向けた。撃ってくるぞ」

「三方からの集中砲火だ」

悲鳴のような声だった。

「みんな少し黙ってろ。船長はいま考えてるんだ」

言ってモアのそばにあゆみ寄ったのは大樽だった。大樽は深呼吸のような吐息をひとつして、

おだやかにモアに話しかけた。

「ジェームズ。おれたちの命はおまえに預けてある。いまさら死に方に注文はつけねえ。どう死ぬかは、おまえが決めてくれ」

モアは、

「ああ」

と、ぎこちない頷《うなず》きを返し、自分を見まもる男たちの視線のなかで、
ようやく最初の指示を発した。

「錨綱を切り離せ」

そして、男たちの輪からのがれるようにして、指揮所である船尾甲板へとむかった。

階段をのぼるとき、男爵《バロン》に低く声をかけた。

「戦闘配置だ」

男爵《バロン》は立ちあがり、モアにいった。

「ひとつ頼みがある」

階段の途中でモアはふりかえった。

「何だ」

「これは、われわれにとって最後の戦闘になる可能性がある」

モアが無言でうなずくと、
男爵《バロン》はかすかな笑みをうかべて、こうつづけた。

「だから、何か変わった戦い方をみせてほしい」

「……え?」

「きみには、変わった戦術を独創する才があるようだ。最後に、また何か奇計を披露してくれないか。それを愉しみながら死んでゆきたい」

モアは苦笑した。

「われわれは敵の罠におちたのだぞ。戦いの主導権は敵がにぎっている。こっちに何ができるというのだ。——まったく、どこまでも呑気《のんき》なことをいう男だ」

答えながら腹立ちがこみあげてきた。

「船長——」

男爵《バロン》はなおも言う。「きみもここで勝てる可能性がわずかでもあるとは思っていないだろう。わたしも、勝つ戦術をきみに求めてはいない。負けはすでに決まった。ならば、面白く負けようではないかと、そう言っているのだ」

「面白い負け方などないっ」

モアはおもわず声を荒らげた。

そのとき、
オランダ船の一隻から砲声がきこえ、すぐあとに、近くの海面で一本の水柱が立った。

距離を確認するための試射弾であろう。

高く立ちのぼった水しぶきが、風にのって『アドヴェンチャー・ギャレー』の上甲板に降りかかった。

まもなく全砲列による一斉射撃がはじまり、つづいて他の二隻からの砲撃も加わった。ほとんど切れ目のない砲声が海上を圧した。

オランダ船隊としては、かならずしも海賊船を捕獲する必要はなく、相手が降伏しなければ〈撃沈〉してしまうつもりでいる。したがって遠慮会釈のない砲火が三方から浴びせられ、『アドヴェンチャー・ギャレー』の船体は、被弾の衝撃で、たえまなく震えつづけた。

オランダ船隊は、まず『アドヴェンチャー・ギャレー』の行動の自由をうばうために、帆と帆檣《ほばしら》を狙い撃ちしてきた。

前檣《フォアマスト》、主檣《メインマスト》、後檣《ミズンマスト》の帆がつぎつぎに破られてぼろぎれのようになり、そして、
帆檣《ほばしら》そのものも、
一本、二本と撃ち折られていった。


その間、『アドヴェンチャー・ギャレー』も両舷の砲列から精一杯の応射をこころみたが、敵の直撃弾をうけて沈黙する砲門がしだいに増えた。

砲弾は突風のような唸《うな》りをあげて飛んでくる。

その音が、
まっすぐ自分に迫ってきた。

モアがそう思った直後、船尾甲板のふなべりを砲弾が叩き割り、
激しく飛び散った船材の破片によって、モアは肩や脇腹、そして顔にも負傷した。

だが、この修羅場《しゅらば》においては、それは軽傷の部類だった。

モアは見た。

上甲板にいた歯無しのサムが、
落下する帆桁《ほげた》の下敷きになって呻《うめ》きつつ息絶える光景を。

そして、衛兵伍長が船材の破片に片脚をやられ、裂けたズボンの下から露出する血まみれの肉を必死に押さえているありさまを。

さらに、

砲弾の直撃をうけた幽霊の体が、
血しぶきとともに
舷外の空中に飛散する瞬間を。

やがて、三本すべての帆檣《ほばしら》が折られたとき、オランダ船隊は、いったん砲撃を中止して、熱しきった大砲を冷やしながら、海賊たちの降伏を待った。

『アドヴェンチャー・ギャレー』の船内は、死者と負傷者であふれ、
赤く塗られた砲列甲板の内壁にも、おびただしい肉きれが付着していた。

帆檣《ほばしら》をうしなった『アドヴェンチャー・ギャレー』は、翼をもぎとられた大鷲のように、みじめな姿を海上にうかべている。

何ひとつ視野を遮《さえぎ》るものの無くなった船尾甲板に立って、モアはオランダ船を一隻ずつながめた。そして、かたわらの男爵《バロン》を見返った。

被弾のさいに飛び散った船材の破片によって、男爵《バロン》の端整な顔も血にまみれ、銀糸の入った絹のヴェストもずたずたに破れている。

「男爵《バロン》」

「何かね船長。──いっておくが、降伏の相談なら、爺さまと同様わたしも反対だ。首を縄で絞められて死ぬよりは、砲弾に吹き飛ばされて息絶えるほうがいい」

「それはおれも同じだ」

「では何だ」

「あの船を見ろ」

モアは右舷方向にいるオランダ船をさし示した。

その船首の海神像に
『デン・ユリセス』

という船名が彫られているのを、モアは遠眼鏡で確認していた。

「あの船の主檣《メインマスト》には、ほかの二隻にはない旗がひるがえっている。船隊の司令官旗ではないかと思う」

「旗艦か」

「さっきからの砲撃や操船のしかたを見ていても、あの船がいちばん熟練している」

「きみは面白い負け方を望んでいたな」

「ふむ、それで?」

「……うむ」

男爵《バロン》は、モアが何を言おうとしているのかを、じっと窺《うかが》う目をした。

「このまま、なすすべもなく沈められるのは面白くない。死ぬ前に、あの船の司令官にもひと泡吹かせてやりたくはないか?」

「何をしようというのだ」

「接舷して、この船に火をはなつ。もろともに炎に包まれて地獄へ道連れだ。連中は海に飛び込んで仲間の船に助けてもらうしかない。勝ったことにはならんが、多少は溜飲《りゅういん》がさがる」

「悪くはないが、どうやって接舷するのだ」

「むろん漕《こ》ぎ寄せるのだ。この船はオールが使えることを忘れたのか?」

「むこうは帆を操って距離を保とうとするはずだ」

「あの船は風上にいる。逃げようとすれば逆風になる。必死に漕げば追いつける」

「ほかの二隻が黙って見てはいまい」

「接舷するのが先か、撃沈されるのが先か、どっちにしても、われわれの運命にとって大きな違いはない」

「……その通りだ」

男爵《バロン》も了解し、

その指令を聞いた乗組員たちからも、反対の声はあがらなかった。どのみち死を免れぬことは自明であり、もはや誰もが捨て鉢になっていた。

『アドヴェンチャー・ギャレー』の下甲板の各砲門から長いオールが突き出され、号笛《ホイッスル》の合図にあわせて一斉に海面を掻きはじめた。

すでに乗組員の半数ちかくが死傷していたが、動ける者はみなオールを漕いだ。

『アドヴェンチャー・ギャレー』に橈漕《どうそう》能力があることを知らなかったオランダ船隊は、それを見て気をひきしめ直し、

砲撃を再開した。

司令官旗らしきものを掲げた『デン・ユリセス』は、逆風をついて遠ざかろうとしたが、

『アドヴェンチャー・ギャレー』の橈漕速度のはやさを見て考えを変え、むしろ反転し、追い風に帆をふくらませて迫ってきた。

至近距離からとどめを刺そうという腹のようだ。のこる二隻も背後から追ってくる。斜めに帆走しながら砲撃をつづけ、着実に命中弾を加えてくる。

しかし、撃沈される前に、『アドヴェンチャー・ギャレー』は、『デン・ユリセス』に肉薄し、
すかさずオールをはなして上甲板に駆けあがった者たちが、相手のふなべりに鉤つきロープを投げた。

ところが、白船に火をはなつ前に、『デン・ユリセス』側からの断り込みが始まり、『アドヴェンチャー・ギャレー』の穴だらけの船上は、敵味方いりみだれての、すさまじい白兵戦の場となった。

さらに別の二隻も砲撃をやめて接舷してくる気配をみせ、そうなれば、モアの一味は多勢に無勢でたちまち制圧されてしまうことは目にみえていた。

湾刀《カトラス》をふるって戦うモアのちかくで、絶望的な叫び声がきこえた。

「もうだめだ。これまでだ。早く火薬庫に火をいれろ」

自爆して果てようと言っているのだ。

英語を解するオランダ人は多い。したがってその叫びは、オランダ人たちに聞かせて動揺を誘うためのはったりのつもりかもしれなかった。

いっぽ げんに、『アドヴェンチャー・ギャレー』の火薬庫はいっこうに爆発しなかった。

が、やがて意外なことが起きた。

『アドヴェンチャー・ギャレー』に接舷していた『デン・ユリセス』が、とつぜん天を衝きあげるような火柱とすさまじい轟音を発して、
大爆発を起こしたのだ。

その爆風は、『アドヴェンチャー・ギャレー』の船体を、瞬時に数十度傾けさせるほどの威力だった。

剣をふるっていた男たちは敵も味方も折り重なって倒れ、何人かは反対側の海に放り出された。『デン・ユリセス』の船材の断片の直撃をうけて吹っ飛んだ者もいた。

一方、『デン・ユリセス』の船上にのこっていたオランダ人たちは、おそらく一人も助からなかったのではなかろうか。

モアの一味も、いったい何が起きたのかすぐには理解できず、しばらく呆然としていたが、

もっと驚愕していたのは、斬り込んできたオランダ人たちのほうであろう。もはや原形をうしなった自分たちの船が、みるみるうちに沈没し、大小の木片と渦巻きとを残してあっけなく海中に消え去るのを、

声も出せずに見守っていた。

モア一味の誰かが、不意に雄哮《おたけ》びをあげた。それは、単に驚きの気持ちを声にしただけであったかもしれないが、

すでに戦意を喪失していたオランダ人たちは、その雄哮びにおびえたかのように、一人また一人と、つぎつぎに海へ飛びこみ、

僚船《りょうせん》にむかって泳いで逃げた。

二隻の僚船も、『デン・ユリセス』の爆沈を目《ま》のあたりにして、あきらかに狼狽していた。

海賊船『アドヴェンチャー・ギャレー』が、何か自分たちの知らぬ新兵器をもちいて、『デン・ユリセス』を沈めたものと思ったのであろう、怖気《おじけ》づいたようにその場で船足を止め、慎重に様子をうかがっている。

その爆発が、天空をも揺るがし、掻きみだしたせいでもあろうか、

晴れわたっていた熱帯の空がにわかに曇り、海峡が仄暗く翳《かげ》った。

同時に、濃い湿り気をおびた風がひんやりと吹きこんで、付近の島々がつぎつぎに消えはじめた。

スコールの到来だった。

雨が『アドヴェンチャー・ギャレー』の甲板にも落ちてきた。と思うまもなく、それは滝のような激しさとなって、叩きつけてきた。

おびただしい砲弾を浴びて、いまや廃屋のようなありさまになった船内に、雨水は遠慮なく浸入した。モアはすぐさま予備の帆布で上甲板と舷側の穴に覆いをかけさせた。
このスコールは、
だが天佑《てんゆう》でもあった。
豪雨が灰白色の幕となってオランダ船隊の視界をとざしてくれている間に、『アドヴェンチャー・ギャレー』は懸命にオールを漕いで、
魔のスンダ海峡からインド洋へと逃げ出すことに成功した。

船体はひどい状態であったが、さいわい船倉の略奪品にはさしたる被害はなかった。

食糧と水にもまだ余裕がある。

予備の木材をすべて用いて、船体に応急の補修をほどこし、橈漕航海をつづけた。

マダガスカルへ戻るにはあまりにも遠いが、このまま、なんとかインド沿岸にまで辿《たど》りつき、これまでの略奪品の一部を換金すれば、

船の修理は可能である。
だが、それにしても、死傷者の多さはたいへんなものだった。
総数六十九人のうち、
十九人が死亡、
四人が行方不明、
十二人が重傷を負い、
軽傷を負った者は、モアや男爵《バロン》を含めてほとんど全員だった。
戦いのさなか、敵の砲弾に腕や脚を捥《も》がれる者が続出したため、ドクターは休む暇なく手術をつづけ、麻酔代わりに患者にのませるラム酒も、とうとう底をついてしまったほどだ。

ともあれ、
絶体絶命と思われた危地から奇跡的に逃げのびることができた『アドヴェンチャー・ギャレー』であったが、
それにつけても不可解なのは、
『デン・ユリセス』のあの爆沈の原因である。

いったい、あの船に何が起きたのだろうか。

……あのとき、
モアの一味は優勢な敵の斬り込みを受けて応戦中であり、動ける者はみな剣をもって戦っていた。大砲を撃つ余裕などなかった。それゆえ、こちらの砲弾が『デン・ユリセス』の腹を撃ち貫いた可能性はない。

一方、『デン・ユリセス』の僚船二隻も、すでに砲撃を中止していた。接舷して敵船へ斬り込んだ味方を殺してしまわぬための、それは当然の措置《そち》だった。

だが、仮にまちがって砲弾が撃ちこまれたとしても、
船の火薬庫というのは、かならず水線下に設けられているため、直撃弾をくらうことはない。

では、あの爆発は神の手助けか。

……まさか。

モアは自分をわらった。

海賊船『アドヴェンチャー・ギャレー』には、敬《けい》虔《けん》な信仰心をもっている者など、モアをふくめて一人もいない。もっていれば海賊にはなっていないだろう。

……さても不可解なことだ。

考えながら、脇腹に負った傷の包帯を自分で取り替えていると、船長室に大樽が入ってきた。

「ドクターの治療は敬遠か？」

いって苦笑する大樽に、モアはかぶりを振った。

「そうではない。重傷者の世話で手いっぱいのドクターをわずらわせたくないだけだ」

「うむ。この三日間、ドクターはほとんど眠ってねえようだ」

大樽自身も、頭に包帯を巻いている。

「ところで、ジェームズ、例のオランダ船の爆発だが……」

「おれもそのことを考えていたところだ。不思議な出来事だ」

「その不思議の原因《たね》が、どうやらつかめた」

と大樽は暗い口調でいった。「あの乱戦のさなか、火薬猿《パウダー・モンキー》のビリーが敵船に忍び込むところを見たという者がいるんだ」

「ビリーが？」

ビリーは、行方不明となった四人のうちの一人である。四人とも、戦いの混乱のなかで海に落ちたものと思われていたのだが……。

「あのとき、誰かがこう叫んだのを憶えてるか？——もうだめだ。火薬庫に火を入れろ」

「ああ憶えている」

「ビリーが敵船に忍び込んだのは、あれが聞こえたあとだそうだ。ビリーはあの叫びに応《こた》えたんだ。そうに違《ちげ》えねえ」

しかしあれは、自船の火薬庫に火を入れ、自爆して果てようという叫びだったはずだ。あのときは、敵のすさまじい斬り込みを受けて、誰もが湾刀《カトラス》をふるっての防戦に必死だった。自船の船体に火をはなってまわる暇《いとま》もなかった。その炎で敵船をも燃えあがらせるという作戦は、もはや諦《あきら》めざるを得なかった。

火薬庫への着火なら一瞬の行動ですむ。自爆によって、せめて眼前の斬り込み隊だけでも地獄への道連れにしてやろう、という叫びだったのだ。

つまり、
火を入れるべき〈火薬庫〉は、むろん自船のものであって、敵船のそれではない。あの苦戦のさなか、敵船の火薬庫に侵入することなど、とうてい無理だと誰もが思っていた。
……だが、
とモアはあのときの状況をふりかえりながら考える。
小柄で身軽な十三歳のビリーなら、大人たちの乱戦の隙《すき》をかいくぐって敵船に乗り移り、火薬庫にまで潜入することも、あるいは不可能ではなかったかもしれない。
「……オランダ船の爆発は、ビリーのやったことだというのか？」
仲間たちを救うため、『デン・ユリセス』の火薬庫に着火して、船もろとも吹き飛んだ……？
「どうもそうとしか考えられんのだ」
モアは言葉をうしない、
放心したように床の一角を見つめつづけた。

大樽がしんみりと言った。

「おれたちは、あの小僧に救われたんだ」

行方不明者のなかで、もう一人、海に落ちたのではないと判った者がいた。

その男は、船倉の水樽の陰に隠れているところをコックの赤鼻に見つかった。

スンダ海峡でオランダ船隊に包囲されたとき、『アドヴェンチャー・ギャレー』の誰もが一瞬パニックにおちいったが、
おそらくその男も惑乱し、思わず船倉に逃げ込んでしまったのだろう。

その男は、意外なことに、〈火の玉《ファイア・ボール》〉の綽名をもつ、あの若者だった。

火の玉《ファイア・ボール》は、船上で仲間の裁判にかけられることになった。

裁判長は、船長であるモアがつとめた。

スンダ海峡での火の玉《ファイア・ボール》の行動について、数人の証言があった。

下甲板の砲手をつとめるひとりは、こう証言した。

「こいつは、砲撃のとき、おれの大砲に火薬をつめる役をしていた。あの戦《いくさ》では敵に包囲されて、こっちは両舷の砲列で撃ちまくったもんだから、火薬の補充がまにあわねえで、おれはこいつに取りにいかせたんだ。ところが、いつまでたっても戻ってこねえ。しかたがねえから、ほかのやつを行かせた。あのあと、おれは一度もこいつの姿を見なかった」

片目の弾薬庫主任・穴熊が、つぎに証言した。

「砲撃中、おれは弾薬準備室で火薬筒にせっせと火薬を詰めつづけていた。一歩もあそこを離れなかった。だから確かだ。火の玉《ファイア・ボール》は……いや、この腰抜けは、おれのところに火薬を取りにきちゃいねえ」

大工の助手が、最後に決定的な証言をした。

「敵の砲弾で左舷の横腹に穴があいて、それをふさぐための板材を取ってくるようにおれは頭《かしら》に命じられた。で、船倉から板を担いで出ようとしたとき、隅っこにこいつがいるのを見たんだ。〈何してるんだ〉っておれが訊いたら、〈喉が渇いたんで水を飲

みにきた〉と答えやがった。〈馬鹿野郎、そんな場合か〉って、おれはそう言い捨てて出ていったんだが、こいつはあのままずっと船倉で身をすくめていやがったのに違えねえ」

モアは、火の玉《ファイア・ボール》の不利をくつがえす証言を募《つの》ったが、誰からも出てこなかった。

「敵と戦うこの男の姿を見た者はいないのか？……一人もいないのか？」

くどいほどの問いかけにも、沈黙以外の反応はなかった。

火の玉《ファイア・ボール》自身も、うずくまって身動きすらしない。かつて、獲物の船を襲撃するさいには、斬り込みの先頭に立ち、命知らずの度胸をみせたあの火の玉《ファイア・ボール》が、いま、

〈敵前逃亡〉

の裁きにかけられている。
一　敵との交戦中に逃げ出した者は、死刑もしくは無人島に置き去りの刑に処する。
極刑である。しかしこの掟に、『アドヴェンチャー・ギャレー』の全員が署名している。火の玉《ファイア・ボール》も署名している。

「やつの有罪ははっきりした。さっさと銃殺しちまえ」

この陰鬱な裁判から早く自由になりたかったのだろう、判決を催促する声がモアに向けられた。

「ちょっと待ってくれ」

火の玉《ファイア・ボール》と親しかった若い水夫が、ためらいがちに男たちの輪のなかへ進み出た。

「こいつは確かに卑怯なまねをしちまった。でもよ、誰にだって、そういうときがあるんじゃねえかい？たのむから、いっぺんだけ見逃してやってくれ」

「馬鹿野郎」

と怒鳴る声がすぐさま発せられた。「そんなことが通用するんなら、何のための掟だ」

「そうともよ」

言って爺さまがのっそりと出てきた。「戦《いくさ》は誰だって怖いんじゃや。わしなんざ、この歳になっても、まだ命が惜《お》しゅうて脚がふるえる。逃げ出しとうな

ることは何べんもある。それだからこそ掟が要《い》るんじゃ。厳罰の掟があるからこそ、踏みとどまれるんじゃ。一人の逃亡は、ほかの仲間の死になってはねかえるんじゃ。いったん掟をゆるめたが最後、たちまちわしらは滅びるぞ」

モアは、こんどの戦いで死んだ者たちのことを思いうかべた。

戦闘中の死者は十九人だが、その後、重傷者のうちの三人が息をひきとり、合わせて二十二人に増えた。

歯無しのサムも死んだ。

不死身であったはずの幽霊も、ついに命を落としてしまった。

衛兵伍長はかろうじて命をとりとめたものの、右脚をうしなった。……

「船長——」

ずっと沈黙を守っていた男爵《バロン》が、かたわらからモアにささやいた。「さあ、きみの職務を果たせ」

モアは、目の前にうずくまる火の玉《ファイア・ボール》をじっと見つめたあと、三稜帽《トライコーン・ハット》をぬいで額をぬぐった。

その汗は、むろん熱帯の暑さのせいばかりではなかった。

「掟にしたがって、判決を告げる。——火の玉《ファイア・ボール》こと、水夫エド・ジャイルズを、今後最初にあらわれる無人島に、置き去りにする」

十日後、

ちいさな孤島がみえた。

火の玉《ファイア・ボール》は、数日分の水と食糧とともに、ボートでその島の浜辺へ運ばれた。

かれは、橈漕で島から遠ざかる『アドヴェンチャー・ギャレー』を、石像のように立ちつくして見送っていた。

誰かがつぶやいた。

「野郎、きっと泣きわめくんじゃねえかと思ってたが……」

べつの男がさえぎった。

「もういい。やつのことは言うな」

モアはひとりで船尾甲板にのぼり、島を見つめた。

浜辺に立つ火の玉《ファイア・ボール》の姿から、いつまでも目を離すことができなかった。

その姿がけしつぶのように小さくなったとき、火の玉《ファイア・ボール》が何かを叫ぶ声が聞こえたような気がした。

しかし、声がとどく距離ではなかった。

空耳だった。

X　クリフォード一味と再会する

スンダ海峡の戦いで帆檣《ほばしら》をすべてうしなった『アドヴェンチャー・ギャレー』は、オールを漕《こ》いで航海をつづけた。

だが、漕げる人数は少なく、這うような速度でひたすら北西をめざした。樽の水が腐って悪臭を発しはじめたので、ときおり訪れるスコールの雨水を帆《ほ》布《ぬの》で受けて貯水した。

四十日後、セイロン島とおぼしき陸影をのぞむ地点に達した。

しかし、セイロン島の海岸部はすべてオランダの支配下にある。それゆえ、近づかずに迂回《うかい》し、数日後、
インド南端のコモリン岬にたどりついた。

一六九九年七月半ばである。


モアは、これまでの略奪品の一部を土地のインド商人に売りさばき、その金で船の修理に必要な資材を買い入れようと考えた。

ところが、果たせなかった。

過去の行為のつけがまわってきたのだ。

キッド船長によって蒔《ま》かれた種である。

かつて、この『アドヴェンチャー・ギャレー』を率いていたウィリアム・キッド船長。かれは、一年半ばかり前、インド西海岸の港町で物資を買い付けたとき、
代金を支払わずに出帆してしまった。

海賊は、略奪をなりわいとしているが、しかし商取り引きの場では不正や詐欺《さぎ》はけっしておこなわない。それが彼らの〈仁義〉であり、だからこそ土地の商人たちも、相手を海賊と知りつつ、注文された品々をためらいなく納入する。

にもかかわらず、キッド船長はその仁義をやぶったのだ。

あのとき、モアはキッド船長の腕をつかんで諫言《かんげん》した。

〈この界隈《かいわい》の土地では、今後われわれに物を売ってくれる者はいなくなりますよ〉

だが、船長はその腕をふりはらい、

〈かまわんさ。どうせ二度とこのあたりへ来ることはないだろう〉

うそぶいて、船をマダガスカルへと向けたのだった。

あの行為が、いまではインド沿岸の広い地域につたわっているようだ。『アドヴェンチャー・ギャレー』は、どの商人からも相手にされなかった。

「これじゃ修理のしようがねえ」

ぼやく大工頭に、
モアはいった。

「そのひげをもう少しさっぱりと整えて、小ぎれいな身なりに着替えてくれないか」

「なぜだ」

「堅気《かたぎ》の商人になりすまして、中古船を一隻、買い付けてきてもらいたい」

「この船を捨てて乗り換えるのか?」

「いや」

モアは廃船さながらの船上を見まわした。

満身創痍《そうい》、まことに憐れなありさまではあるが、しかしこの『アドヴェンチャー・ギャレー』に匹敵するだけの快速船を、インド沿岸でたやすく手に入れられるとは思えなかった。

モアはいった。

「買い入れた中古船の帆檣《ほばしら》や板材をはずして、この船の修理につかう」

「なるほど、そういうことか。たしかに、ばらばらに資材を調達して回るより手間がはぶけるな」

「だから、航走性能はどうでもいい。資材として役に立つかどうか、それをしっかり見きわめて買い付けてくれ」

「だが――」

と大工頭はいつになく自信なげな顔つきだ。「おれは金勘定は苦手だ。商人どもに吹っかけられるかもしれん」

岩塊のようなその肩を、モアはゆったりと叩いた。

「心配はいらん。会計係《パーサー》を同行させる」

「けっ、あの唐変木《とうへんぼく》が相棒か？」

「値段交渉はお手のものだ」

「気をつけねえとな」

「何をだ」

「やつがおれを誰かに売り払っちまわねえようにさ」

悪口《あっこう》を吐きながらも、大工頭は依頼を引き受けた。

帆檣《ほばしら》がないので、
むろん帆桁《ほげた》もない。

帆桁は帆を張るためだけのものではなく、起重機《クレーン》の役割をもはたす。それがないせいで、ボート一隻を海面におろすのさえ、ひと苦労だった。

やっとのことでおろしたボートに乗って、大工頭と会計係《パーサー》は浜に上陸し、
陸路、
中古のヨーロッパ船が入手できそうな港町をもとめて北上した。

三人の水夫が、銀の入った袋を担いで随行した。


——オランダ船『フェーネンブルフ』から奪ったジャパン国の
スホイト銀（丁銀）。

その半分、すなわち二千テール（七十五キロ）を、中古船、およびその他の物資を買い付けるための資金として、モアが持たせたのだ。

かれらを送りだしたあと、ふなべりに肘をついて、大樽がつぶやいた。

「なんだか、えらく仲間が減っちまったような気がするな」

帆檣《ほばしら》のないのっぺらぼうの上甲板を、夕陽が赤く染めている。

「うむ、さみしい人数だ」

モアも吐息をもらした。

「何人になった」

と大樽がきいた。

「中古船の買い付けに行った五人を別にすれば、いまこの船にいるのは、三十八人だ」

「寝たきりの連中も含めてか？」

スンダ海峡で重傷を負った者たちのうち、インドへの航海途中で三人が死に、四人が動けるまでに回復したが、五人はいまだに横たわったままでいる。

「ああ、かれらも含めてだ」

「やれやれ。これじゃ、まともに戦《いくさ》もできねえな」

首をふって嘆息した大樽は、急にしみじみとした口調で、

「なあ、ジェームズ」

と語りかけた。「そろそろ二年になるな」

「うむ？」

「おれたちが海賊稼業に入ってからさ」

「そうなるか」

「キッド船長のもとで初めて船を襲ったのが、二年前の八月だった」

「アラビア沖だったな」

襲撃はけっきょく失敗したが、あの日から『アドヴェンチャー・ギャレー』は海賊船に転身したのだ。

ほんらいは海賊たちを〈討伐〉する使命を負ってインド洋へやってきたはずであった。しかし、月日のみがいたずらに経過するなか、たった一隻の海賊船にもめぐりあえなかった。ついに金も食糧も尽きて苦境に追いこまれたキッド船長は、当初の名分をかなぐり捨て、みずから海賊となって他船を略奪することを決意し、
モアたちも同調した。

……あれから二年。

何隻かの獲物。

キッド船長との訣別《けつべつ》。

あらたな一味の結成。

モーリシャス島襲撃。

マラッカ海峡をへてモルッカ諸島へ。

そしてスンダ海峡での痛手。仲間たちの死。

「なあ、ジェームズ」

とまた大樽がいった。「おれたちは、この先どうなるんだろうな。スンダ海峡の罠からはなんとか逃げのびたが、しかし、いずれはどこかで捕まって絞首台に吊るされることになるんだろうか」

綽名《あだな》どおりの体つき。背中を丸めてふなべりに凭《もた》

れ、大樽は悲観の表情だ。

その太い腕を、モアはかるく叩いた。

「どうした、ジョン。えらく弱気じゃないか」

アラビア沖での最初の襲撃のあと、モアは自分のなかの消しきれぬ逡巡《まよい》を大樽に告白したことがあった。

あのとき、大樽はいった。

〈だが、おれたちにはもう他に道はねえんだ。おれたちの足はもう泥の中へ踏み込んじまったんだ〉

あれから数々の襲撃をかさね、もはや全身泥まみれだ。

〈海賊モア一味〉

の名は、すでにインド洋全域に知れわたっているに違いなかった。そしてその悪名は、まもなくイギリス本国にも伝わるだろう。いまさら後悔してもどうにもならない。

モアがそれを言うと、
大樽はぶあつい手で自分の顔をなでた。

「わかっているさ。つい弱音《よわね》を口にしちまった。歳のせいかもしれん」

かれとは、モアがまだ見習い水夫だったころからの付き合いだ。考えてみれば、もう五十に近いはずである。

「そもそも――」

と大樽はいった。「この船におまえを引っ張りこんだのは、おれだものな。運命を呪いたいのは、むしろおまえのほうだろう」

「いや、それはちがう」

モアは本心から否定した。「たしかにおれは自分の運命を呪ったことがあるが、それは、この船に乗り組む以前のことだ」

……すでに六年も前になろうか。

東インド会社の航海士として大型ガリオン船に乗務していたモアは、同僚の妹ナタリーと結婚し、二十八年の人生で初めての、充ち足りた幸福感を味《み》わっていた。

が、そのあと運命は大きくゆがんだ。

海賊一味との内通の嫌疑。

そして解雇。

帰国直後の妻ナタリーの変死。

妻殺しの疑惑の目。

モアは運命を呪い、故郷プリマスの場末で酒びたりの生活に堕《お》ちた。

そんな彼をみつけて廃人同然の状態から救い出してくれたのが、大樽である。

「あのときあんたが、おれを無理やり引っ立てるようにしてこの船に連れてきてくれなければ、おれはとうに酒で命を落としていたに違いない」

言葉どおり、モアは大樽をうらむ気持ちなど、露ほども持ってはいなかった。

「おれは今の運命を、けっして呪ってなどいない」

人気のない入江に身を潜めて、『アドヴェンチャー・ギャレー』はひたすら大工頭たちの帰りを待ちわびた。

沖を通過する船影は何度か目にしたが、この入江へと向かってくる船はいっこうに現われない。

大工頭たちを送りだしてから、やがてひと月が経過した。

かれらの身に何かが起きたのではないかと言いだす者があらわれ、モアも少々気を揉《も》みはじめた。

大工頭と会計係《パーサー》。

反《そ》りの合わぬふたりを一緒にして送り出したのが、やはりまずかったのだろうか。

しかし、乗組員の中には、もっと陰鬱な憶測を口にする者もいた。

「あの五人、まさか銀を持ち逃げしちまったんじゃねえだろうな」

「五人でとは限らねえ。二、三人が示し合わせて、あとの連中を殺しちまったかもしれねえぜ」

おぞましい勘ぐりが底溜《ビルジ》水の悪臭のように船内にひろがったが、
しかし、その数日後、
沖合いからこちらをめざして近づく船が出現した。

ヨーロッパ船である。――二隻だ。

モアは緊張しながら遠眼鏡をのぞいた。

二隻は、船首と主檣《メインマスト》のうえに青一色の旗をなびかせている。ほかには何の旗も掲げていない。

モアは安堵の息を吐いた。

青い旗は、大工頭とのあいだであらかじめ取り決めていた目印である。

……だが、なぜ二隻なのだ。

一隻だけでは、修理用資材として不足だったのだろうか。

それとも、船をここまで回航してきた水夫たちを元の港へ連れて帰るための伴走船だろうか。

弱風のなかをゆっくりと近づく二隻の船。

モアは遠眼鏡をのぞきつづけた。

一隻の船のかたちに見憶えがあった。おもわずつぶやきが漏れた。

「あれは、『レゾリューション』ではないか」

東インド会社所有の大型三檣《さんしょう》船。

いや、その船を乗り逃げして海賊に転身したクリフォード船長によって、いまは
『モカ・フリゲート』

と改名されている船だ。

『アドヴェンチャー・ギャレー』と『モカ・フリゲート』は昨年、マダガスカルのセント・メアリー泊地で遭遇している。

当時まだこの『アドヴェンチャー・ギャレー』を率いていたキッド船長は、クリフォード船長と酒をくみかわし、互いの略奪品の贈答までし合った。その後、『アドヴェンチャー・ギャレー』の乗組員の大半がキッド船長のもとを去ってクリフォード船長の配下に加わり、
一挙に戦力を拡充した『モカ・フリゲート』は、さっそく新たな略奪航海へと乗り出していったのだが、
それ以来の再会である。

入江に投錨《とうびょう》した『モカ・フリゲート』からボートがおろされ、大工頭と会計係《パーサー》、そしてお供の三人の水夫が、
留守中おぞましい勘ぐりを受けていたとも知らず、呑気《のんき》な笑顔で『アドヴェンチャー・ギャレー』に帰還してきた。

購入した中古船のみでなく、『モカ・フリゲート』まで伴って戻ってきた経緯《いきさつ》を、大工頭は、以下のよ

うにモアに語った。

……上陸後、海岸づたいに北上したが、ちいさな港ではめぼしい中古船が見あたらなかったので、思いきってコーチンまで行ってみることにした。コーチンは、インド西海岸でのオランダの重要拠点だが、それゆえに物資が豊富で、中古船の入手も容易にちがいない、と会計係《パーサー》が言ったからだ。

商人面《づら》をして街に入りこみ、港の船を物色した。

すると、なかに一隻、
見憶えのある船がいた。

マダガスカルで舷を並べたことのある『モカ・フリゲート』だ。

つまり、イギリス人の海賊船が、オランダ領の港に碇泊していたのである。大工頭はこれを見て、てっきり『モカ・フリゲート』はオランダ船との戦いに負けて捕獲されてしまったものと思いこんだ。

あの船には、昔の仲間も大勢乗っていたはずである。その連中の運命が気になって、しばらく物陰から船の様子をうかがっていた。

そのとき、とつぜん背後から野太い大声で呼びかけられ、大工頭は跳びあがるほど驚いたのだが、
見ると、
それはかつて『アドヴェンチャー・ギャレー』に乗り組んでいた仲間のひとり、つねに雷のような声で水夫たちを叱咤《しった》していた、あの水夫長であった。

水夫長はどうみても囚人のようには思えず、それどころか数人の部下をひきつれて、あたりをはばかる様子もなく、悠然としている。

状況がのみこめず当惑している大工頭に、水夫長はいった。

「びくびくすることはねえ。ここの総督は、おれたちの守護聖人だ」

「守護聖人？」

問い返すモアに、
大工頭はうなずいてみせた。

「つまり水夫長がいうには、コーチンのオランダ人総督は、海賊との取り引きで私腹をこやしているんだそうだ。だから、それ相応の賄賂《わいろ》さえ差し出せば、海賊船が補給のために入港しても、目をつむってい

てくれるんだそうだ」
「腐りきっている」
不快げに言ったのは男爵《バロン》である。
「だが、その腐った人物のおかげで――」
と会計係《パーサー》が口をはさんだ。「われわれは何の面倒もなく中古船を手に入れたし、物資もたっぷり買い入れることができたわけです」
「きみたちも総督に会ったのか？」
モアの問いに、
大工頭は
「いいや」
と答えて、『モカ・フリゲート』のほうを見返ってみせた。「クリフォード船長が間に立ってうまく話を通してくれたんだ」
「では、礼を言いに行かねばならんな」
モアは、船倉の略奪品のなかから何を持っていけばいいだろうかと考えた。
「困ったときはお互いさまだ、礼など要《い》らん、とクリフォード船長は言っていた。それよりも、久しぶりの再会を祝って、ゆっくり酒をくみかわしたいそうだ。むかしの仲間たちも、あんたに会いたがっている」
海賊行為を重ねつつ、それでもなお堅気《かたぎ》の社会への未練を捨てきれなかったキッド船長。その中途半端な態度に愛想をつかして大勢の部下がクリフォード船長のもとへと移っていったとき、
モアはしかし独立を選び、
廃棄寸前の『アドヴェンチャー・ギャレー』を譲りうけて、あらたな一味を結成した。
あのときに彼と行動を共にした者たちを全員連れて、モアはボートで『モカ・フリゲート』を訪問した。
大樽
大工頭
穴熊
奥方
ふくろう
ドクター
この六人だ。

ほんらいならばもう一人ここに加わっているはずだった。――スンダ海峡で凄絶な死をとげた、火薬猿《パウダー・モンキー》のビリーである。

クリフォード船長は、モアを歓待した。

ともに、一時は東インド会社に雇われていた身だ。そういう親近感も手伝ってか、まるで長年の友人どうしであるかのような持てなしぶりであった。

海賊とは思えぬ如才のない男。

淡褐色の髪に、うすい眉と、うすい灰色の目。客に取り入る商人のような顔で、しきりに笑い声をあげた。

『アドヴェンチャー・ギャレー』のそれよりも、ゆったりと広い船長室。

フランス船からぶんどったというワインを銀の杯《さかずき》で味わいながら、

両船長はマダガスカルを発《た》ってからの互いの足取りを披露しあった。

『モカ・フリゲート』は、アラビアとインドの沖を何度も往復し、大小七隻の船を略奪したという。しかし、強力な敵との遭遇もあり、そのさいの激烈な戦闘で命を落とした者が十数名。

「おたくの船から移ってきた連中も、幾人かを死なせてしまった」

クリフォードは、そのことを悼《いた》むように、つかのま瞑目《めいもく》してみせた。――芝居っけの多い男でもあった。

「ところで、話は変わるが、モア船長」

クリフォードは哀悼の表情をすばやく切り替え、モアの杯にワインをつぎたした。「おたくの船に、腕のいい鍛冶屋はおらんだろうか」

「鍛冶屋はむろんいるが……」

沿岸航路の小舟はいざしらず、大洋を航海する船にはたいてい鍛冶屋が乗り組んでいる。鉄具の腐蝕や破損があとを絶たぬため、航海中もつねにそれらを補修しつづける必要があるからだ。

「じつはうちの船の鍛冶屋が先月、病気で昇天しちまってな。この入江にいるあいだは、おたくの鍛冶屋に掛け持ちで仕事をしてもらえると助かるんだが」

モアたちが船を修理するあいだ、クリフォード船長もしばらくここに留まるつもりでいるようだ。

いずれにせよ、中古船の入手にさいしてクリフォードの世話をうけたとあっては、モアも断わるわけにはいかない。

「本人が了解すれば、おれとしては異存はない」

「ありがたい。では、その本人をここに呼んで、酒をふるまいがてら頼んでみることにしよう。かまわんかね？」

「もちろんだ」

モアは昔の仲間と飲んでいた奥方を呼び、『アドヴェンチャー・ギャレー』に鍛冶屋のプラトンを迎えに行かせた。

プラトンは寡黙《かもく》な男だ。

クリフォード船長の要請を、無言のうなずきで承諾した。

あとは、多弁なクリフォードが酒をすすめながら親しげに話しかけても、愛想のない応答をみじかく返すだけだった。そんなプラトン本人にかわって、横で飲んでいた大工頭がいった。

「この男は、ちょいと珍しいものに関心を持っているんだ」

「ほう、珍しいものとは？」

クリフォードはそつなく耳をかたむける顔をする。

「ジャパン国の剣だ。この男はまるで女に惚《ほ》れるみてえに、その剣に惚れている」

「ふむ、ジャパン国の剣か。独特の製法でつくられるという話は、おれも聞いている。この目で実物を見たこともある。コーチンの総督が見せてくれた」

そして、
クリフォードは奇妙なことを言った。

「おれはひと目みて、たまげちまった。あの長さは、まったく尋常《じんじょう》じゃなかった。目を疑ったぜ」

「長さ？」

モアは怪訝《けげん》な気持ちで、プラトンが持っていた剣を思いうかべた。あれは、べつだん驚くほど長いものではなかった。むしろ男爵《バロン》のサーベルよりも短かった。

「どんな長さだ」

モアが問うと、
クリフォードは椅子から立ちあがった。

「おれはこの通り、背の低いほうじゃないだろう。そのおれの背丈よりも長かった。ということは、おれの二倍ほどもある人間でなけりゃ振り回せんような代物《しろもの》だ。おおげさに言ってるんじゃないぜ。あれは剣の怪物だ」

「ジャパン国には、巨人がいるのか？」

と大工頭が訊いた。

「おれもそう尋ねたんだ。しかし総督は、ちがうと答えた。オランダは毎年のようにジャパン国に船を送っているから、連中のことはくわしく知っているそうだが、ジャパン国の人間はみんな小柄なんだそうだ」

モアたちは腑《ふ》におちない。

「小柄な人間が、なぜそれほどまでに長い剣を造るのだ」

「総督も首をひねっていた。……だが、それにしても、見事な反《そ》りをもっていて、鏡のように光っていた。しかも、あれだけ長大なものをわずかな歪みもなく完璧につくりあげた技《わざ》は、とても人間の仕事とは思えん。神業《かみわざ》だ」

賛辞を惜しまぬクリフォードだった。

（このとき、かれらが話題にした
〈ジャパン国の長大な剣〉

とは、いわゆる
〈大太刀《おおだち》〉

のことである。

〈背負い太刀〉

ともいい、

〈長太刀〉

ともいい、

〈野太刀〉

ともいう。南北朝のころに流行した、文字どおり怪物のような長さの日本刀だ。日常に佩用《はいよう》するための刀ではなく、戦場でのみ用いられた。平均的な日本刀の二倍、もしくは二倍半の長さがあり、そのぶん鍛造《たんぞう》も容易ではない）

かれらの会話を黙って聞いていたプラトンが、そ

のとき、形がゆがむほどに杯を握りしめ、
呻《うめ》くような声でつぶやいた。
「……見てえ。どうしてもそれを見てえ」

だが、
この日、クリフォード船長から聞かされた話のなかで、モアの関心をもっとも強く捉えたのは、その剣のことではなかった。

クリフォードの話は、ふたりの古巣である東インド会社の現況にも及んだのだが、そのなかに不意に、

〈新会社〉

という言葉が出てきて、モアを戸惑わせた。

モアはクリフォードの話を途中でさえぎり、

「新会社、というのは、いったい何のことだ」

とたずねた。

クリフォードは口に運びかけた杯を宙に止め、あきれた表情をした。

「新しくできた二つめの東インド会社のことだ。まだ知らずにいたのか」

しかし、『アドヴェンチャー・ギャレー』がこの数カ月間、インド洋を離れてモルッカ諸島やジャワ海にまで足をのばしていたことを思い出したらしく、

「まあ、無理もない」

とうなずいた。

クリフォードは、モアの問いに答えて〈新会社〉のことを語った。

――が、その前に、
予備知識として、従来の東インド会社の内情を、簡単に読者につたえておく必要がありそうだ。

イギリス東インド会社。

この当時の名前は、正しくは、ロンドン東インド会社、という。

もっと厳密には、

〈東インド諸地域に貿易するロンドン商人たちの総裁と会社〉

というのが正式名称である。

この会社は一六〇〇年、つまりこの物語の現時点からほぼ百年前――日本では関ヶ原の戦いがあった

年――の大晦日に、エリザベス一世から特許状をさずけられて発足した。
　発足の当初は、
　一航海ごとに出資を募っていた。そして、送りだした船がインドから荷物を積んで帰ってくると、その売り上げ金をまるごと全部、出資者たちに分配していた。
　つぎの航海には、また一から出資を募る。
　というやりかたであるから、当初のロンドン東インド会社は、まだ
〈株式会社〉
　ではない。
　世界最初の株式会社
　ということになっているのは、その翌々年に設立されたオランダの連合東インド会社のほうであり、
　ロンドン東インド会社がオランダの会社をまねて株式会社として出直したのは、一六五七年のことである。
　以来、ロンドン東インド会社の株は自由に売り買いされた。
　と同時に、投機屋が暗躍をはじめ、買い占めやデマ情報によって
〈株価操作〉
がおこなわれるようになった。いまでいうインサイダー取り引きも、やりたい放題だった。
　株価操作で儲《もう》けた者たちの代表格が、ジョサイア・チャイルドという人物だ。
　この男は、もとは海軍に資材や食糧を納入していた商人だったが、一六七一年、四十一歳のとき、ロンドン東インド会社の株主になった。以後、持ち株を増やしてゆき、十年後には総裁の座を手に入れて会社を牛耳《ぎゅうじ》った。そして、株価も自分の手で操りはじめた。
　たとえば、
　インドの現地情勢についての悪いニュースを捏造《ねつぞう》して広め、株価を下落させる。値下がりした株を自分で買い、ニュースが誤りとわかって株価が持ち直したところで売る。こうした手口で自社株を売り買いして暴利をあげ、ジョサイア・チャイルドは莫大な個人資産をたくわえた。

東インド会社のそういう体質については、モアも在籍当時から知っていた。その体質を批判する声が議会で高まっていることも知っていた。

しかし、

〈二つめの東インド会社〉

が新しくつくられたことは、初耳だった。

クリフォードがいった。

「チャイルド一派のやりくちに憤慨していた連中が、従来の会社に対抗して新しい会社をつくったんだ。設立は、去年の九月だそうだ」

「国王はその会社を承認したのか？」

「もちろんだ」

「しかし――」

モアは腑《ふ》におちなかった。「いままでの会社は、歴代の国王から東インド貿易の独占権をあたえられていたはずだが」

「その独占権がとうとう剝奪《はくだつ》されちまったのさ。そうなるまでには、議会や宮廷で、さぞかしドロドロした暗闘があったろうことは察しがつく」

新しい会社は
〈東インドと貿易する英国カンパニー〉

という名であるが、だれもが単に
〈新会社〉

と呼んでいる、とクリフォードはいった。

「とにかく、これから新会社と旧会社がインドのほうぼうで角《つの》を突き合わせることになる。ま、おれたちとしては、どっちの会社の船だろうと、おいしい獲物であることに変わりはないが」

ふと気づくと、船長室にいるのはクリフォードとモアの二人だけになっていた。

大工頭とプラトンは、上甲板で飲み騒ぐ水夫たちの輪の中へ引っぱり込まれてしまったようだ。すっかり夜も更《ふ》け、やや飲み疲れてもいたので、モアはそろそろ腰をあげようかと思った。

が、そのとき、
クリフォードがこんなことを口にした。

「それにしても、おれたちのいた旧会社は、つくづく訳のわからん会社だったよな。あんたも感じていただろう？」

「何をだ」

「会社のなかに何か得体の知れん秘密組織が巣食っていることをだよ」

「秘密組織？」

「気づかなかったか？　インドの現地商館には、ロンドン本社の指揮権には属さん別の組織が根を張っている。これは確かだ」

「どんな組織だ」

「と訊《き》かれても、おれにも実態はよく判らなかった。とにかく、そんな気配を感じていたんだ。で、みょうに気になって、立ち寄り先の港々の商館でその組織のことをそれとなく嗅《か》ぎまわっていると、ある日、ボンベイの総督府から召喚状が届いた。服務規定に違反している疑いがあるので、おれを喚問するというのさ」

「どんな違反だね」

「思い当たることといえば、ちっとばかり私的商売をやったことぐらいだ。しかしそんなのは、どの船長もやっている」

船長や乗組員が、会社の積み荷以外に私的に物品を積み込んで寄港地で商売することは、クリフォードのいうとおり、別に珍しいことではなかった。会社は建て前としてそれを禁止していたが、多少のことには目をつむっていた。

「だから、それがほんとうの呼び出し理由じゃないことは判っていた。たぶん、おれが秘密組織の存在に気づいて嗅ぎまわり始めたのが、組織の連中にとっては目障《めざわ》りだったんだろう。おれはそう解釈した。で、うっかり出頭なんぞしたら何が待ち受けているか判らんから、部下の乗組員どもを唆《そそのか》して『レゾリューション』を乗り逃げすることにしたのさ」

いまは『モカ・フリゲート』と改名したその船の船長室で、クリフォードはそう語った。

「なるほど。あんたが海賊に転身したきっかけは、それだったのか」

しかしクリフォードのいう
〈秘密組織〉

とはいったいどんなものなのか、モアは気にかかった。

〈旧〉東インド会社でのモアの在籍期間は、わずか三年あまりだった。そして会社の内部事情を深く把《は》握《あく》する間もなく、例の、海賊との内通疑惑で解雇されてしまった。しかも在籍していた三年間の大半は洋上を航海していたわけであるから、〈秘密組織〉の存在になどまったく気づかなかった。

だがしかし、
そんな組織がほんとうに存在するのだろうか。クリフォードの考え過ぎではないのだろうか。

思っていると、
クリフォードはこう問いかけてきた。

「あんた、薔薇十字団、というのを知ってるか？」

モアは、とっさに男爵《バロン》の顔を思いうかべながら、答えた。

「風聞《ふうぶん》程度のことなら多少は耳にしている」

「おれも同様だ。噂だけは前々から聞いていたが、実際にお目にかかったことはない。なにしろ世間にはけっして正体をあらわさん連中だというからな。

――ところが最近になって、おれは思いはじめた。会社のなかに秘密組織をこしらえているのは、薔薇十字団の連中じゃなかろうか、とな」

モアは眉をあげてクリフォードのうすい灰色の目をみた。

「なぜそう思った」

「こないだマダガスカルに戻って分捕り品を金に換えたとき、ヨーロッパから来た故買船の船長と酒を飲んだんだ。顔なじみの男だ。そいつは世間の裏事情にやたらに詳しい野郎なんだが、おれにこんなことを言った。――〈なぜ新会社がつくられたか、その本当の理由を知ってるか？　それはな、インドをやつらの手から取り返すためなんだ〉」

「〈やつら〉とは？」

「誰のことだとおれも訊いた。そうしたら、謎々みたいな返事が返ってきた。こうだ。――〈それはイギリス人であってイギリス人でない連中のことだ〉」

「何？」

「何のことだか、おれにも判らなかった。すると、そいつはもう一言つけくわえた。――〈神聖な十字架に東方の妖《あや》しい花をからませて拝む連中のことだ〉」

その花というのが薔薇を意味していることは、モアにもすぐに察しがついた。薔薇は東方文化の神秘を象徴する花だ。

クリフォードは指を一本立てた。

「判るか？　つまり、十字架と薔薇だ。謎々の答えは、薔薇十字団だ。おれはそう解釈した」

「……」モアはじっと耳を傾ける。

「薔薇十字団の手からインドを取り返すために新会社がつくられた、とそいつはおれに言ったわけだ。もしもそれが本当だとしたら、おれが感じていた秘密組織というのは、薔薇十字団だということになる」

「もう少し詳しく話してくれ」

身をのりだすモアに、
クリフォードはやや酔いの回った手つきで杯を横に振った。

「話したくとも、それ以上はおれにも判らん」

「その故買船の船長から、もっと何かを聞き出せなかったのか？」

「うむ、やつはそのあと酔いつぶれて寝ちまいやがった。しかもつぎの日に出帆して大西洋へ帰って行っちまったから、こんどあいつの面《つら》を拝めるのは、一年先だろう」

そう語るクリフォード自身もやがて酔いつぶれたので、
モアは引き連れてきた仲間とともに『アドヴェンチャー・ギャレー』へと戻った。

船長室でサーベルを磨きながら留守番をしていた男爵《バロン》に、モアは、クリフォードから聞いた話をさっそく伝えた。

男爵《バロン》の目がつよく見ひらかれ、ランプの明かりをきらきらと反射した。

「薔薇十字団は、東インド会社のなかに潜《ひそ》んでいたのか……」

世界を根底から変革することを目的とする、謎の秘密結社。

男爵《バロン》はその実在を信じ、
団の偉大なる長老シャザル伯爵の足跡をたどって

インド洋へとやってきた男だ。

〈わたしは謎解きの興味で薔薇十字団にひかれているわけではない〉

と男爵《バロン》はいっていた。〈この馬鹿げた世界を根こそぎひっくり返すもくろみに、ぜひとも加わりたいと思っているのだ〉と。

その薔薇十字団のメンバーたちが、〈旧〉東インド会社にもぐりこみ、
ロンドン本社の指揮権には属さぬ別の組織をインドの現地商館内につくりあげている？　果たして事実だろうか。

しかし、
とモアは思う。

もしもそれが事実であるとすれば、『タイタン』のブラッドレー船長は、いったいどういうことになるのか。

〈かれはおそらく薔薇十字団員にちがいない〉

男爵《バロン》が以前、そう言っていた。

ジャワ海でブラッドレーに襲われたオランダ船の船長から船上芝居のことを聞いたときだった。

〈『タイタン』の船上で観たという芝居は、まさしく薔薇十字団の理念そのものをあらわしている。その芝居を書いたのがブラッドレー船長自身であるなら、かれはおそらく薔薇十字団員にちがいない〉

男爵《バロン》のいう通りであるとすれば、〈旧〉東インド会社の内部に根を張る薔薇十字団と海賊ブラッドレー船長とは、裏でひそかに通じ合っている可能性があるということか。

モアの脳裏には、いま、さまざまな人物のさまざまな言葉が渦巻いている。

スンダ海峡の戦いで死んだ歯無しのサムの言葉。

——ブラッドレー船長は、モアの兄アーサーを拷問にかけて殺した、とサムはいっていた。

〈政府の密偵じゃねえかと、ブラッドレー船長が疑ったのさ。……おれはあのとき感じたんだ。ブラッドレー船長と幹部の連中は、何か秘密を持っていたみてえだ。おれたち平の水夫には明かさねえで、てめえたちだけの秘密を持っていやがった。おれにはそんなふうに思えてしかたがなかった〉

ただの海賊船に、政府は密偵など送りこみはしな

い。そんな悠長《ゆうちょう》な手間をとることはしないはずだ。が、東インド会社の現地商館に巣食う〈秘密組織＝薔薇十字団〉の実態を暴くための手段としてならば、その組織と内通している疑いのある海賊船に密偵を潜り込ませることは、大いに考えられる。

密偵への警戒からアーサーを拷問したという話が本当なら、ブラッドレーという男は、やはり〈ただの海賊〉ではなさそうだ。

ブラッドレー船長。薔薇十字団。〈旧〉東インド会社の現地商館。

それらの繋《つな》がりに意外な驚きを禁じえないモアと男爵《バロン》だったが、

ただし、ふたりの感情の中身は、むろん同じではなかった。

モアは、兄の死の背景が朧《おぼろ》げながらも浮かびあがってきたように思えて気をひきしめ、

いっぽう、男爵《バロン》は、探し求めていた〈同志〉たちの所在を知りえたよろこびに、かれにしては珍しくやや興奮の面持ちだった。

「早く『タイタン』と出会いたいものだ」

と男爵《バロン》はつぶやいた。「ブラッドレー船長を通じて、東インド会社の薔薇十字団と接触を持つことができるかもしれない。たのしみだ」

そんな男爵《バロン》に、モアは重い口調でいった。

「だが、政府の密偵かと疑われて、きみもブラッドレーに殺されるかもしれんぞ」

男爵《バロン》が怪訝《けげん》な顔をした。

「『タイタン』に乗り組んでいたおれの兄が、まさにそんな運命をたどったんだ」

そのことは、これまで男爵《バロン》にも話してはいなかった。

男爵《バロン》の目のかがやきが曇り、

ゆっくりと息を吐いた。

「……きみがしきりに『タイタン』と合流したがっていたのは、そういう事情があったからか。危険なジャワ海にとどまることになぜあれほど固執していたのか、その訳がようやく呑《の》みこめた」

「あのときのことは反省している。おれの個人的感情のために、仲間全員を危険にさらそうとした」

ジャワ海での乗組員総会では、船長を解任されそうになった。その不穏《ふおん》な空気を鎮《しず》めてモアを擁護してくれたのが男爵《バロン》だった。

男爵《バロン》は、いつもの泰然とした、冷静な口調でたずねた。

「ブラッドレーと出合えたら、どうする気でいたんだ。殺すのか?」

「わからん」

モアは壁に吊った自分の湾刀《カトラス》をみた。「とにかく、どんな男かを見てみたい。兄の事件についての真相をくわしく知りたい。――どうするかはそれからだ」

「船長」男爵《バロン》が低くいった。

「何だ」

「きみがブラッドレーに対してどんな行動に出ようと自由だが、ただし、その行動が他の仲間の運命にも関わってくる場合には、事前にわたしにひとこと告げることを約束してもらいたい」

操舵手という立場上、男爵《バロン》には船長の身勝手な行為を制止して仲間を守る義務があるのだ。

「わかっている」

モアは神妙にうなずいた。「妄動《もうどう》はしない。すくなくともこの船の船長でいるあいだは、私情をおさえて乗組員全員の利益を優先することを誓う」

男爵《バロン》はゆったりと微笑した。

「けっこうだ」


翌日は、クリフォード船長が『アドヴェンチャー・ギャレー』を訪問してきた。

帆檣《ほばしら》が一本もない、廃屋《はいおく》のような哀れな船を見て回りながら、

「これを元通りに直すのは、大仕事だな」

とモアに同情した。

が、そのあとでこんなことを言った。

「しかし、ここでこうして一緒になったのも、きっと天の導きというものだろう。そこで、ひとつ提案があるんだが、モア船長、あんたの船の修理が終わったら、おれがいま計画している仕事に、力を貸し

てもらえんだろうか」

「どんな仕事だ」

クリフォードはもったいをつけて片目をつむってみせた。

「でかい仕事だ。――ムガール帝国の巡礼船を襲うんだ。メッカ詣《もう》でに向かう巡礼船を捕獲して、積み荷の財宝をいただく」

「……面白そうではあるな」

「しかも、その船には、皇帝アウランゼブの孫娘が乗る予定だ」

「ほう」

「船の財宝を頂戴した上に、孫娘を人質にとって、皇帝から莫大《ばくだい》な身代金をふんだくる。どうだ、悪くない仕事だろう」

得意げに笑った。

「だが」

モアは慎重な表情でいった。「皇帝の孫娘が乗る巡礼船となれば、護衛の船もつくだろう」

クリフォードも笑いを消して、まじめな顔になった。

「もちろんだ。東インド会社――旧会社のほうだが――その重武装船がぴったりくっついてゆくことになっている。だから、おれの船一隻ではとても手が出せん。しかし、あんたの船と二隻で作戦を立てれば、成功の可能性はある」

説得の口調でいった。

「……ふむ」

モアはあごひげを撫でて思案した。

スンダ海峡での痛手から、まだ乗組員たちも立ち直れていない。それに、大きな戦いをするには人数が減りすぎている。

クリフォードにもそれは判っているとみえて、こう申し出た。

「おれのところには、前にあんたの船に乗り組んでいた連中も大勢いる。その中から、あんたの欲しい人数を貸そうじゃないか」

モアがなおも考えていると、
クリフォードは、ためいきまじりに呟《つぶや》いた。

「うかうかしてると『タイタン』に先を越されちまうかもしれん」

「何？」

モアは思わず睨《にら》みつけるような目になって訊いた。

「ブラッドレー船長も、その巡礼船を狙っているのか？　かれはインド洋へ戻ってきているのか？」

「うむ」

とクリフォードは答えた。「先月、セイロンの沖で出遭った。そのとき、やつにこの仕事を手伝わせようと話を持ちかけたんだが、断わられた。おれの誘いを蹴《け》って、ブラッドレーはこう言いやがった。――〈悪いが、ほかの船とは組まねえ主義だ。うまいものはひとりで食うに限る。アウランゼブの孫娘はおれがいただきだ〉」

「その巡礼船は、いつ、どこから出帆する予定なのだ」

モアの目がするどくなったのを見て、クリフォードはにやりとした。

「風のいい時期を待って、ふた月後に、スラートから出帆するはずだ」

スラートはボンベイよりもさらに北に位置する港である。

インド南端に近いこの入り江からは三百リーグ（約千五百キロ）以上もの距離がある。『タイタン』はすでに、待ち伏せの場所へむかって北上を始めているかもしれない。――モアの関心は巡礼船よりも『タイタン』にあった。

「急がないと、みすみすブラッドレーに横奪りされちまうぜ」

クリフォードはモアをあおった。「修理の人手も、欲しいだけ貸す。だから、な、手を組もうじゃないか」

モアはうなずいた。

「わかった。では、みなの決を取ってみる」

「しっかり熱弁をふるってくれ。なにしろ、こんな大仕事のチャンスは、そうめったにあるもんじゃないからな」

モアの肩を威勢よく叩いて、クリフォードは『モカ・フリゲート』に引き揚げていった。

風が涼しくなった夕方、モアは乗組員全員を上甲板にあつめて、ひさしぶりの総会をひらいた。

モアは男爵《バロン》に約束した通り、おのれの個人的な感情がまじりこまぬように努め、クリフォードの話をそのまま皆に伝達した。おなじ船を『タイタン』が狙っていることも、冷静な口調で告げた。それを告げたとき、

男爵《バロン》の目がじっとモアを見たが、

しかし何も言わなかった。

XI　ムガール帝国の船団を襲う

巡礼船襲撃計画は、賛成多数で承認された。
一味は酒場をほうりだし、大急ぎで『アドヴェンチャー・ギャレー』の修理にとりかかった。
損壊した船体を補修し、
三本の帆檣《ほばしら》を立て、
静索・動索を張りめぐらせた。
作業の指揮は、大工頭と大樽とが分担しておこなった。大樽は――前にも触れたが――若いころにポーツマスの海軍造船所で船大工をしていた経歴があるのだ。
『モカ・フリゲート』からの人手の加勢もあって、修理は一カ月でほぼ終了させることができた。
船体内部のこまごまとした補修はまだ残っていたが、それは航海しながらなお続けることにして、
一六九九年九月半ば、

いちおうの再生がなった『アドヴェンチャー・ギャレー』は、『モカ・フリゲート』とともに錨《いかり》をあげて入り江を離れた。

帆檣《ほばしら》をもがれ、船材を剝《は》ぎとられた中古船の残骸は、出帆前に燃やされた。――これは鍛冶屋のプラトンの要請である。中古船の船体各所に使われている貴重な古鉄を、そういうやりかたで無駄なく回収したのだった。


『モカ・フリゲート』の乗組員は、このとき百四十名ほどだった。

クリフォード船長は、その中から二十五名をモアに〈貸して〉くれた。いずれも、かつてキッド船長時代に『アドヴェンチャー・ギャレー』に乗り組んでいた者たちである。

かれらを加えて、
合計六十八名。

マダガスカルで一味を結成したときの人数に、ほぼ復した。

修理がうまくいったおかげで、『アドヴェンチャ

ー・ギャレー』の快速性能も見事によみがえり、速力に劣る大型船『モカ・フリゲート』を先導するようにして、
インド西岸沖を一路北上した。

「わしはムガールの皇帝を、昔この目で見たことがある」

言ったのは、製帆手の爺さまである。「もう四十年ばかりも前のことだ。わしが二十五か六の頃で、当時はまだ堅気《かたぎ》の船乗りとしてオランダの船に雇われとった。で、木綿布《キャラコ》を積み込むためにスラートに入港中、皇帝のアウランゼブが軍隊をひきいて街にやってきたのを見たんじゃ」

夕食のあと、甲板で涼みながらの雑談の輪ができていた。

爺さまのまわりに、
大樽、
ふくろう、
奥方がおり、
モアもちょうど通りすがりにその話を耳にとめて立ち止まったのだ。

「いやもう眩《まぶ》しいぐらいにきらびやかな軍隊だった。ペルシャ馬にまたがった騎兵部隊のあとから大きな象があらわれて、その背中の輿《こし》のなかにアウランゼブがどっかりと坐っとった。四十すぎの、なかなか威厳のある顔をした男じゃった」

奥方が口をはさんだ。

「ちいっと待ちなよ。アウランゼブってのは、今の皇帝の名前だろうが。あんたが四十年前に見たのは、その前か、その前の前の皇帝じゃねえのか？」

「いんや」

と爺さまは言い返した。「あのときの皇帝が今もそのまま皇帝をしとるんじゃ」

「てことは——」

ふくろうが言った。「アウランゼブは、今、八十歳をこえてるってわけか」

「そうなるのう」

……正確にいうと、八十一歳である。

ムガール帝国第六代皇帝アウランゼブは、西暦一

六一八年に生まれ、四十一歳で即位し、以来四十年後の今もその地位にいる。

ムガール帝国は、いわゆる
〈征服王朝〉

である。

すなわち中国における元王朝や清王朝のようなものだ。

初代皇帝バーブルは、もとは中央アジアの小王国フェルガナの王だった。民族的にはトルコ系であろうと思われる。

それが力をたくわえながら徐々に南下し、百五十年ほど前、ついにインドに押し入ってムガール帝国を建てた。

かれらはイスラム教徒だった。しかし、支配される側の土侯や大多数の民衆はヒンドゥー教を信仰しており、ゆえに宗教の面でも二階建ての国家構造になっていた。

被支配層のヒンドゥー教徒の農民たちは、たびたび反乱をおこした。なかには流賊となってゲリラ的に各地を荒らしまわる集団もいた。


アウランゼブは歴代のなかでもとりわけ勇猛苛烈《かれつ》な皇帝だった。みずから討伐軍をひきいて反乱鎮圧に出向くことが何度もあった。

むかし爺さまが見たのも、ちょうどそんなときのアウランゼブの姿であろう。


ところで、そのアウランゼブの孫娘。

彼女がメッカ詣《もう》での旅に出るために乗り込む巡礼船は、スラートから出帆の予定であるという。

この、スラートという港。

ここは、かつてはイギリス東インド会社のインドにおける最重要拠点であった。

その拠点はすでにボンベイに移されてしまったが、しかし、ムガール帝国にとってはいまもなお第一番の海の玄関口であることに変わりはない。

東インド会社に在籍していた頃のモアも、木綿布《キャラコ》の積み込みのためにこの港を訪れたことがある。

港の広場には木綿布《キャラコ》を詰めた袋が山積みされ、象つかいの操る象が荷物を牽《ひ》いて行き交っていた。

そして、この港から、イスラムの聖地メッカに詣でるために、大勢のムガール人が巡礼船に乗って出てゆく光景も、モアはかつて目にしていた。
ことしはアウランゼブ皇帝の孫娘を乗せた特別仕立ての巡礼船が、
もうすぐ出発する。

『モカ・フリゲート』と『アドヴェンチャー・ギャレー』は、二十日間の航海で、スラートの沖合いに辿《たど》りついた。

このあたりまで北上してくると、
夜空に北極星が見える。

モアは、星空の下をボートで『モカ・フリゲート』に出向き、その船長室で、クリフォードと作戦を練った。

「まず、偵察員を港に送りこもうと思う。巡礼船の正確な出帆日と護衛の戦力についての情報を手に入れるためだ」

クリフォードが言い、
モアも賛成した。

「おれはスンダ海峡でオランダ武装船隊の罠にかかった。おなじ過《あやま》ちは繰り返したくない。情報収集は入念にやろう」

「おそらく――」

とクリフォードは言った。『タイタン』もすでに偵察員を送りこんでいるに違いない。そしてどこかこのあたりの入り江にでも身を隠して、巡礼船の出航を待っているはずだ」

モアはしかし、
疑問を抱いていた。

『タイタン』は本当に巡礼船を襲う気でいるのだろうか。

その巡礼船には〈旧〉東インド会社の武装船が護衛につくということだが、〈旧会社〉の現地商館には薔薇十字団が巣食っている、とクリフォードは言う。

いっぽう、男爵《バロン》は、『タイタン』のブラッドレー船長も薔薇十字団員にちがいないと見ている。

ふたりの推測が共に正しければ、

護衛船とブラッドレーとは仲間どうしだということになりはしないか。

仲間が護衛する船を『タイタン』は襲うだろうか。クリフォードが持ちかけた共同作戦をブラッドレーが拒絶したのも、じつはそういう事情のせいではないだろうか。

〈ほかの船とは組まねえ主義だ〉

とブラッドレーは言ったそうだが、それはあくまでも偽弁で、じつのところブラッドレーは、襲いたくとも襲えぬ立場にいるのではないだろうか。

そんな疑念を、モアは抱きつづけている。


クリフォード船長が送りだした三名の偵察員は、夜間にボートで付近の浜へ運ばれ、そこから陸路スラートにむかった。『モカ・フリゲート』と『アドヴェンチャー・ギャレー』は、昼間は沖へ遠ざかり、夜になると浜へ近づいて、偵察員たちの帰りを待った。

浜に合図の火が見えたのは、五日後だった。迎えのボートが出され、偵察員たちを連れ帰った。

モアもすぐさま『モカ・フリゲート』に出向いた。

「出帆は二日後です」

と偵察員は報告した。「ムガール船は三隻の船団を組み、それを旧会社の重武装船一隻が護衛してゆくことになってます」

「その武装船の名前は？」

クリフォードの問いに、偵察員はこたえた。

「『セプター』です」

モアは唾を呑みこんだ。

『セプター』は、かつてモアの義兄であったベン・ホーキンスが航海士として乗り組んでいる船である。

二年あまり前、キッド船長指揮下の『アドヴェンチャー・ギャレー』が海賊に転身し、最初の標的としてムーア船団を襲ったとき、その船団の護衛をしていたのが『セプター』だった。

あのとき、『セプター』に追い払われるかたちで遁走した『アドヴェンチャー・ギャレー』であったが、
モアは、『セプター』を目にしたときの自分の狼狽を、いまでも憶えている。

気の合う僚友として親交をふかめたベン・ホーキンス。帰国中、ロンドン郊外のかれの実家に招かれ、妹のナタリーを紹介された。少々勝ち気なところのある娘だったが、そんなナタリーをモアは気に入り、結婚を申し込んだ。ホーキンスは僚友から義兄になった。

だがそのあと、モアは東インド会社を解雇され、つづいてナタリーが変死した。以来、モアとホーキンス家とのあいだに気まずいしこりが残り、ベンとも顔を合わせることなく歳月が過ぎた。

アラビア海でのあの遭遇がほぼ三年ぶりの邂逅《かいこう》だった。

あのとき、ベンは『アドヴェンチャー・ギャレー』にモアが乗り組んでいることには気づかなかったようだが、
しかし、
いまでは海賊一味の船長としてのモアの名が、ベンの耳にも届いているに違いなかった。

もはや、あのときのように、愧《は》ずかしさに身をすくませることはないだろうが、
それでもやはり、
ベン・ホーキンスとの再会は――しかも敵同士としての再会は――モアを複雑な気分にさせずにはおかない。

「護衛は『セプター』か」

クリフォードがつぶやいた。「ちいっと手ごわい相手だな。しかも船長は勇猛果敢なホーキンスだ」

モアは聞きとがめた。

「ベン・ホーキンスのことか?」

「そうだ」

「ホーキンスは船長に昇格したのか?」

「ああ、去年にな」

モアがベン・ホーキンスと最初に会ったのは、八年前、ボンベイの港でだった。

東インド会社の船に引き抜かれて初めてインドへやってきた二十六歳のモアは、見るものすべてが珍しく、下船の許可がおりるとさっそく街を歩き回った。広場の一角で、ムーア人が数羽の鸚鵡《おうむ》を売っていた。オランダ船がバタヴィアから持ち込んできたものだという。鸚鵡たちは、オランダ語と英語をわずかずつ教え込まれていた。

飽かずに眺めているモアに、

「きみは鳥に詳しいか？」

と横から訊く者がいた。

士官乗組員《オフィサー》と思われる服装をした三十前の男で、額に古い傷痕《きずあと》があった。

鳥のことはよく知らない。モアがそう答えると、

「そうか。——いや、故国《くに》の妹への土産《みやげ》にしようと思うんだが、丈夫で利巧な鸚鵡の見分け方がわからなくてね」

と男は腕組みをした。

「丈夫かどうかは知りませんが、さっきから見ていて、英語をいちばんうまく話すのは、こいつですよ」

モアが指さしたその鸚鵡を男は買い取り、

「有益な助言への礼に、一杯おごらせてくれ」

近くの酒場へ伴ったのだった。

つぎの出会いは、二年後、モアが航海士に抜擢された直後だ。かれの乗船はスラートからアラビアのモカ経由でイギリスへ向かったが、そのさい二隻で船隊を組んだ。このときの僚船が『セプター』だった。

僚船の航海士どうしとして、途中の港々で、ふたりは酒を酌みかわした。

「あの鸚鵡は元気ですか、ミスター・ホーキンス」

先任の航海士に対して丁寧な物言いをするモアに、

「ベンと呼んでくれ。——うむ、元気だそうだ。だいぶ語彙《ごい》がふえたと妹の手紙に書いてあった。ロンドンへ着いたら、おれの家へ立ち寄らないか。妹のやつがどんな言葉を教え込んだのか、一緒に聞いてみようじゃないか」

かれの額の古傷は、航海中の嵐でロープが切れ、飛んできた滑車に打たれてできたものだというが、

そんな傷痕があるにもかかわらず、精悍ななかにも、どこかすがすがしい顔立ちをしていた。

有能な航海士であり、乗組員を掌握する力量もそなえていた。そのベン・ホーキンスが船長に昇格したという話は、モアには意外でも何でもない。

モアが歩めなかった順風の人生を、ホーキンスは着実に歩んでいるようだ。


クリフォードは自分の作戦案をモアに語った。

「考えられる作戦は二通りだ。第一案は、こうだ。――まず、こっちの二隻が共同で『セプター』を攻撃して、その戦闘力を奪う。そうしておいて、目当ての巡礼船を捕まえる」

モアは黙ってうなずいた。

クリフォードがつづける。

「ただし、この作戦には、落とし穴がある。つまり、『タイタン』だ」

「『タイタン』？」

「うむ、おれたちが『セプター』と戦っているあいだに、『タイタン』があらわれて巡礼船を掻《か》っさらっていっちまうおそれがある」

「しかし……」

ブラッドレー船長は巡礼船を襲えぬ立場にいるのではないだろうか、とモアは思っている。思ってはいるが、その確証はない。

「しかし、何だ？」

「いや、何でもない」

とモアは首をふった。

「で、第二案だが……」

クリフォードは、すこし言いよどむ様子をしてみせた。「あんたの船が『セプター』を船団から引き離し、その間に、おれの船が目当ての巡礼船を襲う」

モアはおだやかな口調を保つようにつとめながら、訊いた。

「いい案だが、しかしなぜそんな役割分担になるんだ」

「それは――」

クリフォードも柔和に、商人のような笑みをうかべて答えた。「『アドヴェンチャー・ギャレー』のはうが、おれの船よりも強いからだ」

「あんたの船と戦った憶《おぼ》えはないが」

「戦わんでも判る。砲数はほぼ同じだが、足の速さが違う。この違いは大きい。『モカ・フリゲート』なんて虚仮《こけ》おどしの名前に変えはしたものの、おれの船は元々が商船だから、図体《ずうたい》ばかりでかくて、素早い動きができん。その点『アドヴェンチャー・ギャレー』は、初めから戦闘用に造られた、いわば軍艦だ。『セプター』との戦いは、あんたに任せるのがすじというものだろう」

「それでは、おれの仲間だけが割を食うことになる」

「いやらしいことを言うなよ。あんたの船が存分に活躍できるように、われわれも精いっぱい修理を手伝ったじゃないか。乗組員の補充もしてやったじゃないか。あの時点から、われわれの共同作戦はもう始まっていたんだ。それとも何か？　みすみす負けると判っているおれの船を『セプター』と戦わせるほうが、理にかなっているとでも言うのか？」

隙《すき》のない話法でにじり寄るクリフォードだった。

かれは阿《おもね》るような声音《こわね》でつづけた。

「本気で『セプター』とやりあう必要はないんだ。しばらく引き付けておいてさえくれたら、あとは頃合をみて逃げればいい」

「むろん、そうするつもりだ」

その言葉を作戦承諾の返事とうけとったクリフォードは、安堵《あんど》の笑いを漏らした。

「さてと。では、襲撃のあとで落ち合う場所を決めておこう。近場は追っ手にみつかるかもしれんからまずい。例の入り江はどうだ。あんたの船を修理したあの入り江だ」

「よかろう」

「言うまでもないことだが――」

クリフォードはきまじめな表情をこしらえて付け加えた。「おれは、かのエイヴリー船長みたいに約束を破って獲物の独り占めなんぞせんから安心してくれ」

「その言葉を、きみは信用したのか？」

男爵《バロン》が冷ややかに訊いた。

モアは、船長室の窓から『モカ・フリゲート』の黒いシルエットをみつめながら、低くこたえた。

「信用するしかなかろう」

すると男爵《バロン》が
しずかに窘《たしな》めた。

「そんな言葉を安易に信じるのは、責任の放棄だ。クリフォードの言葉など頭から疑ってかかるのが、この船の船長としてのきみの務めではないか。きみには仲間の利益をしっかりと守る責任がある」

「では、どうしろと言うのだ。この襲撃から手を引くのか？」

「そうは言っていない」

「であれば、クリフォードの作戦を受け入れるしかないではないか。『セプター』の鼻面《はなづら》をとって引き回すような芸当は、あの鈍足の『モカ・フリゲート』には無理だ。やはり、その役割はわれわれが引き受ける以外にない。それに――」

とモアは言い足した。「われわれはクリフォードに借りがある」

「その通りだ」

男爵《バロン》の声はあくまでも冷静だ。「借りを返すためにも、われわれは求められた役割を果たすほかない。が、同時に、クリフォードの違約を封じる手も怠《おこた》りなく考えておく必要がある」

「どんな手だ」

たずねるモアに、
男爵《バロン》は悠然とこたえた。

「それを考えるのがきみの役目だ」

思案に没頭し、一睡もせずに夜明けをむかえたモアは、
ようやく一つの方策を考えついて、鍛冶屋のプラトンのもとを訪れた。

「鎖弾《くさりだま》をつくってくれ」

とモアはいった。「できるかぎり大量にだ」

中古船を焼いて回収した古鉄が、さっそく役に立ちそうだった。

「期限は？」

簡潔な問いに、
こう答えた。

「ムガール船団はあす出航だ。それを待ち伏せて、あさっての朝に襲撃する。そのさい鎖弾だけで砲撃する。だから大量に必要なのだ」

「了解した」

プラトンはそのあと二晩徹夜で鎖弾づくりに励んだ。


ムガール船団がスラートを出帆した翌日の未明、ふくろうが、東の水平線にあらわれた船影を視認した。

モアは乗組員に羊肉入りの米粥《こめがゆ》をたっぷり摂《と》らせてから、戦闘配置につかせた。

いっぽう『モカ・フリゲート』のほうは、いったん西へ退《しりぞ》いて、ムガール船団の視野の外へ身を隠した。

風は南東から吹いている。

『アドヴェンチャー・ギャレー』は、逆風を間切《まぎ》って風上へ進み、船団の南に位置を取ろうとした。

南から寄せてゆけば、護衛船『セプター』は逆風のもとでこちらを迎え撃つかたちになる。

ほぼ計算通りの位置に達したころ、夜明けがおとずれた。

三角帆《ラテン・セール》を大きく張りひろげたムガール船団は、一隻の大型船に二隻の小型船が随航し、そしてその三隻を守って、英国旗をかかげた三本マストのガリオン船がしんがりに付いていた。

むろん、その船が『セプター』だ。

四百五十トン。

備砲は片舷二十門、さらに船首に二門を据《す》えている。

『アドヴェンチャー・ギャレー』が〈骸骨旗《ジョリー・ロジャー》〉をひるがえらせて南から近づいてくるのを見た『セプター』は、ムガール船団の左舷側《がわ》に進出し、防壁のように立ちふさがった。朝陽がその帆をうす赤く染めている。

射程に入る直前で、『アドヴェンチャー・ギャレー』は西に回頭して、しばし船団と並進した。

モアは、『セプター』の船尾甲板を遠眼鏡でのぞき、船長ベン・ホーキンスの姿を確認した。

やや胸をそらした姿勢のよい立ち姿は、以前とすこしも変わっていない。

かれのほうでも遠眼鏡をこちらに向けている。

ベテランの船乗りは一度出遭った船を忘れない。ホーキンスは、この船が『アドヴェンチャー・ギャレー』であることに気づいたはずだ。船尾甲板に立つモアの姿も見分けていることだろう。

海賊船を指揮する元義弟。――噂はすでに耳にしていたであろうが、いま現実にその姿を自分の目でみて、ホーキンスはどんな思いでいるのだろうか。

しかし、このときモアの胸にこみあげてきたのは、疚《やま》しさでも愧《は》ずかしさでもなく、むしろ、素朴な懐しさだった。

モアはふと、手をあげて振ってみたい衝動にすら駆られたが、それを抑えて水夫たちにこう命じた。

「全帆縮帆してオールを漕《こ》げ！」

そばにいた男爵《バロン》がいぶかしげにふりかえった。

上甲板にいる水夫たちも、怪訝《けげん》な顔で船尾甲板のモアを見あげている。

風は帆走にじゅうぶんな強さで吹いており、しかもこちらの位置取りは風上である。なぜわざわざ橈《どう》漕《そう》をせねばならぬのか、その理由がだれにも呑みこめなかったのだ。

過去の戦闘で、モアは何度か〈奇策〉をあみだしてきた。そしてそれが功を奏するのを乗組員たちは見てきた。おかげで、モアの奇抜な戦闘指揮にはだいぶ慣れてきたはずの彼らではあったが、しかし今度もやはり、思わず問い返すような目でモアを見てしまうのだった。

「縮帆するのは、敵弾に帆を破られぬようにするためだ」

モアは説明した。

戦闘指揮にいちいち説明は不要だが、当惑してぼんやり突っ立っている男たちを行動にうつらせるために、ひとこと理由を告げたのだった。

水夫たちは、判ったような判らぬような中途半端な顔つきで、それでも指令通り、
帆を巻きあげる作業にとりかかった。

怪訝におもったのは味方だけではなかったようだ。ホーキンスをはじめ『セプター』の乗組員たちも、襲撃の途中で急に縮帆をはじめた海賊船を、なにやら不思議そうにながめている。

作業が終わり、下甲板の砲門から長いオールが出揃った段階で、モアはいよいよ『セプター』への突進を命じた。

『セプター』はその左舷をこちらに向けて待ち構えている。

風下にいるとはいえ、下段の砲門を閉じねばならぬほど波浪は高くない。上下二段の全砲門から砲口を突き出して、万全の応戦態勢をとっている。

三隻のムガール船団は、
海賊との戦闘を『セプター』にまかせ、
真追風《まおって》に三角帆《ラテン・セール》をいっぱいにふくらませて、北西方向へ逃げつつある。――その行く手に、もう一隻の海賊船が待ち受けているとも知らずに。

「そろそろ射程に入る」

男爵《バロン》が言ってまもなく、

『セプター』の舷側から白煙が出た。

斉射ではなく、一門だけの砲撃だった。

砲声が届いたすぐあとに、『アドヴェンチャー・ギャレー』の鼻先に高い水柱が立ちのぼり、そのしぶきが船首衝角《しょうかく》にふりそそいだ。距離を確認するための試射だ。

モアは橈漕での突進をつづけさせた。

やがて、

『セプター』が斉射を開始した。その堅牢そうな舷側が、たちまち白煙で覆い隠された。

二十個の砲弾が『アドヴェンチャー・ギャレー』めがけて殺到した。朝陽を浴びて黒光りする弾丸の飛来が肉眼で捉えられ、それを見ていた者たちの四肢を硬直させた。

二発が命中し、
修理したばかりの船体に無残な穴を穿《うが》った。

『セプター』の砲手たちが砲腔を掃除し、つぎの火

薬と砲弾を装塡《そうてん》しているあいだに、

『アドヴェンチャー・ギャレー』はさらに接近した。

二回目の斉射では、
さっきに倍する四発の命中弾をくらった。

しかし船首方向からの被弾であるため、砲はすべて無事だった。

モアは回頭を命じ、
右舷上甲板の砲七門を斉射させた。

と同時にオールをしまわせ、下甲板の砲列も砲撃に加わらせた。

いずれも相手の船体ではなく、帆だけを狙い撃たせた。

プラトンが二日間・睡もせずに用意した
〈鎖弾〉

が十七門の砲から次々に飛び出していった。

鎖弾とは、
ふたつの鉄塊を鎖でつないだ弾丸だ。船体に対する破壊力は弱いが、帆を破り裂き、索具を引きちぎるのには適している。

モアの狙いは、

『セプター』の帆走能力を一時的に奪い去ることにあった。目的をその一点にしぼっていた。それ以外の余計な欲は捨てていた。

ホーキンスにたいする遠慮。——そうではない。

『セプター』を引き付けておく役目を、なるべく短時間で切り上げて、
早く自由になりたかったのだ。

『セプター』からの激しい砲撃に耐えながらも、

『アドヴェンチャー・ギャレー』はひたすら鎖弾を撃ちつづけた。

そしてそれを撃ち尽くしたころ、

『セプター』は静索も動索も半分以上が断ち切られ、
帆桁《ほげた》もいくつか落ち、
残りの帆はどれもズタズタに破れて風になびいていた。

砲も人員も無傷のまま、
しかし『セプター』は帆走機能をうしなった。索具を張りなおし、帆布を取り替えるには、どんなに急いでも半口はかかるだろう。

モアは、

反転を命じて再びオールを出させ、『セプター』の射程からの離脱をはかった。

『アドヴェンチャー・ギャレー』の右舷は裂孔だらけになっており、六門の砲が損傷していた。なおかつ離脱途中に、船尾下部にも砲弾をくらい、あやうく舵板を破壊されるところであった。

懸命の橈漕で『セプター』の射程外へと逃れ出たのち、ようやく一息ついて、負傷者をドクターのもとへ運び、
そして、
縮帆していた帆をひろげ、帆走にもどった。

針路は北西。

つまり、ムガール船団を追跡するのだ。

遠眼鏡をのぞくと、水平線上に四隻の船影が見えた。三隻のムガール船団に、『モカ・フリゲート』が襲いかかっているところだった。

〈おれは、かのエイヴリー船長みたいに約束を破って獲物の独り占めなんぞせんから安心してくれ〉

クリフォードはそう言っていた。

〈その言葉を、きみは信用したのか？　クリフォードの言葉など頭から疑ってかかるのが、この船の船長としてのきみの務めではないか〉

男爵《バロン》にたしなめられてモアが考えた作戦が、これだった。

『セプター』と戦って引き止めておくのではなく、ただその身動きを一時的に封じておいて、みずからもすぐさま『モカ・フリゲート』に合流する。

クリフォードに獲物を持ち逃げされぬための、これが苦肉の策だった。

『アドヴェンチャー・ギャレー』が追いついたとき、『モカ・フリゲート』はムガール船団の大型船を捕獲し終えたところだった。

ボートで獲物の船に乗り移ってきたモアを、クリフォードは苦笑いをうかべて迎えた。

「『タイタン』が横奪りにきたのかと思ったぜ」

皮肉のつもりで言ったのだろうが、
しかし『アドヴェンチャー・ギャレー』の接近に気づいた瞬間には、驚きのあまり本当にそんな錯覚を起こしたのかもしれない。

それはともかく、
クリフォードが捕獲した船には、アウランゼブの孫娘は乗っていないことが判明した。

彼女は、船団の中心であるこの大型船にではなく、随航船のように見せていた二隻の小型船のうちの一隻に乗っていることが、捕虜たちの口から明らかになった。

その二隻の小型船は、西へむかって逃走しつつある。

軽快な逃げ足だった。

『アドヴェンチャー・ギャレー』なら追いつけるが、『モカ・フリゲート』には無理だろう。

「逃がしちゃならん。たのむ。捕まえてくれ」

クリフォードはモアに追跡をゆだねた。

急いで『アドヴェンチャー・ギャレー』へ戻ろうとするモアの腕をつかんで、
クリフォードがいった。

「例の場所で落ち合おう。約束通り、必ず来いよ」

捕獲した大型船にも、裕福なムガール人たちがメッカに寄進するために持ち込んだ財貨がたっぷり積まれていたが、
しかし、
アウランゼブの孫娘は、その何倍もの身代金と引き換えることができるはずだった。

「この仕事は、おれがあんたに持ちかけた。それを忘れるなよ」

くどく念をおすクリフォードだった。

『アドヴェンチャー・ギャレー』は総帆に左後方からの追い風をはらみ、そのため船体を斜め右に傾かせながら、
海面を切り裂くような勢いで航走した。

「船長！」

叫びながら船尾甲板へあがってきたのは大工頭だ。

「ちぃっと帆をしぼってくれ」

「なぜだ」

「右舷が穴だらけだってことを忘れたのか？　波しぶきが入ってきて修理もできねえ」

「修理は後でいい。何か応急の処置で水をふせいで

ほしい」

「だったら予備の帆布をつかう許可をくれ。それと、手のあいた連中に手伝わせる許可もだ」

「よろしい。許可する」


スンダ海峡で手ひどい打撃をうけたあと、モアはこの『アドヴェンチャー・ギャレー』を捨てて別の船に乗り換えることも一時は考えた。しかし、
そうせずにいてよかった、
といま痛切に思っていた。

ヨーロッパでならばいざ知らず、このインド洋で、ある程度の大きさと武装をもち、なおかつこれほどの快速を出せる船は簡単には手に入らないだろう。『アドヴェンチャー・ギャレー』は、まさに胸のすくような走りっぷりで、
二隻の小型ムガール船との距離をつめていった。

しかし、

「見たまえ、船長。二手にわかれて逃げる気だ」

男爵《バロン》にいわれるまでもなく、
モアも二隻のムガール船が左右に離れてゆく光景を目にしていた。

追ってきた海賊船のあまりの速さに驚いた彼らは、せめて二分の一の可能性にすがって、〈姫君〉を逃れさせようと図ったわけだ。

「さて、どちらを追うかね」

男爵《バロン》が例によって、ゆったりと、他人事《ひとごと》のように問う。

モアは少し考え、
こう答えた。

「みぎの船を追う。ひだりは囮《おとり》だ」

「そう見る理由は？」

「風向きから判断した」

「ふむ」

男爵《バロン》は口髭をなでた。「もし面倒でなければ、わたしの理解を助けるために、もうすこし補足してくれないか」

モアの言葉が充分に呑み込めていないようだ。

知性・胆力・武術、何をとっても男爵《バロン》にはかなわぬという思いをもつモアだが、
ただし、

こと海と船に関しては、本職のモアからみれば男爵《バロン》はまだまだ素人に近いのだった。
「二隻の船に乗り込んでいるのは、みなムガール皇帝の家来だろう。かれらは大事な〈姫君〉を守るのが任務だ」モアはていねいに説明した。「だから、囮役となったほうの船は、われわれを引き付けることに失敗した場合、すぐさま再転針して〈姫君〉の乗る船を救援に戻らねばならない」
「うむ」
「ひだりに逃げた船にはそれができる。追い風をうけて、救援に急行できる。しかし、みぎへ逃げた船には、それができない。風向きが不利になって、救援に間に合わない。したがって、みぎの船は囮ではない。あの船に皇帝の孫娘が乗っているはずだ」
「……なるほど。明解な理屈だ」
『アドヴェンチャー・ギャレー』が右へ回頭すると、案の定、
ひだりへ逃げた船も反転して戻り、二隻はふたたび合流しようとした。
しかし、いかにその二隻が連合して立ち向かおうとも、
しょせん『アドヴェンチャー・ギャレー』の敵ではなかった。
二隻の砲は、それぞれ片舷六門ずつであり、しかもヨーロッパ船の大砲ほど威力も精度も高くはない。が、何にも増してムガール兵たちに不利だったのは、
大前提として〈姫君〉を死なせるわけにはいかないという制約があるため、
思いきった戦いができないことだった。
先に大砲を撃ってきたのはムガール船隊のほうであったが、
それに応じて『アドヴェンチャー・ギャレー』が砲撃を開始すると、
彼らはたちまち降伏してしまった。
モアがさしむけたボートに乗って、
白いターバンを巻いたムガール船隊司令官とその副官が『アドヴェンチャー・ギャレー』にやってき

た。

モアは、

皇帝の孫娘の引き渡しを要求し、

そのかわり、彼女の身には指一本ふれぬことを誓約した。

XII　皇帝の孫娘を人質にする

『アドヴェンチャー・ギャレー』の海賊たちが帆《ほ》檣《ばしら》にまで鈴生《すずな》りになって見まもる中、
やがてムガール船の甲板に、
四人の女が現われた。
それぞれ色あざやかな衣を頭からかぶり、顔の下半分に薄いヴェールをつけ、目だけを出している。
海賊たちがどよめいた。その野蛮な声におびえたように、女たちは身を寄せ合って立ちすくんだ。
ひとりは濃紺、
ひとりは茜《あかね》、
ひとりは萌黄《もえぎ》の衣をかぶり、
その三人に守られるようにして、
緋色の衣をまとった、やや小柄な女がいる。
いずれの衣も絹の光沢をもち、金糸銀糸で縁取りされているが、中でもひときわ絢爛《けんらん》華麗な刺繍をほどこされた緋色の衣の女が、
アウランゼブ皇帝の孫娘であろう。
ムガール船隊司令官は、〈姫君〉の護衛のために十名の兵士を同行させる許可を求めてきたが、ピアは男爵《バロン》や爺さまと相談のうえ、それを拒絶した。
護衛兵の存在は、かえって海賊たちの神経を刺激し、無用な流血沙汰を起こすおそれがあると判断したからだ。
「若い女を捕虜にした場合はのう」
と海賊歴の長い爺さまがいった。「仲間のうちで、いちばん女好きで、しかも嫉妬深いやつを見張り番にするのがいいんじゃ。そいつは、女が自分の持ち物になったみてえに勘違いして、他の男がちょっかい出さねえように、四六時中、神経をとがらせて見張りをしてくれるというわけさ」
護衛兵の同行は許さなかったが、三人の侍女《じじょ》を伴うことは認めた。
女たちは、ひとりずつ順番に、ロープに吊された小さな輿《こし》にのせられ、ゆっくりとボートの上におろ

された。

それが終わると、八人のムガール人水夫がオールをにぎり、『アドヴェンチャー・ギャレー』へと漕《こ》ぎ寄せる。

ボートが近づくにつれて、海賊たちは口笛を吹き鳴らし、奇声を発して大騒ぎだった。

ますます怯《おび》えてうつむく女たちの中で、しかしただ一人、
濃紺の衣をかぶった女だけは顔を伏せようともせず、ヴェールの上からのぞく大きな黒い瞳で海賊たちを睨《にら》み返している。その気丈な姿が、モアには印象的だった。

「船長」

と男爵《バロン》が横からいった。「あの人質たちを船内のどこに収容するかが問題だな」

「おれも今それを考えていたところだ」

「わたしの意見を述べてもいいかね？」

「うむ、いってくれ」

「われわれ海賊にとって――」

漕ぎ寄せるボートを見ながら男爵《バロン》はいった。「相手が皇族であれ王族であれ、さしたる意味はない。そんなものに恐れ入る必要などない。違うかね？」

「まあ、そうだが……」

「ムガール皇帝の孫であるからという理由で特別な扱いをすることには、わたしは反対だ」

「では、ほかの捕虜の場合と同じように最下甲板の片隅に閉じこめるのか？」

モアがいうと、
男爵《バロン》は咳払いを一つしてから、おもむろに補足した。

「ただし、この人質は女だ。そのことを忘れてはいかん。皇帝の孫であるというのは、特別扱いの理由になどならんが、女であるという点には、いささかの配慮が必要だ。最下甲板は暗くて風通しが悪い。底溜水《ビルジ》の臭気もひどい。そのせいで病気にでもなられたら、かえって面倒だ。ゆえに、あんな所に閉じこめることには賛成できない」

「ならば、どうすべきだと言うんだ」

「彼女らを収容するにふさわしい場所といえば、やはり一つしかなかろう」

「どこだ」

男爵《バロン》はすましたで答えた。

「船長室だ」

モアは思わず見返した。

「船長室を捕虜に与えるのか？」

「不承知かね？」

「いや……」

男たちの視線から彼女らを隔離するという意味では、たしかに最適の場所ではある。それに、専用のトイレも付属しているので、その点でも面倒がはぶける。

「よかろう」

モアは諒承した。「が、それにしても、きみらしくない回りくどい話法だ。彼女らに船長室を与えよう、その一言で済むものを」

男爵《バロン》は言い訳した。

「誤解されたくなかったからだ。愚かしい世俗の権威にわたしが隷従《れいじゅう》しているなどと思われたくなかったのだ」

その綽名《あだな》があらわすように、どう見ても裕福な上流階級の育ちに違いない男爵《バロン》。そのかれが、王権やそれに類する〈世俗の権威〉に対して何やら強い反感を抱いているらしいことが、モアには少々不思議に思える。

……この男は、ほんとうは何者なのだろう。

これまでにもたびたび抱いた疑問だが、しかし男爵《バロン》は、けっしてみずからの素姓《すじょう》を語ろうとはしないのだった。

それはともかく、

〈姫君〉の一行である。

彼女らは、ムガール船からボートにおろされたときと同様、小さな輿にのり、主帆の帆桁《メイン・ヤード・アーム》の端にひっかけた滑車つきのロープで『アドヴェンチャー・ギャレー』の船上へ引き揚げられた。

一人目は、例の濃紺の衣の女だった。

彼女は甲板に引き揚げられるやいなや、

「船長はどなたです」

歯切れのよい英語で訊《き》いた。宮廷お抱えのイギリス人教師にでも学んだのであろうか。

モアは進み出て、

「おれだが」

女の前に立った。

彼女の黒い瞳がモアをまっすぐに見すえた。

「わたくしは、アウランゼブ皇帝陛下の第三皇子にあらせられますムハマッド＝アザム殿下の第四女、シャガラト・アル・ドール姫のおそばにお仕えする侍女たちの長《おさ》です」

見えるのは長いまつげをした美しい目元のみだが、そのわずかな部分の肌とそして若々しい声から判断して、たぶんまだ三十にはなっていまい。毅然《きぜん》とした自己紹介に、
モアはやや気を呑まれながら、

「当船の船長、ジェームズ・モアだ」

三稜帽《トライコーン・ハット》をとって名乗り返した。

そのとき、ふいに強い風が船上を通りぬけ、女の全身を覆っていた濃紺の衣の裾《すそ》がまくれあがった。といっても、むろん素足がのぞく訳もなく、足首までを包む青い緩袴《カルソン》が見えただけであるが、それでも海賊たちは野卑《やひ》にざわめいた。

動じる様子も見せずに、
侍女頭《じじょがしら》がモアにいう。

「わが姫はアラーの御心に従ってあなたがたの人質となりました。けれど、申しておきますが、姫に対していささかでも無礼《ぶれい》なふるまいがあれば、わたくしどもは姫とともに即座に自害に及びます。――そうなれば、あなたがたの手には、一ルピーの身代金も入らぬことになります。そのことを、くれぐれもお忘れにならないでください」

釘を刺されるまでもなく、
モアもそんな事態になることを最も恐れている。

「その点については、すでにきみたちの司令官にも誓約した。心配は無用だ」

侍女頭は、モアをじっと見た。信用してよいものかどうか迷っている目だった。だが、迷ったところで彼女に選択の余地はない。

ヴェールの下で溜め息を一つ漏らし、
ふなべりから身をのりだして、ボートに残っている女たちに乗船を指図した。

気丈にみえた侍女頭だが、その溜め息ににじみ出た不安と恐怖に、
モアは少しばかり心痛む思いがした。

上甲板の船尾にある船長室。

そこを提供することをモアが告げると、女たちの目元にいくぶんか安堵《あんど》の色があらわれた。

「船長」

と侍女頭が歩み寄った。

感謝の言葉でも口にするのかと思ったが、そうではなかった。

「部屋に持ち込みたい物がいくつかあります。姫の寝台と長椅子と衣装箱と食器箱です。ボートで運ばせてくださいませんか」

モアはその頼みを受け入れた。

ムガール船から運ばれてきた寝台や長椅子は、目にもあざやかな紅絹、ビロード、金襴に覆われ、簡素だった船長室の趣《おもむ》きは一変した。

衣装箱と食器箱も金銀や宝石で飾られており、海賊たちの舌なめずりを誘った。

ともかく、こうして首尾よくアウランゼブの孫娘を捕虜にした『アドヴェンチャー・ギャレー』は、ムガール船隊の目をあざむくために、ひとまず西へ向けて船を進め、
夜の闇がおりてから、
南へ転針した。
クリフォード船長との約束通り、インド南端付近にある例の入り江で『モカ・フリゲート』と落ち合うためである。

船長室の扉の外での見張り――人質を見張るというよりも、むしろ、涎《よだれ》を垂らし鼻息を荒くした男たちに対する監視だが――その役目は、

〈海馬《セイウチ》〉

という綽名をもつ巨漢にゆだねられた。

かれはマダガスカルでモアの一味に加わった者たちの一人だが、その前はカリブ海の島で農園を営み、四人の女を愛人にして暮らしていた。

ところが、あるとき、酒宴に招いた役人が愛人の

一人に戯《たわむ》れかかるのを見て逆上し、その場で殴り殺してしまい、それがためにお尋ね者となってマダガスカルへ逃亡してきたという。

「あいつなら、うってつけだわい」

爺さまの推薦をうけて海馬《セイウオ》を見張り役に任命したモアであるが、しかし、
そんな男にまかせて本当に大丈夫だろうか、という一抹《いちまつ》の不安もあった。

そこで、鍛冶屋のプラトンに頑丈な錠と金具をつくらせ、船長室の扉に取り付けさせた。それを開けることができるただ一つの鍵は、
全員の合意により、
爺さまの腰のベルトに吊されることになった。

船長のモアといえども、女たちに自由に近づく特権は与えられなかった。

かくて、女に飢えきった男どもが相互牽制《けんせい》する異様な雰囲気のなかで、

『アドヴェンチャー・ギャレー』の航海はつづいた。

海はおだやかだった。


「追跡されている気配はないな」

男爵《バロン》がいった。船尾甲板から遠眼鏡で背後を見ている。

「ひとまず安心してよさそうだ」

答えながらモアは、ベン・ホーキンスのことを考えていた。

『セプター』の船長として、ムガール皇帝の孫娘を護衛する任務を負っていたホーキンス。その務めを果たすことに失敗した彼は、おそらく
会社から問責されることだろう。

皇帝への面目をうしなった〈旧〉東インド会社は、ただの解雇ではなく、それ以上の処罰をホーキンスにくだすかもしれない。

しかも、かれをそんな苦境にひきずり落としたのは、ほかでもない、元義弟のモアである。何よりもそのことにホーキンスは怒り、はげしく怨《うら》んでいるに違いない。

苦い思いを嚙みしめているモアに、

「『タイタン』は――」

と男爵《バロン》がいった。「とうとう現われなかったな」

「……うむ」

「おかげで、われわれは計画通りアウランゼブの孫娘を手に入れることができたが――」

男爵《バロン》は遠眼鏡をおろしてモアを見返った。

「しかし、きみとしては、それよりもむしろ『タイタン』との出合いをつよく望んでいたのではないのか？」

男爵《バロン》はモアの心を読んでいる。

襲撃の成功にもかかわらず、モアの胸にさほどの喜びが湧かないのは、
ベン・ホーキンスに対する呵責《かしゃく》と、
そして、
ブラッドレー船長との接触が実現しなかったことへの落胆、
この二つのせいだった。

黙って海原を見ているモアに、
男爵《バロン》がいった。

「あの推測は、やはり当たっているのかもしれんな」

ブラッドレー船長が旧会社の現地商館と裏で繋《つな》がっているのではないかという推測。

モアも、その見方をつよめていた。

そして思った。ブラッドレーという男は、何か得《え》体《たい》の知れぬ黒い雲の中で生きているようだ、と。

黒い雲は、
現実にも、水平線のかなたから湧きあがりつつあった。

モアは上甲板を見おろし、そこにいる水夫に言った。

「奥方はいるか？　奥方を呼んでくれ」

やがて返ってきた報告は、
モアの勘を裏付けるものだった。

「だめだ船長。奥方はドクターのところで寝てやがる。野郎、また耳鳴りがして頭がふらつくんだそうだ」

特異体質の奥方は、常人にはわからぬ〈空気の満ち引き〉に過敏に反応して体調をくずす。

……嵐の予兆だ。

事実、その日の夜半から、しだいに風とうねりが強まり、翌日の午後には暴風雨に巻き込まれてしま

った。
　嵐は三日三晩つづいた。
　モアは帆をすべて畳ませ、例によってシーアンカーを流し、暴風にさからわずに漂流した。
　しかし船体は巨大な波に高々と押し上げられ、つぎの瞬間には波間の谷底へ叩き落とされる。これまで補修に補修を重ねてきた『アドヴェンチャー・ギャレー』は、断末魔の呻《うめ》き声のような軋《きし》みをあちこちから発し、いまにもバラバラに裂壊するかと思われたものの、
　だが、しぶとく持ち堪《こた》え、
　危機を脱することができた。
　熟練の水夫ですら、嵐に翻弄されたあとは体力も気力も使い果たして、濡れたボロ布のようにくたくたになる。
　まして航海経験のとぼしい人質の女たちは、胃の腑が裏返るほどの船酔いと、地獄をのぞくような恐怖を味わったことであろう。
　モアは爺さまに船長室の錠を開けさせ、ドクターを伴って中に入った。
　このとき初めて四人の女たちの
素顔を
つぶさに見ることができた。彼女らはヴェールをつけねばならぬことを思い出す元気もなく、
死んだようになって床にのびていた。

　翌日、
　船尾甲板のモアに、
海馬《セイウチ》が上甲板から呼びかけた。

「船長、中にいる女があんたを呼べと言ってるぜ」

　モアは下へおり、近くにいた爺さまに船長室の錠を開けさせた。

　扉をひらこうとするモアの腕を、

「待ちなよ」

海馬《セイウチ》のぶあつい手がつかんだ。

「ひとりで入って、自分《てめえ》だけいい思いをするんじゃあるめえな」

　ほかの水夫たちも、同じような疑いの目でモアを見ている。そこで、モアは男爵《バロン》を呼んだ。

「きみも一緒に来てくれ」

しかし、海馬《セイウチ》はそれでも納得しない。

「あんたら、ふたりだけで愉《たの》しもうってんじゃあるめえな」

モアは嘆息し、

「心配なら、扉を閉めずに覗いていろ」

言って、男爵《バロン》とともに船長室に入っていった。


女たちは昨日までの心神喪失状態からいくぶん回復した様子で、
全員きちんとヴェールをつけ、長椅子にすわる〈姫君〉を守るように、背すじをのばして居並んでいた。

しかし、ヴェールに隠された彼女らの素顔を、モアは昨日、すっかり見てしまっている。

征服者であるムガール人は、インド古来の住民とは人種が異なるため、肌の色はさほど濃くない。顔立ちも、地中海で見かけるトルコ人とよく似ている。

いずれにせよ、〈姫君〉をふくめて四人の女たちはなかなかの美貌揃いだった。しかし、侍女頭をのぞく三人はまだどこか幼さの残る十代の顔をしており、ひとり大人の成熟を感じさせる侍女頭の、床に横たわった姿態の息苦しいまでのなまめかしさが、いまもモアの脳裏にのこっている。

その侍女頭が、ヴェール越しに言った。

「お尋ねしたいことがあって来ていただきました」

モアはおだやかにうなずく。

「何を訊きたい」

「この船の行き先です。あなたがたはわたくしたちをいったいどこへ連れてゆこうとしているのですか。皇帝陛下に身代金を要求するつもりなら、早くそれをすればいいではありませんか」

その疑問と苛立ちは、もっともだった。

モアは隠さずに話すことにした。疑問に答えしやらぬと、女たちの不安が際限なく昂《こう》じてゆくことだろう。むやみに怯《おび》えさせて、絶望的な精神状態に追いこむのは、モアの本意ではないし、得策でもない。

「われわれは、二隻の船できみたちの船隊を襲った。その僚船と、ある場所で落ち合うことになっている。落ち合ったのち、きみたちの皇帝に対してどう交渉するかを相談する。——そういうわけだから、あまり苛々《いらいら》せずに、もうしばらく辛抱してもらいたい」

侍女頭はモアの言葉を〈姫君〉たちに通訳した。

一日も早く解放されたい思いでいっぱいの彼女らは、落胆とあきらめの入りまじった目を見交わした。

「ほかに訊きたいことは？」

「あります」

侍女頭がいった。「この蒸し暑さです。これは嵐が通ったせいですか？」

「いや、そうではない。暦がしめす季節とは逆に、これからも日に日に暑くなってゆくはずだ。——この船は南に向かっている」

「姫は暑さがお嫌いなのです」

「すまないが、我慢してもらうしかない。そのゾロリとした衣をかぶるのをやめ、顔のヴェールを取り去るだけでも、だいぶ凌《しの》ぎやすくなると思うのだが……」

「そんなことはできません」

「この部屋にいるかぎり、誰も覗く者はいない」

言いながら背後をふりむくと、扉口に、ギラつく目をした男たちの顔がひしめいていた。

「船長《バロン》」

と男爵《バロン》が傍《かたわら》からいった。「大工頭に言って、この部屋の船尾窓をもっと広げさせたらどうだろうか。風の通りが多少はよくなるはずだ」

モアは睨《にら》むような目で男爵《バロン》を見返った。

「それはできん」

「なぜだ」

「この船は物見遊山のための宮廷船ではない。防御力を殺《そ》ぐような改造は、どんな些細《ささい》なことだろうと許すわけにはいかん」

「……」男爵《バロン》は黙ったが、モアの頑固さに同調していない様子が表情にあらわれていた。

翌日、ふたたび海馬《セイウチ》に呼ばれた。

「船長、女がまた話をしたいそうだぜ」

爺さまに錠を開けさせ、中へ入ろうとすると、モアの胸を押すようにして
侍女頭のほうが外へ出てきた。

「お話は甲板でします。よろしいかしら？」

「それはかまわんが……」

モアは爺さまに施錠させ、

侍女頭とともに右舷のふなべりへ寄った。

上甲板にいる男たち全員の目が、例によって、鋭く、ねばっこく、ふたりに注がれている。

なぜ、わざわざ部屋の外で話をしたいのか、モアはそれを訝《いぶか》りながら、

「用件を聞こう」

侍女頭をうながした。

彼女はしかし、なにやら困ったような様子で、言いよどんでいる。

「窓をひろげる件か？」

モアは先回りして硬い声で告げた。「あれは許可できない。頼んでもむだだ」

「いえ、そのことではありません」

「では何だ」

侍女頭は船長室の扉をちらりとふりむいたあと、目元に困惑の色をうかべながら言った。

「姫に駄々をこねられて弱っているのです」

「駄々？　食い物への不満か？」

水夫たちがつねづね訴える不平の第一がそれだった。

人質である四人の女にも、朝夕二回、水夫たちと同じものを与えている。

乾燥えんどう豆をもどしたスープ。干し魚と米を煮たもの。そして三日に一度は、塩ぬきした山羊《やぎ》肉。

「たしかに、食事はお世辞にもおいしいとは申せません」

侍女頭のヴェールが嘆息で揺れた。

だが、大きな鉄釜で何十人分もの食事をつくらねばならないコックの赤鼻には、女たちのための特別メニューを用意する余裕などない。

その赤鼻当人も、いま、上甲板の前方にある炊事場から、こちらを遠目に窺《うかが》っている。

「けれど――」

侍女頭は首を横にふった。「姫はそのことで駄々をこねていらっしゃるわけではありません」

長いまつげを伏せて、

またその先を言いよどむ。

モアは焦《じ》れた。

「おれが言い当てるまで、そうやって待つつもりか？」

侍女頭は目をあげ、

「すみません」

と詫《わ》びた。「では申します。――姫は恋をなさったようなのです」

「何？」

「恋です」

モアの目を悩ましげに見つめた。

「……おれにかね？」

と思わずモアが訊いたのは、うぬぼれのせいではなく、
戸惑いのゆえだ。

「え？……いえ、そうではなくて」侍女頭はあわてている。「きのう、あなたと一緒に入ってこられた方にです」

男爵《バロン》のことだ。

「あの方に会わせよといって駄々をこねておいでなのです」

「……」モアは返事に困り、しばらく侍女頭と、途方に暮れたように目を見つめ合った。

船尾甲板にもどると、
男爵《バロン》が呑気な顔でモアにいった。

「見たまえ、あざやかなものだ」

指さす方向に、海鳥の群れが低空を舞っている。白い体と黒い頭。波の上を軽快に飛び回りながら、不意に翼をすぼめ、
急降下して海に突入し、
また飛び上がる。

アジサシだ。

あの下の海に、小魚の大群がいるのだろう。

「こうして見ていると何やら愉しいゲームのようだが――」

ひたいに手をかざして男爵《バロン》がいう。「あれはあれで、かれらにしか判らぬ苦労もあるのだろうな」

モアも横に立って沖を眺めながら、

「鳥の苦労を心配している場合ではないぞ」

ぼそりと言った。

男爵《バロン》が見返る。

「どうかしたのか」

「思わぬ難問が降ってきた」

男爵《バロン》は周囲の海を見まわした。

「追っ手が現われたのか？」

モアは苦笑まじりの声で、

「それも困るが、しかし対処に悩むような〈難問〉ではなかろう」

「何を悩んでいるのだ」

男爵《バロン》のこの貴族的な風貌。つねに端然《たんぜん》とした身だしなみ。落ち着いた優雅な物腰。

ムガールの〈姫君〉が恋心を抱くのも無理からぬことかもしれない。

「悩まねばならんのは、おれではない」

モアはアジサシの群れに目を向けたままで言った。

「……きみだ」

「わたしが何を悩むのだ」

「人質の姫君がきみに恋をしたそうだ」

「何？」

「きみに会わせろと言って侍女頭を困らせている」


このときの男爵《バロン》は、いきなりおしろいの粉でもあびせられた気分だったのだろう、当惑をおさえつつ静かにその粉を払い落とすような顔つきで、モアを見返した。

「……で、わたしにどうしろと言うのだ」

いかなる場合にも顔色ひとつ変えずに泰然としていたこの男が、
真顔で眉をよせている。

モアにはそれがおかしくもあった。

「どうしたものか、おれにも判らん。想われたのはきみだ。きみが考えろ」

男爵《バロン》は考えた。

その結論は
〈無視〉

だった。


二日後の夕暮れ前、侍女頭がまた上甲板でのモアとの面談を求めた。

「姫は泣いておられます。何とかならないのでしょうか」

モアはうんざりした顔で告げた。

「かれは、きみたちの船を襲った海賊の一員だ。きみたちの皇帝の敵だ。そのことを、きみの姫君によく思い出させてやることだ」

「そんなことはさんざん申しました。何をどうお諭《さと》ししても、まるで聞く耳をお持ちにならないのです。こんなことは初めてです」

弱り果てた眼差しで嘆息した。

そして、こうつづけた。

「想いがかなわぬのなら、このまま飢え死にするとも申されて、きのうから……」

「食べていないのか？」

「一口も」

侍女頭は訴える目でモアをみる。

「やれやれ」モアは苦笑した。「世話のやける姫君だ」

「ほんとうに」

侍女頭も力なく微笑んだ。

「きみも大変だな」

空がしだいに明るさを失い、宵の明星が瞬きはじめた。

「でも──」

侍女頭は濃紺の衣から出したなめらかな手をふなべりに置き、

「これまではとても素直で、わたくしの言うことは母の言葉のように聞いてくださったのですが……」

「姫君はいくつだ」

「十四になられました」

「まだ子供だ」

「ご本人はそうは思っておられません」

彼女の名前……聞いたはずだが、忘れてしまった」

「シャガラト・アル・ドール姫です。皇帝陛下が『千一夜物語』にちなんでアラビア語でお名付けになられたのです。真珠の枝、という意味です」

美しい名前だ。──で、きみは？」

「え」

「きみ自身の名だ」

侍女頭は恥じらうような含みわらいをして下を向

いたが、やがて顔をあげて答えた。

「スービア」

「意味はあるのか?」

「朝の星」

「ふさわしい名だ」

じっと見つめるモアの目を、
スービアも見つめ返した。

風が弱く、
まぢかに立つ女の香料と、そしてそれに混じった体の匂いが、
モアの鼻先にただよっている。

妻の変死以来、遠く忘れ去っていた官能のうずきを、ふとモアは感じた。

そのとき、

「おい、船長」

背後から呼ばれた。

爺さまだった。

「人質との話は手短かにな」

男たちの妬《ねた》みを煽《あお》らぬようにとの警告だった。

モアは言い返した。

「大事な用件を話していたのだ」

別の水夫が絡《から》んだ。

「いってえ、どんな用件なんだ」

「いま、みなに告げようと思っていたところだ」

モアは侍女頭スービアを船長室へもどし、
乗組員たちを上甲板に集めた。

「……そういうわけであるから、当分のあいだ、男爵《バロン》に姫君のお相手をしてもらうことにする。これは、われわれの大事な人質を死なせぬための、やむをえぬ処置である。みなの諒解《りょうかい》を求めたい」

ぶつぶつと不平のざわめきが聞こえたが、しかし声高に反対する者はいなかった。

誰かがこう言った。

「面白くねえ話だが、まあ、そういうことなら仕方があるめえ。けっ、色男は羨《うらや》ましいぜ」

その声が、ほぼ全員の意見を代表しているようだった。

ところが、そんな中でただひとり異議をとなえたのは、

当の男爵《バロン》だ。

「ちょっと待ってもらいたい」

かれは中央に進み出た。「わたしはそんな役を引き受けるとは言っていない。少女の気まぐれに振り回されて恋愛ごっこの相手をするのは気が進まん」

すると、
かれに対する非難の声が湧き起こった。

「もしも姫がほんとに飢え死にしちまったらどうするつもりだ。身代金が手に入らなくなっちまうんだぞ」

「そうなったら大損だ」

「気取ってねえで相手をしてやれ」

「そうだ、そうだ」

初めはしぶしぶの承認だったはずが、いつのまにか、みなが強引に男爵《バロン》の背中を押すような空気になってしまった。

男爵《バロン》は憮然としてモアをかえりみた。

モアは肩をすくめてみせた。

男爵《バロン》は、毎日一時間を〈姫君〉と過ごすことを義務づけられ、船長室に通った。

ただし、ふたりきりになることは侍女頭のスービアが許さず、侍女たちが側にひかえる中での清い逢瀬だった。

数日後、その日の〈お勤め〉を終えて船尾甲板にもどってきた男爵《バロン》に、モアは問いかけてみた。

「姫君のご機嫌はどうだ」

海面からのまばゆい反射光に目を細めながら、男爵《バロン》が答える。

「手に負えんわがまま娘かと思ったが、そうでもない」

「きみには駄々をこねないのか？」

「わたしに対しては聞き分けがいい」

「どんな話をしているのだ」

「海賊になってからの冒険談をせがまれた。それを侍女頭が後ろで通訳するのだ」

「甘い言葉をやりとりしているわけではなかったの

か」

男爵《バロン》はにがわらいを浮かべた。

「まだ大人の恋を知る歳ではない。ばかばかしいほど屈託がない」

「しかし、きみもそれを厭《いや》がってはいないように見える」

男爵《バロン》は遠くへ視線を投げた。

「うむ、なにやら可愛くも思えてきた」

「やれやれ」

「勘違いしないでくれ。強いて言えば、年の離れた妹を見るような気持ちだ」

「わかっている」

「いずれにしろ、情を移しすぎぬようにな」

真顔でうなずいたあと、男爵《バロン》は不意にこんなことを言った。

「それはそうと、あの侍女頭……」

「彼女がどうした」

「きみに関心があるようだ」

モアはむりに無表情を保ちながら、

「……なぜそう思う」

そっけない口調を装って訊いた。

「姫の求めに応じて、この船の冒険談をわたしが語ると、侍女頭はそれを通訳しながら、途中でしばしば質問を挟むのだ。その質問は決まってこうだ。

――〈そのとき船長はどうしていらしたの？〉」

男爵《バロン》は皮肉な笑いをうかべてみせた。「彼女はいまや、きみのことを何でも知っているぞ」


彼女はきみに関心をしめしている。

そう言われたことが、過去にもあった。

ロンドンでだった。

東インド会社船の新任航海士となったモアは、無事その職務を果たしてロンドンへ帰港したあと、ベン・ホーキンスの招きで、かれの実家を訪れた。

王立病院の事務長をつとめるベンの父親は、息子の同僚を歓待し、晩餐《ばんさん》を共にするよう勧めた。

そこへ、
若い女が外出から帰ってきた。

「妹のナタリーだ」

とベンが紹介した。「ナタリー、おまえの鸚鵡《おうむ》を選んでくれたジェームズ・モアだ」
ナタリーは地味な灰色の外衣《ケープ》をぬぎ、膝をかるく曲げて会釈した。
外衣《ケープ》の下のドレスも妙に燻《くす》んだ色合いで、年頃の女たちが好む華やいだ服装ではなく、お洒落《しゃれ》への無関心ぶりが感じられた。
にもかかわらず、
何かの光がそこだけ射し込んだように、彼女のまわりが他よりも明るんでさえ見えたのは、兄のベンにも共通する、そのすがすがしい笑顔のゆえだろう。
画家がていねいな筆使いで描いたような美しい弓型の眉。その下の灰青色の瞳が、
こういう場合のおきまりの、あの淑《しと》やかぶったはにかみを浮かべてみせることもなく、
のびやかにモアを見つめた。
挨拶を終えたナタリーは、
おそらく外出着から着替えるためであろう、二階への階段を犬のように勢いよく駆けあがっていった。
驚きぎみに見送るモアの目に、スカートの裾の泥撥《は》ねの跡が見えた。歩き方もさぞや活発なのだろう。

娘の無作法を恥じた母親が、モアに言い訳した。

「主人が甘やかしたせいなんです。もう二十一だというのに、たしなみのない娘になってしまって」

晩餐のあと、
辞去したモアをベンが途中まで送ってきた。

春の初めの冷たい霧雨が、夜道をゆく二人のマントを濡らした。

「きみは――」

とベンが静かにいった。「ナタリーをどう思った。

……彼女はきみに関心をしめしている」

モアはぎこちなく答えた。

「明るくて、いい妹さんだ」

「それだけか？」

それだけではなかった。

ナタリーを見たとき、モアはそれまでの人生で経験したことのない不思議なときめきを覚えた。晩餐の席でも、目が合うごとに、彼女の笑顔をみるごとに、そのときめきが昂《たか》まった。

「頼みがある」

とモアはベンにいった。「もういちど彼女に会う機会をあたえてほしい」

ベンが笑いのまじった声で答えた。

「きみにならら、何度でもあたえてやる」

モアとナタリーとは、いわゆる相思相愛の結婚だった。充足感がモアを満たした。
それゆえに、
一年後の彼女の変死は、モアを茫然とさせた。
なぜなのか。何が起きたのか。皆目わからなかった。モアを一番悩ませつづけたのは、そのことだ。海賊と内通した嫌疑で東インド会社を逐《お》われたことよりも、ナタリーの死のほうが、何倍も激しくモアを打ちのめした。
顔をあげる力も出ぬほどだったが、
しかし一方で、その死に方の不可解さに引っ掛かってもいた。
ナタリーの生活には、
何か自分の知らぬ部分が隠されていたのではないか。――そんな疑惑も胸に芽生え、モアを苦しめた。

往復に一年を要するインド・アラビア航路の船乗りにとって、妻の裏切りは決して珍しいことではなかっただけに、
モアはその疑惑を追い払えなかった。

妻の身にいったい何があったのか、それをこのまま一生知ることもなく死なねばならぬのかと思うと、胸苦しさがますます募った。

だから考えぬことにしたのだ。

ナタリーのことは胸の中に封印し、できるだけ思い出さぬように努めてきたのだった。


……ムガール船団を襲ってから十七日後、『アドヴェンチャー・ギャレー』は、例の入り江に着いた。

船足のおそい『モカ・フリゲート』はまだのようだ。

モアはクリフォードの到着を待ちながら、
船体を修理させることにした。

『セプター』の砲撃を浴びて手ひどく破壊された右舷は、航海中に応急の補修がほどこされていたが、

あらためて本格的に修理させた。

その間、
陸上の木陰に帆布でテントを張り、人質の女たちを収容した。

モアは彼女らに告げた。

「念のために言っておくが、隙をみて逃げようなどと考えないほうがいい。たとえ逃げても、まわりに居るのはヒンドゥー教徒だけだ」

インド南端に近いこのあたりは、ヒンドゥー教徒の土侯が治めており、
ムガール皇帝の支配が直接には及ばぬ土地だった。

「それに――」

とモアは脅《おど》した。「虎に出くわして食われるかもしれん」

侍女頭のスービアがそれを通訳すると、若い侍女のひとりが怯えて体をふるわせた。

モアは笑って安心させた。

「しかし、ここに居ればだいじょうぶだ。銃を持った者が、夜通し交代で見張りをする」

ところで、
ここは熱帯のまっただ中である。

入り江の両岸は、見渡すかぎりの椰子《やし》林に覆われ、その幹のあいだを赤道方面からの熱風が通りぬけてゆく。

女たちは、
ヴェールは取らなかったものの、長い衣を頭からかぶるのはやめて、半袖の胴衣に緩袴《カルソン》という姿になっていた。

それでも汗がにじみ出る。

そこで、

「お願いがあるのですが」

とスービアがモアに言った。「わたくしたちにも川で水浴びをさせてくださいませんか」

入り江には川が流れ込んでおり、男たちは修理作業の合間に、その川で体を洗っていた。

モアは首を横にふった。

「悪いが、それは認められない」

「水浴びを口実にして逃げることを心配してらっし

ゃるのですか？」

「そうではない」

「では、なぜなのです」

詰めよるスービアに、
モアは船上で作業にいそしむ海賊たちを指し示した。

「おれの仲間を礼儀正しい紳士ぞろいのように思ってもらっては困る。連中は今までかろうじて自分を抑えてきたのだ。きみたちが裸で川に入ると知ったら、正気をうしなう者が何人も出るだろう」

するとスービアが眉をすこし寄せて、

「裸？」

と訊き返した。「裸になどなりません。この姿のままで水を浴びるのです」

モアはばつの悪い思いであごひげを掻き、

「ま、そういうことであるなら、差し支えなかろう」

許可をあたえた。

そうこうするうちに、
ようやく『モカ・フリゲート』が入り江に到着した。

モアが約束を違《たが》えることなく待っていたことを知って、クリフォード船長は上機嫌だった。

さっそく、身代金交渉をどう行なうかについての相談が始まった。

クリフォードは言った。

「ここへ来る途中で考えていたんだが、人質を連れてマドラスへ行こう」

「なぜマドラスなんだ」

「マドラスには――」

クリフォードは人差し指を立てた。「トマス・ピットがいる」

トマス・ピット。

会ったことはないが、その男の名はモアもよく知っている。

無資格の闇商人からのしあがり、いまではムガール帝室からも一目置かれているという、マドラスの名物男だ。

「あの男に仲介を頼もうと思うのだ」

どうだ妙案だろう、という目でモアをみた。

XIII　男爵《バロン》の素姓を知る

マドラスの港は、インドの東海岸にある。

西海岸南部の入り江を出発した『アドヴェンチャー・ギャレー』と『モカ・フリゲート』は、コモリン岬をひだりに見て、セイロン島の外側を大きく迂回《うかい》し、

半月後にマドラスの沖に達した。

マドラスがイギリスのものになったのは、六十年前である。付近の海岸一帯を支配していた土侯から東インド会社が小さな漁村を譲りうけ、要塞を築いて貿易の拠点とした。

そのマドラスで、いま威勢をふるっているトマス・ピットという男。

かれは名うてのしたたか者だった。

この男がインドに現われたのは、二十歳をわずかに過ぎたばかりの頃だったという。インドでのあらゆる取り引きは、東インド会社に独占権があたえられていたにもかかわらず、この男は、

もぐりで商売を始めた。

東インド会社は警告を発したが、かれは無視した。

そこで逮捕が命じられた。

しかし、おとなしく捕まるような男ではない。かれは、土侯と巧みに交渉してその地での貿易特権を手に入れ、歯嚙みする東インド会社を尻目に、

稼ぎに稼ぎまくった。

こうして莫大な蓄財を果たしたこの男は、いったんインドを引き払ってイギリスへ帰国する。

帰国後、国から巨額の罰金を課されるのだが、かれは動じなかった。インドで蓄えた富はそれよりも多い。罰金を支払ったのち、土地を買って国会議員になった。

しばらくは本国で静かにしていたが、数年もすると、また金儲けの虫が騒ぎだした。

で、インドへの再渡航。

それを見て東インド会社は考えたようだ。この男を商売敵にするよりも、いっそのこと中に取り込んでしまったほうが、権益を掻き回されずに済む、と。

一六九七年、

すなわち今から二年前、

会社はこの男を、マドラスの長官に任命した。

こういう異色の経歴の持ち主であるから、こせついた官僚臭がなく、腹の太い人物だという評判がひろまっている。

そのトマス・ピットに、身代金交渉の仲介を頼もうというクリフォードの提案に、

モアも異論はなかった。

クリフォードとモアは、ピット長官に手紙を書いた。

クリフォードの手下が、夜間、ボートで港に上陸して長官邸の門内に手紙を投げ込み、夜明け前に船にもどってきた。

「ところで――」

モアはクリフォードに問いかけた。「旧会社の現地商館に巣食っているという例の秘密組織――つまり薔薇十字団とおぼしき連中のことだが、トマス・ピットも、その一員だろうか」

「わからん」

クリフォードは首をひねってみせた。「あの男ばかりは、皆目《かいもく》わからん。そうかもしれんし、そうでないかもしれん」

翌日の午後、

小型のスループ船が一隻、港の方角から沖合いをめざしてやってくるのが見えた。手紙を読んだピット長官が、さっそく使者を派遣してきたのだ。

モアは『モカ・フリゲート』に出向き、クリフォードとともに、その使者を迎えた。

使者はピットからの返書を携《たずさ》えていた。太めのペンで書かれたその力強い筆跡は、かれの自筆だろうか。

ピットは、

人質の無事を使者に確認させることを求めており、

そして、それが済んだのち、両船の船長を長官邸に招いて話をしたい、と書いていた。

モアとクリフォードは使者を連れて『アドヴェンチャー・ギャレー』へ移動し、船長室の人質と会わせた。

ジェイコブ・リーと名乗るその使者は三十過ぎの男だが、鷹のように鋭い目つきには海賊顔負けの凄《すご》みがあった。そしてその目で、取り引き商品でも検分するかのように無言のまま女たちを睨《ね》め回したため、
彼女らは身を硬くしてその視線を受けとめた。

〈検分〉を終えたリーは、モアとクリフォードをふりむき、

「では、長官のもとへ同行していただこう」

無表情に告げた。

クリフォードが首を横にふった。

「いや、二人そろって出向く必要はなかろう。どちらか一人で充分なはずだ」

リーは片頬でかすかに苦笑した。

「ご随意に」

クリフォードはモアの顔を指さした。

「人質を捕まえたのはあんただ。交渉はあんたに任せる」

万が一の逮捕を警戒しているのだろう。用心深い男だ。しかも、おのれだけは常に安全な場所に身を置こうと抜け目なく立ち回る。こういうクリフォードの性格に、モアは今ではすっかり慣れてしまい、いちいち腹を立てる気にもならない。

それにモアは、長官邸への招きを罠だとは思っていない。

モアたちが人質としておさえているのはムガール皇帝の孫娘だ。軽はずみな逮捕によって、人質の身を危険にさらすほど、トマス・ピットは愚かではなかろう。

「では、案内をたのむ」

モアは使者のリーとともにスループ船に移乗しようとした。

その肩に男爵《バロン》が手をかけた。

引き止めるのかと思ったが、そうではなく、かれ

はこう言った。
「わたしも同行していいかね」
モアは反対だった。男爵《バロン》には留守を預かっていてほしかった。
だが、
「トマス・ピットという人物に、わたしもぜひ会ってみたいのだ」
男爵《バロン》が強くいう。
かれの目当ては、
旧会社の現地商館に根を張る薔薇十字団員との接触である。
クリフォードがいうように、ピットが団員であるかどうかは不明だが、その可能性は大いにある。
返事をためらうモアに、
大樽が横からいった。
「留守中のことなら心配するな。爺さまとおれが、責任を持つ」
東インド会社に雇われていた頃、
モアは一度だけマドラスに寄港したことがある。
それはしかし七年も前のことであるから、当時の長官はトマス・ピットではなかった。異端商人ピットの名は早くからモアの耳にも入っていたが、
実際に会うのは今回が初めてである。
マドラスの要塞は、
正式にはセント・ジョージ要塞と呼ばれている。要塞のまわりに年々市街がふくらみ、にぎわいを呈しているが、北部の街と異なって、
建物にも、
人々の服装にも、
イスラムのにおいはない。
ピット長官は、風通しの悪い要塞内では暮らさず、港を見おろす白堊《はくあ》の豪邸に住んでいた。
リーに案内されて、
モアと男爵《バロン》は広いテラスに面したサロンに入った。外のテラスからは、港に碇泊する数隻の人型ガリオン船とそして無数の小舟がながめられる。
「たいそうな活気だ」
男爵《バロン》がつぶやく。
ピットが現われるのを待ちながら、

「おれが東インド会社の船に乗っていたころは――」

とモアもいった。「ボンベイやスラートのほうが取り引き高が多かった。しかし、このにぎわいを見ると、どうやら商売の中心は東海岸に移りつつあるようだ」

「それはなぜだね」

「中国との取り引きが始まったせいだろう。中国との行き来には、西海岸よりも、この東海岸のほうが便利だからな」

「その通り」

不意に背後から声がして、ふたりは振り向いた。

大柄な中年男。

わずかに笑みを浮かべている。

高い鼻がコンドルの嘴《くちばし》のように顔からせりだし、長い顎が少ししゃくれている。張りの強い大きな茶色の目。濃い眉。いちど見たら忘れぬ、あくの強い異相だった。

「紛らわしいご時世だ」

底ひびきのする声でいった。「むかしの海賊どもは、いかにもそれと判る顔をしていたもんだが、近頃は見た目ではにわかに判断がつかんからややこしい」

地味な灰色の長上着《コート》を着こみ、ややふんぞり返るような姿勢で立っている。

「それはともかく――わしが当港の長官トマス・ピットだ」

そして、かたわらの円《まる》テーブルと籐椅子をしめした。

「茶でも飲みながら、話をしよう」

茶。

モアはこのときまで、まだ一度も口にしたことがなかった。

上流階級の者たちが好んで飲んでいることは知っていたが、ほかの大多数のイギリス人にとってと同様、モアには馴染みのない飲み物だった。

中国製の小さな磁器碗《わん》にそそがれた薄緑色の湯。それを受け皿に移して冷《さ》ましつつ、音をたてて啜《すす》る。ピット長官はもちろんだが、男爵《バロン》も慣れた手つきでそれをしている。

モアもふたりの真似《まね》をして飲んだ。――かすかな苦味。

さほどうまい飲み物とは思えなかった。

「植民地アメリカでは――」

ピットは苦笑してみせた。「この煮汁《にじる》を捨てて、出がらしの葉だけを食べているそうだ。いったい誰がそんな馬鹿なことを教えたのかね」

モアは笑い返せなかった。まわりの者がそうしていれば、自分もきっと同じようにしてしまうことだろう。

「発酵させた黒い茶に――」

ピットは茶談義をつづける。「砂糖を入れて飲む者もいるが、あれでは茶のうまみが判らん。薬効も劣るにちがいない。茶はやはり、これでなくてはな」

言いながら、インド人の給仕にお代わりを命じた。

（イギリスで茶を飲む習慣がひろまり始めるのは、ちょうどこの時代からだが、当初は緑茶に人気があった。紅茶が優勢になるのは、あと数十年たってからである）

「いずれにせよ、やがてはこれが柱になる時代がくる」

「柱に？」

モアは手にした磁器碗のなかの液体をみつめた。

ピットは長い顎を引いてうなずく。

「商売の柱になる時代だ。茶というのは、飲みだすと習慣になる。茶が売れれば、それといっしょに飲みだすとポットと碗も売れる。中国茶と中国磁器だ。いまにわしは、イギリス中のあらゆるテーブルの上に、これらを並べさせてみせる」

三杯目の茶を飲み干してから、ようやく彼はいった。

「さて、本題に入ろう」

（のちの英国政治史に、〈大ピット〉〈小ピット〉と呼ばれる二人の首相が登場するが、かれらは、トマス・ピットの孫と曽孫である。

とくに、曽孫の小ピットは、わずか二十四歳で首相になり、やがてはナポレオンの欧州制覇の野望を

はばむ対仏大同盟の中心人物となるのだが、それは
しかし、百年ほど先の話である）

「ムガール皇帝は激怒している。きみらを捕まえて八つ裂きにする気でいるそうだ」

と、ピットはいった。

だがその顔には、なにやら面白がっているような、人の悪い薄笑いがにじんでいる。

「わしはこれまでいろんな刑罰を見てきたが、八つ裂きだけはまだ見ておらんのだ。機会があれば、ぜひ見物したいと思っている」

「残念ながら――」

とモアも微笑をうかべて言い返した。「その機会はすぐには訪れないでしょう。ムガール皇帝の権力がいかに強大でも、今はわれわれに指一本ふれることができないはずです」

「いかにも」

ピット長官は、濁った笑いを顔全体にじわりとひろげた。「主導権はきみらが握っている。皇帝は臓《はら》腑《わた》を煮えかえらせつつも、きみらに身代金を払わざるを得んだろう。――で、要求額はいくらだ」

モアは、
クリフォードと打ち合わせた金額を提示した。

「三十万ルピー」

これはヨーロッパの金貨にして四トン半に相当する。

「ふむ、きみらはムガール皇帝を見くびっているのか？」

とピットはそれまでの笑いを引っ込めてしまった。やはり、ふっかけすぎたのだろうか。身代金交渉など初めてのモアは、
少々気持ちをくじかれて、かたわらに坐る男爵《バロン》に顔を向けた。男爵《バロン》は励ますような目でモアを見返す。

「考えてもみたまえ」

とピットがつづけた。何ごとかを教え諭《さと》そうとする口調だ。

「世界の金銀は今どこへ集まっているのだ。アメリカ大陸で産する金銀は、いったいどこへ行く。ヨーロッパかね？　むろん一旦はそこへ運ばれるが、ロ

ンドンやアムステルダムやリスボンにじっとしてはおらん。木綿布《キャラコ》や胡椒と引き換えに、このインドへ送られてくる。ちがうかね？　オランダがジャパン国から持ち出す金銀についても同様だ。回りまわって結局はインドへやってくる」

「……」

モアと男爵《バロン》はまた日を見交したが、それはピットの言わんとすることがよく見えないからだった。

かれの話はさらにつづく。

「ではインドへきた金銀は、そこからどこへ行く。――どこへも行かん。ムガール皇帝の大金庫におさまるのだ。一部は貴族のふところにも入るが、かれらの身分は一代限りだ。死ねば遺産はのこらず皇帝に召し上げられる」

ピットは、円《まる》テーブルのふちに腹を押しつけるようにして、モアと男爵《バロン》のほうへそのあくの強い顔を突き出した。

「であるから、ムガール皇帝の財力を見くびってはいかん。孫姫の身代金がたった三十万ルピーでは、むしろ皇帝は侮辱を感ずるかもしれん」

……つまり、要求額をもっと上げろ、とピットは言っているのだ。

モアはなにやら妙な気分をおぼえながら、

「では……」

と、ためらいがちに言った。「五十万ルピーならば？」

ヨーロッパ金貨にして、じつに七トン半だ。

ピットは、それでもまだ不満がのこるふうであったが、しかし譲歩して、

「ま、よかろう」

とうなずいてみせた。

この奇妙な交渉の様子をクリフォードに聞かせたら、どんな顔をするだろうか。

考えてつい苦笑するモアに、

ピットがいう。

「手数料は二割だ。異存はないかね」

「手数料？」

「皇帝との仲立ちをするわしの手数料だ」

身代金の引き上げを〈助言〉したのは、そのためだったのか。

モアは太刀打ちできぬ思いで実感した。――聞きしにまさる、したたかぶりだ。


話がまとまったのち、別室に移って食事のもてなしがあった。

席につく前に男爵《バロン》が訊いた。

「あとで不都合はないのですか？」

「不都合？」ピットが訊き返す。

「つまり、われわれ海賊に食事までふるまったことが、会社や、アウランゼブに知れた場合です。あなたの立場が悪くなるのではと……」

ピットは頓着しなかった。

「このマドラスで、わしが何をしようと誰にも文句はつけさせん。たとえムガール皇帝であろうとな。

――わしはきみらのその物静かな様子が気に入った。ただの阿呆な無頼漢ではなさそうだ。なにゆえ海賊になんぞなったのか、そこらあたりを少し聞いてみたくなった」

家鴨《あひる》の蒸し肉
小鰯の酢漬け
玉葱《たまねぎ》の炒めもの
大根のスープ
香辛料をまぶした米
山羊乳のチーズ
甘いメロン
そして
フランス産の赤ワイン。
食べながらモアは、ピットの問いに答えて語った。海賊討伐船としてイギリスを出帆した『アドヴェンチャー・ギャレー』が、やがてみずから海賊に転身するに至った経緯《いきさつ》。
語るうちに、
キッド船長のあの孤独な背中がまぶたに蘇《よみがえ》ってきた。海賊行為に手を染めたのちも、なお迷いと自己欺瞞《ぎまん》のなかにいたウィリアム・キッド船長。
すると、ピットがいった。
「きみはキッド船長の部下だったのか。かれが逮捕されたニュースは聞いたかね？」

「……」初耳だった。

「植民地アメリカへ帰り着いたところを逮捕されたそうだ。年内にロンドンへ護送されて裁判にかけられることになる。そして間違いなく絞首刑だ」

……聞いて、モアは胸の痛みをおぼえはしたが、しかし、
意外な話ではない。

マダガスカルでの、キッド船長との最後の会話。それを思い出した。

〈喜望峰の向こうに待っているのは、裁判と絞首台です。もういちど帰国を考えなおす気はありませんか？〉

〈くどいやつだな。何度言ったら判るのだ。きみらこそが絞首台にむかって突き進んでおるのだ〉

嚙《か》み合わぬやりとり。

キッド船長はモアの忠告をしりぞけ、捕獲船『クエダ・マーチャント』に乗って、帰国の途についた。

そのかれが、
やはり逮捕されたという。


当然だ。インド洋での数々の海賊行為。あれが不問に付されるわけがない。キッド船長の、奇妙な論理にもとづく身勝手な釈明。あんなものが、世間に通用するわけがないではないか。

ピットも言ったように、かれは間違いなく絞首刑になるだろう。

……モアは不意に食欲をうしなった。

「どうしたね。腹具合でも悪いのかね」

ピットが声をかけたのは、しかしモアにではなく、男爵《バロン》に対してだった。

モアが横をみると、男爵《バロン》はピットの背後の、白い漆喰《しっくい》壁に日を向けていた。その横顔の、硬く陰鬱な表情は、
いつもの男爵《バロン》らしくない。

ピットはいったん背後を振り向き、
男爵《バロン》の視線の先を確かめてから言った。

「美しい女性だろう。きみらの歳では知らんだろうが、これはネル・グインの肖像だ。わしの憧れの女優だった」

壁には、華麗なドレスをまとった若い婦人の肖像画が掲げられている。

男爵《バロン》の目はその絵に釘付けになっていたのだ。

山羊乳のチーズをかじりながら、ピットが語る。

「わしは十九歳のときに、ロンドンの劇場でネルを見た。彼女はそのとき二十一歳だった。あれから三十年近くたった今も、あの艶《あで》やかな姿が目に焼きついて離れん」

モアは芝居には疎《うと》い。

まして、三十年近くも前の女優のことなど知るよしもない。

「この絵の通りの女性なら――」

とモアは言った。「たしかに美しかったでしょうな」

栗色の髪。白い肌。薔薇色の頰。

正面の顔ではなく、斜めを向いて、こちらに流し目を送るようなポーズで描かれている。

「美しいだけではない。頭のいい女優だった。機知にあふれていた。その機知で宮廷の女どもをやりこめた噂がいくつもあった」

「宮廷に出入りしていたのですか？」

「チャールズ二世の愛妾だったからな」

「国王の？」

チャールズ二世は先々代のイギリス国王だ。現国王ウィリアム三世は、その娘婿《むすめむこ》にあたる。

「あの王は女好きで有名だったから、ほかにも愛妾は何人もいたが――」

ピットは親指で背後の壁の絵をしめした。

「このネル・グインが一番のお気に入りだったという話だ」

モアは男爵《バロン》の横顔にもういちど目をやった。

男爵《バロン》は絵から視線をそらし、テーブルの上のワインの杯を黙って見つめている。

「このネルの息子が、セント・オールバンズ公爵だ」

ピットが言ったが、
モアはその名を知らなかった。上流社会とは無縁の人生を送ってきた彼は、数ある貴族の家名をほとんど知らない。

「ネルは貧民の生まれだというが――」

ピットがつぶやく。「国王を手玉にとって、息子を公爵にしてしまった。大した女性だ。——では天国のネル・グインに乾杯といこう」

ワインの入った杯を高く持ちあげた。

モアも杯を手にとりながら訊いた。

「彼女はもう亡くなっているのですか？」

「うむ、十年以上も前だ。わしがインドを引き払って一旦イギリスに帰ったときは、すでに他界したあとだった。二人の息子をのこしてな」

「いや」

と男爵《バロン》が静かに口を挟んだ。「彼女の息子は三人のはずです」

「……そうだった」

ピットは杯を置き、
やや虚をつかれたような目で男爵《バロン》の顔をみた。

「きみの言うとおり、正確には三人だが、しかし国王の胤《たね》は二人だけだ。いちばん上の息子は、ネルが王の寵愛《ちょうあい》を得る前に生まれているからな」

男爵《バロン》は黙ってうなずき返し、
もうその話題には関心をうしなったように、香辛料入りの米を無表情に口にはこんだ。

「しかも、この長子はとんだ愚か者だそうだ」

ピットはまだその話から離れなかった。「弟の、つまりセント・オールバンズ公の許婚者《いいなずけ》に横恋慕して、一族から追放されたという話だ」

「追放ではなく——」

と男爵《バロン》がまたおだやかに訂正した。「かれは自らの意志で姿を消したのです」

「……くわしいな。きみの知人なのか？」

「かつては」

短く答えて食事をつづける。

「いや待てよ、きみのその目もと……」

ピットはもういちど振り向いて肖像画をたしかめたあと、あらためて男爵《バロン》の顔をまじまじと見た。

やがて、
さぐりを入れるような口調で、こう訊いた。

「ちなみに、その男、いまはどこで何をしているのかね」

男爵《バロン》は優雅な手つきでワインをひとくち含んでから、
ピットと、そして横にいるモアの目を、

静かに見返した。

「消息は不明です」

すでに夕闇がおりていた。

しかし、月があるので海上は明るい。

モアと男爵《バロン》は、舷燈をともした小型のスループ船で、沖合いの『アドヴェンチャー・ギャレー』へと送られた。

その途上、
ふなべりから夜の海を見ている男爵《バロン》にむかって、
モアは遠慮がちに言った。

「もし違っていたら謝るが……」

しかし、あとの言葉を口にする前に、
男爵《バロン》が横顔のままで答えた。

「違ってはいない。ネル・グインはわたしの母だ。弟の許婚者《いいなずけ》に横恋慕した愚か者というのは、わたしのことだ」

男爵《バロン》はこれまで、自分の素姓については一言も口にしたことがない。――それはしかし男爵《バロン》に限ったことではなく、海賊仲間の多くの者が、おのれの素姓や来歴をあまり語りたがらなかった。

男爵《バロン》の場合、何も語らずとも、庶民の出でないことは誰の目にもあきらかで、
だからこそ〈男爵《バロン》〉などという綽名《あだな》をつけられてしまったわけだが、それにしても、
まさか王室に縁を持つ家の人間だとは思いもよらなかった。

「つまりきみは、国王の子供の、同腹の兄というわけだな？」

「その通りだが、今のわたしはただの流浪者でしかない。王室はむろんのこと、公爵家とすら何の関わりもない人間だ。……いや、それ以前から――幼少期から、わたしは、かれらとは別の世界にいた」

……わたしの母が貧民の出だというピット長官の言葉は、ほんとうのことだ。

母の父親、
つまりわたしの祖父は、王党軍の将校だったのだが、議会軍に敗れて職をうしなった。そして貧困と

借金だ。借りた金が返せずに、負債者監獄に入れられた。
残された家族はドルリー・レインの貧民街で暮らすようになった。
ひどい暮らしだったと、母に聞かされたことがある。少女時代の母は、
売春宿で酒を運んでいたそうだ。
そういう生い立ちだから、母は読み書きができなかった。死ぬまでそうだった。書けたのは、
NとG、
つまり自分のイニシャルだけだった。
それでも、そういう暮らしからなんとか抜け出したいという気持ちがあったのだろう、やがて売春宿での酒運びをやめて、
劇場のオレンジ売りの仕事についた。キングズ・シアターでだ。
その劇場で支配人をしていたのが、わたしの父親となる男だ。かれはオレンジ売りの娘に惚れて愛人にし、それを女優に育てあげた。
母の初舞台は十五歳だ。
機知にあふれていた、
とピット長官は言ったが、
さっき話したように、母は字が読めなかった。だから台詞《せりふ》は耳でおぼえたそうだ。記憶力は、たしかによかった。
憧れの女優だった。――ピット長官はそうも言った。わたしはかつて同じ言葉を何人もの人物から聞かされている。母は無学ではあったが、おそらく観衆を魅了する天性の何かを持っていたのだろう。
デビューのあと、人気はみるみる上がったらしい。
しかし女優になって二年目に、劇場がしばらく閉鎖される事態が起きた。ペストが街に蔓延《まんえん》したせいだ。その長い休業のあいだに、
母はわたしを産んだ。
やがてペストが下火になり、劇場が再開されて、母の人気がまた盛り上がった。――そこへ現われたのが、
国王チャールズ二世だった。
じつは、わたしの父親もチャールズというのだ。
チャールズ・ハートという名だ。

わたしを産んだあと、母はある貴族の詩人と短い恋をするのだが、その男の名もチャールズだった。で、母はその男を〈チャールズ二世〉と呼んでいたそうだ。

本物のチャールズ二世は、母にとっては三番目のチャールズだ。そこで母はかれを〈三世〉と呼んだ。〈わたしのチャールズ三世〉と呼んだのだ。嘘ではない。わたし自身、母が国王にそう呼びかけるのを、少年時代に何度か耳にしている。

「国王は怒らなかったのか?」

とモアは訊いた。

怒らなかった。窘《たしな》めることもしなかった。むしろ母のそういう茶目っ気を愛していたようだ。

国王の愛をうけるようになっても、母はわたしとともに下町の——リンカーンズ・イン・フィールズだ——小さな家にしばらく住んでいた。舞台にも立ちつづけた。

そんななかで、やがて母は国王の子を身ごもり、産み落とした。

わたしが三歳のときだ。

母は二十歳だった。

その子の名も、チャールズだ。——名付けたのは国王なのか、母なのか、わたしは知らない。

チャールズが生まれてから、われわれはペル・メル街の借家へ移った。その家は国王の住むセント・ジェームズ宮殿のすぐ裏にあった。

つぎの年のクリスマスに、母は国王の子をもうひとり産んだ。ジェームズという名が付けられた。

母は、チャールズとジェームズへの叙爵《じょしゃく》を国王にねだりつづけた。母は国王の愛妾たちの中で、最も低い身分の出だった。それゆえ、国王は叙爵をしぶっていたのだ。

母はあきらめなかった。

あの手この手で国王に訴えつづけた。

それが聞き入れられたのは、チャールズが六歳、ジェームズが五歳のときだ。

チャールズには、ヘディングタン男爵位とバーフォード伯爵位、ジェームズにはボークラーク卿の称号があたえられた。

母はそれでも満足しなかった。

というのは、

ほかの愛妾たちが産んだ息子には、みな公爵位があたえられていたからだ。

（大方の読者にとっては余計な注釈であろうが、爵位の序列は、上から公爵《デューク》・侯爵《マークィス》・伯爵《アール》・子爵《バイカウント》・男爵《バロン》の順である）

母の宿願が叶ったのは七年後だった。

十三歳のチャールズにセント・オールバンズ公爵位がさずけられた。

わたしはそのとき十六歳だった。――むろんわたしだけは貴族の仲間入りをさせてもらえなかった。

おなじ家で育てられてはいたが、弟たちとわたしとの間は、目に見えない分厚い壁で仕切られていた。

『アドヴェンチャー・ギャレー』の連中はわたしを〈男爵《バロン》〉などと呼ぶが、わたしは爵位を持ったことは一度もない。

母も、周囲の者も、

わたしの存在などほとんど意識になかった。ピット長官が言ったように、

ネル・グインの息子は

〈二人〉

なのだ。

わたしは員数外だった。

いまから思えばくだらぬことだが、

少年時代のわたしはそのことに傷ついた。

寂しさを何かで埋めようとして、わたしは武術に打ち込んだ。剣術、射撃、拳闘。夢中ではげんだ。

腕が上がるにつれて、武芸家として名を立てようと思うようになった。

フランシス・グイン。

それがわたしの本名だ。武術によってこの名を世に轟《とどろ》かせようと考えた。

が、そうなる前に母が病《やまい》で死んだ。三十七歳だった。

その後しばらくの間、わたしは虚脱していた。武術の鍛練にも身が入らなかった。ほかの誰よりも、母にこそ、わたしは自分の存在を認めさせたかった

のだ。
それが叶わぬまま、
母はこの世を去ってしまった。
翌年、わたしは神聖ローマ帝国軍に志願従軍して
ハンガリーへ遠征した。キリスト教徒としての使命
感からではない。あらゆることが空しくなり、
いわば、
虚無感が
わたしを死の冒険へと駆り立てたのだ。
わたしは二十一歳だった。
しかし、そのとき、弟のチャールズが――セント・
オールバンズ公爵が――同行を希望してきた。十八
歳のかれも母親をうしなって沈んでいた。
かれは母親の関心を独占して育った男だ。わたし
とは逆の意味で虚脱していたのだろう。
チャールズは幼いころからわたしを慕ってくれて
いた。わたしも――周囲の差別待遇に傷つきはした
が、しかし――弟たちには恨みを持っていなかった。
ともにハンガリーへゆき、戦場でも互いに助け合
った。

一年間の従軍ののち、
わたしとチャールズは帰国した。これといった手
柄もなかったが、大きな負傷もなく、ともかくも無
事にロンドンへ帰り着いた。
屋敷で慰労の宴《うたげ》が催された。
その宴の席に、
ひとりの娘がいた。
彼女のけがれのない、柔らかな微笑がわたしの目
をとらえた。
オックスフォード伯オーブリー・ドゥ・ヴィアの
娘、
ダイアナ
だった。彼女は、すでに五年も前に、国王の取り
計らいによって、
弟チャールズの許婚者《いいなずけ》となっていた。
しかし、わたしがダイアナを見たのは、このとき
が初めてだった。彼女は十八歳だった。わたしは、
彼女に心をうばわれてしまった。
むろん叶うはずのない想いだった。わたしは自分
の心を隠した。

この慰労の宴を境に、チャールズとダイアナの行き来が盛んになった。それまでは当の本人たちがまだ年少で、婚姻の約束は単に書類上のものに過ぎなかったわけだが、ようやくふたりが成長して、互いに許婚者《いいなずけ》としての意識を持ちはじめたようだった。

ダイアナは

気だてのいい娘だった。チャールズの兄であるわたしは、彼女にとって、未来の親族のひとりだ。彼女はそのつもりで、わたしとも親しく口をきいてくれた。

好奇心がつよく、すこしお転婆で、わたしに剣術を習いたがった。わたしは教えた。

あの当時、女たちのあいだで男装が流行《はや》っていたが、ダイアナも剣術の練習をする日はキュロットにストッキングという格好でやってきた。

真剣な顔で、白い頰を紅潮させ、夢中になって模擬剣をふるう彼女は、愛らしかった。

その表情に見とれて、彼女の剣を躱《かわ》しそこねたことが何度もあった。

わたしは、

自分の心を隠しきれなくなった。

ある日、

練習のあとで額の汗をぬぐっている彼女に、わたしはそっと告白した。

ダイアナは

目を見ひらいて硬直した。

思いもかけないことだったのだろう。当惑して、どうしていいか判らないようだった。

わたしは彼女の手をとって接吻した。

彼女はふるえ、その手を引きぬいて走り去った。

すべては終わってしまった。

わたしはそう思った。

だが、それは違っていた。翌日からダイアナは、熱くうるんだ目でわたしを見つめるようになった。

その眼差しは、すぐに周囲の者たちにも気づかれてしまった。

噂が

立ちはじめた。

屋敷の庭の隅で、チャールズがわたしに問い質《ただ》した。――噂は本当なのか？

わたしは否定した。

しかし、どう自制しても、ダイアナへの想いを絶ち切ることはできなかった。わたしは彼女に手紙を書いた。二人でフランスへ逃げようと書いた。ドゥ・ヴィア家の小間使いを買収して、その手紙をダイアナに届けさせた。

ダイアナから返事があった。

行きます、
という返事だった。

霧雨のふる夜だった。わたしは馬車を用意して、ドゥ・ヴィア家の屋敷の前で待った。

やがて黒いケープを羽織ったダイアナが走り出てきた。わたしは馬車の扉をあけて迎え入れようとした。しかし彼女は首をふった。

やはり、無理です、
といって泣いた。

ドゥ・ヴィア家には男子がなく、娘たちが共同相続人になっていた。しかもダイアナは長女だった。

二十代つづいた名門だ。その家名を汚すわけにはいかない、といって泣いた。


わたしは、ひとりで港へ向かい、大陸へ旅立った。

以後、フランスやオランダやドイツを渡り歩きながら貴族の子弟に武術を教えて十年を過ごした。

ドイツにいるとき、
薔薇十字団員によって書かれた例の書物にめぐりあった。

わたしは東洋をめざしてヨーロッパを後にした。そして、マダガスカルで、きみの仲間に加わった。

「ダイアナという娘は、その後どうなったのだ」

「チャールズと結婚したそうだ。わたしはあれ以後いちどもイギリスの土を踏んでいないが、パリにいるとき、風の便りに聞いた」

「まだ忘れられずにいるのか?」

「馬鹿な」

男爵《バロン》は低く苦笑したが、舷燈にうかぶ横顔には、いつもの泰然とした余裕が、まだ戻っていないように思えた。

「……だがこれで」

とモアはいった。「いままでの疑問が氷解した」

「疑問？」

「きみに関する疑問だ」

どう見ても貴族社会に育った人間としか思えぬのに、王権や、それに類する権威に対して深い敵意を抱いている男爵《バロン》。

「薔薇十字団を探し求めるきみの熱意の源も、ようやく判ってきた」

あらゆる世俗の権威を否定し、世界を根こそぎ刷新することを目的とする謎の秘密結社。

「そういえば――」

男爵《バロン》が苦笑した。「薔薇十字団のことでピット長官に探りを入れるのを忘れてしまった。――まさかあんな場所で母の肖像に出合おうとは思いもしなかったから、少しばかり平静を欠いてしまった」

母親ネル・グイン。

弟の妻ダイアナ。

男爵《バロン》の心に傷を負わせた二人の女。

その男爵《バロン》を慕う、ムガール帝国の〈姫君〉――彼女の乗る『アドヴェンチャー・ギャレー』の姿が、月明かりを白く浴びて、行く手に見えてきた。

（初代セント・オールバンズ公爵夫人ダイアナの若き日の肖像画がいまに残っているが、気品と愛らしさを兼ね備えたその美貌を見ると、なるほど男爵《バロン》が胸を焦がしたのも無理からぬことだと納得がゆく。彼女は夫チャールズとの間に十二人もの子をもうけた）

XIV　赦免の布告に接する

身代金交渉の仲介をひきうけたマドラスの長官トマス・ピット。かれの対応は素早かった。

モアとの面談の翌日、急使をムガール帝国の首都デリーへ走らせた。使者は、馬を乗り替え乗り替え、十日でデリーに到着し、

海賊たちの要求を皇帝アウランゼブに取り次いだ。

人質となったシャガラト・アル・ドール姫は、皇帝の第三皇子の第四女、つまり、数多い孫たちの中の一人に過ぎなかったが、

その愛らしい面差《おもざ》しのゆえか、アウランゼブに特に可愛がられていた。

八十一歳の老帝は、この孫娘の無事を知って安堵《あんど》し、海賊からの要求を即座にうけいれた。

ただし、憤りが解けたわけではない。

身代金はやる。だが、その海賊どもをこのまま見逃したのでは、ムガール帝国の威信にかかわる。

老帝は、五十万ルピー相当の金貨をマドラスへ搬送させる一方で、〈旧〉東インド会社のデリー駐在員を呼びつけて厳命した。――貴社の総力をあげて、セア船長ならびにクリフォード船長ひきいる海賊一味を討伐すべし。さもなくば、帝国内での貴社の商業権益のすべてを没収し、それをフランスに転与する所存である。

護衛の任を果たせなかった旧会社としては、皇帝の命にしたがう他なく、

西海岸の拠点ボンベイにおいて、大急ぎで討伐船隊の編成作業が始められた。

しかし、モアやクリフォードがそのことを知るのは、もうしばらく先であり、

この頃は、のんびりとマドラス沖を遊弋《ゆうよく》しながら、身代金の到着を待っていた。

そんなある日の夕暮れどき、

「船長」

と人質見張り役の海馬《セイウチ》が呼んだ。「女があんたをお呼びだぜ」

海馬《セイウチ》の野太い声が船上にひびくと、以前はそのつど、ほかの男たちの険しい視線がモアに向けられたものだが、
このところ、それがなくなってきた。いちいち目くじらを立てる者がいなくなってしまった。

巨額の身代金。

それを手に入れる日が、いよいよ目前に近づきつつある。そのため、全員の気分がほがらかに浮き立っており、
何事にも寛大になっていた。

「おう、船長、早く行ってやれ」

催促されて、
モアは上甲板への階段を降りた。

その足取りは、しかし何やら重い。——モアはこのところ、できるだけあの侍女頭のことを思い浮かべないようにしていた。彼女への関心を自分の中から追い出そうとつとめていた。

身代金が到着する日、
彼女は〈姫君〉とともにこの船を去る。

去らせまいと思ったところで、それは不可能だ。仮に彼女自身がモアのもとに留まることを望んだとしても、同様である。この船の掟がそれを許さない。

人質は別として、
女を船内に置いてはならぬきまりだ。それを破った者は、無人島に置き去りの刑に処せられる。船長といえども例外ではない。女をめぐる仲間どうしの争いを避けるために、多くの海賊船が採用している掟だ。なかには死刑を科す一味すらある。

「船長」

爺さまが船長室の錠前をあけながら言う。「もうじき、あんたもこの部屋へ戻れるのう」

「……うむ」

「しばらくは女くさい匂いが残って悩ましかろう、ヒヒ」

船体や静索に塗りこんだ木炭油《タール》のにおい。男たちの汗くさい体臭。船底からじわじわと立ちのぼってくる底溜水《ビルジ》の臭気。——船のにおいとは本来そうい

うものだが、

『アドヴェンチャー・ギャレー』の船長室にだけは、爺さまのいう通り、
いまや、ちがう匂いが漂っている。

扉をひらくと、その匂いがやわらかく流れ出てモアの鼻をつつんだ。かれは思わず顔をそむけるようにして、

「話は外で聞く」

侍女頭にいい、扉口から離れて右舷のふなべりに立った。

船長室から出たスービアが、
モアのそばに歩み寄る。

この日は風が凪《な》いでおり、甲板にいても彼女の匂いを嗅がずにいることはできなかった。

銀糸で刺繍《ししゅう》された半袖の胴衣。あらわな裸の腕。その蜂蜜色の肌は見るからになめらかそうだ。

おそらく全身の脱毛処理をしているのだろう。

――女たちは日々の食事以外にときどき砂糖を欲しがる、とコックの赤鼻がいっていた。焼いて練り物にした砂糖。嘗《な》めるためではなく、肌に塗り、そのあと、それを剝がして脱毛しているものと思われる。

たとえ人質の身となっても、そういう手入れは怠《おこた》らないようだ。

そして、大きな黒い瞳をふちどるまつげ。――もともと濃く長いそれを、さらに化粧墨できわだたせ、顔の下半分を覆う白い薄絹のヴェールの上から、甘くにらむようにモアを見つめる。

モアは頭の芯《しん》がくらりとするのに耐えながら、
そっけない口調で問う。

「用件は？」

すでに全員が夕食を終えた時刻だった。

宵闇がおとずれる前のひととき、船内にはくつろいだ空気がただよい、甲板のところどころで、水夫たちが気の合った者どうし雑談にふけっている。

「お礼を申したかったのです」

とスービアが言った。「この船を去る日がくる前に」

「何の礼だ。船を襲われ、人質にされ、それで礼をいうとは奇妙な話だ」

「約束を守っていただいたことへのお礼です。わが

姫に対して、狼藉《ろうぜき》や無礼なふるまいはなさらぬという約束。たしかに守ってくださいました」

「守らなければ自害すると脅したではないか。そうなっては元も子もない」

「でも初めの数日間は、正直にいって不安が胸を締めつけていました」

胴衣の胸元を手でおさえた。張りのある豊かな輪郭。

モアは努力して目をそらし、

「いずれにせよ、礼など言われては面食らう。面食らった拍子に、あやうく詫《わ》びの言葉を口にするところだった」

「わたくしたちを攫《さら》ったことへの詫びですか？」

「そうだ。――しかし、そんな詫びは愚劣きわまる。詫びるくらいなら、初めから襲わねばよいのだ」

スービアがかすかに笑った。

「あなたは、潔癖な悪人でいらっしゃるのね」

西空が夕焼けに染まっている。

スービアの白いヴェールも、なめらかな額も、裸の腕も、すべてがほのかに赤みを帯び、まるで彼女のからだが熱く火照《ほて》っているかのようだ。

モアは、ヴェールを剝ぎとって彼女の唇を奪う衝動に駆られたが、しかし、
息をしずめて言った。

「この不自由な暮らしから、きみたちはまもなく解放される。姫君はむろんだが、きみも家族のもとへ帰ることができる」

「わたくしには――」

スービアが首を横にふった。「家族はおりません」

「親きょうだいはいないのか？」

「父は十年前に、母は一昨年に亡くなりました。きょうだいもおりません」

「しかし、親類縁者くらいはいるだろう」

「母方の遠縁がいるだけです。父方には一人の血縁者もおりません。――わたくしの父はペルシャ人だったのです。ペルシャで学問をおさめ、インドへ移り住みました。同郷の貴族の紹介で皇帝陛下にお目

通りがかない、やがてその働きが陛下に認められて貴族に列せられました。朝廷の貴族には、父のようにペルシャからの移住者がとても多いのです」

「……きみは貴族の娘か」

「いいえ、わたくし自身は貴族でも何でもありません。ヨーロッパでは貴族は世襲と聞いていますが、こちらでは一代限りです」

そのことは、先日のトマス・ピットの話にもあった。

「父が世を去ると、遺《のこ》された財産は陛下にお納めしなければならず、わたくしは亡き父が懇意《こんい》にしていた貴族の方の口ききで、なんとか帝室の侍女の職に就くことができたのです」

「なるほど」

「ですから、姫とは異なり、わたくしの身を案じている者など、どこにもおりません」

言ってモアの目をまた見つめる。

モアは心の中で自分に舌打ちした。

つい余計なことまで聞いてしまった。彼女の身の上など、あまり詳しく知らぬほうがいい。知れば知るだけ気持ちが残る。

「とにかく――」

モアは言った。「きみたちを早くこの船からおろしたい。食い物に当たりはしないか、熱病に冒されはしないかと、いろいろ気を揉まずにすむからな。姫君もさぞその日を待ちわびていることだろう」

スービアはしかし、うなずかなかった。

「いいえ、姫は悲しんでおいでです。この船を去らねばならぬ日が近いと知って、涙ぐんでおられます」

「……男爵《バロン》との別れを悲しんでいるのか？」

『あの方を宮廷に連れ帰る許しを賜《たまわ》るよう皇帝陛下におねがいしてみる、とおっしゃいました」

モアは思わず失笑した。

「そんな許しが出るわけはなかろう。たとえ出たとしても、男爵《バロン》は行くまい」

「わたくしもそう申しあげました。ならば、デリーには帰らぬ。このままこの船に残るなどと……」

「それでは身代金が手に入らん」

「身代金との交換が済んだあと、護衛隊のもとから逃げ出して、再びこの船に戻ってくればよいのだと、そんなことまで考えておいでです」

「戻ってくれれば、もういちど身代金と交換するまでだ。それも判らんとは愚かな娘だ」

冷然と言うモアを、
スービアがするどく睨んだ。

「愚か？　ただ愚かとしかご覧にならないのですか？」

「愚かなわがまま娘だ」

「あなたには姫のお心を哀れに思うお気持ちは、少しもおありにならないのですか」

「叶う願いと叶わぬ願い。その見きわめが付かぬ歳でもあるまい」

スービアはしばらく黙り、
やがて呟《つぶや》くように低くいった。

「叶わぬ願いだからこそ、切ないのではありませんか」

訴えるような目で、モアをじっと見つめた。

モアは視線を夕暮れの海へ逃がした。

「無意味な話は終わりにしたい」

「無意味？」

「そうだ」

「……」スービアは一瞬沈黙し、やがて声を硬くして言った。「お詫びしますわ。つい忘れていました。あなたも冷血で野蛮な海賊のおひとりだということを」

「ほかに用件は？」

苛立たしげなモアの口調に、

「ございません」

スービアもつんとした声で答えて背を向け、後ろも見ずに船長室へ戻っていった。


「どうした。口喧嘩でもしたのかね」

船尾甲板へあがったモアに、男爵《バロン》がいった。上から見ていたようだ。

モアはじろりと横睨みした。

「捕虜に対してとるべき態度をとっただけだ。それより、きみに注意することがある」

「何をだね」

「〈姫君〉のことだ。――あの娘はきみと別れるのは厭《いや》だといって、また駄々をこねているそうだ。これはきみの責任だ」

「待ちたまえ」

男爵《バロン》は心外そうだ。「わたしはみなに強制されて、無理やり彼女の相手をさせられた。そのことを忘れてはいまいな」

「相手をしろとは言ったが、彼女の気持ちを募《つの》らせろとは言っていない。むしろきみへの想いを醒《さ》ますように持ってゆくべきではないか。——にもかかわらず、きみもあの娘に情を移し、妹を見るようだ、などといって、いい気になっていた。大いに反省すべきだ」

「ま、そう言われれば返す言葉はない」

「身代金を積んだ船が現われるまでに、〈姫君〉の熱を冷ますよう努めてくれ」

「……やってみる」

殊勝にうなずく男爵《バロン》だった。

五日後に、
その船が現われた。
ケッチ船（二本マストの縦帆船）だった。
目印として決めてあった緑の旗をなびかせて、マドラスの方角から近づいてきた。
『アドヴェンチャー・ギャレー』
『モカ・フリゲート』
両船の乗組員一同、陽気な歓声をあげてそれを迎えた。
五十万ルピーの身代金。
内陸の帝都デリーを出たあとガンジス河をくだってカルカッタへ運ばれ、そこでこのケッチ船に積み込まれて、
インド東岸ぞいにマドラスへ南送されたのだった。
船がマドラスに着いた時点で、
ピット長官が——例の契約にのっとり——二割の十万ルピー分を〈手数料〉として撥《は》ねたため、モアとクリフォードのもとへ届いたのは
四十万ルピー分の金貨だった。
これを二隻の乗組員、あわせて百八十三名に分配すると——ただし船長は二人分、その他の幹部は一・五人分——一人あたりの分け前は、水夫の給料

でいえば、
優に十年分以上に相当した。

ケッチ船を『アドヴェンチャー・ギャレー』に接舷させ、主帆の帆桁《メイン・ヤード・アーム》を起重機《クレーン》のように使って身代金の受け渡しをおこなった。

金具で補強された木箱が八十個。

そのすべてを一旦『アドヴェンチャー・ギャレー』の甲板に移し、
クリフォード船長も立ち合いのうえ、一つ一つを開けて中身を検分する。——本物の金貨か。底までしっかり詰まっているか。鉛を敷いて胡麻化《ごまか》してはいないか。

その作業にたっぷり半日をかけた。

日が傾きかけた頃に、検分が終了した。

「では、人質を貰いうける」

ピット長官の部下、例の、鷹のように鋭い目つきのジェイコブ・リーが言った。

モアはうなずき、
爺さまを見返った。

爺さまは、
船長室の前で仁王立ちしている海馬《セイウチ》を小突いて脇へどかせ、
解錠して扉をひらいた。
侍女頭スービアを先頭に、〈姫君〉、そして年若い二人の侍女たちが、
中から姿を現わした。
——どうやら男爵《バロン》の努力は足りなかったようだ。
〈姫君〉は目を泣き腫《は》らしていた。その目でまわりを見回し、居並ぶ男たちの中に男爵《バロン》の姿をみとめると、思わず駆け寄ろうとした。
スービアと侍女たちがその腕を捕らえて引き戻す。
そして、なかば無理やりに移乗用の輿《こし》に乗せた。
輿は、帆桁《ほげた》に掛けた滑車つきロープで吊りあげられてふなべりを跨《また》ぎ、ケッチ船の甲板の上にふたたび静かにおろされた。
つづいて若い侍女二人が同様にして運ばれ、
最後にスービアが輿に乗る。
このときモアは、彼女がこちらを振り返り、目で別れの挨拶を送ってくるのではないかと思っていた。

しかし、
スービアは見向きもしなかった。
彼女の乗った輿が宙に浮き、『アドヴェンチャー・ギャレー』のふなべりを跨ぎ越え、ケッチ船の甲板におろされたあとも、
モアのほうを見ようとはしなかった。
先日の諍《いさか》いで、モアへの好意が拭《ぬぐ》い去られてしまったのかもしれない。だとしても、それを残念に思う理由はモアにはない。むしろ、喜ぶべきだろう。モア自身も彼女に対してみょうな未練を引きずらずにすみ、
さっぱりとした気分でいられる。
「これにて取り引き完了だな」
リーが言い、みずからは渡り板を——両船の舷高差のせいで傾斜しているその狭い板を——敏捷《びんしょう》に渡ってケッチ船に戻っていった。
やがて両船を繋《つな》いでいたロープが解かれ、互いの舷側を水夫たちが棒で押し合う。
ケッチ船の二本のマストに縦帆があがり、ゆっくりと回頭して、
西へ、
つまりマドラスの港をめざして去ってゆく。
逆光となった太陽が海面を黄金色にきらめかせ、そのなかを、ケッチ船のシルエットがすべるように遠ざかる。
見送りながらモアは、
なにやら空虚な思いにひたされていた。
……さて、クリフォードと祝杯をあげねば。
思ってふなべりから離れようとしたとき、
「船長」
男爵《バロン》がしずかに呼びかけた。
かれは遠眼鏡でケッチ船を見ていた。
「何だ」
「……」男爵《バロン》は遠眼鏡をおろし、無言でそれをモアに渡した。
モアが受け取って覗くと、
遠ざかるケッチ船の船尾甲板にふたりの女の姿が見えた。逆光で黒い影になっているが、ひとりは〈姫君〉、ひとりはスービアであることがかろうじて判る。並んでこちらを見ているようだ。

モアはなんとかスービアの表情を読みとろうと目を凝らした。しかし、
もはやそれが可能な距離ではなかった。

「何だこれは」

というコックの赤鼻のダミ声がした。

赤鼻は、ほかの連中と同じく、身代金の到着に興奮し、晩飯づくりをすっかり忘れていたのだった。で、大急ぎで支度にとりかかろうと炊事場へ行った。炊事場は上甲板の前方だ。

そばに前檣《フォアマスト》がある。

その太いマストの横腹に、
細身のナイフが突き立てられているのを彼は見た。ナイフは、折り畳んだ紙をマストに留めるために刺されており、
赤鼻がそれを引き抜いて紙をひろげてみると、

『モア船長へ』

という英語の文字が目に入り——赤鼻は字が読めるのだった——思わず、何だこれは、と声を出してしまったのだ。


紙はモアの手に届けられた。

見憶えのある力強い筆跡で、こう書かれていた。

モア船長へ
貴君らを討伐するための武装船隊がボンベイにて編成されつつあることをお知らせする。
幸運を祈る。
P

「ピット長官からだ」

モアはクリフォード船長にその紙を見せた。「さっきの使者が残していったのだ」

船上のだれもが身代金の検分に気をとられている間に、ジェイコブ・リーが前檣《フォアマスト》にナイフで留めたのだろう。

読んでクリフォードがつぶやく。

「これは、あんたへの好意からか？　それとも、われわれを脅かして面白がっているのか？」

「おれにも判らん」

トマス・ピット。ひと癖もふた癖もありそうな、

食えない人物。好意からの忠告か、意地のわるい揶揄《からかい》か、この短い文面からでは測りかねた。

「いずれにせよ、ここに長居は無用だ。身代金を分けたら、急いで姿をくらまそう」

「うむ、ただし――」

とクリフォードが不安げに言う。「討伐船隊に出くわした場合のことを考えて、もうしばらく行動を共にしようじゃないか。単独で戦ったんじゃどうにもならん」

「よかろう」

モアにも異存はなかった。「しかし、どこかでもっと詳しい情報を手に入れたいものだ」

「だったらコーチンへ行こう」

クリフォードが提案した。「あそこなら情報が集まるし、ついでに食糧や物資の補給もできる」

コーチンは、インド西海岸にあるオランダ領の港である。

以前に、
大工頭と会計係《パーサー》が『アドヴェンチャー・ギャレー』の補修のために中古船を買い求めに行き、偶然クリフォードの一味と出遭ったのがこの港だった。

クリフォードらの話によれば、ここを支配するオランダ人総督は腐敗しきっており、賄賂《わいろ》さえ差し出せば、海賊船の入港を黙認するという。

物資も豊富で安いため、この港を補給地にしている海賊船は多いらしい。


コーチンに向かう航海計画は、乗組員総会ですんなりと承認された。

身代金の分配をうけた海賊たちは、それを使う場所を求めていた。

コーチンには混血の美人娼婦が大勢いるという噂もながれ、
かれらの意気はあがった。

『アドヴェンチャー・ギャレー』と『モカ・フリゲート』

マドラス沖をあとにした二隻は、セイロン島の南をふたたび大きく回りこんで、二十日後にコーチンに達した。

一七〇〇年一月十日である。

二百年近く前、
ヴァスコ・ダ・ガマがポルトガルの商館をひらいて以来の古い港町だ。ポルトガル風の古い建物と、オランダ風の新しい建物が混在してはいるものの、なかなかに美しい町であった。

まわりは水郷地帯である。内陸の奥深くまで水路が伸び、その水路を通って大量の胡椒《こしょう》が舟で運ばれてくる。

クリフォードが総督に届けた高額の賄賂がきいて、二隻の海賊船は臨検をうけることもなく、悠々と港に錨《いかり》をおろすことができた。

食糧と水の補給を手配する一方で、
モアとクリフォードは情報の収集にうごいた。

そして、ピットの警告が嘘ではなかったことを知った。——西海岸北方のボンベイで強力な討伐船隊が編成され、その出帆準備がそろそろ完了するころだ、という話。いや、船隊はすでに出帆して南へ向かっている、という話もあった。

備砲四十門以上の重武装船三隻
補給船二隻
という編制。これはもはや
〈艦隊〉

である。

「いずれにせよ、ありがたくない話だ」

クリフォードは怖気《おじけ》づいている。

むろん、モアもこの事態を深刻にうけとめていた。

「かれらはここへも来るだろうか」

「当然くる」

クリフォードは陰鬱に断言した。「ふつうならオランダ領だから手出しはできんはずだが、今度ばかりはおかまいなく押し入ってくるだろう。アウランゼブの怒りを解くために、会社側も必死のようだ」

壁にオランダ製の世界図が掲げられている『モカ・フリゲート』の船長室。その地図を見ながら、
モアは言った。

「では、どこへ逃げるかを考えよう」

しかしクリフォードは悲観ばかりを口にする。

「どこへ逃げても、しつこく追ってくるにちがいない。おれたちの行方をつかむために、賞金をばらまいて情報集めをするはずだ。補給船を二隻も従えているということは、世界の果てまで追ってくるつもりなのだ。おれたちを〈討伐〉しないかぎり、やつらの任務は終わらんのだ」

そして深ぶかと嘆息した。

「アウランゼブがこれほどむきになって怒るとは思わなかった。手に入れた獲物はでかかったが、その代償がこれでは割に合わん」

諦めきった口調がモアには苛立たしかった。

「逃げても無駄なら腹をくくって戦うしかなかろう」

「……おれの悪運もついに尽きたか」

どこまでも弱気なクリフォードだった。

だが、そんなさなかに、別の噂がかれらの耳に入ってきた。

〈赦免状《しゃめん》〉の噂だ。

悔い改めて投降する海賊たちには、慈悲をもってこれまでの罪業を赦免する、というイギリス国王の布告。

それをたずさえた海軍の艦隊が、はるばる本国からインド洋に派遣されてきた、という噂。

聞き込んできたのは『モカ・フリゲート』の水夫だった。港の酒場で、そのことが語られていたのだという。

クリフォード船長は、すぐさまその酒場に出向き、自分で確認したのち、
モアのもとを訪れた。

「印刷されたその布告を、おれは今この目で見てきた」話すクリフォードの顔は喜色にあふれていた。

「見せてくれたのは、木材運送船の船長だ。そいつはマダガスカルからやってきたばかりで、その布告もあっちで手に入れたそうだ。イギリス艦隊が、立ち寄る先々で大量にバラ撒《ま》いていったらしい」

「本物なのか？」

モアは慎重にたずねる。

「罠じゃないかと疑っているのか？　その心配はな

さそうだ。現に、もう何組かの海賊が投降して、たしかに赦免状を与えられたという話だ」

「国王もずいぶんと寛大だな」

皮肉をこめて横から言ったのは男爵《バロン》だ。かれも話を鵜呑《うの》みにできないでいるようだ。

「イギリス政府の苦肉の策さ」クリフォードはしかし信じきっている。

切羽つまった苦境のなかで思いがけなく現われたひとすじの光明。それにすがろうとしているのだ。

「やつらもわれわれに手を焼いていたのさ。インド洋の海賊ぜんぶを退治するなんざ、どだい無理なことだ。艦隊の一つぐらい送り込んできたって、なかなか片が付くもんじゃない。——こんど編成された旧会社の討伐船隊のように、おれたちだけに的を絞って追いかけるんなら話は別だが。——そんな訳で、政府は名を捨てて実を取ろうと決めたのさ。赦免状と引き換えにわれわれをおとなしくさせる。武力鎮圧より安上がりだし、それで海賊が減れば、連中の利益は守られる」

「で、あんたは投降するつもりなのか？」

モアの問いに、
クリフォードは即座にうなずいた。

「この機会をのがしたら、一生逃げ回らなきゃならんことになる。逃げきれればまだいいが、いずれは旧会社の討伐船隊に捕まって縛り首だ」

「乗組員も了解しているのか？」

「これから船に戻って全員に話す。厭《いや》がるやつはこの港に置いてゆく」

そして、しみじみと溜め息をついた。「……インドもアラビアも、もう見飽きた。この暑さにもうんざりだ。赦免状を手に入れたら、あとはイギリスかアメリカで、ゆっくり暮らしたい。そのための金も、たっぷり手に入れたしな」

「……」モアは黙って男爵《バロン》と目を見かわした。クリフォードの心情も、多少はわからぬでもない。

「イギリス艦隊は——」

とクリフォードが言葉をつづけた。「マダガスカルからアラビア方面へ向かったそうだ。旧会社の討伐船隊がやってくる前に、おれたちもアラビアへ向かおうじゃないか。ウォーレン艦隊を見つけて、さっさと投降しちまおう」

モアは思わず眉をよせ、
訊き返した。

「ウォーレン艦隊？　いまそう言ったか？」

「うむ、トマス・ウォーレンという提督《ていとく》がその艦隊の司令官だそうだ」

「……」

腕組みをして考え込むモアに、クリフォードが問いかけた。

「どうした。ウォーレン提督を知っているのか？」

「三年あまり前に――」

とモアは答えた。「南大西洋で出遭った」

「戦闘をまじえたのか？」

「いや、まだこの『アドヴェンチャー・ギャレー』が海賊船になる前のことだ。それどころか、むしろ海賊討伐の使命をおびてインド洋をめざしていた頃のことだ」

「キッドが船長をしていた時期だな？」

……航海中の嵐のせいで帆布を何枚もうしなって予備が無くなってしまったとき、
ウォーレン提督の率いるイギリス艦隊と遭遇した。

キッド船長は航海士代理のモアを伴って艦隊の旗艦を表敬訪問し、提督室でウォーレンと面談した。そのさい、余分な帆布の譲与を請《こ》うたのだが、
提督にすげなく拒絶された。

キッド船長が見せた国王からの海賊討伐委任状も、提督の冷笑を買っただけだった。憤《いきどお》った船長の捨てぜりふが、
逆に提督を激怒させ、
船長と幹部全員の出頭を命じられた。

キッド船長は命令に従わず、夜陰にまぎれて逃走した。……

「提督は、どんなやつだった」

とクリフォードが訊く。

モアは、
ウォーレン提督の、鼻梁《びりょう》の細い神経質そうな表情を思い出しながら答えた。

「厳格な指揮官に思えた。部下たちもウォーレンの

顔色をうかがってびくびくしている様子だった」

「年寄りか？」

「いや、当時四十そこそこだ」

「となると、叩き上げではないな」

「言葉は上流階級の発音だった」

「……ウォーレンの名前をきいて、あんた、なぜ考え込んだんだ」

「懸念《けねん》がよぎったのだ」

「懸念とは？」

「かれは他人への情がきわめて薄い男のように見えた。しかも癇性《かんしょう》で、すぐにカッとなる性格のようだった。そういう人物を無警戒に信じて投降することに、躊躇《ためらい》をおぼえる。どうもいやな予感がするのだ」

クリフォードはふんと鼻を鳴らした。

「懸念、予感。――ま、好きにするがいいさ。だが、そうやって二の足を踏んでいる間に、旧会社の討伐船隊がやってくるぞ。このほうは懸念でも予感でもなく、現実の脅威だ」

「むろん判《わか》っている」

「とにかく、おれはもう考えを決めた」

言い残して、クリフォードは『モカ・フリゲート』へと帰っていった。

モアは、
上陸して羽をのばしていた乗組員たちに呼集をかけ、
総会をひらいた。

まだ遊び足りぬ男たちは、不機嫌な顔つきで陸《おか》から戻ってきた。

「重大な話ってのは、いってえ何なんだ」

面倒くさげに訊く男たちの顔を、
モアはゆっくりと見回した。

「酒に酔っている者はいるか？」

「酔ってなんかいねえよ」

と喚《わめ》き返した者を含めて、
半数以上が素面《しらふ》の状態ではなかった。

モアは言った。

「いまからおれが話すことをよく聞いてくれ。そのうえで、各自が自分の道を選んでほしい。――ただし、結論を出すのは明日でいい。酔いがすっかり醒めてから、慎重に決断してもらいたい」

逃走か。

投降か。

いずれかを早急に選ばねばならぬ状況にあることを、モアはみなに語った。

「けど、ウォーレンって野郎は信用できるんか？」

爺さまも、やはりその点が気になるようだ。

ウォーレン提督にじかに会っているのは、この中ではモアただ一人だった。

「おれは、かれを信用する気にはなれない」

そう答えた。

「するってえと、船長、あんたは投降はしねえという立場なのか？」

弾薬庫主任の穴熊がきく。

モアはうなずいた。

「その通りだ。——投降は、おのれの運命をまるごと相手の手に握らせてしまうことだ。おれは、それをしたくない」

「だが船長」

大工頭がいう。「『モカ・フリゲート』は投降しちまうんだろう。となると、こっちは一隻だけだ。討伐船隊に取っ捕まったら、ぜったいに勝ち目はねえぜ」

「たしかに、戦えば勝ち目はないだろう。だから、逃げて逃げて逃げまくるのだ。連中がどこまでも追ってくるなら、こっちもどこまでも逃げればいい。『モカ・フリゲート』には無理でも、この『アドヴェンチャー・ギャレー』なら、なんとか逃げきれる可能性もなくはないと、おれは思う」

「しかし、スンダ海峡の悪夢をおれはまだ忘れちゃいねえぜ」

言ったのは、ふくろうだ。

三隻のオランダ船隊に包囲された絶体絶命の窮地。大勢の仲間をあの戦いでうしなった。——あの地獄から奇跡的に脱出できたのは、
火薬猿《パウダー・モンキー》のビリーの自己犠牲と、
そして突然のスコールのおかげだった。

モアはふくろうの目を見返した。

「おれも忘れてはいない。――討伐船隊に包囲されて、もう一度あの修羅場を見ることになるかもしれない。そしてその修羅場のなかで最期《さいご》を迎えることになるかもしれない」

「それもいいではないか」

言いながら脇から進み出たのは、男爵《バロン》だった。

「海賊稼業に危険はつきものだ。国王の慈悲によって赦免するなどと、訳のわからぬ布告を真《ま》にうけて――仮にそれが嘘偽りのない布告であったとしてもだ――そんなものに釣られて投降すれば、また元の愚劣な世界に戻るだけではないか。王や貴族や金持ちどもが作った法律に縛られて、窮屈な社会の片隅で、こせこせと生きていかねばならん。そういう暮らしに、いまさらきみたちは戻れるのか？　戻る自信があるのか？　あるのならば、ウォーレン提督とやらに投降したまえ。『モカ・フリゲート』が希望者を一緒に乗せていってくれるはずだ」

ほかに発言する者はなく、
そばにいる者同士で相談を始める声がざわざわと船上を満たした。

モアはひとまずこの日の集まりを解いた。

翌朝の総会で、各自の態度表明がおこなわれた。

投降希望者は、ほぼ三分の一。

残りの者は、モアや男爵《バロン》とともに、このまま逃走することを選んだ。――きのうは悲観的意見を口にした大工頭やふくろうも、考えぬいた末に、結局は居残る決断をした。

しかも、欠員によって航海に支障をきたす事態にはならず、むしろ
乗組員の数は百名にまで増えた。

というのは、『モカ・フリゲート』から投降拒否派の男たちが『アドヴェンチャー・ギャレー』に乗り移ってきたからだ。――ただし、そのなかには、あの雷のような声の水夫長は含まれていなかった。かれはクリフォードと共に投降する道を選び取り、モアや、かつての仲間たちに一言別れを告げにきた。

その日のうちに、

『モカ・フリゲート』は錨をあげ、クリフォード船長をはじめとする投降派八十余名を乗せて、コーチンの港を出ていった。

（以下は後日談である。――かれらは、投降によって、たしかに一旦は赦免されたのだが、モアの予感通り、のちにそれが取り消され、ロンドンで絞首刑に処せられた）

『モカ・フリゲート』の出港を見送ったモアたちは、やはり幾分の心細さをおぼえつつも、これからの長期の逃走にそなえて、大量の食糧を買い込んだ。さらに下甲板では五頭の山羊《やぎ》を、上甲板では百羽の鶏を飼育することにした。

最後に新鮮な水をたっぷりと積み込み、出帆の準備が完了しかけたとき、

一隻のガリオン船が港の沖にあらわれた。

ただの商船でないことは遠目にもあきらかで、どこかうっそりと不気味な気配を発している。

討伐船隊の第一船か。

だとすれば、たいへんなスピードでボンベイから南下してきたことになる。――モアは唾を飲み込み、落ち着け、と自分に言いきかせながら遠眼鏡を構えた。

「おい、船長」

爺さまがそばへ来て言った。「何をびくびくしとるんだ。あれはお仲間の船じゃぞ」

「仲間？」

「そうともよ。あれは『タイタン』じゃ」

「……」モアは爺さまの目を見すえた。「ほんとうか？」

「ああ、ブラッドレー船長の『タイタン』じゃ。それにしても、また妙なときに出くわしたもんよ。ヒヒ」

「……」モアはふたたび唾を飲み、言葉もなくその船の接近を見守った。

XV　ブラッドレー船長と対面する

　あれほど探し求めても見つけ出せなかった『タイタン』が、いま、みずからモアの眼前にあらわれ、叫べば声が届く距離に錨《いかり》をおろそうとしている。

　軍艦仕様の大型ガリオン船。

　片舷に二十二の砲門が数えられる。つまり両舷で四十四門という重武装だ。大きさも火力も、『アドヴェンチャー・ギャレー』を上回っている。

　そう思って見るせいか、あたりを睥睨《へいげい》するような威圧感がある。しかも、クリフォード船長の『モカ・フリゲート』とは異なり、船体の横幅はさほど膨《ふく》らんでおらず、その形状から推して、どうやら足も速そうだ。

　……これがあの『タイタン』か。

　モアはふなべりに立ち、食い入るように見ていた。

　ほかの者たちも、出帆準備作業の手をしばし休めて、高名な〈お仲間〉の船を興味深げにながめている。

　いっぽう、『タイタン』のほうは、乗組員たちが各帆の帆桁《ほげた》にのぼって畳帆《じょうはん》作業の真っ最中だ。それを船尾甲板から指図する褐色の髯《ひげ》の男が、おそらくブラッドレー船長だと思われる。

「ようやく巡り遭えたな」

　モアの横へきて、男爵《バロン》がいった。仲間たちの内で、モアの抱える〈事情〉を知っているのは――歯無しのサムが死んだ今――この男だけだ。

「だが、残念ながら――」と男爵《バロン》は釘を刺す。「いまはブラッドレーに関わっている暇はないぞ」

　ここでぐずぐずしていると討伐船隊に捕捉されてしまう。

　モアにもむろん判っている。

　判ってはいるが、なにか諦めきれない気持ちだ。せっかく訪れたブラッドレーとの接触の機会。これをのがせば、つぎに再び出遭えるのは果たしていつになることか……。

男爵《バロン》はモアの肩に手をおいた。

「きみの無念は察するが、いまわれわれが置かれている状況を考えれば、致し方なかろう」

嘆息とともにモアがうなずこうとしたそのとき、だが、
ふと一点に目が向いた。

『タイタン』からおろされた一隻のボート。波静かな海面を六本のオールで力強く掻いている。――漕ぎ進む方向は、しかし陸岸ではない。

「こっちへ向かってくるぞ」

誰かが叫び、
ほかの者たちもふなべりに群がって、近づくボートを見つめた。


六人の若い漕ぎ手と、舵《かじ》取りの中年男が乗っている。まぢかまで来ると、舵取りの男が首をそらせてこちらを見あげ、

「この船は『アドヴェンチャー・ギャレー』か？」

と、よく通る太い声で問いかけた。

「いかにも」

モアが答えると、
男はいった。

「われわれは同業仲間だ。船の名は『タイタン』だ。ブラッドレー船長が挨拶の訪問をしたいと言っている。異存がないか返事を訊《き》きたい」

モアは男爵《バロン》をちらりと見返ったのち、
ボートを見おろしてこう告げた。

「訪問を歓迎したいのは山々だが、残念ながら、その時間がない。なぜなら、われわれを討伐する任務を負った武装船隊が接近中なのだ」

「その噂は聞いている」

と男がいった。「ブラッドレー船長は、その件についてあんた方に提案があるそうだ」

……提案？

「聞いて損はない提案だ」

思わせぶりな言葉に、
甲板にいる者たちがざわめきながらモアのほうを見た。ブラッドレーと会ってその〈提案〉を聞くことを、誰もが求めているようだ。

「……わかった。待っていると船長に伝えてもらい

たい」

答えてから再び見返ると、男爵《バロン》も無言でうなずいてみせた。

やがてかれはやってきた。

屈強そうな部下ふたりを従えて『アドヴェンチャー・ギャレー』の甲板を踏みしめた。

モアは感情の昂《たか》ぶりをおさえて平静を保とうと努力し、そのせいで
体が不自然にこわばっていた。

ブラッドレーはさほど大柄ではないが、がっしりした男だった。

モアよりも十歳ばかり上の、四十代半ばというところであろう。赤銅《しゃくどう》色に焼けた額に二本の横皺がくっきりと刻まれ、髯《ひげ》にもわずかに白髪がまじっている。

黒い三稜帽《トライコーン・ハット》に鷹の羽根飾りをつけ、黒革のヴェストを着こみ、シャツの胸元から濃密な胸毛をはみださせている。

だが、目にはどこか知的なひかりが宿っており、そのため、野卑な印象はない。

船上をゆったりと見回す落ち着いた物腰にも、モアにはない貫禄がそなわっている。

迎えたモアと握手を交わし、こう言った。

「いい船だ。形に無駄がない」

すこしざらついた低音の声。

この声で兄への拷問を命じたのか。――思いながらも、モアは平静に応じようとつとめた。

「確かに元はいい船だった。だが、いまではご覧のとおりの継ぎはぎだらけだ」

ブラッドレーはうなずき、

「おれの船もだ」

いって、少し眉を寄せながら笑ってみせた。なかなか滋味のある笑みだった。――兄のことがなければ、モアも思わず笑い返したことだろう。この笑みに惹《ひ》きつけられ、取り込まれ、手なずけられる男たちは、さだめし多いに違いない。

「しかし、戦《いくさ》で肝心なのは船ではない」

ブラッドレーはつづける。「それよりも、指揮官

の頭と肝《きも》っ玉《たま》だ。モア船長、このところのあんたの活躍ぶりを耳にして――」

モアの上腕をがっしりと摑んだ。「ぜひ会いたいと思っていた」

このとき、モアは疑問を抱いた。

ブラッドレーはすでにモアの名前を聞き知っていたようだ。――かつて自分が責め殺したアーサー・モアと同姓であることに、かれは何の引っかかりも感じてはいないのだろうか。まさかアーサーの身内であるとは想像もしていないのだろうか。それとも、三年も前に死んだ手下の名前など、もはや憶えていないのだろうか。

いつぞや、男爵《バロン》に訊かれたことがある。ブラッドレーとの出遭いが実現した場合のモアの行動についてだ。

〈殺すのか?〉

あのときモアは

〈わからん〉

と答えた。

はぐらかしたのではなく、実際のところ、どうすべきかを決めかねていた。

決める前に、まず突き止める必要があった。――兄アーサーに対する烈《はげ》しい拷問は、かれらの掟に照らして、やむをえぬものだったのか否か。

モア自身、仲間の掟にのっとり、部下に苛酷《かこく》な刑罰を科した経験をもっている。――例の、火の玉《ファイア・ボール》のことだ。スンダ海峡の戦いで船倉に逃げ隠れた火の玉《ファイア・ボール》を、無人島に置き去りの刑に処した。置き去りは死刑ではないが、死刑にきわめて近い刑だ。よほどの幸運に見舞われぬかぎり、他船の救助など期待できず、島で生きつづけることも難しい。十中八、九の確率で、火の玉《ファイア・ボール》はすでに死んでいることだろう。

海賊にはそれぞれの掟がある。その掟に署名して船に乗り組んだ以上、違反すれば刑罰が科せられる。

兄アーサーの場合はどうだったのか。

かれは本当に密偵を務めたのか。それとも不当な拷問殺人だったのか。

歯無しのサムは、こうも言っていた。

〈あの事件は、おれには、もうひとつよく判らねえままだった〉

ブラッドレーとモア。

ふたりの会見を、『アドヴェンチャー・ギャレー』の乗組員たちが周囲にひしめきあって見守っている。支檣索《ししょうさく》の縄梯子や帆桁《ほげた》によじのぼり、上から見おろしている者たちもいる。誰もがみな、話が本題に入るのを待ちかねている。

モアはいった。

「討伐船隊の件で、何かわれわれに提案があるそうだが」

「うむ、それだ」

ブラッドレーは、まわりの者たちにも聞こえるように、やや声を高めた。「あんたたちの命を、おれに救わせてもらいたいのだ」

ざわめく声と、

「シーッ、先を聞こうぜ」

と静める声とがいりまじった。

ブラッドレーがつづける。

「おれたちはこのひと月ほど、カルペニ島で船を修理していたんだ」

カルペニ島はこのコーチンの西方に浮かぶ小島である。

「修理を終えて島を離れると、ちょうどこの港からやってきたケッチ船と出くわして、さっそく獲物にした。ろくな積み荷がなくてがっかりしたが、そのかわりコーチンでの最新情報を仕入れることができた。旧会社の討伐船隊が、あんたとクリフォードの一味を捕まえに来るらしい、という話だ。さらに聞けば、クリフォードたちはすっかり怖気《おじけ》づいて、赦免状ほしさにイギリス艦隊に投降しに行ったというじゃないか。情けないやつらだ。ところが、あんたたちはあの連中と袂《たもと》を分かち、あくまでも投降を拒否しているという。見上げた根性だ。そこで、おれは思った。その勇敢な男たちをなんとか救ってやろう。——で、大急ぎでここへやってきたというわけだ」

モアは尋ねた。

「われわれに助太刀してくれるのか？　一緒に討伐

船隊と戦ってくれるということか?」

「そうではない」

ブラッドレーは、野太く笑った。「そこまでの危険を冒す義理はおれたちにはない」

「ならば、われわれに何をしてくれるというのだ」

「港の沖で、あんたたちと一戦まじえる」

「何?」

「あんたたちがアウランゼブから手に入れた身代金が目当てだ。それを横奪りするためにおれたちが襲う」

湧きおこる怒号を、
ブラッドレーは片手をあげて制した。

「むろん芝居だ!」

沈黙がもどった。

「偽装の戦《いくさ》だ。その戦で――」

足元の甲板を指さした。「この『アドヴェンチャー・ギャレー』を、『タイタン』が撃沈する」

男たちのざわめき。

シーッと抑える声。

ブラッドレーがつづける。

「その光景を、港の連中に見せつける。――ただし、砲撃開始の前に、あんたたちは全員『タイタン』に乗り移っている。沈む『アドヴェンチャー・ギャレー』は蛻《もぬけ》の殻《から》だ。それを知らずに港の連中は、討伐船隊がやってきたとき、『アドヴェンチャー・ギャレー』の悲壮な最期を語る。船隊は、討伐の相手をうしなって帰途につく」

「そりゃ名案だ!」

と叫ぶ者がいた。

しかし納得しない者もいた。

「ばれちまったらどうするんだ。おれたちが『タイタン』に乗り移るところを港の連中に遠眼鏡で見られていたら何にもならねえ」

ブラッドレーがいった。

「大丈夫だ。夕闇が迫る時刻に戦《いくさ》を始めれば、たとえ遠眼鏡で覗いても細かいことまでは見分けられん」

うなずく者が多かった。

ブラッドレーの〈提案〉を受け入れる空気がひろがった。

モアはブラッドレーの目をまっすぐに見て訊いた。

「船を失ったあとのわれわれは、あんたの一味に吸収されるのか？」

「べつに強制はせん。おれの手下になりたくない者は、マダガスカルへ送り届けてやる。――どうだ、親切な申し出だろう」

「その親切への見返りは？」

まさか無償の厚意とは思えない。

ブラッドレーは、まわりを取り囲む男たちを見回しながら答えた。

「何もいらん、と言いたいが、それじゃあお前さんたちもかえって気味が悪かろう。そこで、こういう条件はどうだ。――アウランゼブから手に入れた身代金の三割だ。それを全員から徴収する。討伐船隊に、命もろともそっくり奪い取られちまうことを思えば、損な取り引きじゃあないだろう」

短い沈黙が船上を支配した。

みなが真剣に考えていた。

モアの気持ちは、
拒絶だった。

ブラッドレーを信用する気にはなれなかった。

男爵《バロン》を見返ると、
かれも首を横にふってみせた。

だが、ほかの者たちは討伐船隊の手から逃れられる道がひらけたことに希望を見出した。

一人が叫んだ。

「その条件呑《の》むぜ、ブラッドレー船長」

すると、

「おれもだ」

「おれも了解だ」

という声がつづき、
あとは大勢の歓声となってブラッドレーを押し包んだ。

モアにはどうすることもできなかった。

表決をとるまでもなく、大多数の者が受諾を表明している。たとえ、拒絶派がモアと男爵《バロン》以外に何人かいたとしても、そんなわずかな人数では『アドヴェンチャー・ギャレー』を
動かすことすらできない。

もはや他の選択肢は失われてしまった。

ブラッドレーが去ったのち、『アドヴェンチャー・ギャレー』は錨をあげ、帆をひろげ、弱風のなか、コーチンを出港した。

そして〈計画〉通り、『タイタン』がそれを追ってきた。

モアは、わざと非効率な操帆を指示して船足をおさえた。

日没まぎわ、港の西の沖合いで、『タイタン』が追いついた。

港からはこの二隻の姿が、残照の水平線にうかぶ遠いシルエットとして見えていることだろう。

『アドヴェンチャー・ギャレー』が大小二隻のボートをおろすと、『タイタン』もおなじく二隻のボートをおろして移乗を手伝う態勢をとった。

しかし、それでも、百名の乗組員を、各自の手荷物とともに一度に運ぶことは不可能だ。

漕ぎ寄せてきた『タイタン』側のボートから水夫が怒鳴った。

「ぐずぐずしてると港の連中が怪しむ。まもなく砲撃を始めるぞ！」

驚いた『アドヴェンチャー・ギャレー』の男たちが甲板から怒鳴り返す。

「馬鹿野郎、そんなに早く乗り移れるか！」

すると『タイタン』側の水夫がいった。

「ボートには荷物だけを放り込め！　人間は全員泳いで渡れ！」

それを耳にした瞬間、モアの胸にかすかな疑念がよぎった。

しかし、移乗を素早く完了するには、その方法しかないことも事実だった。

男たちは各々の手荷物を――その中には例の身代金から分配された金貨もたっぷり入っている――ボートに投げ入れ、

身ひとつで、
次々と海に飛び込んだ。

五頭の山羊と百羽の鶏は、船上に置き去りにされた。

荷物を載せて『タイタン』へと漕ぎ向かう四隻のボート。そのあとを泳ぐ大勢の男たち。

しかし、
妙な気配があった。

最初に気づいたのは
男爵《バロン》だった。

かれは、すぐ前を泳ぐモアにいった。

「見ろ、火縄に点火している」

大砲の砲手たちが持つ火縄のことかとモアは思った。『アドヴェンチャー・ギャレー』を沈めるための砲撃。その準備を『タイタン』の砲手たちはすでにととのえているはずだからだ。だが、男爵《バロン》が言ったのは、
それではなく、
小銃の火縄だった。

『タイタン』の上甲板にいる男たちが、みな小銃を手にしており、その火縄に火がついている。夕闇せまる仄暗《ほのぐら》さの中で、その小さな火が点々と見えている。

モアは叫んだ。

「みんな戻れっ！　われわれは騙《だま》された！」

その直後、

「撃て！」

というブラッドレーの号令が耳に届いた。

『タイタン』のふなべりから一斉に小銃が突き出され、
射撃がはじまった。

まず、『アドヴェンチャー・ギャレー』側のボートの漕ぎ手が狙われた。大型艇の八人と小型艇の四人。

半数が倒れ、
残りは慌てて海へ飛び込んだ。

つづいての射撃は、泳ぐ男たちに向けてなされた。海面のそこかしこに白いしぶきがあがった。頭や肩を撃ちぬかれた者もいた。

男たちは必死で『アドヴェンチャー・ギャレー』

へ泳ぎ帰ろうとした。

ボートをおろす際に使われたロープが海面へと垂れていた。いちばん先に帰りついたイルカがそれを伝って甲板へよじのぼり、
すぐさま縄梯子を舷側におろして、仲間の乗船を援《たす》けた。

モアも男爵《バロン》もそれを伝って上がった。

その間に、
ボートの荷物はのこらず『タイタン』側の男たちによって回収された。

回収を終えた『タイタン』は、
砲撃を開始した。

いきなり数発が命中し、その衝撃が『アドヴェンチャー・ギャレー』の船体を震わせた。

モアは、泳ぎ帰った者たちに応戦を命じようとして、しかし
考えを変えた。

いまから大砲の固縛を解き、砲撃の準備を始めていたのでは、あまりにも不利だ。戦闘の態勢に差がありすぎる。

応戦態勢がととのう前に、船体を穴だらけにされ、やがては撃沈されてしまう。

偽装ではなく、本当の最期を、モアとその仲間たちは迎えることになる。

この状況下でとるべき最良の手は逃げることだ。

幸いにも、
風は弱い。

『アドヴェンチャー・ギャレー』には、例の〈橈《どう》漕《そう》〉という手段がある。オールを漕いでこの場から脱出しよう。

混乱状態にある男たちに、
モアは声をふりしぼってその号令をくだした。

男たちは下甲板へ駆けおり、砲門から長いオールを出して漕ぎはじめた。しかし、そこへなおも『タイタン』の砲撃がつづく。

夕闇が急速に深まり、
砲火の閃光が目にあざやかだった。

そのときだ。

モアの体を強い衝撃がおそった。全身が宙に浮き、

短い意識の途切れがあり、気づいたときは海中に投げ出されていた。
　後方からの飛弾が船尾甲板に命中し、砕けた船材がモアの体を撥《は》ね飛ばしたのだろう。
　落水したモアは、
　必死に泳ごうとしたが、傷を負った左腕が激しく痛み、そばを漂う板片《いたきれ》につかまるのがやっとだった。
『アドヴェンチャー・ギャレー』の黒い影がしだいに遠ざかってゆく。
　モアの落水に、
　まだ誰も気づいていないに違いない。男爵《バロン》はみずからも下甲板へおりてオールを握っている。被弾の瞬間、船尾甲板にいたのは、モアひとりだった。
　だが、たとえ誰かが気づいたとしても、すっかり暮れきったこの海上で、
　落水者の姿を見つけ出すことなど不可能だ。
　やがて、『アドヴェンチャー・ギャレー』が射程外へ逃れ出ると同時に、
『タイタン』の砲撃が止み、
　あとは、
　夜の闇と静寂とが、
　漂流するモアを包み込んだ。

　板片にしがみついたまま、
　モアは夜明けを迎えた。
『アドヴェンチャー・ギャレー』の姿はすでに視界になく、
『タイタン』もいずこかへ去っていた。
　陸影も見えない。
　モアの体は、海流によって徐々に沖へ運ばれつつあるようだ。
　行きつく先は、
　死だ。
　絶望感と
　疲労とが、
　全身の力を奪いはじめた。
　しかし、
　このまま死ぬのは無念だった。
　生き延びて、ブラッドレーに復讐したかった。
　兄アーサーへの拷問の理非など、もはやどうでも

よかった。ブラッドレーとその一味に、なんとしても復讐したい。——そのことだけを、モアは漂いながら考えつづけた。
……だが、
なまじ海をよく知るモアだけに、
この大洋で、通りすがりの船に救助される確率など、ほとんどないことも判っていた。
やがて熱帯の太陽が高くのぼり、モアの顔や首をじりじりと灼《や》いた。
渇き。空腹。つのる疲労。
ゆっくりと、
じつにゆっくりと陽が傾き、
そして再び夜がきた。
ゆったりとした海面のうねりに身を任せながら、モアは断続的に眠った。一種の失神状態のような眠りだった。

何か硬いものが肩を突いた。

モアは目をひらいた。

夜が明けている。

すぐそばにボートがいた。

オールで肩を突つかれたのだ。モアがわずかに身動きすると、

「生きてるぞ」

英語で言う声が聞こえた。

ボートから何本かの腕が伸びて、モアの襟首やベルトを摑んだ。モアの右腕は、あまりにも永く板片にしがみついていたために、鉤《かぎ》形に硬直していた。

そして、負傷した左腕は、
不気味な紫色に腫《は》れていた。

引き揚げられたボートの上から周囲を見まわしたモアは、息を呑んだ。

右にも、
左にも、
背後にも、
大型のガリオン船が、聳《そび》え立つように浮かんでいる。

その数、五隻。

モアは気づいた。——討伐船隊だ。

コーチンで仕入れた情報では、

重武装船三隻
補給船二隻
という編制であるという。
いま目の前にいるこの五隻が、それに違いなかった。
ボンベイから南下してきた彼らは、ついにコーチン沖へ現われ、行く手に漂流していたモアを発見したのだった。
船隊を指揮していたのは、〈旧〉東インド会社の船長たちのなかでも古株の一人で、
ヘンリー・ヒクソンという名の
雄牛のような体軀をした、血の気の多い男だった。
かつて東インド会社にいたモアが航海士として最初に乗り組んだのが、じつは、このヒクソン船長の船である。ヒクソンは、むろん
モアの顔を憶えていた。
ほかにもモアと面識のある幹部乗組員が何人かおり、
それゆえモアは、
偽名を名乗って正体を隠すこともできなかった。
モアは捕縛され、
ヒクソンの尋問をうけた。
上甲板に坐らせたモアを見おろして、ヒクソンがいった。
「かつては見どころのあるやつだと思ったこともあったが、とんだ食わせ者だったな」
尋問ののち船上で処刑されるものと覚悟していたモアだが、
それはおこなわれなかった。
モアを捕らえたことが嘘ではないことをムガール皇帝に示すべく、かれらはモアの身柄をデリーへ護送することに決めたのだった。
処刑はおそらくアウランゼブの眼前でおこなわれることになるのだろう。
しかし、モアの左腕が、膿《う》みはじめていた。
ほおっておけば、敗血症をひきおこして命を落とすことになる。

デリーまで生かしておくために、ヒクソン船長はその腕を
〈切断〉
するよう船医に命じた。
最下甲板の一角。手術台としてつかわれる長方形のテーブルに、モアは横たわった。
麻酔代わりにコップ一杯のラム酒をのまされたあと、
固く編んだ革紐《かわひも》を
口にくわえさせられた。
船医は、鋭く研いだナイフでモアの左上腕の皮膚と筋肉を切り裂いた。
モアは革紐を噛みしめて痛みに耐えた。脂汗が吹き出た。
ついで鋸《のこぎり》があてられた。骨を切るガリガリという奇怪なひびきが腕から全身につたわる。
あまりの激痛に、モアは怺《こら》えきれずに呻き声を漏らした。
「……よし、切れた」
船医がいった直後、
モアは気をうしなった。
だから、止血と被覆のため、沸騰した木炭油《タール》に切り口がひたされた瞬間のことは、記憶にのこっていない。
こうしてモアは、
〈隻腕《かたうで》〉
となってしまった。
囚人モアは、
スラートまでの十五日間、
底溜水《ビルジ》のにおう船倉の隅に監禁されて過ごした。
スラートからは護送馬車にのせられ、十二日後にデリーに着いた。
(十七世紀後半、アウランゼブ皇帝時代のインドを旅したフランス人のベルニエという医師は、こんな内容の文章を残している。
……ムガールの帝都の王宮はジャムナ川に面している。城壁は半円を描き、わきには広く美しい花園がある。花園につづく王宮広場ではバザール

が開かれる。

人々の住居は粘土や藁《わら》でできている。しかし貴人は煉瓦の邸宅に住み、大勢の召使いを抱えている。中間階級がなく、人は大貴族であるか、哀れに生きるかのどちらかなのである）

デリーに着いたモアは、
まっすぐ王宮内へ連行された。

かれを捕獲したという報告は、すでに前もって早馬で伝えられており、宮廷では本人の到着を待ちかねていたのだ。

大理石を敷きつめた広間。

イスラム特有の幾何学模様をちりばめた壁と天井。

きらびやかな衣装の近衛兵が正面両側にならび、その奥の一段高い場所にある黄金の玉座に、
皇帝アウランゼブが腰をおろしていた。

顎と頬をおおう白いひげ。

金糸の縁取りのついた白い衣。

巨大なエメラルドが額にひかる白いターバン。

八十一歳の老帝は、するどい目で、

〈海賊モア船長〉

を睨みおろした。

（ムガールの皇帝は、
何ごとも重臣まかせにすることなく、みずからが裁定した。とくにアウランゼブは、そうだった。高齢になってもそれは変わらなかった。

優雅なペルシャ語の文章を自作した文武両道のこの皇帝は、のちに九十歳で世を去るが、耳は遠くなっていたものの、死のまぎわまで明晰《めいせき》な思考力を保っていたという）

モアは右腕を後ろで縛られ、床に跪《ひざまず》かされている。護送のムガール兵数人が、そのまわりを固めていた。

アウランゼブが何かを言った。やや嗄《しわが》れてはいるが力のある声だ。

モアのみぎ側に立つ〈旧〉東インド会社のデリー駐在員が、通訳した。

「捕われた気分はどうか、とお尋ねになっている」

モアは思わず失笑し、
「あまり幸福な気分ではない」
と答えた。
捕まってからここへ送られてくるまでの二十七日間に、
モアはすでに死をうけいれる心の準備をしていた。うけいれざるを得ない立場にいる以上、嘆いたところで仕方がない。いや、キッド船長の決断に同意して海賊へと転身したあの日から、いつかはこういう最期が来ることを
覚悟していた。
いまのモアの思いは、ただ一つ、どのように惨《むご》い方法で処刑されることになろうとも、けっして取り乱さずにいてやろう、ということだけだった。
アウランゼブの問いに、つい笑いながら答えてしまったのも、そうして腹を括《くく》っていたからだ。
それを不敬とみた傍らの護送兵が、
槍の柄でモアの横顔をはげしく撲《う》った。
モアは跪いた姿勢のまま横転したが、すぐさま手荒く引き起こされた。額のひだり側が破れて血が床へしたたりおちた。
その血がひだりの目に入り、視野の一部が赤くなった。――と思ったのは錯覚で、
そのとき、
真紅の衣をまとった女が、
正面左奥から広間にあらわれたのだった。
女は、居並ぶ近衛兵の前を玉座に向かって歩きながら、モアのほうに顔を向けていた。
鼻から下をヴェールに隠し、のぞいているのは目だけであったが、その愛くるしい瞳に見憶えがあった。
モアが人質にしたあの〈姫君〉だ。
壇をのぼって玉座の横へきた孫娘に、アウランゼブが言葉をかけた。姫はモアを正面からじっと見つめ、祖父にうなずいてみせた。
アウランゼブは、〈旧〉東インド会社のイギリス人たちの言葉を簡単には信用せず、
人質となっていた孫娘本人に、モアの面通しをさせたのだ。
納得したアウランゼブは、孫娘の肩にやさしく触

れたあと、
下がってよい、
という身振りをした。
姫は腰を屈《かが》めて祖父を拝し、壇をおりようとした。
だが、途中で身をひるがえし、
玉座の足元に取りすがりながら、何ごとかを訴えはじめた。
皇帝は当惑の表情をよぎらせ、
ついで怒りを発し、
玉座から立ちあがって孫娘を声荒く叱りつけた。
姫はその場にうずくまって泣いている。
モアは首をめぐらせて通訳の顔を見あげた。デリー駐在の痩せた中年男は、戸惑いの表情をうかべつつ、小声でモアに教えてくれた。
「姫君がお前の命乞いをしておられる」
泣きつづける孫娘に手を焼いたアウランゼブは、
苦々しい顔で嘆息を漏らし、
ゆっくりと壇をおりて、老いた足取りでモアに近づいてきた。
護送兵が二人でモアの肩を上から抑え、万一にそなえて身動きを封じる。
血をしたたらせるモアの顔を、
皇帝は間近から見おろした。
険しい目だ。
深い皺のきざまれた浅黒い膚《はだ》。すこし黄ばんだ剛《こわ》そうな白髯《はくぜん》。それをうごめかせて吐き出す彼の言葉を、
すかさず通訳が英語に直す。
「モア船長、余の問いに答えよ」
腹に巻いた金色の太帯に、黄金造りの短剣がけさまれている。宝石を象嵌《ぞうがん》したその柄にゆったりと左手を置き、
老帝は訊いた。
「お前は、余の孫姫を丁重に遇したというが、それは余への畏敬《いけい》のゆえか？」
しかしモアの返事を待つこともなく、
周囲の者にも聞こえる声で
アウランゼブはつづける。
「余は、刃向かう者に対しては一切の容赦をせぬ。そのことは、誰もが知っておる。しかし――」

なにやら忌《い》ま忌《い》ましげな目でモアを睨んでいる。

「余への畏敬を忘れぬ者に対しては、その者の過ちを罰するに、多少の温情を施さぬでもない。お前がムガール帝国に対して犯した罪は、本来ならば万死に値するが、孫姫の証言により、つねに余への畏敬を保っておったことが明らかとなった。よって……」

皇帝は、そのあとの言葉に迷う様子をうかがわせた。壇上で息を詰めている孫娘をいったん見返り、やがて言った。

「よって死罪を免じ、身柄をイギリス東インド会社に預けることとする」

そして、犬でも追い払うように手をふり、背を向けた。

モアは通訳の顔をもういちど見あげた。アウランゼブの言葉が、すぐには信じられなかったのだ。

通訳は痩せた頬をわずかに緩めた。

「命拾いしたな」

モアは護送兵たちに乱暴に引っ立てられて広間から連れ出された。


外の回廊には、ムガール宮殿独特の、赤色砂岩《せきしょくさがん》の列柱が並んでいる。その薄桃色の柱の陰に、白い衣をまとった女がひっそりと立っているのを、モアはそのとき目にした。

ヴェールの上からのぞく黒い瞳は
スービアのものだった。

縄をかけられ、しかも片腕をうしなったモアの姿を、痛々しげに見つめている。

思わず立ち止まろうとする背を護送兵に手荒く押されて、モアはそのまま歩きつづけなければならなかった。

歩きながら首をねじむけて振り向こうとすると、ふたたび突き飛ばされた。

よろめきつつモアは思った。

姫のあの助命嘆願は、
スービアに頼まれてのことだったのだろうか。

回廊の曲がり角で、モアはもういちど素早く後ろを見ようとした。

柱の陰から出てこちらを見送るスービアと、最後に一瞬だけ目を見交すことができた。

XVI　薔薇十字団の実態をきく

アウランゼブ皇帝によって死罪を免じられたモアは、
ボンベイへ移送された。
ここの商館が、〈旧会社〉のインドにおけるすべての現地商館、要塞、居留地を統括する総本部となっている。
処刑はまぬがれたものの、しかしモアの罪が赦免されたわけではなかった。かれは重罪人の一人として、
ボンベイ商館の地下にある監獄に押し込められた。
狭い石造りの独房は、天井近くに鉄格子入りの小窓がひとつ穿《うが》たれているだけで、
暗く、
じめじめして、
蒸し暑かった。
床の敷き藁《わら》はところどころ腐って悪臭をはなっており、船の底溜水《ビルジ》を嗅ぎ慣れたモアですら、さすがに耐えがたかった。
これでは病気にならぬほうが不思議だ。
処刑はされなくとも、いずれは監獄熱《ジェイル・フィーヴァー》で命を落とすことになるのが目に見えている。
……そうか、
おれは船上や絞首台で果てるのではなく、こんな暗鬱な死に方をする運命にあったのか、
とモアはやりきれぬ思いで嘆息した。
看守は、虱《しらみ》が湧かぬようにするためだといってモアの髪を刈り、ひげを剃ってしまったが、そんなことで病魔がかれを避けるとも思えない。
絶望感が、
日ごとにモアの心を覆《おお》っていった。
沈み込んでゆく気持ちを押しとどめようと、檻の中の動物のように、狭い房内をうろうろと行き来すれば、枷《かせ》に擦《こす》れて足首が痛んだ。そこを左手でさすろうとしたが、
それはすでに切断されていたことを思い出し、

何もかもが情けなくなって、
腐った敷き藁の上にモアは身を投げだした。

入獄後、ひと月あまりが経過したある日、
モアの独房の扉に鍵がさしこまれる音がした。

食物と水の支給は、扉の下についた小さな穴からおこなわれる。いちいち扉が開かれたりはしない。

だが、このときは、ひと月間いちども動くことのなかった分厚い木の扉が、
重く軋《きし》みながら、
ゆっくりと外へ開いたのだった。

房内の点検か何かだろうと思ったモアは、横たわったまま動かずにいた。数日前から全身がだるく、首をめぐらせるのさえ大儀《たいぎ》だった。体が病に冒《おか》されつつあるのか、それとも絶望感がもたらす精神的な衰弱なのか、自分でもよく判らなかった。

「八つ裂きの刑を見られるかと愉《たの》しみにしていたのだが――」

という底ひびきのする声が上から投げかけられた。

「結局こんなところへ放り込まれたか」

モアはゆっくりと身をよじって、声の主を見あげた。

マドラスの長官、トマス・ピットが、モアを見おろしている。

房内の薄暗さの中で、ピットのあくのつよい相貌が、
魔界からきた怪人のように見える。

モアは右手をついて、上半身を起こした。

粗末な半袖の囚人服。そのひだりの袖から腕が出ていないことに気づいたピットは、
つかのま黙りこみ、
やがて房内を見まわしながら、

「それにしても、ひどいにおいだ」

と低くつぶやいた。「話には聞いていたが、ここの監獄は奴隷船の船倉以下だな。立っているだけで、足が腐ってきそうだ。これに比べれば、マドラスの監獄はまだまだ手ぬるい」

モアは怒りがこみあげてきた。ふたたび体を横たえながら言った。

「見物が済んだら、さっさと帰ってもらいたい」

ひさしぶりに喉から出した声は、老人のように嗄《しゃが》れている。

するとピットはこう語りかけた。

「どうだね、わしはこれからマドラスへ帰るが、一緒に来《こ》んかね」

……え？

モアはピットを見あげた。

「ここが気に入っておるのなら、無理にとは言わんが」

トマス・ピットがボンベイへ来たのは商用のためである。商館地下の監獄にモアを訪ねたのは、単なる好奇心からの行動だった。――ピット自身がモアにそう語った。
しかし、独房内のモアのありさまを目《ま》のあたりにして、そのまま放置するにしのびなかったのであろう、
ボンベイ総督にかけあい、
囚人モアの身柄をマドラスに移すことを承知させてしまった。

一七〇〇年四月初め、
モアはピットとともに便船でボンベイを発ち、
ひと月後、マドラスに着いた。

ピットはしかし、
要塞内の監獄にモアを送り込むことはせず、みずからの邸《やしき》へ伴った。かつてモアと男爵《バロン》が身代金交渉の仲介依頼に訪れた、あの白堊の邸宅である。

馬車が邸の前庭に着くと同時に、ピットは腹心のジェイコブ・リーに命じてモアの足枷を外させ、なおかつ、そのあと差し向かいでモアと食事をした。

「なぜです」

とモアは訊《き》いた。「囚人であるわたしを、なぜ客のように遇するのです」

ピットは平然と答える。

「わしはきみの身柄をくれとボンベイに言い、ボンベイはそれを了解した。あとはきみをどう処遇しようとわしの勝手だ」

ピットはしたたかなことで有名な男だ。現にその

したたかさを、モアは、身代金交渉のさいに存分に見せつけられている。

こうしてモアの身柄を引き取ったのも、何かの思惑があってのことではないかと勘ぐりたくなるのだが、
しかし今のモアに何の利用価値もないことは明らかであるだけに、かれはなんとも怪訝《けげん》な思いで、コンドルの嘴《くちばし》のようなピットの鼻をぼんやりながめるのだった。

「ところで――」

とピットは言った。「きみと相棒を組んでいたクリフォードは、ウォーレン艦隊に投降して、まんまと赦免状を手に入れたそうだ。きみはなぜ同じ道を選ばなかった」

「警戒したのです」

「国王の布告を疑ったのか？」

「ええ」

「それは賢明なことだ。お上の布告など初《はな》から疑ってかかるのは、わしも同じだ。だが、実際問題として、討伐船隊から逃げきれると思っていたのか？」

「やってみるつもりでした」

ピットは杯を手にとり、

「ところが、ブラッドレーに煮え湯を飲まされた」

皮肉な口調でいって、ワインをあおった。

「ええ、あの男の奸計《かんけい》にひっかかりました」

思い出すたびにモアの胸に怒りがこみあげてくる。

「信用したきみが悪いのだ」

薄情に笑い、こう言った。「あれは得体の知れぬ男だ。いろいろな顔を使い分ける。そこが面白くもあり、不気味でもある」

「会われたことがあるのですか？」

「ある。――あるどころか、あの男は、かつてはわしの使用人だった」

モアはおどろき、
詳しい話を請《こ》うた。

「あの男を拾ったのはロンドンの波止場《はとば》でだ」

とピットは語りはじめた。

わしは二十歳。あの男は十七歳だった。

わしはインドへ向かおうとしていた。イギリスにいるよりも、身を立てるチャンスが多そうに思えたのだ。で、船に乗り込もうとすると、あの男が従僕として雇ってくれと声をかけてきた。

やつもインドへ渡りたかったのだ。

インドへ連れて行ってさえくれれば、その後二年間は無給で働くというので、わしも損にはならんと思い、契約を交わした。

やつの本名は、
いや、それも本名かどうかは判らんが、
とにかく、わしに名乗った名前はジョー・フィンチといった。

インドへの船上で、ジョーはわしに身の上を話した。

生まれはノーフォーク州の片田舎。貧しい農家の息子だということだった。ジョーが十二歳のとき、父親が窃盗《せっとう》の疑いで捕まり、
イーリーの監獄に入れられた。しかしこれは濡れ衣だった。

裁判で無罪になった。

ところが、その判決がおりても父親は監獄から出られなかった。なぜかといえば金がないからだ。監獄に入るときに持っていたわずかな金は、看守に入所手数料を支払ったあと、残りを古株の囚人どもに挨拶金として全部巻きあげられて、
判決がおりたときは無一文だった。

(当時のイギリスの監獄では、釈放される際に、さまざまな料金を看守に支払う規則があった。

巡回裁判を待っている間の監房使用料。

ベッドの使用料。

麦藁の使用料。

つまり、監獄は無料ではないのだ。

それに加えて治安判事書記への手数料もある。

裁判書類の手数料。

免責証明書の手数料。

これらが払えなければ、たとえ無罪の判決がおりても、監獄から出してもらえない。

なんとも奇怪な制度だが、事実である)

必要な額を工面《くめん》しようと家族は懸命になったが、貧乏農民に金を貸してくれる者などおらん。そうこうするうちに、ジョーの父親は監獄熱《ジェイル・フィーヴァー》にかかって獄中で死んでしまったそうだ。そのあと、きょうだいたちが飢えのために次々に世を去り、やがて母親も斃《たお》れた。

孤児になったジョーはロンドンへ流れてきた。そして、そこで東インド会社の羽振りのよさを見聞きするうちに、インドにはとてつもない富があるらしいと思った。で、なんとかインドへ渡ろうとして、その手蔓《てづる》をさがすうちに、わしと出会ったというわけだ。

「悲惨な生い立ちですね」

つぶやくモアに、
ピットは苦笑をうかべた。

「わしも当初はそう思った。しかし、今ではそんな話を信じてはおらん」

「嘘だったのですか？」

「あの男は、つねに嘘をついてきた。大きな嘘、小さな嘘、数えあげたらきりがない。あの身の上話も、わしの憐《あわれ》みをさそうための作り話ではなかろうかと思っている」

当時のわしは、まだ世間ずれしていなかった。ジョーの話を聞いて同情し、
契約を書き直してやった。

例の、二年間は無給で働かせるという契約だ。これを有給の契約に書き換えた。

こうして、われわれはインドにやってきた。東インド会社の目をかいくぐり、もぐりで商売をはじめた。

これがうまくいった。わしの成功を見て、ジョーは欲を出した。独立して、自分で商売をやろうと考えた。

やつはわしのもとから消えた。

そのさい、わしの金をごっそり持ち逃げしていきおった。

だが、あの男には商才はなかった。二年もせんうちに、有り金をのこらず失ったようだ。

そのあと、やつはインドをあちこち流れ歩いた。わしの取り引き相手から、ジョーの姿を見たという話がときおり耳に入ってきた。
やつは、
ダニエル・ブラッドレー
と名を変えて、
おもに西海岸の港町をうろついているようだった。東海岸にいるわしと出くわしたくなかったからだろう。
流れ歩きながら、やつは、東インド会社の商館員たちに取り入り、幹部連中とも親しくなっていった。あげくに、
東海岸でのわしのもぐり商売の内情を会社にぶちまけた。会社はわしを逮捕しようと社の兵隊をさしむけた。なんとかうまく逃げのびたものの、あのときはわしも苦《にが》い目を見た。
そこでわしは手をつくして、
土地の太守から貿易特権を手に入れることに成功した。こうなれば会社も手出しはできん。わしは堂々と稼ぎまくった。
やがて、わしは資産をまとめてイギリスに帰った。国会議員もやった。しかし、インドにくらべれば何の刺激もなく、すっかり退屈してしまった。そこで、もういちど荒稼ぎしてやろうとこっちへ舞い戻ってきた。
それが七年前のことだ。
そして、この地でひさしぶりにブラッドレーの名前を耳にしたとき、やつは、なんと
海賊になっていた。
……これが、わしの知るかぎりでの、あの男の履歴だ。
「ロンドンの波止場でわしにまとわりついてきた野《の》良《ら》犬のような小僧が、いまや、インド洋ではその名を知らぬ者のない海賊の親分だ」
そういって低く笑った。
マドラス長官トマス・ピット。
海賊ブラッドレー船長。
ふたりの過去の関わりを、モアは興味深く聞いた。
……それにしても、

とモアは思う。

このピットという人物もまた不思議な経歴の持ち主だ。かつては、東インド会社——いまの旧会社——から敵視された立場にありながら、現在はその重要拠点の長官に任命されている。

しかもその言動は、けっして会社に忠実ではない。マドラスでのピットの権力は、まるで会社から独立しているかのようだ。

ピットと旧会社とは、じっさいのところ、どういう関係にあるのだろうか。

疑問に思いつつ、モアは〈囚人〉とは名ばかりの食客として、ピットの邸に滞在することになった。

足枷もなく、見張りもない。

「この寛大な処遇は、わたしを信用してのことですか？　逃亡することはないと信じておられるのですか？」

モアはそう訊いてみた。

「そんなことを信じてはおらん」

ピットは悠然と答える。「逃げたければ逃げればいい。わしは追っ手を出したりはせん。しかし、逃げてどこへ行く。あてなどなかろう。当分はここでわしの話相手になっていたまえ。このあたりにいるヨーロッパ人どもは、金勘定の話しかできん愚昧《ぐまい》な連中ばかりで、わしはうんざりしておったのだ。しかし、きみは連中と少しばかり違うところがある。きみと話していると、不思議に退屈しない。……だが、きみ自身が退屈するかもしれんな。そんなときには——」

と奥のほうを見返った。「書物でも読みたまえ。書斎への自由な出入りを許す」

その書斎で、
ある日、モアは見つけた。

書棚にぎっしりと並ぶ本のなかに、見憶えのあるものが三冊あったのだ。

背表紙に刻印された文字は、
ドイツ語だった。

モアはドイツ語を読みこなすことはできないが、

文字の配列に確かな見憶えがある。

男爵《バロン》。

かれが『アドヴェンチャー・ギャレー』の船上で、おりにふれて何度も読み返していた三冊の本。――薔薇十字団員によって書かれた書物。

その夜の食事の席で、

モアはピットにいった。

「噂は本当だったのですね」

「噂？」

「旧会社の現地商館には薔薇十字団の秘密組織が巣食っているという噂です。そして、あなたもその一員だったわけだ」

ピットはモアをじっと見すえた。

「なぜ、そう思う」

書斎で見つけた三冊の書物のことをモアは口にした。

ピットは苦笑した。

「なるほど、あれか。――あれは連中の腹の中を知るために、ロンドンの書店に探させて手に入れたものだ。しかし、わしは連中の仲間ではない。といって、敵でもないが」

「つまり、どういう関係だとおっしゃるんです」

「よかろう。では、今夜の話題はそれにするか」

ピットは、蒸した山羊肉を咀嚼《そしゃく》しながら語った。

「わしは薔薇十字団の一員ではないが、しかし、きみが耳にした噂は間違ってはおらん。このマドラスは別として、会社の現地商館は連中に乗っ取られたも同然の状況だ」

クリフォードから聞いたことは、やはり事実だったのだ。

「そういう中で、わしは、連中とは付かず離れずの位置にいる。連中はわしを取り込もうと骨を折っておるが、まだその目的を達成できずにおる。なにしろ、わしは根っからの組織嫌いだからな」

そういって笑った。

「国王と議会が――」

とモアは訊いた。「〈新会社〉の設立を許可したのは、インドを薔薇十字団の手から取り返すためだという話も本当ですか？」

「本当だ。表向きの理由はともかく、真の狙いはそれだ」

ピットの返答は歯切れがいい。曖昧《あいまい》にぼかすことをしない。

そこでモアは、
いちばん確かめたいことについて尋ねてみることにした。

「もしご存じなら教えてもらいたいことがあります」

「何かね」

「ブラッドレーのことです。わたしはかれを薔薇十字団員ではないかと見ています。これは正しいですか？　それとも誤りですか？」

「そう見る根拠は？」

とピットが訊いた。

「ブラッドレーは〈5〉という数字に異常にこだわる男だと聞きました。ジャワ海で『タイタン』に襲われたオランダ船の船長からです。——海賊旗に描いた髑髏《どくろ》の数が五つ。手に嵌《は》めた指輪の数も左右あわせて五つ。そして、ひと航海のあいだに襲う船も必ず五隻に決めていると漏らしたそうです。〈5〉は薔薇十字団にとって聖なる数だそうです」

「根拠は、それだけかね？」

と玉葱《たまねぎ》スープを匙《さじ》ですくいながら言う。

「オランダ船の船長は——」

モアはつづけた。「『タイタン』の船上で奇妙な芝居を見せられています。ブラッドレーが台本を書いた芝居です。その内容は、ローマ法王を罵《ののし》り、マホメットをあざけり、王権を否定するようなものだったようです。これは薔薇十字団の理念と一致します」

「芝居か」

ピットはうすく笑った。「器用な男なのだ、ブラッドレーというやつは。何でもやってのける。ただ一つ欠けていたのが、商才だ。……それはともかく、きみの根拠はその二つかね？」

「まだあります。——ムガール皇帝の孫娘の件です。彼女が巡礼船でアラビアへ向かうことは、ブラッドレーも知っていました。かれはクリフォードからの連携の誘いを断わり、単独で襲うつもりだと答えました。しかし、『タイタン』は現われなかった。それは、なぜなのか。——かれは旧会社に巣食う薔薇十字団の組織とつながっており、それゆえ、会社が警護する巡礼船を襲うわけにはいかなかった、そう考えれば納得がゆきます」

「……以上かね？」

「いえ、最後にもう一つ」

「言いたまえ」

「わたしが討伐船隊の捕虜となってスラートからデリーへ護送されたときのことです。会社の雇い兵で固められた護送隊に、なぜか荷馬車の列が同行していました。下士官のイギリス人にわたしは尋ねました。あの荷馬車は何を運んでいるのだ。下士官は答えました。金貨だ。おまえたちがアウランゼブ皇帝から奪った金貨だ。半分だけでも取り戻せて、われわれの会社に対する皇帝の怒りも少しは和らぐだろう」

「……」ピットは無言で聞いている。

「つまり、奸計を用いてわたしの仲間から騙《だま》し取った金貨を、ブラッドレーはスラートの港へ送り届けていたのです。かれがわれわれを騙し討ちにしたのは、身代金の横奪りを狙ったというよりも、それを奪回し、なおかつわれわれを討伐することが目的だったのです。食糧をたっぷり積み込んで遠方への逃走準備をととのえた『アドヴェンチャー・ギャレー』を目にしたブラッドレーは、討伐船隊の到着が間に合わぬかもしれぬと見て、代わりにわれわれを討とうとしたのに違いありません。——ブラッドレーは、うたがいなく旧会社の現地商館とつながっています。あの男と商館とは、薔薇十字団の絆《きずな》でつながっているに違いないとわたしは思っています」

モアが言い終えると、
ピットは穏やかにうなずいた。

「そこまで把握しておるのなら、長い説明は必要あるまい。きみの見る通り、やつは会社の現地商館とつながっている」

……やはりか。

得心するモアに、

「ただし——」

とピットは言い添えた。「やつ自身は薔薇十字団員ではない」

「違うのですか？」

「やつは団の理念や神秘主義にかぶれて、なんとか自分も団員になりたがっているのだが、団がそれを認めぬらしい」

「海賊だからですね？」

「いや、そうではない。――そもそも、やつが海賊になったのは、団への加入を認めてもらうためだったようだ」

「……おっしゃることが、よく判らない」

「団は、お抱えの海賊船を求めていた」

「お抱えの？」

「団が、あるいは現地商館が、表立ってやるわけにはいかぬ仕事を、その海賊船にやらせる。――『タイタン』は、薔薇十字団お抱えの海賊船なのだ。やつは現地商館とつながっている、と言ったのはそういう意味だ」

モアはいよいよ釈然としない。

「であるのに、なぜ、ブラッドレー自身は薔薇十字団への加入を認められないのです」

「それは――」

ピットは肩をすくめてみせた。「やつが無教養な下層民の出だからだ」

「しかし……」

モアの疑問はふくらむ一方だ。「薔薇十字団は、古い世界を変えようとする結社ではないのですか？世俗のあらゆる権威を認めず、根こそぎひっくり返すことを目的としているのではないのですか？」

「その通りだ。連中の理念は、欺瞞《ぎまん》に満ちたこの世界を刷新することだ。ドイツ語で書かれた例の三冊の本には、そう謳《うた》われている。――だが、いかなる結社も、それを構成しているのは生身《なまみ》の人間どもだ。当初の理念がどれほど潔癖に澄んでいようとも、生身の人間どもが、いつのまにやらその結社を、濁った愚劣な集団に変えてしまうのだ。わしは現地商館に巣食う薔薇十字団のメンバーの素顔を知っている。やつらは教会や王権を侮蔑《ぶべつ》する一方で、知識を崇《あが》めている。知識を持たぬ者を、ゴミのように見くだしておる」

ピットは醒めた表情でつづけた。「薔薇十字団というのはな、世界の変革を標榜《ひょうぼう》しながら、その実、教養人の驕《おご》りと、くだらぬ神秘主義に染まった偏狭な秘密結社なのだ。ブラッドレーのような男の加入を認めるわけがない」

「しかし、わたしの見た印象では、ブラッドレーはなかなか頭の切れる男のようでしたが」

「頭の良さと教養とは別だ」

「すると、ブラッドレーは、ただ利用されているだけですか」

「とも言えぬ。ブラッドレーはそんな甘い男ではない。やつのほうでも、薔薇十字団を巧みに利用している。加入の願いを無視されつづけても離反せずにいるのは、それなりの旨《うま》みがあるからだ」

「たとえば?」

「外国船からの略奪はやりほうだいだ。インド洋にいるかぎり薔薇十字団の庇護があるから、捕まって吊される心配もない。きみらのように討伐船隊の影におびえる必要はないのだ」

「しかし、『タイタン』はインド洋を出て遠くジャワ海にまで遠征しています」

マラッカ海峡からモルッカ諸島へと足をのばし、オランダ船を襲っている。あの海域はオランダ東インド会社の支配下にある。

したがって、

イギリス東インド会社現地商館の——つまりは薔薇十字団の——庇護はうけられない。

「ジャワ海への遠征は——」

とピットがいう。「薔薇十字団から与えられた指令に違いない。団は東方に進出したがっている。それにはオランダが邪魔だが、しかし今のところあの国はイギリスの同盟国だ。ゆえに現地商館としては表立って手出しはできん。そこで、お抱え海賊船の『タイタン』をさしむけて荒らさせたわけだ」

……なるほど、

そういうことか。

「いずれにせよ、薔薇十字団とブラッドレーとは、持ちつ持たれつの関係なのだ。その点については、きみの推量は完璧に当たっている」

そしてピットは憐みの目でモアをみた。

「さぞ悔《くや》しかろうな。きみを騙し討ちにしたブラッドレーに復讐したかろうな。――だが残念ながら、きみには、もはやその術《すべ》はない」

かれの言う通りだった。

『アドヴェンチャー・ギャレー』の行方は、あれ以来、杳《よう》として知れぬままだ。

闇の海中に落ちたモアを、すでに死んだものと仲間たちは思っていることだろう。かれらは、『タイタン』に傷《いた》めつけられた船体を修理しつつ、どこか安全な避難場所を求めて遥か遠くの海をさまよっているに違いない。

船もなく仲間もいない今のモアには、『タイタン』を探し出して復讐戦を挑むことなど、とうてい不可能だ。

モアは吐息まじりにつぶやいた。

「悔しさもさることながら、それに加えて、ある疑問も胸にわだかまっています」

「ほう、どんな」

「兄の死に関する疑問です」

モアは打ち明けた。

歯無しのサムから聞いた例の話。――かつてブラッドレーの一味に加わっていた兄アーサーが、政府の密偵ではないかと疑われて責め殺されたという話。

兄はじっさいに密偵だったのか。

それとも身に憶えのない嫌疑で残酷な拷問をうけたのか。

――それを突き止めることができぬまま、モアはブラッドレーの罠に落ちてしまった。

ピットは、ふむ、と唸《うな》った。

「きみの兄さんを殺したのは、ひょっとすると、このわしかもしれん」

「……」モアは当惑しながら、ピットの茶色の目を凝視した。

「いや、つまり――」

ピットはその意味を語った。

インドへ再渡航してきて三年を経たころ、わしはロンドンへ手紙を送った。いっとき国会議員をしたおかげで、わしには政府筋に何人かの知己ができていた。そのなかの、いちばん信頼のおける人物に密書を送ったのだ。
その内容は、東インド会社の現地商館についての観察報告だった。
当時、会社はわしにとっての敵だった。国王から与えられた特権を楯《たて》に、連中はわしの商売を妨害しておった。連中の裏をかくために、わしは現地商館の内情を
密かにさぐった。
すると徐々に見えてきた。商館内部に何やら怪しげな組織が巣食っているらしいことが見えてきた。
それと、もう一つ。海賊ブラッドレーと商館との不可解な接触の痕跡《こんせき》。これにもわしは気づいた。
さっき話したように、ブラッドレーは、わしとは因縁《いんねん》浅からぬ男だ。わしを裏切った男だ。
それゆえ、
やつの出没情報にも、わしはつねづね注意を払っておったのだ。
商館とブラッドレーとの間に、何らかの繋《つな》がりがあることを感じたわしは、そのことも密書に書き記した。
翌年、わしは、
東インド会社のロンドン本社から突然の申し出を受けた。マドラスの長官としてわしを迎えたいというのだ。
そのときの使者は、別に、厳封された書簡を一通たずさえていた。——わしが密書を送った政府筋の人物からの返書だった。
それによれば、ロンドンでも、すでに数年前から現地商館の様子を怪しんでいた、と書かれていた。
そこで政府は、
会社の本社役員と秘密協議のうえ、
わしを現地の〈目付け役〉として会社に迎え入れることにしたのだそうだ。
だが、その秘密協議は、
インドの現地商館に筒抜けだった。
つまり、ロンドン本社の中にも
連中の仲間がいたのだ。
マドラス入りしたわしのもとに、早速、連中からの接触があった。わしを連中の秘密組織に取り込んでしまおうという肚《はら》だ。

わしは、もともと独立独歩でやってきた一商人だ。ロンドンから派遣された官吏ではない。そもそもわしがロンドンに密書を送った動機も、商売上の敵を不利な立場に追い込むためだ。それ以上の意味はない。政府や本社に忠誠を尽くす義理はない。

マドラス長官の地位にしても、わしから頼んで得たものではない。ロンドンが勝手に、わしに差し出してよこしたのだ。したがって、

馬鹿正直に〈目付け役〉をつとめる気など初めからなかった。

わしのその考えを知ると、連中は、自分たちの組織の正体をわしに明かし、加入をすすめた。

「薔薇十字団であることを明かしたのですか？」

「そうだ」

そういう秘密結社が世界のどこかに存在するらしいことはわしも耳にしていたが、

まさか東インド会社の、しかも

インドの現地商館に根を張っていたとは思いもよらなかった。

わしは連中にこう言った。

お誘いはありがたいが、団への加入は当面見合わせる。わしはマドラスで独立の立場を保持する。あんたたちがわしの利益を損ねぬ限り、わしもあんたたちの不利益になることはせぬ。

そして、連中に釘を刺した。迂闊《うかつ》にわしに手出しをせぬよう忠告した。

もし、わしの身に何かがあれば、ロンドンは本腰を入れてあんたたちの組織と対決する道を選ぶことだろう、とな。

以来、連中とわしは、

敵でもなく、味方でもない、

という微妙な関係を保ちつづけている。

だが、あれ以後、ロンドンに対する連中の警戒心は、一気に高まったようだ。

連中は思ったに違いない。――ロンドンは、このわしを〈目付け役〉に据《す》える一方で、それとは別に、

〈密偵〉を送り込んできているはずだと。

「連中は、目を炯《ひか》らせはじめた。密偵とおぼしき者を焙《あぶ》り出すべく、不審者を洗いはじめた。

　ブラッドレーがきみの兄さんを拷問したのも、まさにそういう時期のことではないかと思う。

要するに、わしの密書が事の始まりだ。

もちろん、それ以前からロンドンと現地商館との間で、腹のさぐりあいのようなことは続いていたはずだが、
　その火に油を注いだのは、わしの密書だ。

「きみの兄さんを殺したのはわしかもしれんと言ったのは、そういう意味だ」

　自責の口調ではなく、
ただ因果関係を説明しようとしただけのようだ。

むろんモアも、そのことでピットを恨《うら》むつもりはない。

　ピットはつづけた。

「おそらく、きみの兄さんは、ブラッドレーの疑心暗鬼の犠牲になったのだ。濡れ衣で責め殺されたのだ」

「つまり、兄は密偵ではなかったと……？」

「わしはそう思う」

「なぜです」

「わしはブラッドレーの性格をよく知っている。やつは常に他人を疑う。おのれ自身が人を騙しつづけて生きてきた人間だから、他人のことも信用せんのだ。いったん疑心が芽生えれば、確かな根拠などなくとも、拷問にかけることだろう。――ただし、やつは冷徹な男でもある。怒りにまかせて闇雲《やみくも》に責め殺す愚は犯すまい。一段ずつ階段をのぼるように苦痛を増してゆく責め方をするに違いない。やつのそんな責め方を、わしはかつてこの目で見たことがある。使用人のインド人に盗みの疑いをかけたときのことだ。確かな証拠がなかったので、やつは拷問まがいの責め方で自白させようとした。……もし、きみの兄さんが密偵であったなら、どこかで怺《こら》えきれずに吐いたはずだ。どうせ殺されると判っていても、いま現在の苦痛からのがれるために吐いてしまう。そのうえで〈処刑〉されたことだろう。ところが、きみの兄さんは〈処刑〉ではなく、責め殺されたと

言うではないか。つまり、吐こうにも吐けなかったのだ。真実、身に憶えがなかったのだ。わしはそう思う」

モアは思わず呻いた。——苦痛に悶《もだ》えながら息絶える兄の姿がまざまざと脳裏にうかび、胃の腑を鷲づかみにされるような痛みを覚えた。

ピットが言った。

「どうも陰鬱な話になってしまったな。今夜はこれでお開きとしよう」

翌月、
ピット長官はふたたび商用でボンベイへ旅立った。ピットの留守中も、モアに対する処遇に変化はなかった。足枷も見張りもない、半ば放任状態の軟禁。話し相手を失ったモアは、一日のほとんどの時間を
ピットの書斎で過ごした。
少年期の数年間——父の破産と母の病死の後——モアは遠縁の老教師に預けられていたが、その時期を除いて、書物に親しむ習慣を持ったことはない。
ピットの書棚にぎっしりと並ぶ本は、どれもモアが読んだことのないものばかりだった。
ホメロスの『イリアッド』と『オデッセイ』
シーザーの『ガリア戦記』
セルバンテスの『ドン・キホーテ』
シェイクスピアの諸作品
ベーコンの『ニュー・アトランティス』
ミルトンの『失楽園』
…………
それらの中から、モアがふと手に取って読み始めたのは、モンテーニュの『随想録《エセー》』の英訳本だった。
三巻に分かれた長い書物だが、〈随想〉を集めたものであるため、目次の見出しを眺めて、興味を惹《ひ》かれた部分のみを拾い読むことができる。モアが手に取った理由は、それだった。
ある日は第一巻のいくつかの章を拾い読み、別の

日には第二巻のいくつかの章を拾い読んだ。読むことに疲れると、屋敷の二階にあたえられた部屋の窓から港や海を眺めた。

囚人としては、むろん恵まれた境遇である。ボンベイの監獄にくらべれば天国であるとも言える。しかし、まるで隠者のようなその暮らしに、モアの気持ちはしだいに鬱屈した。

船が恋しかった。

『アドヴェンチャー・ギャレー』はどうしているだろうか。——考えるのは、つねにそのことだった。

船の指揮は誰が執《と》っているのか。

当然、男爵《バロン》だろう。——かれならば大丈夫だ。知性・胆力・武術、すべてにすぐれ、仲間たちの信頼も厚い。おそらく今頃は、その手腕を発揮して、なんとか活路を切り拓《ひら》いていることだろう。

……だが、ある日、

『随想録《エセー》』の第三巻を開いていたモアは、こんな文章を目にした。


人それぞれの持つさまざまな能力を的確に見分けるのは、甚《はなは》だ難しいことであると私は思う。たとえば、ある人物の個人生活での有能さを見て、公的な仕事においても同じく有能であろうと判断するのは間違いである。自分自身の行くべき道は上手に選びとることができるが、しかし他人をうまく導けない者がいる。

モアは、その言葉がみょうに気になった。先を読んだ。こんなことも書かれていた。


低級な精神の持ち主が高尚な事柄をおこなうのに適していないのと同様に、高い精神の持ち主は低俗な事柄を処理することにあまり適してはいないと私は思う。ソクラテスは、自分の部族の票数を数えて会議に報告することができなかったため、そのことでアテネの人々の嘲笑を買ったという。

われわれの能力には凹凸があるのだ。誰もがそれぞれ、得手と不得手とを持っている。突き出た部分があれば、必ず欠けた部分もあるのではなかろうか。

ローマの将軍サトゥルニヌスは、かれに指揮の全権をゆだねることを決めた人々にむかって、こう言った。「諸君は、優秀な部隊長を一人失った。そしてその者を無能な総司令官とした」

……男爵《バロン》は果たしてうまくやっているだろうか。

モアの胸に悲観が入り込んだ。

夕暮れの海をぼんやりと眺めた。

小高い丘にあるピットの邸からは、港を守る要塞と、その北側に広がる商家の町並みが見える。

沖の水平線に、

暗雲が黒ぐろと蟠《わだかま》っている。

陽が落ちても、風はいつまでも生温かく、空は紫色と鼠色がまだらに入り交じって不気味な色合いだ。

しかも、頭上の雲間から赤みを帯びた月が現われ、なにやら怪しい瘴気《しょうき》を発している。

……これは嵐の前触れだろうか。

バルコニーに立つモアの髪を、沖から吹く風が掻き乱す。

モアは室内に戻り、両開きの扉を閉じて風を遮《さえぎ》ろうとした。——が、途中でふと視線を海へ戻したとき、

沖合に何かが見えた。

身動きを止めて、目を凝らした。

空と海とが仄暗く溶け合ったその間《はざま》に、朧《おぼろ》げな船影があった。

その船は背後からの強風に押されて、驚くべき速度でこちらへ近づきつつあった。

しだいに輪郭が明らかになり、細部も見えてきた。三檣《さんしょう》横帆の中型ヨーロッパ船。総帆を展《ひろ》げ、はち切れんばかりに風をはらんでいる。

モアの鼓動が昂《たかぶ》った。

……まさか。

思いながらも、再びバルコニーへ走り出て、石の手摺《す》りから身を乗りだした。

間違いない。——『アドヴェンチャー・ギャレー』だ。

赤い月光を浴びて、

帆が、まるで血に染まったような色をしている。

血染めの船が、

暗雲を背後に従えつつ、
まっしぐらに陸岸に迫ってくる。
モアは船上の人影を見きわめようとした。見きわめられそうな距離にまで、すでに船は近づいていた。
しかし、
甲板上に人の姿はない。前檣《フォアマスト》の付近にも、両舷側のあたりにも、誰もいない。
船尾甲板。おそらくそこに男爵《バロン》がいて指揮を執っていると思われるが、帆の陰になって、この高台からは見えない。
待て！
とモアは叫びそうになった。
その先は岩礁だ。それ以上は陸に近づくな。回頭しろ。
だが、船は座礁《ざしょう》することなく、
黒雲に乗って宙に浮き、
海岸に上陸し、
そのままこのバルコニーへと迫り昇ってくる。
ようやくモアは気づいた。
……幽霊船だ。
幽霊船『アドヴェンチャー・ギャレー』は蠣殻《かきがら》や海草がびっしりと付着した巨大な船底を見せてモアの頭上に達し、
その直後、
不意に掻き消えた。

……目を覚ますと、湿った風がバルコニーから吹き込んでいた。
モアはベッドから起き上がって扉を閉じ、ランプの芯《しん》を調節して明かりを強くした。汗ばんだ首すじを撫でながら、
いまの夢を反芻《はんすう》した。
少年時代に聞かされた幽霊船の話を思い出した。
モアの生まれ育ったプリマスの町は、イングランド南西部の
コーンウォル半島
にある。大西洋にむかって細長く突き出たその半島は、海岸線が複雑に入り組んでおり、
切り立った崖や、
岬や、

大小の入り江が、延々とつづいている。

そのため、昔から、嵐の夜や霧の日には、船の遭難が絶えなかった。——しかもそれは、自然の魔力による遭難だけではない。陸の住民が焚《た》く偽の灯火に騙されて難破させられ、略奪される船もあった。

そんな土地柄のゆえに、コーンウォル半島には〈幽霊船〉の言い伝えが数多くあるのだ。

それらの船は、どこか異様な姿をしていたり、奇怪な動きをしたりする。

青白い光を発しつつ霧の中から不意に現われる船。真っ赤な炎に包まれながら闇夜を後ずさりしてゆく船。

舷側の板がすべて剝がれ落ち、竜骨と肋材《ろくざい》のみの——まるで骸骨のような姿で航行する船。

黒雲にのって空中を進む黒い船。

不気味な静けさで沖から現われ、岸にぶつかる寸前に浮遊し、陸上をしばらく航行したのち、忽然《こつぜん》と消える船。

あてもなく虚空をさまよう船もあり、復讐の相手を探し求めて現われる船もあるという。

どれも、難破した船乗りたちの怨霊《おんりょう》が操っているのだという。

迷信深い船乗りが多いなかで、モアはわりあいに合理主義を重んずる男ではあるが、しかし、十七世紀末に生きる人間の一人として、かれもそれらの迷信から完全に自由ではありえなかった。

……『アドヴェンチャー・ギャレー』は、どこかで沈んでしまったのではないか。

幽霊船の夢を見て以来、その思いが脳裏を去らなかった。

男爵《バロン》も死んだのだろうか。

大樽も死んだのだろうか。

爺さまも、ふくろうも、イルカも、穴熊も、プラトンも、ドクターも、コックの赤鼻も、奥方も、大工頭も、会計係《パーサー》も……

みんな死んでしまったのだろうか。

『アドヴェンチャー・ギャレー』はすでに海の藻屑《もくず》

となったのだろうか。
あの奇怪な夢は、かれらの別れの挨拶だったのだろうか。
押し寄せる寂寥感《せきりょうかん》に、
モアの気持ちはいよいよ重く塞《ふさ》がり、食欲は失《う》せた。

われわれは空《むな》しさと愚かしさに満ちている。そこから抜け出ることは不可能だ。だれもがそうなのだ。われわれは皆、その中にどっぷり浸《つ》かっている。

悲惨と空虚。われわれにあるのはそれだけだ。

人はこう言う。「周《まわ》りをよく見よ。高いところ、低いところ、前、横、後ろをしっかりと見よ。天空の動きや、他人の行ないに目を配れ」と。

だが、いにしえのデルフォイの神殿においては、神はそうは言わなかった。神がわれわれに与えた言葉は、こうだ。「汝《なんじ》自身をよく見よ。汝の存在がいかなるものであるのか、しかと見るがよい」

そして、こうも言った。「人間よ。汝らは空虚で見すぼらしい存在なのだ。道化芝居のおどけ役なのだ」


『随想録《エセー》』第三巻。

〈空しさについて〉

という題のついた章の末尾を、モアは読んでいた。

百年前に死んだモンテーニュの霊魂が、天上からその言葉をモアに投げつけてきたような気がした。

XVII　ボンベイへ連れ戻される

「旦那《マスター》」

とモアは呼ばれている。

ピットの邸《やしき》には、二十人余りのインド人が召使いとして雇われているが、かれらにとって、イギリス人であるモアは、
囚人ではあっても
〈旦那〉

なのである。

それを、かれらの卑屈さのせいとだけ見るのは誤りであり、白人に対する呼びかけの定型として、ただ習慣的、便宜的に使っている面もある。

「旦那、体の具合が悪いのかね」

食事を運んでくる老人がモアに訊いた。

薄茶色のターバン、同じ色の簡素な上着、下半身には白い腰巻を着けている。

この老人は、すでに永い年月をイギリス人のそばで過ごしてきたものと見え、日常的な英語は達者だった。

「腕が、少々痛む」

モアは陰気に答える。

「どれ、見せてみなせえ」

老人はモアの右腕を取ろうとした。

この地のインド人はタミール族である。北方のデリーやスラートに住む者たちよりも肌の色が濃い。老人の痩せた濃褐色の顔を白いひげが縁どっている。

「違うのだ」

モアはいう。「失った左腕が痛むのだ」

すでに無いはずの肘や手首が鈍い痛みを発している。

「そりゃ厄介《やっかい》なこった」

同情の目でモアの白いシャツの、中身のない左袖をながめた。

老人はいったん立ち去ったのち、
小型のランプと、
赤茶けた金属の小箱と、

そして煤《すす》けた細い竹の管を携《たずさ》えて戻ってきた。

「旦那、そういうときには、これをやるといいです ぜ」

阿片《あへん》だった。

阿片の吸引は、しかし、ピット長官が禁止してい るはずである。かれがマドラスに着任した当時、阿 片や深酒の悪習に染まっている商館員たちが多かっ たため、
禁令を出したという。

邸の召使いにも、同じことが言い渡されているに 違いなかった。

そのピットは、しかしまだボンベイから帰ってき ていない。主《あるじ》の留守中は、邸内の綱紀《こうき》にも多少の緩《ゆる》 みが出ているようだ。

「これをやんなさったら、痛みも忘れる。憂《う》さも消 えますぜ」

言って、老人は小箱から丸薬状の阿片の塊をとり だした。老人の肌の色によく似た褐色の小塊。それ を管の先に詰め、火で焙《あぶ》りはじめた。

「おれは吸ったことがないのだ」

「なあに、簡単でさあ。横向きに寝っころがって、 この煙管《きせる》をくわえりゃいいんです」

「だが、長官に禁じられているんじゃないのか?」

「告げ口する者なんぞおりませんや」

皺《しわ》ばんだ顔で笑ってみせた。

ピットの禁令後も、隠れて吸っている者が多いの だろう。

甘く饐《す》えたような匂いが部屋に漂い始めた。

モアは『随想録《エセー》』三巻を枕に、床の敷物の上に左 を下にして横たわり、差し出された煙管を手に取っ た。

「さあ吸いなせえ。吸って痛みを忘れなせえ」

ゆっくりと一服吸い込んだ。

かるい吐き気に襲われたが、
二度、三度と吸ううちに、全身がけだるくなりは じめ、

〈左腕の痛み〉

がしだいに和らいだ。

目を閉じると、
魂が肉体を遊離してどこかを物憂く漂っているよ

うな気分になり、寂寥感がうすれ、なにやらこころよい安らぎに浸《ひた》された。
「何をしている」
不意に男が踏み込んできた。
ピット長官の腹心、
ジェイコブ・リーだった。
ピットに随行してボンベイに行っているはずの男だ。
召使いの老人は慌てふためいてモアの手から煙管《きせる》を奪い取り、ランプの炎を指で揉《も》み消し、阿片の入った小箱を腕のなかに隠しながら、猿のように逃げ去った。
リーは、部屋に立ちこめる阿片の匂いに薄い唇をゆがめ、
例の鷹のように鋭い目つきでモアを睨みおろした。
モアは、体はけだるかったが、まだ意識の混濁はなく、思考力は保たれていた。そこで、横たわったまま、
リーに訊いた。
「ずいぶんと早い帰還だな。途中で引き返してきたのか？」
リーは三稜帽《トライコーン・ハット》をぬぎ、黒い長髪を手櫛《てぐし》で掻き上げながら、
むっつりと答えた。
「長官はボンベイに滞在している。おれだけが戻ってきた」
この男は、日頃からモアに良い感情を持っていなかった。ピット長官が囚人のモアを厚遇するのが気に食わないようだ。その気持ちがモアに対する態度の端々にあらわれている。
「それにしても早過ぎる。雲にでも乗って帰ってきたのか？」
「陸路、馬できた」
よく見ると、
手にした帽子も、そして衣服も、なるほど土埃《つちぼこり》にまみれて、叩けば煙が立ちそうだ。
西海岸中部のボンベイから、
東海岸南部のこのマドラスまで、
インドを斜めに横断してきたわけだ。

「替え馬を曳《ひ》いて、日に何度も乗り替えながら飛ばしてきた。──急げという命令だったからだ」

疲労のにじんだ不機嫌な声だ。

「何かあったのか？」

「長官が、あんたを連れてこいと言った」

「おれを？　ボンベイへ？」

「そうだ」

「またボンベイの監獄へ戻されることになったのか？」

リーは忌《い》ま忌《い》ましげな顔で、

「だとすれば、護送兵を付けろとの指示があるはずだ。そんな指図《さしず》はなかった」

と、何やら残念そうに言った。

「では、どういうことなのだ」

「判らん。──とにかく、あんたをおれの従者のように仕立てて、こっそりボンベイ入りさせろとの指示だ」

「……」モアはピットの意図がつかめなかった。

リーが急《せ》き立てた。

「すぐに出発する。支度をしろ」

「馬で行くのか？」

「いや、船だ。こっちから行くぶんには風向きがいい。それに──」

と、リーは付け加えた。「陸路は危険だ。マラータがまた暴れている」

〈マラータ〉

とは、インド中南部の山間地に勢力を張るヒンドゥー教徒たちだ。ムガール帝国に反旗をひるがえし、流賊となって諸方を荒らし回っている。

「途中でやつらと出食わして、危うく逃げてきた」

命懸けの旅だったようだ。それもこれもお前のせいだと言わんばかりに、リーの目には反感がみなぎっている。

「さあ、早くしろ」

モアのシャツの襟首を両手でつかんで手荒く引き起こした。阿片の効き目が残るモアの脚は、わずかによろめいた。

リーは長官邸へ現われる前に、すでに港に立ち寄って、船の手配をつけていた。

小型のスループ船
『ロシータ』
その船長はロドリゲスという名の五十年配のポルトガル人で、乗組員は、かれの弟と、タミール人の少年が四人、それだけだ。
船荷は、黒砂糖と米だった。帰りは小麦を積んでくるという。
船客は、リーとモアの二人だけである。
『ロシータ』は陽の高いうちにマドラスを出港し、日没後も、月明かりの下を帆走しつづけた。
一本マスト。
帆は縦帆で、主帆とジブとの二枚のみ。
そのぶん操船は容易であり、
すべるように軽快に走る。
ところが出港三日目の午後に、
リーとロドリゲス船長との間で、はげしい諍《いさか》いが起きた。諍いの種は、
航路だった。
インド本土と、その南にあるセイロン島との間には、
〈アダムスブリッジ〉
と呼ばれる長大な砂州がある。その砂州は、切れぎれにではあるが、文字通り
〈橋〉
のように二つの陸地を結んでいる。そのため、
インドの東海岸と西海岸を行き来する場合、大型船は、巨大なセイロン島の外側を遠く迂回《うかい》しなければならない。
しかし、喫水《きっすい》の浅い小型船やボートは、砂州の途切れた所を通り抜けて近道をすることができる。それによって、
距離にすれば百四十リーグ（約七百キロ）の短縮になる。
つまり、
（風の状態にもよるが）
少なくとも五日、風が悪ければ十日以上の差がつくことになる。
リーは、当然その近道をゆくものと考えていた。
だが、ロドリゲス船長は、
セイロン島を迂回する航路を取ろうとしたのだ。

リーがそのことに怒った。

「なぜ、わざわざ遠回りをするのだ」

ロドリゲス船長はいった。

「おれはアダムスブリッジは通らねえことにしている」

「だから、なぜだ」

「決まってるじゃねえか。座礁《ざしょう》したくねえからだ」

リーは納得しない。

「四百トンのガリオン船でもあるまいに、えらく用心深いな。この程度の船はみんなあそこを通り抜けているぞ」

スループ船『ロシータ』は六十トンの小型船である。

「だが、絶対に安全というわけじゃねえ。おれは、つまらん危険は冒《おか》さねえ主義だ」

「危険などない」

「三年前に、この船と同じ大きさのスループ船が座礁している」

「そんなのは、めったにない事故だ」

「一度あったことは、二度とねえとは言えんだろう」

「臆病者め」

「そのおかげで、今まで船を失わずに来られたのさ」

ロドリゲス船長はあくまでも針路を変えようとしなかった。

リーが苛立《いらだ》った。

「いくら出せば言うことを聞くのだ」

「この船と、それから積み荷をそっくり弁償できるだけの金額だ。しかし、ただの雇われ人のあんたに、そんな金があるわけゃねえ」

甲板にふりそそぐ強い日射しの下で、ふたりは目を険《けわ》しく細めて睨み合っていた。

「……おれは急いでいるんだ」

「船長はこのおれだ。おれの方には、危険を冒してまで急がにゃならん理由がねえ」

「ピット長官の命令でもか？」

「ここはマドラスの港じゃねえ。この船の上で命令を出せるのは、おれだけだ」

「きさまを今後マドラスに出入りできんようにして

やる」

「けっ、威張《いば》りくさりやがって。後から来たくせに、インドはてめえたちのものだと思っていやがる。これだからイギリス野郎には我慢ならねえんだ」

「もういちど言ってみろ」

リーは腰に差していたナイフを抜き、ロドリゲス船長の喉首に切っ先をあてがった。

船長の弟が船室に駆けおり、銃と火縄をつかんで戻ってきた。タミール人の少年水夫たちは身じろぎもせず、褐色の顔のなかから目だけを大きく光らせて、なりゆきを見守っている。

事態を見かねて、
モアは口を出した。

「おれに提案がある」

みなの視線がモアを向いた。リーも、ナイフをロドリゲス船長の首に擬《ぎ》したまま、横目で見返った。

モアはつづけた。

「アダムスブリッジを安全に通り抜ける方法がある。その方法を使えば、座礁の心配はまったくない」

「……どんな方法だ」

リーが訊《き》いた。

モアは、ロドリゲス船長の目をみて言った。

「船の喫水を、今よりも浅くする」

「積み荷を捨てろというのか？」

ロドリゲス船長の声は怒りで震えている。

「そうではない。浮き箱で船を持ち上げるのだ」

「……」

みなが黙ってモアを見ている。言葉の意味が理解できないようだ。

「つまり——」

とモアは説明を補う。「空の樽を集めて船の両舷に縛りつける。樽が浮き箱となって船を持ち上げる。喫水が浅くなる。その状態でアダムスブリッジを通り抜ける」

ロドリゲス船長がいい返す。

「そんな奇妙なやりかたは聞いたことがねえ」

「オランダ人は、それをやっている」

「オランダ人が？ ……本当か？」

海事に関しては、いま、オランダがいちばんの先進国である。オランダ人がやっていると聞いて、ロドリゲス船長の態度がやや変化した。

「本当だ。ただし樽ではなく、巨大な浮き箱を船の両側に付けるそうだ。大型の軍艦ですら、修理のとき、そのやりかたで陸岸近くの浅瀬まで運んでしまうそうだ」

モアは、そのことを、ピットの書斎にあった最新海事レポートの小冊子で読んだのだった。

「ちょっと待て。まだよく判《わか》らねえ。両側に箱をくっつけたら勝手に船が持ち上がるのか」

「そのために造られた特別の箱だ。船そのものとさほど変わらぬ大きさが要《い》るらしい。密閉したその二つの箱に、注入口から手漕ぎポンプで水をそそぎ入れて、いったん水面下に沈める。船の両側に一つずつ沈める。そうしておいて船体の下に鎖をくぐらせる。その鎖で二つの箱を繋《つな》ぐ。箱を船体の両側に固定させた後、こんどはポンプで箱の中の水を吸い上げる。箱が浮き上がりはじめ、いっしょに船体も持ち上がる」

「ふむ……」

「しかしそんな浮き箱はここにはないから、空樽で代用しようと思うのだ。ガリオン船を持ち上げるには無理だろうが、この船なら何とか可能に違いない」

「だが――」

とロドリゲス船長はいった。「それにしたって二個や三個じゃあ間に合わねえだろう。何十個ってえ空樽が要るはずだ。そんなものぁ積んじゃいねえぞ」

「買えばいいではないか」

とモアはいった。「アダムスブリッジの手前の港で空樽を買う。で、砂州を通り抜けた後、近くの港でそれを売り払うのだ」

その程度の現金は、リーが持っているはずである。モアをボンベイへ伴うための旅費に予備費を加えた額を、ピット長官から支給されているはずだった。

「よかろう」

ロドリゲス船長がうなずいた。「そのかわり、余計な手間を取らされる分として、運賃は二割の割り増しだ」

「……承知した」

リーが言ってナイフをおさめた。
巨大なセイロン島の北端に、
〈ジャフナ〉
という小島がある。真珠採りで知られる島だ。その港で、四十個の空樽とロープを買い、二十人の人手を雇った。いずれもタミール人の男たちである。
まず、上蓋《うわぶた》を外した樽を、
『ロシータ』の船体に縛りつける。片舷二十個ずつである。
どの樽も海水を呑んで、ほとんど水面下に没し、上から見ると、四十個の円い環《わ》が船の回りを取り囲んでいる。
固縛を終えたのち、
樽のなかの海水を柄杓《ひしゃく》で手早く外へ汲《く》み出す。
『ロシータ』の船体が、わずかずつ持ち上がってゆく。
陽が沈む頃、
ようやく水を汲み尽くし、空になった樽のすべてに上蓋を嵌《は》め込んだ。
船の喫水は、ほぼ半分にまで減っていた。
作業が済み、雇った男たちを解放して、
『ロシータ』はふたたび帆を上げた。
樽のせいで、むろん船足は極度に落ちた。月夜の海を、漂流船のように、
のろのろと進んだ。
そして翌日の昼間、
アダムスブリッジの砂州の隙間《すきま》を無事に通過したのち、
樽のロープが切り放たれて、
船体の喫水は元の深さに沈んだ。
回収した樽は、そのままでは嵩張《かさば》るため、一個一個、箍《たが》を外して分解した。
翌朝、インド本土の
〈トゥティコリン〉
の港に到着し、四十個の空樽を売り捌《さば》いた。
こうして、その日の日没前には、
インド南端のコモリン岬を回って、早くも西海岸沿いを北上しはじめた。

この季節、風は南西から強く吹いている。その風に押されて海流も北へながれている。

船足はいやがうえにも速くなる。このぶんでは、あと七日ほどでボンベイに着けそうだ。

だが、そのボンベイで、いったい何が待ち受けているのだろう。

考えながら、モアが甲板で夜風にあたっていると、リーが横へきて、こういった。

「あんたのお蔭で、無駄な日数をかけずに済んだ」

感謝の言葉のようだが、口調はこれまでと同じく無愛想だ。しかも、その一言を吐いただけで、すぐに離れてゆこうとした。

モアは呼び止めて、訊いた。

「よくあんな真似《まね》をするのか?」

「……何がだ」

リーがふりむいた。

「ナイフを船長に突きつけたことだ。おれが言うのも妙だが、あれは一種の海賊行為だ」

「急げという指示を長官から受けている」

月光を帆が遮《さえぎ》っている。その陰に黒ぐろと立っているので、リーの表情は見えない。

「それは判るが、あれはやりすぎだ」

「受けた指示は、どんな手段を使っても実行する。それがおれの流儀だ」

「有能な部下だな」

含まれた皮肉を敏感に聞き取ったリーは、しかし静かに言い返した。

「長官がおれをそばに置いているのは、おれという人間を好いているからではない。犬のように忠実に動くからだ。おれには、それしかないのだ。——おれが何よりも恐れているのは、長官の失望を買うことだ」

黒い孤独な影が、ゆっくりと船室への階段をおりていった。

ボンベイ到着の前夜から月は消えた。欠けたのではなく、雲のせいだ。

夜が明けると、空は黒雲に低く覆われており、やがて強い雨が断続的に降りはじめた。

「モンスーンが来たな」

と、ロドリゲス船長がいった。

〈モンスーン〉

というポルトガル語は、アラビアの船乗りたちが使っていた
〈マウシム〉

という言葉が転訛《てんか》したものらしい。

インド洋を渡ってきた南西の季節風が、西海岸におびただしい雨を降らせる。その季節がやってきたのだ。

雨の中を、リーとモアは上陸した。

ボンベイの街は、
海に突き出た小さな半島の先にある。その半島の東側が湾になっており、いわゆる
〈天然の良港〉
である。
街の賑《にぎ》わいも、碇泊《ていはく》する船の数も、新興のマドラスをまだまだ凌《しの》いでいる。

しかし雨が幸いして、
街路にイギリス人の姿は少なく、モアを見咎《とが》める者はいなかった。
リーに案内された場所は、
煉瓦《れんが》造りの立派な宿屋だった。おもにムガールの裕福な商人が泊まる高級旅館。
その一室で、
ピット長官が待っていた。
濡れた三稜帽《トライコーン・ハット》をぬいで挨拶するモアに、
ピットは言った。
「きみを迎えに行かせたのは、ある男に頼まれたからだ。かれは、ぜひきみに会いたいと言っている」
「それは誰です」
「行けば判る」
そして、宿の玄関に回させた馬車にモアを押し込み、
倉庫街の裏手にある貧民集落に乗り入れた。
雨の湿気がじっとりと籠もる陋屋《ろうおく》の、
粗末な藁《わら》ベッドに、
痩せ衰えたヨーロッパ人が病臥していた。

それが誰なのか、すぐには判らなかった。それほど相貌が窶《やつ》れていた。目のふちも赤く爛《ただ》れていた。だが、額にある傷痕《きずあと》――嵐のさなかにロープが切れ、飛んできた滑車に打たれてできたという古い傷痕が、

誰であるかをモアに教えた。

「ベン……」

とモアはつぶやいた。

元義兄のベン・ホーキンスだった。

背後からピットが語った。

「きみにアウランゼブの孫娘を攫《さら》われた後、かれはその責任を糺弾《きゅうだん》されて獄につながれた。きみがデリーからこのボンベイの監獄に送られてきたとき、その独房の一つにホーキンスも入れられていたのだ」

……そうだったのか。

「獄内でホーキンスは監獄熱《ジェイル・フィーヴァー》に罹《かか》ってしまった。それがどんどん悪化して回復の見込みがなくなった。病気が蔓延《まんえん》することを恐れて、当局がかれをここへ移した」

……つまり遺棄《いき》されたのか。

「そのことを耳にして、わしは様子を見に立ち寄った。ホーキンスときみとの浅からぬ因縁を聞いていたからだ。――ホーキンスは、きみがマドラスに移送され、わしの管理下にあることを知っていた。で、わしに頼んだ。きみに会わせてくれと頼んだ。――そういうわけだ」

それだけ言うと、ピットはふたりを残して、その場から去った。

ベン・ホーキンスをこのような悲惨な境遇に突き落としたのは、モアである。ホーキンスはその恨みを言いたかったのだろう。

何を言われても、モアはただ黙って受け入れようと思った。

だが、

「ジェームズ」

と、かぼそく呼びかけてきたホーキンスの声や目の表情には、怒りや憎しみはなく、

その口から漏れたのは、口汚い悪罵でも呪いの言

葉でもなかった。

　かれはこう言ったのだった。

「ジェームズ、おれはきみに詫《わ》びねばならんことがある。死ぬ前に、どうしてもその詫びを言いたかった」

「……詫び？」

「きみの人生を潰《つぶ》したのは、このおれだ」

「……」

　モアは、ホーキンスが錯乱しているのではないかと思った。熱病に脳を冒《おか》されているのではないかと。

　苦しげに息を継ぎながら、
　ホーキンスは途切れ途切れに続けた。

「六年前、きみが会社を解雇されたのは、船を乗っ取られたからではない。海賊との内通を疑われたからではない。あれはこじつけの嫌疑だ。きみが解雇された本当の理由は、別にあったのだ」

　ホーキンスが横たわる藁ベッドのかたわらに、
　モアは片膝をついて屈みこんだ。

「本当の理由？」

「そうだ。じつは、会社の現地商館は、ある秘密結社の支配下にあるのだ」

「そのことは知っている」

「……そうか。ならば話が早い。やつらは、きみを政府の密偵だと判断したのだ。その証拠を、やつらは摑《つか》んでいた」

「証拠？」

「手紙だ。現地商館の内情を報告する手紙が便船でロンドンに送られていることを、やつらは摑んでいた」

「そんな手紙を送った憶えはない」

「送ったのは――」

　ホーキンスがいった。「このおれだ」

おれがきみの名前を使ってロンドンに送った。

政府の密偵をつとめていたのは、
おれだった。

　きみの名前で手紙を書いたのは、やつらの目を欺《あざむ》くためだ。手紙の宛先は、ナタリーだった。

　きみが新婚の妻にこまめに手紙を送るのは、自然なことだ。だから、やつらの監視網に引っかかっても、不審を招くことはないと思ったのだ。手紙を受け取ったナタリーは、それを政府筋のある人物に届けた。つまり妹は、きみには内緒で、おれの仕事を手伝っていたのだ。

「……そうだったのか」

ボンベイの商館から解雇を通告されて、きみは帰国の船に乗った。あの同じ船便に、おれがナタリーに送った最後の手紙も積まれていたのだ。きみがナタリーのもとへ帰りついたのと前後して、手紙も彼女の手に届いた。いつものように、ナタリーはそれを政府筋の人物に届けようとした。だが、その途中で何者かに拉致《らち》され、殺された。

「妹を殺したのは、やつらの手先だ。証拠はないが、おそらく間違いない。しかも、やつらはその罪をきみに着せようとした。ナタリーの着衣にも所持金にもわざと手をつけずにおいて、強盗のしわざではないと思わせるようにしたのだ」

あのとき、モアは妻殺しの容疑で取り調べを受けた。

有罪とする証拠が揃わずに放免はされたが、しかし真相が明らかにならぬままで終わったために、世間はモアを疑いの目で見つづけた。

あのあと、モアはロンドンから逃れて故郷のプリマスに引きこもり、

不可解と、孤独と、未来のない鬱屈《うっくつ》にまみれて、場末の酒場の隅にへたりこみ、

廃人のような暮らしに堕《お》ちた。

あの酒場で大樽に再会していなければ、とうに病んで死んでいたに違いない。

「きみの人生を潰したのは――」

とホーキンスは喘《あえ》ぎながら繰り返した。「このおれなのだ。おれのせいで、きみは航海士の職を追われ、妻を失い、社会から葬られる羽目になったのだ。

――どうか許してくれ」

モアはしばらく黙っていたが、

やがて低く言った。

「きょうまでおれは、つとめて思い出さぬようにし

てきた。ナタリーの死のことだ。なぜあんなことになったのか、考えても判らなかった。考え始めると、ありとあらゆる妄想が生まれて、おれを苦しめた。そのうち、知らず知らず彼女の思い出を穢《けが》しはじめている自分に気づいて、おれはますます憂鬱になった。だから思い出さぬようにしてきた。そして諦《あきら》めていた。彼女に何があったのか、それを知ることもなく一生を終えるのだと、きょうまで諦めていた」

「許してくれ」

ホーキンスの声は、この陋屋《ろうおく》の隙間風のようにかすれている。「ナタリーがきみに何も打ち明けなかったのは、おれが禁じたからだ。彼女は心の中で、きみに詫びていたはずだ。すべては、おれのせいなのだ」

痩せさらばえ、垢か瘡蓋《かさぶた》かも判らぬものが一面にこびりついたホーキンスの手を、モアはにぎった。

「ナタリーを責める気などない。きみがおれを利用したことも、今となっては許す。それどころか、おれとてすでに、こんな酷《むご》い境遇にきみを追いやっている」

「おれは、神に罰せられたのだ。姑息《こそく》な偽装のために友の人生を潰し、妹を死なせた、そのことへの報いだと思っている」

「報いを受けるべきは――」

モアは怒りに血が泡立つ思いだった。「ナタリーを手にかけたやつらだ」

薔薇十字団。

あの秘密結社が、すべての元凶なのだ。団につながるブラッドレーが兄アーサーを殺し、ロンドンにいる手先が妻ナタリーを殺した。

「いや、ジェームズ」

かろうじて絞り出したような弱々しい声で、ホーキンスが言った。「ナタリーを殺した連中に、個人の顔はない。ナタリーは人に殺されたのではない。現地商館とロンドンとの暗闘の戦場《いくさば》で命を落としたのだ。その戦場《いくさば》へナタリーを引き込んだのは、兄のおれだ。報いを受けるべき者がいるとすれば、それはこのおれなのだ」

言葉の途中で何度も息を継ぎ、唇はすでに血色がなかった。

モアがその手をやや強くにぎると、
「……ジェームズ。ほんとうに、すまなかった」
告白と謝罪のために、
残りわずかだった生命力を使い果たしたのか、ベン・ホーキンスはそのまま息をひきとった。

XVIII　長官邸から逃亡する

マドラスへの帰路は、

旧会社のガリオン船での航海だった。

モアは、

顔を褐色に塗り、頭にターバンを巻いて乗船した。ピットの指示で、かれの召使いに扮《ふん》することになったのだ。

船はインド西岸沿いをまっすぐに南下することはせず、

沖合いに大きく膨らむ航路をとった。

風と海流にまともに逆らうことを避けたのだが、いずれにせよ歩みののろい航海だった。

二十日をかけて、ようやく西海岸南部のコーチンに達した。

オランダの支配下にあるこの港は、モアにとって忘れがたい場所である。

この港内で『タイタン』のブラッドレー船長と初めて対面し、そしてこの沖で、

あの男の騙《だま》し討ちに遭《あ》った。

「ここの総督はなかなか惚《とぼ》けた男でな。わしとは馬が合うのだ」

と、ピットがモアにいった。

多額の賄賂と引き換えに海賊船の入港を黙認しているオランダ人総督。

「ただし今回は、友人としてではなく、会社の特使として、やつに抗議文を手渡しに来たのだ。先々月、うちの会社の船が補給を求めて立ち寄った際、えらく冷たい仕打ちを受けたそうだ。おおかた、船長が何の挨拶もしなかったせいだろう」

ピットは腹心のリーを伴って上陸し、

翌日、

みょうな土産《みやげ》を携えて戻ってきた。

「詫《わ》びの印だと言って、こんなものをよこしおった」

船室内で、細長い臙脂《えんじ》の絹袋から取り出したのは、

黒い漆塗《うるしぬ》りの鞘《さや》におさめられた剣だった。ただしそれは、モアの背丈を超える、異様なまでの長さだ。リーに手伝わせて、ピットはそれを重たげに引き抜いてみせた。

美しい反《そ》りを持った刀身が、ランプの明かりに冷たく光った。

モアはいった。

「ジャパン国でつくられた剣ですね？」

「……よく判ったな」

モアが仰天することを期待していたらしいピットは、

やや不服の面持ちで訊いた。「前にも見たことがあるのか？」

「わたしが見たのは、もっと短いものです。しかし、こういう長大なものも存在することは、話に聞いていました」

海賊仲間だったクリフォード船長からそれを聞かされた。

〈おれはひと目みて、たまげちまった。あの長さは、まったく尋常《じんじょう》じゃない。目を疑ったぜ。——あれは剣の怪物だ〉

クリフォードはそれを、コーチンの総督から見せられたと言っていた。つまり、ピットが贈られたこの剣は、クリフォードが見たのと同じものなのであろう。

〈見事な反りをもっていて、鏡のように光っていた。しかも、あれだけ長大なものをわずかな歪みもなく完璧につくりあげた技は、とても人間の仕事とは思えん。神業《かみわざ》だ〉

クリフォードの言った通りだった。

鉄鏡のように光るその端整な刃《やいば》は、美術品と呼びたいほどの美しさを湛《たた》えている。

だが、モアをつくづく感服させたのは、やはり何といっても、その途方もない長さだった。わが目で実際に見るまでは、クリフォードの言葉には多少の誇張があるものと思っていたのだが、

……まさしく剣の怪物だ。

気圧《けお》されながら、モアはつぶやいた。

「この剣を、あの男にぜひ見せてやりたかった」

ピットは、

その長さと重さを持て余したらしく、剣をリーの手にゆだねてから、
尋ねた。

「誰だね、あの男とは」

「われわれの船に乗り組んでいた鍛冶屋《かじや》です。かれはジャパン国の剣に強い関心を持っていました」

片脚に棒状の義足をつけたプラトン。頑丈な体軀で、日夜、寡黙に仕事にはげんでいた彼の姿が、モアの脳裏によみがえる。――『アドヴェンチャー・ギャレー』の消息がつかめぬ今、
かれの生死もむろん不明だ。

「だが――」

と、ピットは椅子に腰をおろしながら言う。「鋼《はがね》の優秀さでは、ダマスカス刀にはかなうまい。ダマスカス刀がすぐれているのは、インドのウーツ鋼《こう》をつかっておるからだ。ウーツ鋼は鍛《きた》えやすく、なおかつ錆《さ》びない。白く輝く美しい鉄だ」

「しかし――」

とモアも言い返す。「このジャパン国の剣も、白く美しく輝いているではないですか」

「ふむ……」

ピットは、リーに持たせた剣の刃《やいば》を、あらためてまじまじと観察した。「ウーツ鋼に似ておるな」

（当時のインドで造られていたウーツ鋼は、古式鉄と呼ばれている。原始的な粘土炉で木炭を燃やして製鉄されていたようだ。――現代の鉄とは性質がかなり違っている。

巨大な高炉でつくられる現代の工業鉄は、石油や石炭を燃料にするせいで硫黄分が混入する。そのままでは脆《もろ》くなって、加工性がわるい。そこでマンガンを添加する。マンガンが、しなやかな強さを保ってくれる。

だが、そのマンガンが、じつは錆びを呼び込む犯人でもあるのだ。

鉄は錆びやすい、ほうっておけば真っ赤に錆びついてしまう、と一般には思われているが、しかしそれはマンガンを含んだ現代の工業鉄の場合であって、
鉄そのものの本来の性質ではない。

純度の高い鉄は、錆びたとしても燻《くす》んだ皮膜に薄

く覆われるだけであり、腐蝕が内側深く浸透してボロボロになるようなことはない。

そういう高品位の鉄の一つがウーツ鋼だが、鎌倉や室町期につくられた日本刀の逸品も、その鋼《はがね》はウーツ鋼に劣らぬ耐蝕性を持った〈白く輝く鉄〉である）

「しかも、その鍛冶屋の言うところによれば、ジャパン国の剣は、何か独特の鍛え方がしてあるそうです」

「独特とは？」

「内側に軟らかい鉄を入れ、その外側を硬い鉄で巻いているようだと」

「このわずかな厚みの中に、そんな仕掛けがしてあるのか？」

「手間をかけて根気よく鍛えてあるそうです。だから、折れにくく、曲がりにくいのだ、と」

「であるとしても、この馬鹿げた長さはどうだ。不便このうえない」


もういい、鞘におさめろ、とリーに命じた。

コーチン総督からの、このせっかくの贈り物も、ピットにはさほどの喜びとはならなかったようだ。

雨に煙るセイロン島の南を大きく迂回して、船はやがてマドラスに着き、
モアはふたたび長官邸での軟禁生活に戻った。

西海岸とは異なり、この時期、マドラスに雨はない。
西海岸の背後に巨大な塀のように長ながと横たわる西ガーツ山脈が、モンスーンの雨雲をぴしゃりと遮《さえぎ》っているからだ。
乾いた赤土がうすい煙のようになって、街の雑踏の上に立ちこめている。高台にある長官邸の二階の窓から、それが見える。
セント・ジョージ要塞のユニオン・ジャック旗も、だらしなく垂れさがっており、
風のないこの日、
帆をあげて出航する船もいない。

モアは、そうした風景をうつろに眺めながら、ナタリーのことを考えていた。

ホーキンスが死の間際にのこした告白は、モアを闇から連れ出した。

胸苦しい不可解の闇。一生そこから出られぬと思っていた闇から、モアはようやく脱け出ることができた。

封印していたナタリーの思い出も、静かに胸によみがえりつつあった。

ふりかえれば短い日々だった。

しかし、光に満ちた日々だった。

光の源《もと》はむろんナタリーだった。

淑女としてのたしなみには多少欠けるところがあったものの、あの年齢にしては、なかなかしっかりした妻だった。陸上の社会の諸事に疎《うと》いモアに代わって、挙式の前からてきぱきと新生活の準備をととのえていった。新居にする借家を見つけてきたのも彼女だ。

開発されて間もないソーホーの住宅地。その一角にある小ぢんまりとした煉瓦《れんが》づくりの新築家屋だった。付近には、迫害をのがれてフランスから移ってきた新教徒たちが多く住んでいた。

「どうジェームズ。家賃のわりには、いい家《うち》でしょう？　見て、窓が大きくて明るいわ。二階への階段も、ね、ふたり並んで昇り降りできるくらいの幅があるし。それにほら、こっちよ、来てごらんなさい。庭には、葡萄《ぶどう》とジャスミンが植えられているのよ」

「きみは、まるで仲介業者のようだな」

冗談を言いながらも、モアはそんなナタリーの様子が微笑《ほほえ》ましく、かつ愛《いと》おしかった。

入居後まもなく、火災保険会社の社員が契約をとりにきた。加入すれば、火事のさいに消火班が駆けつけるという。

モアには無駄な出費のように思えたが、ナタリーはこう言った。

「あなたが航海に出て留守のあいだ、わたしと赤ちゃんが焼死したら困るでしょう？」

「赤ちゃん？」

「いずれは生まれてくるんですもの」

加入したモアの家の玄関脇に、保険会社の男は鉛の飾り板をとりつけていった。それが契約者の証明になるのだった。

モアとナタリー、ふたりの新生活は、そんなぐあいに始まった。

しっかり者の新妻。

と同時に、歳相応の茶目っ気も、まだまだ残っていた。

モアが二階の窓から空模様を見ていると――船乗りの習性で、ロンドンにいてもしきりに空を見あげる癖があったのだ――ナタリーが庭から小石を投げつける悪戯《いたずら》をして、新婚の夫を驚かせた。モアには当たらぬように上手にそばの壁にぶつけて笑っていた。

……そうだ、こんな具合だ。

ちょうど、こんなふうに、壁に……

また飛んできた。

小石だ。

……誰のしわざだ。

ナタリーか?

馬鹿な。


モアは、我に返って視線を下に向けた。

長官邸の周囲には頑丈な煉瓦塀がめぐらされている。その塀の外から、
ふたりの男がこちらを見あげていた。

一人は、病人のように顔色の悪い男。

もう一人は、痩せた小柄な老人。

……ドクターと爺さまだ。

爺さまは、帯状にした布に小石を挟んで頭上で振り回し、器用に投石してきた。

しかし、こんどは壁にではなく、まっすぐこちらに向かって飛んできたので、モアは身をよけた。部屋に飛び込んだその石は、紙で包まれていた。

モアは拾いあげて、紙をひろげた。手紙だった。書いたのはドクターのようだ。

この町は暑くてかなわぬ。おまけに埃っぽい。牛の糞にも閉口だ。わたしはどうもインドにけ向いていないようだ。しかし、きみは元気そうで何

よりだ。てっきり死んだものと思って、われわれはきみの冥福《めいふく》を祈ったのだが、なかには男泣きする者もいて、いやはや、あの情景をきみに見せたかった。それはともかく、こう離れていては話もできぬから、ご足労だが、そこから下りて、この塀のそばまで来てはもらえぬだろうか。

日に一度、敷地内を散歩することは許されている。庭へ出たモアは、ただの散歩を装って、ドクターと爺さまのいる塀の間近をゆっくりと行き来した。煉瓦積みの塀はモアが手を伸ばしても届かぬ高さがあり、内と外とで互いの顔を見ることはできない。邸《やしき》の召使いたちが近くにいないことを確かめてから、

塀の外へ小声で呼びかけた。

「船は無事だったのか？」

すると、外から爺さまの声で返事があった。

「まあ、なんとか無事じゃった」

「沈んではいないのだな？」

「水漏れがひどくなって、一時はどうなることかと思ったが、大工頭が何とか耐《も》たせた」

「いま、この沖に来ているのか？」

「いいや、来ちゃいねえ」

「では、どこにいるんだ」

「ニコバル諸島だ。船と仲間は、あそこの小島に隠れとるんじゃ」

ニコバル諸島は、

昨年、モアの一味がマラッカ海峡へ向かう途中で立ち寄り、半月あまり滞在した場所である。

「あそこなら、わしらに土地勘がある。しかも東インド会社の勢力圏外だ。他の場所よりちっとは安全かもしれねえと思って、あそこに身を潜《ひそ》めることにしたんじゃ」

「なるほど」

「前に立ち寄ったとき、あんたにくどいほど言われたもんで、わしらは住民にいっさい悪さをせんかったじゃろう。食糧から何から、欲しい物は、必ず金を払って手に入れたじゃろう。あのおかげで、住民もわしらに友好的だ」

「それはよかった。——しかし今は、あの船の誰ひ

とりとして現金などろくに持っていないはずだが」

　ブラッドレーの罠にはまって、ほとんどの金を奪い取られてしまったはずだ。

「たしかに現金はねえが、船倉にゃ、オランダ船から頂戴した台湾砂糖がまだ五十トンばかり残っとるし、ほかにも売れる品がいろいろある。それを小出しに捌《さば》きながら、何とかやってきた」

「そうか」

「とにかく、そんな具合に、あそこで四カ月ばかり息をひそめてじっとしとった。だが、やっぱり不安は消えねえ。そのうちいつか討伐船隊が現われるんじゃねえかと、みんな気が気でなくてな。そこで、船隊が今どこをうろついてやがるのか、その情報をさぐるために誰かをコーチンへ行かせようっちゅうことになって、表決でドクターが選ばれた。ドクターはオランダ語が達者だし、見た目も海賊らしくねえからだ。ただし、ちいっと世知《せち》に疎《うと》いところがある。そこがみんなの気懸《きが》かりで、結局わしがお供をすることになったっちゅうわけだ」

　塀越しに、爺さまの話がつづいた。

「で、わしらはまず、地元の小舟を雇って、ニコバルの島づたいに、スマトラの北の端へ行った。アチン、ちゅう名前の港があるところじゃ。その港で半月ばかり待ってると、オランダ船がやってきた。マラッカ海峡のペナンからセイロンへ向かう船じゃった。新鮮な水と果物を積み込みに寄ったのさ。わしらはその船にうまく乗っけてもらって、セイロンのコロンボに着いた。そこで船を乗り換えて、コーチンへ渡った」

「それは、いつのことだ」

「ほんの十日前のことさ」

　ボンベイからの帰途、モアの乗った船もコーチンに立ち寄った。ドクターと爺さまが上陸したのは、その一週間ほど後だったことになる。

「わしらはコーチンでさっそく情報集めをはじめた。すると、なんちゅうこったい、討伐船隊はもう解散しちまったと言うじゃねえか。そりゃなぜだと訊《き》いたら、答えはこうだ。討伐相手の海賊の船長は捕まえたし、取られた身代金も半分は取り返した。で、ムガール皇帝も納得して機嫌を直した。――わしらは、てっきりクリフォード船長が捕まったんじゃろうと思ったんだが、よく聞いてみると、そうじゃねえ、あんたのことじゃった。で、ドクターとわしは思わず顔を見合わせちまったよ。で、急いでそのあとのあんたの身の上を訊き出したのさ」

そうして、モアの身柄が、デリー、ボンベイを経て、このマドラスに送られたことを知り、東海岸へ向かうスループ船に便乗して、昨夕、到着したのだと語った。


「で、どうするね」

とドクターの飄々《ひょうひょう》とした声が塀の向こうから聞こえた。「われわれのもとへ戻る気はあるかね」

「訊くまでもなかろう」

モアはそう答えたが、
ドクターは皮肉を言った。

「きみは監獄暮らしでさぞかし窶《やつ》れていると思いきや、こんな邸宅の窓から景色など眺めて、なにやら長閑《のどか》な日々を送っているようじゃないか」

「ひげも剃っちまって、すっかり堅気の顔つきだしな」

そう言う爺さまの声もした。

「ひげはボンベイの監獄で剃り落とされたのだ。虱《しらみ》が涌《わ》くからだ。この邸にいるのも、おれが望んだからではない。おれはあくまでも囚人の身だ」

モアが言い返すと、

「むきになっているな」

外でドクターと爺さまが話している。

「冗談も通じなくなっちまったようだ」

逃亡は、その夜のうちにおこなうことにした。手筈《てはず》を打ち合わせたあと、
モアは塀ぎわを離れて邸の中へ戻った。
長官邸からの脱走は、きわめて容易に思えた。なぜなら、それを阻止しようという気持ちが、ピットに最初からないからだ。
逃げても追っ手を出すつもりはない、とピットは以前にいった。

そういえば、かれの書棚の
『随想録《エセー》』の中に、こんな一節があった。

まわりをよく見回してみると、われわれの生きているこの世紀は、まことに憂鬱な愚かしい時代である。美徳の観念などすっかり欠落してしまっている。

われわれ人間には良心というものがあるが、同時に残酷さもあり、裏切りや、盗賊行為をする悪心も宿っている。だが、それらが、法の陰に隠れて、安全に、密かにおこなわれることほど邪悪なものはない。わたしは、物陰で狡猾におこなわれる不正よりも、はっきりと表立ってなされる不正のほうをまだしも許容する。うわべを飾った不正よりも、戦闘的な不正のほうをまだしも許容する。

そのページの余白に、
ピットのものと思われる書き込みがあった。

同感なり。

海賊モアに対するピットの処遇の寛大さは、かれのこうした考えに基づくものなのかもしれない。

いずれにせよ、
モアは、ピットのその無警戒に乗じて逃げることに決めた。

『アドヴェンチャー・ギャレー』とその乗組員たちが無事でいると判った今、
もはやここに留まる理由はない。

邸内が寝静まった深夜、
モアは、右手と歯とでベッドのシーツを裂き、紐をつくって二階の窓枠《わく》の鉄具にむすびつけ、下へ垂らした。右腕一本で下りねばならぬため、掌にも布を巻きつけて皮が剝《む》けるのを防いだ。地面に降り立つまで十秒とかからなかった。

三日月のかすかな明かりを頼りに、例の塀ぎわまで歩いてゆくと、打ち合わせ通り、一本のロープが内側に垂らされていた。

モアがそのロープをつかんだとき、

「登れるかね？」

背後の闇から
ピットの声がした。

モアはゆっくりと振り返った。互いの輪郭がおぼろげに感じとれる程度の、乏しい月明かりだ。

「下りるのはともかく、片腕で登るのは無理ではないか？」

脱走の現場をおさえたにもかかわらず、ピットの声はおだやかだ。

モアも静かに言った。

「船の居場所がわかりました。仲間のもとへ帰ります」

「……そうか」淡々としている。

「恩義は深く心に刻《きざ》んでおきます」

「無用だ。わしは人のために何かをすることはせん。きみと話をしたいから邸に置いた。それだけのことだ。——それよりも、片腕でそこを登れるのか？」

しきりに案じてみせるのは、言外に、門から出て行くことも許すと告げているのだろう。だが、モアがそれをすれば、会社に対してピットの弁明の余地がなくなる。

かれが会社のことなど屁とも思っていないことはモアも知っているが、
だからといって、この恩人を、より一層不利な立場へと追いやるのは本意ではない。あくまでも
〈脱走〉

という形にこだわることが、ピットに対するせめてもの礼儀だとモアは思っていた。

「お忘れかもしれませんが、わたしは船乗りです。十六の歳からロープを握ってきました。このわずかな高さを登るのに腕は二本も要《い》りません」

「ふむ。では、やってみせてくれ」

モアはロープをつかんで腋《わき》をしめ、かるい反動をつけて足の裏を塀に押し付けた。あとは小刻みな反動を繰り返してロープを手早くたぐりながら、塀を垂直に歩いて登った。ほんの数秒のことだ。

ふりむいて塀の上からピットにいった。

「……こんな具合です」

ピットの影がかすかに笑いを漏らした。
「お見事だ。——命を大事にな、モア船長」
ドクターと爺さまが手配した船は、
セイロンへ向かうスループ船だった。セイロンの港で東へゆく大型船をつかまえ、
スマトラでおりて、
あとは小舟で島づたいに仲間のもとへ帰る。
来るときに彼らが通ったルートをそのまま逆に辿《たど》る計画である。
まだ明けそめぬマドラス港、
船上に点々と灯をともした二隻の大型ガリオン船、
数隻のケッチ船、
十数隻のスループ船が、
仄暗い海面に散開して碇泊している。
三人が乗り込むスループ船は、波止場に接舷していた。
「あの船なんじゃ」
爺さまが言った。「船長はまだ寝とるかもしれんな。声をかけて起こしてくる」
爺さまの小柄な影がすたすたと先を歩いていった。あいかわらず、歳のわりに元気がいい。反対にドクターの歩調は、
こんなときにもおっとりしている。
「涼しいね。それに静かだ。昼間の波止場とは大違いだ。ずっとこうならいいんだが」
モアは苦笑した。
「港が静かでは街は滅びる」
「しかし、この静寂のひとときは、じつに詩的じゃないか。われわれの靴音だけが、暁闇《ぎょうあん》の中にひびく」
だが、ふたりの靴音のほかに、
そのとき、別の響きが遠く聞こえてきた。
馬の蹄《ひづめ》の音だ。
背後からだ。モアとドクターはふり返った。
音はこちらへ近づいてくる。
闇の中を疾駆《ギャロップ》で近づいてくる。
「追っ手かもしれんな」
とドクターが間延びした声でいった。
「いや、そのはずはない」

モアは暗がりの彼方を透《す》かし見た。

ピットが追っ手を出すはずがない。それに、蹄の音は単騎だ。たった一人の追っ手というのは妙だ。

思う間にも、
闇の幕から抜け出たように、
黒い馬に跨《また》がった黒い影がまっしぐらに迫ってきた。

馬上の者も、波止場に立つ人影をみとめたと見え、速度を落として近づいてきた。

「長い棒を肩に担《かつ》いでいるぞ」

つぶやくドクターに、
モアはいった。

「あれは、剣だ」

馬をおりたジェイコブ・リーは、担いでいたジャパン国の剣――臙脂《えんじ》の絹袋に包まれた長大な剣を、モアに差し出した。

「長官に命じられて届けにきた。鍛冶屋への土産《みやげ》にしろ、との言伝《ことづ》てだ」

そして黒い長上着《コート》の内側から一通の封書を取り出した。

「それも長官からか？」

「そうだ」

リーは、剣と手紙とを渡し終えると、すぐさま馬に跨がり、
わずかに白みはじめた夜の向こうへ、ふたたび風のように走り去った。礼や別れの言葉を口にする暇《いとま》すら与えなかった。

モアは剣をドクターの腕に預け、
手紙を開封して、スループ船の舷燈にかざした。

こう書かれていた。


きみに『タイタン』の隠れ家を教える。

チャゴス群島のディエゴ・ガルシアだ。

だが、きみも知る通り、ブラッドレーは手強《てごわ》い男だ。勝算のない戦いは、決して挑むべきではない。

隠れ家を教えたのは、やつを襲えという唆《そそのか》しではない。むしろ、チャゴス群島には迂闊《うかつ》に近づくべきではない、という忠告と受け取ってほしい。

XIX 『タイタン』と戦う

男爵《バロン》に率いられた『アドヴェンチャー・ギャレー』の乗組員八十名は、
ニコバル諸島のなかの
〈テレサ島〉
という小島に隠れ住んでいた。
珊瑚礁《さんごしょう》にかこまれた美しい島だ。
モアは、
ドクターと爺さまに伴われて、ついに仲間たちのもとへ辿《たど》り着いた。
かれの日誌に記された日付は、
一七〇〇年九月十五日。
じつに、八カ月ぶりの再会である。
そのとき岬の丘で見張りについていたのは奥方だったが、
島へ近づく小舟の舳先《へさき》にモアが立っているのを見て、かれは
失神した。
しかしモアを幽霊だと思って青ざめた者は奥方以外にも少なからずおり、
それほどに彼らは迷信深いのだった。
（モアと同様、イギリス人の船乗りにはコーンウォル半島の出身者が多く、かれらは子供の頃から、幽霊船の言い伝えや船乗りの幽霊についての実話を、たっぷり聞かされて育っている）
だが、もちろん
モアに飛びついてきて荒っぽく抱きしめてくれた者もおり、
大樽などは嬉し涙がしばらく止まらなかった。
その日の夕飯は、モアの帰還を祝ってコックの赤鼻が腕をふるい、そして、
残り少ない干し葡萄《ぶどう》がふだんよりも五粒ずつ多めに配られた。
モアの帰還をいちばん喜んだのは
男爵《バロン》かもしれない。

ほかに適任者もいなかったことから、推《お》されるままに、仕方なく後任の船長を引き受けはしたものの、かれは元来、人を束《たば》ねたり指揮したりすることを面倒に思う性分だった。
しかも、ここにいるのは、
粗野で、
下品で、
鈍感で、
身勝手で、
狡猾《こうかつ》で、
無節操で、
無教養な、
困り果てた男どもである。
かつてナンバー2の立場にいた頃は、モアの仕事を傍《かたわ》らから悠然と見守っていればよかったのだが、いまはそうも行かず、
緊急の報告はむろんのこと、見当違いの提案も、訳のわからぬ相談も、個人的な不平も、仲間うちの揉《も》め事も、
大事小事にかかわらず、何もかも男爵《バロン》のもとに持ち込まれる。
沈着冷静で知られたあの男爵《バロン》が、とうとう癇癪《かんしゃく》を起こしかけたこともある。かれは今やすっかりくたびれ果てていた。
そんなところへ、思いもかけぬモアの帰還である。
祝宴の前に、
男爵《バロン》は例の、なめらかな張りのある声を、皆に聞かせるように一段と大きくして、こういった。
「よく戻ったな、モア船長」
飲み疲れ、騒ぎ疲れて、ほとんどの者が眠り込んでしまったあと、
モアはひとりで浜辺へ出た。
環礁のなかの波静かな海面が、満天の星と月光の下で、銀砂を撒《ま》いたようにきらめいている。
そしてその銀砂の上に、
『アドヴェンチャー・ギャレー』の懐かしいシルエ

ットが、三本の帆檣《マスト》を屹立《きつりつ》させて浮かんでいる。幽霊船となって夢に現われたときの不気味な姿ではなく、あくまでも粛然《しゅくぜん》としたそのたたずまいは、ひとり、物静かに追想にふけっているかのようだ。

「大丈夫だ」

背後で男爵《バロン》の声がした。「修理はきっちり施した。しばらく航海はしていないが、みなで大事に手入れをしてきた」

モアは船のほうを見たままで言った。

「沈んでしまったものと思っていた」

「われわれも一緒にかね?」

「うむ」

「きみこそ、間違いなく落命したものと思っていた」

そうなるはずのところを、ムガールの〈姫君〉とトマス・ピットに命を救われたことは、すでに祝宴のさなかに皆に話していた。

「てことは、男爵《バロン》のお勤めもまんざら無駄じゃなかったってわけだな」

と茶化す者がいて一座に笑いが起きたのだが、そのときの男爵《バロン》の目に、ふとかすかな感傷がよぎるのを認めたのは、モアだけかもしれない。

「ところでピットという男は——」

月明かりの浜辺で男爵《バロン》がいう。「つくづく奇妙な人物だな。利を稼ぐことにのみ関心があるのかと思ったが、そればかりではない一面もあるということか」

たしかに不思議な人物だった。ピットを身近に眺める中で、モアはその思いをますます強めたのだった。

「貴重な話を、かれから聞かされた」

わずかな逡巡《ためらい》のあと、モアはそういった。

「ほう、どんなことだ」

「聞けば、きみは落胆するだろう」

男爵《バロン》は一瞬何のことかと考えるような間《ま》を置き、訝《いぶか》しげにうながした。

「……言いたまえ」

「薔薇十字団のことだ」

「……」

「旧会社の現地商館に巣食うかれらの実像を聞かされた。それは、きみが例の三冊の本を読んで思い描いていているようなものとは、かなり違っているようだ」

ピットはモアにこういった。

〈当初の理念がどれほど潔癖に澄んでいようとも、生身《なまみ》の人間どもが、いつのまにやらその結社を、濁った愚劣な集団に変えてしまうのだ〉

そして、こうもいった。

〈薔薇十字団というのはな、世界の変革を標榜《ひょうぼう》しながら、その実、教養人の驕《おご》りと、くだらぬ神秘主義に染まった偏狭な秘密結社なのだ〉

ピットから聞いた諸々《もろもろ》の事柄を、
モアは男爵《バロン》に語った。

男爵《バロン》は、しばらく黙り込んだ。

「きみの追い求めているものを――」

モアは静かにいった。「無理に打ち壊したいわけではないが、しかし、これが現実だ。……シャザル伯爵とやらも、ひょっとすると、そんな実態に厭気がさして、さらなる東方へと旅立っていったのかもしれんぞ」

すると男爵《バロン》が低くいった。

「それは、偽の薔薇十字団だ。そんな連中とは別の、真の薔薇十字団がどこかに存在するはずだ。――存在しなければならんのだ」

何ごとにも超然とした視野を持つ男爵《バロン》が、この一点についてのみは、
子供のように素朴な幻想を、
あくまでも捨てようとしない。

モアは半ば冗談、半ば本気でこう言ってみた。

「いっそどうだね男爵《バロン》。この『アドヴェンチャー・ギャレー』の一味を、きみにとっての薔薇十字団に仕立てあげるというのは」

男爵《バロン》も思わず苦笑を漏らし、

「……おもしろい意見だ」

言い残して、そばを離れていった。

翌朝、
見せたいものがあるといって、

大樽はモアを、海岸の椰子《やし》林を抜けた奥にある沼地に案内した。

その浅い泥沼に、仲間の男たち十数人の姿があった。

「ここで米をつくるんだ」

と大樽は両手をさしひろげた。「食糧の自給だ。おれが提案した」

泥沼と見えたのは、耕耘《こううん》中の水田だったのだ。男たちは田の中に膝まで浸《つ》かり、一頭の大きな灰色の〈水牛〉を操って作業をしている。

「ここの住民に、やり方を教わった。四カ月後には収穫できるそうだ」

大樽は目を細めて嬉しげだ。

「あの牛も借りたのか？」

「いや、あれはおれたちの水牛だ。砂糖二樽で買い取った」

「大きくて立派な牛だ」

「おまえを偲《しの》んで、誰かがジェームズという名前をつけた」


残念ながら、大樽の夢は実現しなかった。

テレサ島に、二隻のオランダ船が現われたのだ。〈退去命令〉を伝えに来たのだった。

この島にイギリス人たちが住み着いているという噂がオランダ東インド会社の耳に入り、ジャワのバタヴィア総督府から武装船隊が派遣されてきたのだ。かれらは、イギリスがこの島の領有をもくろんでいるものと誤解したようだ。

「たとえ同盟国の者といえども、退去命令に従わぬときは武力で追い払う」

と強硬だった。

いや、われわれはイギリス政府とは無関係だ。――うっかりそんな弁明をして、ただの海賊だと判れば、この場で討伐されてしまう。

受諾の返事をするほかなかった。

むしろ、

昨年マラッカ方面を荒らした海賊一味が自分たちだとは気づかれなかったことを、幸運と思うべきかもしれなかった。

出帆準備に要する日にちを見込んで、退去期限は一カ月と指定された。一カ月後にまだここに滞《とど》まっていれば、警告なしに攻撃を開始する。——そんな脅し文句をのこして、オランダ船隊はいったん島を離れた。


島の浜辺で一味の総会がひらかれた。

「討伐船隊が解散したんなら、もう安心だ」

と弾薬庫主任の穴熊が言った。「そろそろインド洋へ戻って海賊稼業を再開しようじゃねえか」

賛成の声が多くあがった。

では、とりあえずどこへ向かうか、ということが議題となった。

そこでモアが言った。

「チャゴス群島はどうだろう」

水夫のひとりが訊いた。

「そこにはいってえ何があるんだ」

モアは、すぐには答えず、みなの顔をゆっくりと見回してから、おもむろに言った。

「『タイタン』がいる」

一瞬、全員が沈黙した。

これは、
なかなか複雑な沈黙だった。

ここにいる者たちは誰一人としてあの卑劣な騙《だま》し討ちに対する悔しさと怒りを忘れてはいないが、しかし、
戦力は相手がはるかに勝《まさ》っている。

勝てる相手だとは思えないので、みな尻ごみしているのだった。

モアはその空気を読み、
賛否の表決はひとまず措《お》いて、こう訊いてみた。

「誰かチャゴス群島へ行ったことのある者はいるか？」

あるぜ、
と返事をしたのはコックの赤鼻だった。

「四年ばかり前に立ち寄ったことがある」

かれは、マダガスカルで『アドヴェンチャー・ギャレー』に乗り組んだが、その前は別の海賊一味にいたのだ。

赤鼻は言った。

「チャゴス群島は、インド洋のどまんなかにあるんだ。ちょうど臍《へそ》みてえな場所だ」

「するってえと、周《まわ》りに大きな陸地はねえわけだな？」

そう訊《き》く者がいた。

「ああ、ねえな。だから、そのころ、人はほとんどいなかった」

群島のいちばん南にあるのが
〈ディエゴ・ガルシア〉

という島で、
ここの入り江は、二つの岬に抱え込まれているために、外海からは見えないようになっている、
と赤鼻は語った。

「このテレサ島とおんなじで、あそこも珊瑚礁に囲まれていた。環礁の内側は湖みてえに波が静かでよ、浜には椰子がいっぱい生《お》い茂って風にそよいでやがった。――なかなか悪くねえ島だったぜ」

「島は環礁の中にあるのだな？」

モアは念を押した。

「そうさ。珊瑚礁の環《わ》にしっかり守られている」

「その内側へ入るための通り道は？」

「もちろん、ある。あるが、安全に通り抜けられるのは、たった一カ所だ。ボートや小型の船ならともかく、大きな船が通れるのは、そこだけだ」

「満潮のときでもか？」

「満潮のときが、かえって危ねえ。環礁のところどころが海面下に隠れちまう。そこを通り道だと勘違いして突っ込んでいったら、船底を珊瑚礁に咬《か》まれてたちまち座礁《ざしょう》だ」

「てことはよ――」

ふくろうが言った。「その一カ所の通り道を島から見張られている限り、奇襲は絶対にできねえってわけだ」

「その通りだ」

赤鼻がうなずいた。「モーリシャスのときみてえに、月のねえ晩に夜襲をかけることもできやしねえ。環礁の通り道を知っていたって、闇の中じゃとうてい見分けられねえからな。たとえ、おめえの目がどんなに良かろうと、そこまでは無理だ」

「だったら、夜が明けてからの正面攻撃しかねえのか」

「そういうことだ。——まあ、隠れ場所としては、確かにあんないい場所は他にねえな」

それを聞いて、
皆はますます怯《ひる》んだ。

誰かがいった。

「正面攻撃じゃどうにもならねえ。『タイタン』の人数は二百人近いはずだ。おれたちの二倍以上だぜ。船の砲数だってやつらのほうが多い」

その言葉が、
全員の悲観論を決定づけてしまった。

しかし、モアはまだ表決を取らなかった。

すこし風が出てきたので、かれの左袖がうるさく揺れた。それを腰のベルトに挟みこんでから、

モアは自分の考えを、急がず、ていねいに、わかりやすく語った。
……そして一時間後、
モアは、弱気な男たちの意志を、完全にくつがえしていた。
熱弁をふるって煽動したわけではない。
ただ、
ある作戦案を、
具体的に提示してみせたのだ。

†

月がナイフのように細くなった夜。
ディエゴ・ガルシア島の見張り台にいた当番の男が、
島の一角で不審な火が焚《た》かれていることに気づいた。
『タイタン』が碇泊している入り江からはかなり隔たった場所だった。そのあたりには小さな砂浜があ

り、火はその浜辺で焚かれているようだった。
夜更《よふか》しの好きな乗組員の何人かがそこで酒盛りでもしているのかもしれないと思ったが、
念のために、
そばで居眠りしていたもう一人を揺り起こして、ブラッドレー船長のもとへ報告に走らせた。
棕櫚《しゅろ》葺《ぶ》き屋根の小屋で眠っていたブラッドレーは、陸上にいる者と、『タイタン』の船上にいる者との両方に、それぞれ
点呼をとらせた。
欠けている者はいなかった。
では、あの火は何だ、
ということになった。
そこで偵察のボートを送り出した。
闇夜に森の中をぬけて陸地づたいに行くよりも、ボートで向かうほうが早いからだ。入り江を出たボートは、舳先《へさき》に松明《たいまつ》をかざして海面を照らしながら漕ぎ進んだ。
岬を回り込み、環礁と島とのあいだの波しずかな礁湖《ラグーン》を、ボートは進んだ。
やがて問題の火が見えてきた。
しかし、
その直後、浜の火は不意に小さくなり、まもなく消えてしまった。ボートの松明に気づいて、急いで消したようだ。
それから少しののち、
銃声が聞こえ、ボートのそばの水面がしぶいた。
偵察隊はあわてて引き返した。
報告を聞いて、
ブラッドレー船長は低く唸《うな》った。
夜明けを待ち、
大型ボートに二十名の武装隊を乗せて再び送り出した。
武装隊がその浜に到着したとき、
人影はなかったが、
しかしそこで野営をしていた痕跡が、あきらかに残っていた。焚き火跡には、黒く焦げた木片が――
しかも、やけに大きな木片がいくつも転がっていた。
「こりゃあ、ボートの一部じゃねえか。乗ってきた

ボートを壊して火を焚いてやがったんだ」

焚き火跡のそばから、いくつかの
〈遺留品〉

が発見された。

昨夜、偵察隊はいきなりの銃撃をうけて慌てたが、相手もそのあと急いで島の奥へ逃げ込んだらしく、忘れ物をしていったようだ。

一つは、木製の箱だった。

やたらに大きな把手《とって》が付いており、蓋を開くと、煙草の葉と喫煙用のパイプが現われた。

そのパイプを見て、一人が当惑をおさえきれずに、つぶやいた。

「……どういうことなんだ。なんで、こんなに馬鹿でかいんだ」

もう一つの遺留品を拾いあげた男は、
それが剣の一種であることに気づいてさらに驚いた。鞘《さや》から抜くにも一人ではうまく抜けず、そばにいた男に手伝わせてようやく刃《やいば》の全長を確認できた。

「それは、東洋の剣だ」

と、脇から言った物知りがいたが、
しかしその男自身も、この異様なまでの長大さには度胆《どぎも》を抜かれている様子だった。

別の一人が、
焚き火跡のなかの、燃え残ったオールを指さした。

「これじゃ太すぎて、とてもおれたちにゃ漕げねえぜ」

さらに他の一人が、
浜に残された靴跡の中に自分の足を入れてみながら、呆然としていた。靴跡は、長さも幅も、その男の足の二倍以上あった。

少し離れた場所から、

「見ろ、やつら、ここで糞《くそ》をしていきやがった」

そう叫んだ男がいたが、
脱糞されたその量と太さをまじまじと見て、黙り込んでしまった。

脱糞は四カ所で確認できた。どれも同じような量と太さだった。

「少なくとも、四人以上いやがるって訳だな」

いった男の声は、もはや少し震えていた。

それは人間が排泄したものではなく、

にはなかった。
〈水牛〉の糞だということに気づく余裕など、すでに彼ら

入り江の泊地へ戻ってきた武装隊がそんな奇妙な報告をするのを聞いて、
一味のあいだに動揺がひろがった。
「びくびくするんじゃねえ」
とブラッドレー船長が叱った。
足もとに並べられた
巨大なパイプと、
長大な剣と、
太いオールの燃え残り、
それらを見おろしながら、ブラッドレーは落ち着き払って言った。
「図体《ずうたい》がでけえからといって、何も怖気《おじけ》づく必要はねえ。考えてもみろ、一千ポンドもある人食い虎でも、二千ポンドの羆《ひぐま》でも、銃さえありゃあ必ず斃《たお》せるんだ。一発で無理なら五人がかりで一斉射撃だ。船には大砲だってある。そうだろうが。しかも、相手はたった四、五人じゃねえか。こっちの人数をかぞえてみろ。びくびくしなけりゃならねえのは、やつらのほうだ」
船長の言葉によって、
一味も平静をとりもどし、巨大パイプを忌《い》ま忌《い》ましげに足で蹴った者もいた。
「だが――」
とブラッドレーは背後の椰子《やし》林をにらんだ。「そういう怪物どもがこの島に潜んでやがるとなると、おちおち昼寝もしていられねえのは事実だ。早《はえ》えとこ退治しちまおう。左舷直の百人で山狩りだ」
左舷直の責任者である操舵手がその隊長となって、さっそく出発した。
居残り役となった右舷直の男たちは、このとき自分たちの幸運を喜んだが、
その運命が、しかしやがて逆転することを、むろん誰も予期しなかった。

ディエゴ・ガルシアは決して大きな島ではないが、それでも、全島を一日や二日で捜索し尽くすことは

できない。山狩り部隊はとりあえず三日分の食糧と水を携《たずさ》えて行った。
残った者たちも、
何やら落ち着かぬ気分で、島の奥から銃声が聞こえてはこぬかと耳をそばだてていた。
だが、巨人退治はおろか、発見の報すらも届かぬまま、
その日は暮れた。
怪物たちの潜む森の中で野営する仲間たちの心中を思って、居残り組は同情した。

そして、
次の朝がきた。
雲の多い、暗い夜明けだった。
見張り台の当直は、
意識の半《なか》ばを背後の島内に引っ張られつつも、しかし自分の任務を忘れてはいなかった。まだ完全には明けきらぬ暗灰色の海上を、右から左へ、左から右へと、
視線をゆっくり行き来させていた。

二つの岬が両腕をのばして深い入江を抱え込んでいる。その〈左腕〉の付け根にある高い丘の上に、この見張り台が設けられている。

見張り台の視界は当然だが広い。

ここから見えないのは、島の裏側だけだ。しかし多少の死角があっても問題はなかった。この泊地に近づくためには、周囲を取り巻く珊瑚礁の外側をまわって、見張り台のほぼ正面にある切れ目から環礁内に入ってこなければならない。それが唯一の〈出入口〉

なのだ。

今こうして夜明けの海を見渡したところ、島に近づく船も、沖を通る船もない。

そこで当直の男は見張り台から降りて、そばの草地に放尿した。それを終えて再び台に登り、また右から左へと視線をうごかした。

男の体が硬直したのは、このときだった。

ひだりての眼下に、
一隻の船がいた。

ボートではない。

小型のスループ船でもない。
三本の檣《マスト》を持った、軍艦仕様のヨーロッパ船が、下段の砲門から長いオールの列を突き出し、視界の左から右へと、しずかに漕ぎ進んでいる。
環礁の外側ではなく、内側を、
波しずかな礁湖《ラグーン》の上を、
滑るように突き進んでいる。
陸岸ぞいに、
岬の先端をめざしている。
……ということは、
この船は島の裏手からやってきたということか。見張り台の死角となっている方角。そこにある環礁の切れ目を通って入り込んできたということか。
……しかし、
そんなはずはない。ありえない。こんな大きな船が〈出入口〉以外の場所から環礁内に入り込めるはずはない。
当直の男は当惑を越えて、ほとんど動転していた。

かれの動転をさらに倍加させたのは、
その船の異様な姿だった。

船体は、どこもかしこも真っ黒だった。

帆までが黒い。

その帆が、すべてずたずたに千切《ちぎ》れて帆桁《ヤード》から垂れさがり、暗雲のひろがりはじめた空の下、生温かい風に揺れている。

なんという不気味な船だ。

……だが、ちょっと待て、
と男は思った。

この船型。

オールを出して橈漕《どうそう》するこの姿。

見憶えがある。

何カ月も前、コーチン沖で、おれたちが騙《だま》し討《う》ちにした、あの船だ。

おれたちの砲撃を浴びながら、死にもの狂いでオールを漕ぎつつ夕闇の中へ消え去った、あの船だ。

以後の消息は、これまで一度も耳にしていない。

船の名前は、
そうだ、

『アドヴェンチャー・ギャレー』だ。
あの船が、
なぜか今、おれの眼下に出現している。
現われるはずのない方角から突然あらわれている。
黒い不気味な姿をさらして薄明の礁湖《ラグーン》を突き進んでいる。
……これは、
幽霊船なのか？
男は膝がふるえたが、
気力をふりしぼって、号鐘《ごうしょう》に手をのばした。

見張り台で打ち鳴らされる鐘を聞いて、
泊地の男たちは飛び起きた。
しかし小屋やテントから転がり出て、まず誰もが視線を向けたのは、背後の椰子林のほうだった。例の巨人どもが不意に襲ってきたのかと思ったのだ。
やがて、どうもそうではないらしいことが判り、男たちは、号鐘の警報が告げる本来の意味を思い出して、
海に目を向けた。

二つの岬に抱きかかえられたこの入り江は、外海からは中が見えないが、同様に、中からも外の海はよく見えない。
だが、
見張り台からは、はるか沖合いまで見晴らせるので、
船影接近を知らせる鐘が鳴っても、その船がじっさいに間近まで来るには、かなりの時間がかかるはずである。
船長のブラッドレーも、
むろんそう思っていた。
しかし、
丘の上の見張り台から、当直の男が青ざめた顔で息を切らし、よろめきながら下りてきたのを見て、かれは少々厭《いや》な予感がした。
「何だ。どうした」
問いかけても、当直の男は息をはずませるばかりで、すぐには言葉が出てこない。
ほかの男たちもまわりに集まってきていた。
当直の男がようやく声を発したが、

その言葉に、みなが思わず顔を見合わせたのは当然だった。

「ゆ、幽霊船が現われました」

ブラッドレーはその男を殴りつけようとした。ただですら巨人騒ぎで一味が浮き足立っているさなか、そんな戯言《たわごと》を口にする手下に我慢がならなかったのだ。

男は腕で頭をかばいながら、必死に説明した。

「本当です、船長。『アドヴェンチャー・ギャレー』の幽霊船です。気がついたときには、もう環礁の内側にいたんです」

「……何？」

ブラッドレーは振り上げた腕を止めた。

男がつづけた。

「来るはずのない方角から、いきなり現われたんです。前におれたちが騙し討ちにした、あの『アドヴェンチャー・ギャレー』です。もう、そこまで来てるんです」

男がのばした腕の先を、
みなも振り返った。

その方向から、水音が聞こえてきた。
何十本ものオールが一斉に海面を掻く、
規則正しい、
だが暗鬱な水音だ。
やがてこの入り江を守る岬の先端を回りこんで、
黒い船が、
その姿を現わした。
立ちこめる暗雲の下、
千切《ちぎ》れた黒い帆を垂らし、
黒いオールの列を左右に突き出して、
ひと掻きひと掻き、
こちらに近づいてくる。

「……本当だ。幽霊船だ」

思わずつぶやく者もいた。

怯《おび》えて硬直する男たちを、ブラッドレーの大声が一喝した。

「馬鹿野郎！　うろたえずに、よく見ろ。あれはただの船だ。虚仮《こけ》おどしに引っかかるな。急いで『タイタン』へ戻れ。ぐずぐずしてると、てめえたちが幽霊にされちまうぞ」
ようやく我に返ったように、男たちがボートへ向かって走りだした。
だが、走りつつも、
いったん動揺した男たちは、冷静さをなかなか取り戻せなかった。
浜から大小のボートを押し出して飛び乗ったものの、気が急《せ》くあまりにオールの漕ぎ方が揃わず、その場で一回転してしまうボートもあった。
乗りきれなかった者は、しかたなく泳いだ。
だが、船へは戻らずに、椰子林の中へ逃げ込もうとする者たちもいた。――ブラッドレーはボートの上から逃亡者たちの背中に向けて二挺の短銃を発砲し、一人を斃《たお》した。
そうした混乱の中で、それでもなんとか『タイタン』に帰りついた者たちは、
すぐさま砲列甲板へと駆けおり、
砲撃のための準備にとりかかった。
乗組員の半数は、例の巨人退治の山狩りに出ているため、
戦力はいつもの半分だ。
大砲を固縛していた縄を解き、
砲口の栓を外し、
砲尾の火門の鉛の覆いを剝《は》がし、
……だが、所詮《しょせん》そこまでだった。相手に対して決定的に遅すぎた。戦闘態勢につくのが、あまりにも遅れをとっていた。
不意に回頭した『アドヴェンチャー・ギャレー』は、上甲板左舷の十八ポンド砲七門を斉射してきた。
その間に、下甲板の砲門からオールがひっこめられ、あらかじめ弾丸の装塡《そうてん》を終えていた二十四ポンド砲十門の砲口が押し出された。
すでに至近距離である。
照準など測らずとも、向きを合わせさえすれば命中する状態だった。
まだ用意のととのわぬ『タイタン』の砲列甲板へ、『アドヴェンチャー・ギャレー』の砲弾が立て続けに叩き込まれた。
岬に囲まれた入り江に、
その凄《すさ》まじい砲声が殷々《いんいん》と反響した。

『タイタン』の船内は、
血しぶきと肉片の散る修羅場《しゅらば》となった。

死や負傷をまぬがれた者たちは、つぎつぎに破壊されてゆく砲を見捨てて、銃と湾刀《カトラス》を手に上甲板へあがった。

そこへ、砲撃を停止した『アドヴェンチャー・ギャレー』から、鉤《かぎ》つきロープが何本も飛んできた。『タイタン』のふなべりに、それらの鉤が牙のように食いつき、
引き寄せた。

錨綱《いかりづな》がついたままの『タイタン』に、『アドヴェンチャー・ギャレー』の船体がゆっくりとぶつかってきた。

このとき、『タイタン』の船上からは海に飛び込んで浜へ泳ぎ逃げる者が続出しており、湾刀《カトラス》をふりかざして叱咤《しった》するブラッドレーの怒号も効果がなかった。

腰の引けてしまった部下たちを罵《ののし》るブラッドレーの眼前で、

『アドヴェンチャー・ギャレー』からの斬り込みが始まっていた。ロープにつかまって飛び込んできた者や、舷と舷のあいだに渡り板を架けてなだれこんできた者たちが、

『タイタン』の船上を暴れ回っていた。

ブラッドレーは、
悪夢を見ているような気がした。

なぜこんな状況に陥ってしまったのか、理解できなかった。

納得がいかなかった。

茫然《ぼうぜん》とする彼の前に、そのとき、一人の男が立った。

隻腕《かたうで》のその男は無言のまま、
右手ににぎった湾刀《カトラス》を横に薙《な》ぎ払ってきた。

ブラッドレーは反射的におのれの湾刀《カトラス》を相手の頭に振りおろそうとした。だがその瞬間、わずかな差でもう間に合わぬことを感じとっていた。

……こんな死が、
いつか来るような気はしていた。しかし、わずか一瞬後にそれが来るのは釈然としなかった。

かれの湾刀《カトラス》が相手の頭蓋《ずがい》を叩き割る前に、

相手の湾刀《カトラス》がかれの首をふなべりの外へ飛ばした。首が無くなったあとも、惰性《だせい》で振りおろされた彼の湾刀《カトラス》は、
中身のない相手の左袖を、
空《むな》しく切り裂いただけだった。

ブラッドレー船長の死を知ると、『タイタン』の男たちは、
われ先に降伏した。
『アドヴェンチャー・ギャレー』の男たちの中には、それを受け入れることを承服せず、皆殺しを主張する者もいた。——海賊どうしの信義を裏切った連中に、温情をほどこす必要などないというのだった。
血なまぐさい興奮の余韻《よいん》が、
みなの心を支配していた。
投降者たちの多くは命乞いをしたが、
コーチン沖での自分たちの行為を考えれば、それは虫のいい願いかもしれないと思って黙り込む者もいた。
その願いが、しかし結局は聞き届けられることになり、投降者たちの蒼ざめた顔に、やや血色がよみがえった。
『アドヴェンチャー・ギャレー』の隻腕船長は、
投降者の殺戮《さつりく》に代えて、
『タイタン』に火を放つことで、興奮した仲間たちの気持ちを宥《なだ》めたのだった。

一方、
例の巨人たちを求めて山狩りに行った左舷直の百人は、泊地からの砲声に仰天して、ただちに引き返した。だが、帰りついたときには、戦いはとうに終わっており、
入り江で『タイタン』が炎上しているさなかだった。
それを見た彼らは、駆け戻ってきた疲労も手伝って、浜にへたり込んでしまった。
かれらにも、
降伏以外にとるべき道はなかった。

陸上の小屋やテント内には、

食糧や物資の備蓄が豊富にあった。
『アドヴェンチャー・ギャレー』はその半分を投降者たちの手に残していった。
敗れた男たちは、
虚脱感の中でじっと動かぬ者と、
反対に、崩《くず》れた気持ちを立て直そうとして、やたらに動き回る者の二種類に分かれた。
後者の男たちが、
当面の足として、修理用の木材でスループ船でも造ろうか、と相談し合っていると、
道に迷ったせいで遅れて帰りついた山狩り隊の一部の者が、
島の裏手にみょうな船が二隻浮かんでいるのを見た、
と報告した。
さっそく数名の者がボートを漕いで調べに行ってみると、
なるほど環礁の内側にぷかりぷかりと浮かんでいる物が二つあったが、
それらは船ではなく、
ただの巨大な木箱だった。
なぜこんなものがここに浮かんでいるのかと不思議がりながら、かれらは、
環礁の外の夕暮れの海に顔を向けて、
その遥《はる》か沖、
真っ白い総帆に風をはらんで遠ざかってゆく『アドヴェンチャー・ギャレー』の後ろ姿を、
じっと見送った。

参考文献

「イギリス海賊史」上・下　チャールズ・ジョンソン著　朝比奈一郎訳　リブロポート
「キャプテン・キッド」　別枝達夫著　中公新書
「イギリス東インド会社」　ブライアン・ガードナー著　浜本正夫訳　リブロポート
「東インド会社」　浅田實著　講談社現代新書
「イギリス古事物語」　加藤憲市著　大修館書店
「英国の貴族」　森護著　大修館書店
「ムガル帝国」　石田保昭著　吉川弘文館
「バタヴィア城日誌」１・２・３　村上直次郎訳注　中村孝志校注　平凡社
「帆船史話」杉浦昭典著　舵社
「帆船――その艤装と航海」　杉浦昭典著　舵社
「図説　探検地図の歴史」Ｒ・Ａ・スケルトン著　増田義郎・信岡奈生訳　原書房
「十八世紀ヨーロッパ監獄事情」　ジョン・ハワード著　川北稔・森本真美訳　岩波文庫
「茶の世界史」　角山栄著　中公新書
「古代鉄器のはなし――鉄の純度を追って」　井垣謙三（「続　考古学のための化学10章」所載　東京大学出版会）
「服装の書Ⅱ　17世紀から19世紀まで」　ミリア・ダヴンポート著　元井能監修　岩崎雅美他訳　関西衣生活研究会
「西洋コスチューム大全」　ジョン・ピーコック著　バベル・インターナショナル訳　グラフィック社
「エセー」　モンテーニュ著　原二郎訳　岩波文庫
「随想録」　モンテーニュ著　関根秀雄訳　新潮文庫
「世界の名著　モンテーニュ」　荒木昭太郎訳　中央公論社

あとがき

この物語を書き始めたのは、一九九四年の初冬だった。以来三年余りにわたって、まことにゆっくりしたペースで少しずつ書き継いできた。書いている間は、なにやら自分自身も『アドヴェンチャー・ギャレー』の一味にまじって航海しているような気分だった。その航海が、ひとまず終了した。

そもそも、三世紀前のインド洋へタイムトリップしてみようと私に思わせたのは、序でも触れた『海賊史』の著者チャールズ・ジョンソン船長である。正体不明のこの謎の人物に、遥か時をさかのぼって一言感謝をつたえたい。

そして、なんとも浮世離れしたこの物語を根気よく見まもり、大小さまざまな助言をあたえてくれた編集部の砂原浩太郎氏にも――こちらも少々謎めいた人物だが――心からお礼を述べたい。

一九九八年初夏

多島斗志之

多島斗志之作品

・『〈移情閣〉ゲーム』（1985年　講談社ノベルス／2007年　講談社ノベルス　綾辻・有栖川復刊セレクション）〈改題〉『龍の議定書』（1988年　講談社文庫）
・『聖夜の越境者』（1987年　講談社／1989年　講談社文庫）
・『ソ連謀略計画（シベリア・プラン）を撃て』（1987年　トクマ・ノベルズ）〈改題〉『CIA桂離宮作戦』（1990年　徳間文庫）
・『金塊船消ゆ』（1987年　ジョイ・ノベルス／1991年　講談社文庫）
・『バード・ウォーズ　アメリカ情報部の奇略』（1988年　天山ノベルス／1992年　文春文庫）
・『密約幻書』（1989年　講談社／1992年　講談社文庫）
・『マリアごろし異人館の字謎』（1990年　講談社）
・『クリスマス黙示録』（1990年　新潮ミステリー倶楽部／1996年　新潮文庫／2009年　双葉文庫／2021年　徳間文庫　トクマの特選！　多島斗志之裏ベスト）
・『不思議島』（1991年　徳間書店／1999年　徳間文庫／2006年　創元推理文庫）
・『神話獣』（1993年　文藝春秋）〈改題〉『マールスドルフ城1945』（2000年　中公文庫）

・『**少年たちのおだやかな日々**』（1994年　双葉社／1999年　双葉文庫／2019年〈新装版〉）
・『**白楼夢　海峡植民地にて**』（1995年　講談社／2007年　創元推理文庫）
・『**二島縁起**』（1995年　双葉社／2006年　創元推理文庫）
・『**海上タクシー〈ガル3号〉備忘録**』（1996年　双葉社／2006年　創元推理文庫）
・『**もの静かな女たち**』（1996年　実業之日本社）〈改題〉『私たちの退屈な日々』（2009年　双葉文庫）
・『**海賊モア船長の遍歴**』（1998年　中央公論社／2001年　中公文庫）
・『**仏蘭西シネマ**』（1998年　双葉社）
・『**症例A**』（2000年　角川書店／2003年　角川文庫）
・『**汚名**』（2003年　新潮社）〈改題〉『離愁』（2006年　角川文庫）
・『**追憶列車**』（2003年　角川文庫）
・『**海賊モア船長の憂鬱**』（2005年　集英社／2009年　角川文庫〔上・下〕）
・『**感傷コンパス**』（2007年　角川書店／2016年　角川文庫）
・『**黒百合**』（2008年　東京創元社／2015年　創元推理文庫）

装幀　岩郷重力

初出
序～Ⅵ章『小説中公』一九九五年一月号から一一月号に
「海賊モア船長の履歴」のタイトルで隔月連載
Ⅶ～XIX章　書き下ろし

『海賊モア船長の遍歴』
単行本　一九九八年七月　中央公論社
文　庫　二〇〇一年三月　中央公論新社 中公文庫

本書は中公文庫版『海賊モア船長の遍歴』を底本とし、
単行本「あとがき」を再録したものです。

多島斗志之

1948年、大阪府生まれ。早稲田大学卒業後、広告ディレクターを経て、85年『〈移情閣〉ゲーム』で本格的デビュー。以後、89年『密約幻書』、91年『不思議島』でそれぞれ直木賞候補となる。おもな著書に『クリスマス黙示録』『少年たちのおだやかな日々』『症例A』『黒百合』など。歴史的事実とフィクションを巧みに融合させ、一作ごとに異なる世界を緻密に描き、読者を魅了する。2009年12月消息不明となり、後に逝去が明らかになった。享年61。

新装版《しんそうばん》
海賊《かいぞく》モア船長《せんちょう》の遍歴《へんれき》

2025年 3 月25日　初版発行

著　者　多島斗志之《たじまとしゆき》
発行者　安 部 順 一
発行所　中央公論新社
〒100-8152　東京都千代田区大手町 1-7-1
電話　販売 03-5299-1730　編集 03-5299-1740
URL https://www.chuko.co.jp/

ＤＴＰ　平面惑星
印　刷　ＴＯＰＰＡＮクロレ
製　本　大口製本印刷

Published by CHUOKORON-SHINSHA, INC.
Printed in Japan　ISBN978-4-12-005902-5 C0093